마지막 대부 2

The Last Don
by Mario Puzo

Copyright © 1996 by Mario Puzo
All Rights Reserved.
Korean Translation Copy Right © 2004 Nulbom Publishing.
This Korean Edition was published by arrangement With Mario Puzo c/o Donaldio & Oslon Inc., New York Through KCC(Korea Copyright Center), Seoul.

이 책의 한국어판 저작권은 (주)한국저작권센터(KCC)를 통한 저작권자와의 독점계약으로 늘봄출판사에 있습니다. 저작권법에 의해 한국 내에서 보호를 받는 저작물이므로 무단전재와 복제를 금합니다.

The Last Don 2
마지막 대부

마리오 푸조 지음 | 하정희 옮김

일러두기
본문 ( )안의 글은 옮긴이와 편집자의 주(註)로 원본에는 없습니다.

2 |차례|

제6부 / 27

제7부 / 215

제8부 / 258

에필로그 / 323

1권

프롤로그 / 9

제1부 / 27

제2부 / 81

제3부 / 139

제4부 / 225

제5부 / 281

9

엘리 매리온, 바비 밴츠, 스키피 디어, 멜로 스튜어트는 매리온의 집에 모여 긴급회의를 가졌다. 앤드류 폴라드가 밴츠에게 아테나를 영화촬영에 복귀시키기 위한 크로스의 비밀계획을 보고한 뒤였다. 형사 짐 로지가 이 정보를 사실로 확인해 주었는데, 그는 어디서 이 정보를 입수했는지 밝히는 것은 거부했다.

"이건 완전 날강도 같은 짓이야."

밴츠가 흥분해서 떠들었다.

"멜로, 당신은 아테나를 포함해서 당신이 관리하는 배우들에 대해 전부 다 책임을 져야 해. 지금 이 상황은 대작을 한창 찍다 말고 당신 배우가 이윤의 절반을 받기 전까지는 영화촬영을 안 하겠다고 하는 거 아냐?"

"당신이 머리가 돌아서 그 돈을 준다면야 찍는다고 하겠지."

스튜어트가 빈정거렸다.

"크로스라는 작자가 그렇게 하고 싶다면 그러라고 해. 그 사람은 이 사업을 오래 못할 거야."

매리온이 입을 열었다.

"멜로, 당신은 전략적인 차원을 얘기하는 거고 우린 지금 당면한 사태에 대해 얘기하고 있네. 만약 아테나가 촬영장으로 복귀한다면 당신과 당신이 관리하는 배우가 우리한테 완전히 은행 강도나 다름없는 짓을 한 게 되는 거야. 그렇게 되도록 놔둘 생각인가?"

다들 깜짝 놀랐다. 적어도 나이가 든 뒤에는 매리온이 이렇게 빨리 본론으로 돌입하는 경우는 드물었다. 스튜어트는 바짝 긴장했다.

"아테나는 이 일에 대해서는 아무것도 모릅니다. 알았더라면 저한테 얘기했을 겁니다."

스튜어트가 해명했다.

"이 일을 알게 되면 아테나가 그 거래를 받아들일까?"

디어가 물었다.

"나라면 아테나한테 거래를 일단 받아들인 다음에 추가 요구 사항으로 영화사와 돈을 절반 나누는 항목을 넣으라고 충고하겠어."

스튜어트는 대답했다.

그러자 밴츠가 카랑카랑한 목소리로 대들었다.

"그러면 겁이 나서 영화를 그만둔다고 한 말은 몽땅 거짓이었군. 한마디로 새빨간 거짓말이란 얘기야. 그리고 멜로, 당신도 사기꾼이야. 크로스가 아테나한테 주는 돈 절반을 받는 걸로 우리가 물러날 거라고 생각하는 거야, 뭐야? 그 돈은 몽땅 합법적으로 우리 돈이라고. 그리고 그 여자가 부자가 되어 크로스와 도망을 칠 수 있을지는 모르겠지만 그날로 그 여자 영화 인생은 종지부를 찍는 거야. 어떤 영화사도 절대 그 여자를 쓰지 않을 거니까."

"외국에서는 아니지. 외국 놈들은 기회를 잡으려 들 거야."

스키피가 끼어들었다.

매리온이 수화기를 들고 스튜어트에게 건넸다.

"이번 일은 전혀 예상하지 못했던 일이네. 아테나한테 전화해. 그 여자한테 크로스가 무슨 제안을 했는지, 그 여자가 수락할 건지 말 건지 물어봐."

"아테나는 주말 내내 행방이 묘연했어요."

디어가 말했다.

"돌아왔어."

스튜어트가 대답했다.

"아테나는 주말이면 자주 사라지곤 해."

그는 번호를 눌렀다. 대화는 아주 짧았다. 스튜어트는 전화를 끊고 씩 웃었다.

"그런 제안은 받은 적이 없다는데요. 그리고 설사 제안을 받는다고 해도 돌아올 생각이 없어 보입니다. 자기 경력 걱정은 눈곱만치도 안 하네요."

그는 잠시 말을 끊었다가 놀랍다는 투로 덧붙였다.

"그 스카넷이란 작자를 한 번 만나보고 싶은데요. 배우 일을 그만두게 만들 정도로 여배우를 벌벌 떨게 하는 남자라면 분명히 굉장한 사람일 겁니다."

매리온이 결론을 지었다.

"그렇다면 일은 해결됐어. 우린 절망적인 상황에서 손해를 안 보고 빠져나왔으니까. 하지만 안 됐군. 아테나는 정말 훌륭한 배우였는데 말야."

폴라드는 몇 가지 지시를 받은 바 있었다. 첫 번째는 밴츠에게 아테나에 대한 크로스의 계획을 알려주라는 것이었다. 두 번째는 스카넷을 감시하고 있는 요원들을 철수시키는 일이었다. 세 번째는 보즈 스카넷을 찾아가 한 가지 제안을 하라는 지시였다. 스카넷은 속옷 차림에 향수 냄새를 풍기면서 비벌리 힐스 호텔 객실로 폴라드를 들어오게 했다.

"방금 면도를 끝낸 참이라서. 이 호텔 화장실에는 창녀촌보다 향수가 많거든."

그가 변명처럼 얘기했다.

"당신은 이 근처에 있으면 안 되는 걸로 아는데."

폴라드가 질책하듯이 말했다.

스카넷은 그의 등을 철썩 때렸다.

"알지. 하지만 내일 떠날 거요. 바빠지기 전에 느긋하게 긴장 좀 풀어보자는 거지."

예전 같았으면 폴라드는 스카넷이 이 말을 하면서 심술궂게 웃는 모습이며 그의 떡 벌어진 상체를 보고 겁을 먹었을 테지만, 이제 크로스가 이 일에 개입한 이상 그가 불쌍하다는 생각만 들었다. 하지만 크로스도 조심할 필요가 있었다.

"아테나는 당신이 계속 여기 있는 걸 알고도 별로 안 놀라더군. 그 여자는 영화사가 당신이 어떤 사람인지를 모르고 반면에 자기는 당신을 잘 알고 있다고 생각하지. 그래서 당신이랑 만났으면 하던데. 아테나는 두 사람이 따로 만나서 타협을 할 수 있을 거라고 생각하고 있소."

스카넷의 얼굴에서 순간적으로 기쁜 기색이 떠올랐다가 사라지는 것을 보며 그는 크로스의 말이 옳았다고 생각했다. 이 남자는 아직도 그녀를 사랑하고 있었고 따라서 이 제의도 받아들일 것이다. 보즈 스카넷은 돌연 신중하게 나왔다.

"그건 아테나답지 않은 행동인데? 뭐라고 할 수도 없는 일이지만, 그 여자는 내가 자기를 쳐다보는 것조차 싫어한다고."
 그는 큰 소리로 웃어댔다.
 "그 호박 같은 여자라도 옆에 있어줘야 할 걸."
 "아테나는 꽤 큰 제안을 생각하고 있소. 평생 연금 같은 것 말이오. 당신이 원한다면 지금부터 은퇴할 때까지 자기 수입의 일정액을 당신한테 줄 생각도 하고 있지. 하지만 당신이랑 비밀리에 따로 만나서 얘기하고 싶다는군. 뭔지는 모르겠지만 원하는 게 있는 모양이오."
 "난 그 여자가 뭘 원하는지 알지."
 스카넷은 묘한 표정을 지었다. 그 표정을 보며 폴라드는 참회하는 강간범들의 뻔뻔스런 얼굴을 떠올렸다.
 "시간은 일곱 시요. 우리 직원 두 명이 당신을 차에 태워서 약속 장소로 데려다 줄 거요. 그 사람들은 우리 회사의 최고요원들인데 무장을 하고 있을 거고, 아테나를 경호하기 위해서 약속장소에 함께 있을 거요. 그러니까 이상한 생각은 하지 마시오."
 스카넷은 씩 웃었다.
 "내 걱정은 하지 마쇼."
 "좋아."
 폴라드는 이렇게 말하고 방을 나갔다.
 문이 닫히자 스카넷은 허공에 대고 오른손을 크게 휘둘렀다. 저능아 같은 경호원 두 명 외에는 아무도 없는 곳에서 아테나를 다시 만날 수 있는 기회였다. 게다가 아테나가 먼저 만나자고 제안했으니까 판사의 접근제한 명령을 위반하는 것도 아니었다. 그날 내내 그는 두 사람의 재결합을 꿈꾸었다. 그로서는 전혀 생각지도 못했던 일이었고, 그래서 곰곰이 생각을 한 끝에 그는 아테나가 그녀의 몸을 수단으로 삼아 자기를 설득할 것이라는 결론에 이르렀다. 침대에 누워서 그는 다시 만날 때의 그녀는 어떤 모습일지를 상상했다. 그녀의 육체가 눈앞에 선명하게 떠올랐다. 하얀 피부와 완만한 곡선을 그리며 안으로 휘어들어간 배, 유방과 분홍색 유두, 푸르디푸른 녹색 눈동자, 따뜻하고 달콤한 입술, 그녀의 숨결, 태양을 밤하늘 아래의 거무칙칙한 놋쇠 덩어리로 바꿔버리는 눈부신 그녀의 머리칼. 그의 오래 전 사랑이, 이제는 그로 인해 두려움으로 변해버린 그녀의 용기와 지성에 대한 사랑이 잠시 그를 휩쓸고 지나갔다. 그러면서 열여섯 살 이후 그는 처음으로 자기 자신이 사랑스럽게 느껴졌다. 그는 자신을 뜨겁게 달구는 아테나의 모습을 선명하게 그려보며 짜릿한 흥분을 느꼈다. 그 순간 만큼은 그는 행복했고 또한 그녀를 사랑했다.

 그러나 한순간에 모든 것이 완전히 뒤집어졌다. 그는 수치심과 모욕감에 휩싸였다. 그는 다시 그녀가 죽도록 미워졌다. 그리고 불현듯 이게 함정일 거라는 확신이 들었다. 어찌됐든 폴라드라는 작자에 대해서 아는 게 전혀 없었다. 스카넷은 서둘러 옷을 입고 폴라드가 준 명함을 꼼꼼하게 읽었다. 사무실은 호텔에서 차로 이십 분 거리였다. 그는 호텔 현관으로 뛰어 내려가서는 호텔직원을 불러 그의 차를 주차장에서 빼오게 했다. 퍼시픽 오션 씨큐리티 빌딩에 들어서면서 그는 회사 규모가 엄청나게 크다는 것에 놀랐다. 그는 안내 데스크로 가서 찾아온 용무를 말했다. 무장한 경호원 한 명이 그를 폴라드의 사무실로 데려갔다. 스카넷은 로스앤젤레스 경찰청을 비롯해 빈민구제협회, 미국 보이스카우트협회 등등 여러 기관에서 받은 상패들이 벽에 걸려 있는 것을 보았다. 심지어는 영화와 관련된 상패까지 있었다. 앤드류 폴라드는 그를 보고 깜짝 놀라면서 약간 걱정스러운 표정을 지었다. 스카넷은 그를 안심시켰.

 "아, 할 얘기가 좀 있어서요. 약속장소에 내 차로 직접 가고 싶은데. 당신 직원들이 내 차를 타고 길을 알려주면 되잖소."

 폴라드는 상관없다는 듯이 어깨를 으쓱했다. 그건 자기 소관이 아니었다. 자기가 지시받은 일들은 다 처리했다.
 "상관없지. 그런데 전화로 했어도 될 얘긴데."
 스카넷은 그를 쳐다보며 씩 웃었다.
 "물론. 하지만 당신 사무실을 한 번 보고 싶어서 말이야. 또 일이 제대로 되고 있는 건지 아테나한테 확인 전화를 하고 싶은데 당신이 내 대신 전화를 걸면 될 것 같거든. 그 여잔 내가 전화를 걸면 안 받을지도 몰라."
 "그러지."
 폴라드가 호쾌하게 대답했다. 그는 수화기를 들었다. 그는 앞으로 어떤 상황이 전개될지 몰랐고, 스카넷이 약속을 취소하는 일이 일어나지 않기를 그래서 이제 크로스의 일에서 발을 뺄 수 있기를 마음속으로 기도했다. 또 그는 아테나와 통화가 안 될 것이란 사실도 알았다. 그는 전화를 걸어 아테나를 찾았다. 그는 스카넷이 전화 말소리를 들을 수 있게 전화기의 확성기를 틀었다. 아테나의 비서는 그녀가 지금 부재중이고 내일까지 돌아오지 않을 거라고 말했다. 그는 수화기를 내려놓고 스카넷을 쳐다보며 한쪽 눈썹을 치켜올렸다. 스카넷은 만족스러운 표정이었다.
 그리고 스카넷은 실제로 만족스러웠다. 자기 생각이 옳았다는 걸 알았으니까. 아테나는 자기 몸을 수단으로 삼아서 거래를 성사시키려는 거야. 나와 함께 밤을 보내려는 거야. 그녀가 어렸던 시절을, 그녀가 자기를 사랑했고 자기도 그녀를 사랑했던 그 시절을 떠올리자 피가 머리로 거꾸로 솟구치면서 그의 붉은 얼굴빛이 번들거리는 청동색으로 변했다.
 저녁 일곱 시에 리아 밧지가 단원 한 명과 함께 호텔에 도착했을 때 스카넷은 모든 채비를 마치고 그를 기다리고 있었다. 스카넷은 십대처럼 옷을 입고 있었고 아주 깔끔했다. 진한 청바지와 희끗하게 색이 바랜 파란 면 남방 위에 흰색 운동복 상의를 걸치고 있었다. 세심하게 면도를 한 것처럼 보였고 금발머리는 뒤로 넘겨 빗었다. 그의 붉은 피부는 왠지 창백해 보였고 그래서인지 인상도 부드러워 보였다. 리아 밧지와 그와 동행한 단원은 스카넷에게 퍼시픽 오션 씨큐리티의 위조 신분증을 보여주었고 스카넷은 두 사람을 보고 콧방귀를 꼈다. 웬 꼬마들이지? 한 명은 억양이 약간 특이한 걸로 봐서 멕시코 출신인 모양이군. 저 정도면 염려할 필요가 없겠어. 사설 경호원들이란 놈들 꼴이 저렇게 시시해서야 도대체 어떻게 아테나를 보호한다는 거야? 밧지가 스카넷에게 말했다.

"차를 직접 운전하실 생각이라고 들었습니다. 제가 당신 차에 같이 타고 가고, 제 동료는 우리 차로 뒤따르도록 하겠습니다. 괜찮겠습니까?"

"물론."

그들이 엘리베이터를 타고 내려가 현관입구로 가는데 짐 로지가 그들을 막아섰다. 그 형사는 난로 옆 소파에 앉아서 기다리고 있다가 거의 본능적으로 튀어와 그들을 가로막았다. 그는 만일의 사태에 대비해서 스카넷을 계속 감시하고 있던 중이었다. 그는 자기 신분증을 세 남자에게 내밀었다. 스카넷이 신분증을 쳐다보며 툴툴거렸다.

"제길, 뭘 원하쇼?"

"당신과 같이 있는 이 사람들은 누구지?"

"빌어먹을, 당신이랑 아무 상관없는 일이야."

스카넷은 대꾸했다. 밧지와 그의 동료는 로지가 그들의 얼굴을 꼼꼼하게 관찰하는 동안 침묵을 지켰다.

"당신이랑 따로 얘길 좀 하고 싶은데."

스카넷이 그를 옆으로 밀치자 로지가 그의 팔을 붙들었다. 두 사람 모두 덩치가 만만치 않았다. 스카넷은 필사적으로 그에게서 빠져나오려고 했다. 그는 화가 나서 소리를 버럭 지르면서 로지에게 대들었다.

"고소는 취하됐고 난 당신이랑 할 얘기 없어. 이 손 안 치우면 죽을 줄 알아."

로지가 손을 놓았다. 그는 절대 위협은 하지 않았지만 열심히 머리를 굴렸다. 스카넷과 같이 있는 남자들은 수상해 보였고 뭔가 심상치 않은 일이 일어나고 있었다. 그는 옆으로 비켜서긴 했지만 차를 타는 건물입구까지 그들을 쫓아갔다. 그는 스카넷이 리아 밧지와 함께 차를 타는 모습을 지켜보았다. 어찌된 일인지 다른 남자 하나는 연기처럼 사라져버렸다. 로지는 남자가 사라진 걸 눈치채고 주차장에서 나오는 차가 있는지 기다려봤지만 뒤따라 나오는 차는 없었다. 그들을 따라가 봤자 별 소용이 없을 테고 또 스카넷의 차를 세울 별다른 핑계도 없었다. 그는 스키피디어에게 이 일을 보고할지 말지 고민하다가 하지 않기로 마음을 먹었다. 한 가지는 분명한 것은, 만약 스카넷이 다시 한 번 더 그의 말을 듣지 않는다면 오늘 한 행동을 후회하게 만들어줄 것이란 점이었다.

 약속장소까지는 차로 한참을 달려야 했는데 스카넷은 내내 불평을 하면서 언제쯤 도착하느냐며 물어댔다. 심지어는 차를 돌리겠다는 협박까지 했다. 하지만 리아 밧지는 그를 달래며 안심시켰다. 그는 스카넷에게 약속장소가 시에라네바다에 있는 아테나의 산장이라고 말하면서 두 사람이 그곳에서 밤을 보내게 될 거라고 알려주었다. 아테나는 두 사람이 만난다는 사실을 비밀로 하고 싶어하고 모든 사람들이 만족할 만한 해결방안을 갖고 있는 말도 해주었다. 스카넷은 무슨 뜻으로 그녀가 그런 말을 했을까 궁금했다. 지난 십 년 동안 키워온 증오를 그녀가 무슨 수로 풀겠다는 거지? 하룻밤 사랑과 한 뭉치의 돈다발로 그의 마음을 녹이기에 충분하리라고 생각할 만큼 그녀가 어리석은 여자였던가? 자신을 그렇게 단순한 인간으로 생각하는 걸까? 항상 그녀의 두뇌를 대단하게 생각해왔는데, 어쩌면 이제 그녀는 저 오만한 헐리우드 여배우들처럼 자신의 육체와 재력으로 무엇이든지 살 수 있다고 착각하고 있는지도 모를 일이었다. 하지만 그녀를 향한 사랑이 그의 마음을 붙들었다. 마침내 그 긴긴 세월을 보내고 이제 그녀가 그에게 미소를 지으며 애교를 부리고 그에게 무릎을 꿇으려고 했다. 그는 어떤 일이 있어도 오늘밤을 놓칠 수는 없었다.

리아 밧지는 스카넷이 돌아가겠다고 으름장을 놓아도 크게 걱정하지 않았다. 세 대의 차가 그를 호위하며 뒤따라오고 있었고 어떤 상황에도 대처할 수 있는 준비가 돼 있었다. 최후수단으로 스카넷을 죽이는 방법도 있었다. 하지만 그는 스카넷을 죽일 때 그의 몸에 어떤 흔적도 남기지 말라는 지시를 받은 바 있었다. 그들은 열려 있던 산장 대문을 지나 안으로 들어갔는데 산장이 생각했던 것보다 커서 스카넷은 놀란 듯한 눈치였다. 그곳은 마치 자그마한 호텔처럼 보였다. 그는 차에서 내려 팔다리를 뻗으며 기지개를 켰다. 산장 옆으로 대여섯 대의 차가 서 있는 것이 이상했다. 밧지가 산장 현관으로 그를 안내하며 문을 열었다. 바로 그 순간 스카넷의 눈에 산장 입구로 여러 대의 차가 들어오는 광경이 보였다. 그는 아테나가 왔나보다고 생각하며 뒤로 돌아섰다. 그가 보는 앞에서 차 세 대가 주차를 하더니 차에서 각각 두 명의 남자들이 내렸다. 리아가 그를 산장의 중앙 통로를 지나 커다란 벽난로가 있는 거실로 데려갔다. 그곳에서는 그가 이제까지 한 번도 본 적이 없는 남자가 소파에 앉아 그를 기다리고 있었다. 크로스였다. 그 다음 벌어진 일들은 거의 순식간에 일어났다.

"아테나는 어디 있어?"

스카넷이 화를 내며 묻자 두 남자가 그의 팔을 붙들었고 다른 두 남자는 그의 머리에 총을 들이댔고, 순하게 보이던 리아 밧지가 그의 다리를 걸어서 그는 그대로 마루바닥으로 엎어졌다.

"시키는 대로 하지 않으면 죽을 줄 알아. 움직이지 말고 가만히 엎드려 있어."

남자 하나가 스카넷의 두 다리를 쇠고랑으로 묶은 다음, 크로스 앞으로 발을 잡고 질질 끌고 갔다. 스카넷은 남자들이 팔을 놔줬는데도 아무 힘도 쓸 수 없다는 사실에 뜨끔했다. 꽁꽁 묶인 두 발 때문에 자신이 완전히 무력해진 느낌이었다. 그는 그 쥐새끼 같은 자식한테 주먹이라도 날려보려고 팔을 뻗었지만 밧지는 뒷걸음질을 쳐서 물러났다. 그래서 뛰어서 일어서려고 해봤지만 팔로 버틸 수가 없었다. 밧지가 말없이 경멸하는 듯한 눈초리로 그를 쳐다보았다.

"네가 거친 놈이란 건 다 아는데 말이야, 지금은 네 머리를 쓸 때야. 여기선 아무리 기운을 써봐야 소용없어."

스카넷은 그의 충고를 받아들이는 것 같았다. 그는 열심히 머리를 굴렸다. 저들이 나를 죽일 생각이라면 이럴 이유가 없다. 이건 나를 협박해서 뭔가를 얻어내려는 수작이야. 적당히 타협하지, 뭐. 그리고 나서 나중에 가서 몸조심을 하면 되는 거야. 한 가지는 확실했다. 아테나가 이번 일에 개입되지는 않았다는 것이다. 그는 밧지는 무시하고 소파에 앉아 있는 남자를 쳐다보았다.

"당신은 대체 누구지?"

"네가 몇 가지만 해주면 돌려보내 주겠다."

"내가 말을 안 들으면 고문을 하겠지?"

스카넷이 큰 소리로 웃어댔다. 그는 지금 상황을 헐리우드의 멍청한 저급 영화장면들과 혼동하기 시작했다.

"천만에, 고문이라니. 아무도 네 손끝하나 안 건드릴 거야. 너는 저 탁자 앞에 앉아서 날 위해 편지 네 통만 써주면 돼. 로드스톤 영화사에다 절대로 그들 근처에서 얼씬거리지 않겠다는 편지 하나. 아테나에게 전에 했던 행동들을 사과하고 앞으로 다시는 얼씬거리지 않겠다고 맹세하는 편지 하나. 경찰서에다 네가 아테나를 공격할 의도로 황산을 샀다고 자백하는 편지 하나. 그리고 나한테는 네가 알고 있는 아테나의 비밀을 편지로 적어줘. 간단해."

스카넷이 크로스 쪽으로 몸을 비틀며 기어가자 남자 하나가 그를 잡아서 반대편 소파 위로 그를 냅다 던져버렸다.

"그 남자 건드리지 마."

크로스가 매섭게 명령했다.

스카넷은 팔로 소파를 짚고 벌떡 일어섰다. 크로스는 종이가 놓여 있는 책상을 손으로 가리켰다.

"아테나는 어디 있어?"

"여기 없어. 리아만 빼고 모두 이 방에서 나가."

그가 명령에 남자들이 문 밖으로 나갔다.

"책상에 앉아."

스카넷은 순순히 그의 말대로 했다

"진지하게 말하는 거야. 네가 얼마나 거친지 과시할 생각은 하지 마. 내 말 명심하고 바보짓 하지 말라는 얘기야. 손이 자유롭다고 엉뚱한 상상을 할 수도 있겠지만 말이야. 내가 원하는 건 오직 편지뿐이고, 그것만 써주면 넌 자유야."

스카넷은 경멸조로 말을 내뱉었다.

"지랄하고 있네."

크로스가 밧지 쪽으로 얼굴을 돌리며 말했다.

"시간 낭비할 것 없군요. 죽이세요."

크로스의 목소리에는 변화가 없었지만 무관심한 듯한 그의 태도 속에는 뭔가 무서운 것이 들어 있었다. 그 순간 스카넷은 어린 시절 이후 한 번도 경험해보지 못했던 공포를 느꼈다. 그제야 그는 산장에 모인 남자들을 떠올리며 자신을 목표로 하고 있는 그들의 위압적인 힘을 깨달았다. 리아 밧지는 아직 움직이지 않았다. 스카넷이 외쳤다.

"좋아, 하지."

그는 종이 한 장을 가져와 쓰기 시작했다. 그는 편지를 쓰면서 교활하게 왼손을 사용했다. 뛰어난 운동선수들이 흔히 그렇듯이 그도 양손잡이에 가까웠다. 크로스가 그의 뒤로 다가와 편지 쓰는 모습을 지켜보았다. 스카넷은 느닷없이 겁을 냈던 게 부끄러워지면서 마룻바닥을 디디고 있던 발에 힘을 줬다. 자신의 운동신경을 믿고 그는 펜을 오른손으로 바꿔 쥐면서 자리에서 튕기듯이 일어나 정확히 크로스의 눈을 겨냥하고 펜을 내리꽂았다. 그가 팔을 돌리는 동시에 반동을 주면서 상반신을 벌떡 일으켜 공격에 돌입하기까지는 거의 일 초도 걸리지 않았는데, 크로스가 가볍게 자기의 공격권에서 벗어나 버리자 스카넷은 깜짝 놀라지 않을 수 없었다. 스카넷은 족쇄가 채워진 다리로 어떻게든 움직여보려고 계속 애를 썼다. 크로스가 조용히 그를 쳐다보더니 말했다.

"누구든지 한 번은 잘 나가는 때가 있지. 당신도 과거에는 날렸었고. 자, 펜은 내려놓고 그 편지들이나 줘봐."

스카넷은 순순히 그의 말을 따랐다. 크로스가 편지들을 꼼꼼하게 훑어보더니 말했다.

"비밀에 대해서는 한마디도 없군."

"종이에는 안 적을 거야. 저 자식을 내보내면 너한테 직접 얘기해주지."

스카넷은 밧지를 가리키며 말했다.

크로스가 리아에게 편지들을 건네며 말했다.

"검사해보세요."

밧지가 방에서 나갔다.

"좋아, 그 대단한 비밀 얘길 좀 들어볼까."

크로스는 스카넷을 쳐다보며 말했다.

밧지는 산장에서 나와 백미터 가량을 달려 레오나드 쏘사가 머물고 있는 방갈로로 갔다. 쏘사는 그를 기다리고 있었다. 그는 편지를 두 장 째 읽어보더니 재수없다는 듯이 말했다.

"이건 왼손잡이가 쓴 거야. 난 왼손잡이 글씨는 위조 못해. 그건 크로스도 알아."

"다시 잘 봐. 놈은 오른손으로 크로스를 찌르려고 했어."

쏘사는 편지를 다시 꼼꼼하게 들여다보았다.

"그렇군. 이 자식은 진짜 왼손잡이가 아니야. 속임수를 썼군."

밧지는 편지를 다시 챙겨서 산장으로 돌아가 거실로 들어갔다. 크로스의 얼굴을 보고 그는 뭔가 일이 어긋나고 있다는 사실을 직감했다. 크로스는 당황한 표정이었고, 스카넷은 소파에 벌러덩 드러누워서 족쇄를 찬 다리를 쭉 뻗고 빙글빙글 웃으며 천장을 쳐다보고 있었다.

"이 편지들은 엉터리야. 놈은 편지를 왼손으로 썼는데 전문가 말로는 저 놈이 오른손잡이라는군."

크로스가 스카넷을 보며 말했다.

"넌 너무 거친 놈이라 내가 다룰 수가 없겠어. 넌 날 안 무서워하고, 내가 시키는 대로 하지도 않아 내가 포기하지."

스카넷은 소파에서 몸을 일으키며 크로스에게 심술궂게 말을 뱉었다.

"하지만 내가 한 얘기는 진짜야. 다들 아테나를 보면 한눈에 반해버리지만 나 말고는 아무도 그 여자의 진짜 모습을 몰라."

"넌 아테나라는 여자를 몰라. 그리고 내가 어떤 사람인지도 모르지."

크로스는 문으로 가서 손짓을 했다. 남자 네 명이 방으로 들어왔다. 그런 다음 크로스는 리아 쪽으로 돌아섰다.

"어떻게 해야 하는지는 알겠죠. 저 놈이 내가 시킨 대로 하지 않으면 그냥 없애버리세요."

크로스는 방에서 걸어 나갔다. 리아 밧지는 안도하는 기색이 역력했다. 그는 크로스를 대단하다고 생각해왔고 수년 동안 기꺼이 그에게 복종했지만 크로스의 인내심은 지나친 데가 있었다. 인내심이라면 시칠리아의 위대한 두목들도 그에 못지않게 강했지만 그들은 언제 그만 접어야 하는지에 대해서 분명하게 알았다. 밧지는 크로스에게도 미국인들처럼 나약한 구석이 있는 건 아닐까 의심스러웠다. 만약 그렇다면 그는 위대한 대부가 되기는 힘들었다.

밧지가 스카넷을 쳐다보며 은근하게 말했다.

"이제 나와 붙을 차례군."

그는 네 남자를 향해 돌아섰다.

"놈 팔을 붙잡아. 살살, 상처 내지 말고."

네 남자가 스카넷에게 달려들었다. 한 사람이 그에게 수갑을 채웠고 스카넷은 눈 깜짝할 새에 완전히 무력해졌다. 밧지가 그의 어깨를 눌러서 무릎을 꿇렸고 다른 남자들은 스카넷을 꼼짝 못하게 붙들었다.

"연극은 끝났다."

밧지가 스카넷에게 말했다. 그의 단단한 몸은 긴장을 푼 것처럼 보였고 목소리도 편안했다.

"오른손으로 편지 써. 안 그러면 가만 두지 않겠어."

남자 하나가 커다란 연발 권총과 총알 한 상자를 가져와 리아에게 건네주었다. 그는 스카넷에게 총알을 하나하나 보여주면서 권총에 장전했다. 그는 창문으로 가서 탄창이 빌 때까지 숲을 향해 총을 쏘았다. 그런 다음 스카넷에게 다가와 총알 하나를 장전했다. 그는 탄창을 돌리고 나서 스카넷의 코에 총을 들이댔다

"난 총알이 어디 들어 있는지 몰라. 너도 물론 모르지. 네가 편지를 안 쓰겠다고 고집을 부리면 방아쇠를 당길 거야. 자, 할 거야? 말 거야?"

스카넷은 리아의 눈을 똑바로 노려보며 아무 말도 하지 않았다. 리아가 방아쇠를 당겼다. 짤까닥하는 소리만 났다. 리아가 만족스럽다는 듯이 고개를 끄덕였다.

"네 속을 한 번 떠본 거야."

그는 탄창을 들여다보며 총알을 장전했다. 그는 창문으로 가서 총을 쐈다. 총성에 방이 흔들리는 것 같았다. 리아는 다시 탁자로 돌아와 상자에서 총알을 하나 꺼낸 다음 총에 장전을 하고 탄창을 돌렸다.

"다시 해 보자."

그는 스카넷의 턱에 권총을 갖다댔다. 그러나 이번에는 스카넷이 움찔했다.

"당신 대장을 불러줘. 할 말이 더 있어."

"안 돼, 바보짓은 그만해. 자, 할 건지 말 건지 대답해."

스카넷은 리아의 눈을 노려보았지만 그의 눈 속에는 위협이 아닌 애처로움이 담겨 있었다.

"좋아, 쓰지."

사람들이 바로 그를 일으켜 세워 책상 앞에 앉혔다. 밧지는 스카넷이 열심히 편지를 쓰는 동안 소파에 앉아 있었다. 그는 스카넷에게서 편지를 받아서 쏘사의 방갈로로 갔다.

"문제 없어?"

"좋아."

밧지는 산장으로 돌아와 크로스에게 보고를 했다. 그런 다음 그는 거실로 가서 스카넷에게 말했다.

"다 끝났어. 준비되는 대로 곧 로스앤젤레스로 데려다주지."

그런 다음 리아는 차 있는 곳까지 크로스를 따라갔다.

"다 알아서 할 줄로 믿겠습니다. 저는 라스베가스로 돌아가야 하니까 아침까지 기다리세요."

"걱정 마. 나는 놈이 절대 안 쓸 줄 알았어. 짐승 같은 새끼."

크로스는 뭔가를 골똘히 생각하는 것처럼 보였다.

"내가 없었을 때 놈이 뭐라고 했는데? 내가 아는 건가?"

크로스는 밧지가 이제껏 한 번도 본 적이 없는 극도로 잔인한 표정을 지으며 대답했다.

"놈을 그냥 죽였어야 했어요. 기회를 놓치지 말았어야 했는데. 빌어먹을, 머리를 너무 굴렸어요."

"됐어. 이젠 끝났는데, 뭘."

그는 크로스가 차를 몰고 산장 입구를 빠져나가는 모습을 지켜보았다. 지난 십 년 동안 그는 가끔 시칠리아에 대한 향수를 느끼곤 했는데 지금이 그랬다. 시칠리아에서는 남자들이 여자의 비밀 따위에 괴로워하지 않았다. 그리고 여기가 시칠리아라면 이런 번거로운 일들도 없었을 것이다. 스카넷 같은 놈은 이미 오래 전에 바다 밑바닥에서 헤엄을 치고 있을 테니까.

동이 트자 안이 들여다보이지 않게 창문을 닫은 밴 한 대가 산장 앞에 멈춰 섰다. 리아 밧지는 레오나드 쏘사에게서 가짜 유서를 건네받은 다음 사람들을 시켜 그를 토팽가 캐년까지 데려다주게 했다. 밧지는 방갈로를 깨끗이 치운 다음에 스카넷의 편지도 불에 태워서 사람이 머물렀던 흔적을 모두 없앴다. 레오나드 쏘사는 그곳에 머무르는 동안 스카넷이나 크로스를 한 번도 보지 못했다. 그러고 난 뒤에 리아 밧지는 보즈 스카넷을 죽일 준비를 시작했다. 이 작전에는 단원 여섯이 투입됐다. 그들은 스카넷의 눈을 가리고 재갈을 물린 다음에 밴에 태웠다. 두 남자가 그와 함께 밴에 탔다. 스카넷은 손과 발에 수갑을 찬 채 전혀 힘을 못 썼다. 또 한 명의 남자가 밴 운전석에 탔고 보조석에는 운전사를 경호하기 위해 또 한 명이 탔다. 다섯 번째 남자는 스카넷의 차를 몰았다. 리아 밧지와 여섯 번째 남자는 따로 차 한 대에 타고 앞장을 섰다. 리아 밧지는 태양이 검은 산 위로 천천히 떠오르는 광경을 바라보았다. 자동차 행렬은 거의 10킬로미터를 달린 끝에 깊은 숲 속의 한 오솔길로 들어갔다.

마침내 차들이 멈췄다. 밧지는 스카넷의 차를 주차시킬 위치를 정확히 지시했다. 그런 다음 그는 스카넷을 밴에서 끌어내렸다. 스카넷은 아무런 저항을 하지 못했고 거의 체념한 듯이 보였다. 홍, 이제야 감을 잡은 모양이군 하고 밧지는 생각했다. 밧지는 차에서 밧줄을 꺼냈다. 그는 신중하게 밧줄 길이를 잰 다음 한쪽 끝을 근처의 굵은 나뭇가지에 걸었다. 스카넷의 목에 올가미를 씌울 수 있게 남자 둘이 스카넷을 똑바로 붙잡고 섰다. 밧지는 레오나드 쏘사가 위조한 두 장의 유서를 꺼내서 스카넷의 상의 주머니에 집어넣었다. 남자 넷이 들러붙어 스카넷을 밴의 지붕 위로 끌어올리자 리아 밧지는 운전사 쪽에 대고 주먹을 치켜들었다. 밴이 앞으로 쑥 움직이는 것과 동시에 스카넷은 밴 지붕에서 떨어져 공중에 대롱대롱 매달렸다. 그의 목이 부러지는 소리가 숲에 울려 퍼졌다. 밧지는 시체를 살펴본 뒤에 시체에서 수갑을 벗겨냈다. 다른 사람들은 안대와 재갈을 뺐다. 목 주위에 살짝 긁힌 상처가 몇 군데 있긴 했지만 숲에서 이틀은 매달려 있을 테니 크게 문제될 건 없었다. 그는 수갑 흔적이 있는지 팔과 다리도 살펴보았다. 미미한 흔적이 남아 있었지만 수갑 자국이라고 할 만큼 뚜렷하지는 않았다. 이만하면 만족스러웠다. 그로서는 이 작전이 제대로 먹힐지 단언할 수는 없었지만 크로스의 지시는 모두 완수했다.

이틀 뒤, 익명의 제보에 의해 그 지역 보안관이 스카넷의 사체를 발견했다. 보안관이 현장에 도착했을 때는 호기심 많은 갈색 곰이 발로 밧줄을 치면서 시체를 흔들고 있었고, 잠시 뒤에 도착한 검시관과 그의 조수들이 시체를 살펴봤다. 곤충들이 썩어가고 있는 시체의 살점을 곤충들이 파먹은 흔적이 있었다.

제6부

~~

헐리우드의 죽음

10

 다섯 명의 여자가 깜빡거리는 카메라 렌즈를 향해 엉덩이로 사이좋게 인사를 했다. 영화는 여전히 지옥의 언저리를 맴돌고 있었지만 디터 타미는 영화에서 아테나 아퀴탠의 엉덩이를 대신할 대역을 고르기 위해 방음 스튜디오에서 여배우들을 심사하는 중이었다.
 아테나는 가슴과 엉덩이 노출을 거부했다. 배우로서는 지나치게 얌전을 떠는 것 같긴 했지만 그렇다고 해서 치명적인 단점이라고 할 만한 고집은 아니었다. 디터는 자기가 아직 만나보지 못한 신인 여배우들 중 대역을 고르기로 했다.
 물론 그녀는 여배우들에게 영화장면에 대한 모든 정보를 알려줬다. 그녀는 그들을 포르노 배우쯤으로 취급하면서 그들의 위신을 떨어뜨릴 생각은 없었다. 하지만 핵심은 침대에서 뒹굴면서 카메라 렌즈를 향해 벌거벗은 엉덩이를 들이대는 장면에 있었다. 섹스신 전담 연출자가 남자배우인 스티브 스텔링스와 여자 배우가 뒹굴고 엉키는 장면들을 밑그림으로 그리고 있었다.

그 자리에는 디터 타미 외에도 바비 밴츠와 스키피 디어가 함께 있었다. 그밖에 꼭 필요한 관계자들도 몇 명 있었다. 타미는 디어가 심사장면을 지켜보는 것은 개의치 않았지만 그 자리에 밴츠가 온 이유는 도무지 알 수가 없었다. 그녀는 그를 들어오지 못하게 할까 하는 생각도 했지만, 메쌀리나가 취소될 경우 그녀의 입지는 상당히 약해질 게 분명했다. 그녀로서는 그의 환심을 사는 편이 유리했다.

밴츠가 툴툴거렸다.

"우리가 여기서 찾는 게 정확히 뭐야?"

섹스신 연출가이자 로스앤젤레스 발레 컴퍼니의 대표인 젊은 윌리스가 쾌활하게 대답했다.

"세상에서 가장 아름다운 엉덩이죠. 하지만 근육도 좋아야 돼요. 음란하고 평퍼짐한 엉덩이는 사절입니다."

밴츠가 맞장구를 쳤다.

"맞아. 절대 음란해 보이면 안 되지."

"가슴은 어떻게 할 거야?"

디어가 물었다.

"가슴도 잘 골라야죠."

연출자가 대답했다.

"가슴은 내일 심사해."

타미가 끼어들었다.

"가슴과 엉덩이가 둘 다 완벽한 여자는 아마도 아테나 밖에는 없을 텐데 아테나가 보여주려고 해야 말이지."

밴츠가 음란한 표정으로 말했다.

"그걸 본 모양이지?"

타미는 약해진 자신의 입지를 잠깐 잊었다.

"바비, 내가 지금 제대로 들은 거라면 당신은 정말 밥맛이야. 아테나가 당신을 거부하니까 동성애자로 의심하는 거잖아."

"알았어, 알았어. 전화가 백 통은 왔을 텐데 난 그만 가봐야겠어."

"나도."

디어가 말했다.

"당신들 두 사람, 정말 재수 없어."

타미의 말에 디어가 변명을 했다.

"디터, 좀 봐줘. 바비나 나나 무슨 재미로 살겠어? 우린 골프 칠 시간도 없을 만큼 바빠. 영화야 일 때문에 보는 거지. 연극이나 오페라를 즐길 시간도 없다고. 가족들과 보내는 시간도 내야 되니까, 하루에 한 시간이나 짜낼까 말까야. 하루에 한 시간으로 뭘 할 수 있겠어? 여자랑 재미 보는 것밖에 없다고. 그게 최고로 효과적인 취미생활이야."

밴츠가 탄성을 질렀다.

"스키피, 저것 좀 봐. 내가 본 것 중 가장 예쁜 엉덩이야."

디어가 놀랍다는 듯이 머리를 흔들었다.

"정말이네. 디터, 저거야. 저 여자로 정해."

타미는 믿을 수 없다는 듯이 고개를 저었다.

"맙소사, 정말 골빈 인간들이군. 저건 까만 엉덩이잖아."

"어쨌든 계약하라고."

디어가 좋아 죽겠다는 듯한 표정으로 말했다. 밴츠도 맞장구를 쳤다.

"맞아. 메쌀리나의 에티오피아 노예 역을 맡으면 되겠네. 그런데 저 여자가 왜 여기 있는 거야?"

디터 타미는 두 남자를 신기하다는 듯한 눈초리로 쳐다보았다. 앞에 있는 이 두 남자는 영화관에서는 거칠기로 악명이 높고 걸려오는 전화가 백

통이 넘는 바쁘신 몸들인데, 지금은 마치 첫경험을 하려고 호시탐탐 기회를 노리는 십대 남자애들처럼 보였다. 그녀는 인내심을 갖고 대답을 해주었다.

"전화로 출연제의를 할 때 백인 엉덩이만 원한다는 얘기는 절대 못하게 돼 있어."

"저 여자 좀 만나보고 싶은데."

밴츠가 말했다.

"나도."

디어도 맞장구를 쳤다.

하지만 멜로 스튜어트가 스튜디오로 들어오면서 대화는 끊겼다. 그는 개선장군처럼 의기양양하게 웃고 있었다.

"우리 모두 다시 촬영장으로 갈 수 있게 됐어. 아테나도 촬영장으로 돌아올 거야. 보즈 스카넷, 그러니까 아테나 남편이 자살했거든. 보즈 스카넷은 이제 영화계와는 영원히 작별이야."

이 말을 하면서 그는 배우가 영화에서 맡은 부분의 촬영을 다 끝냈을 때 사람들이 박수를 쳐주는 흉내를 내면서 박수를 쳤다. 스키피와 바비도 그를 따라 박수를 쳤다. 디터 타미는 역겹다는 얼굴로 세 남자를 쳐다보았다.

"엘리가 당신들 두 사람 지금 당장 올라오래. 디터, 당신은 말고."

멜로가 미안한 표정으로 살짝 웃었다.

"이건 작품 회의가 아니라 사업상의 회의라서 말이야."

남자들은 스튜디오에서 나갔다.

그들이 나가고 나자 디터 타미는 아름다운 엉덩이의 주인을 불렀다. 그 여자는 황갈색이 아닌 정말로 검은색 피부를 가진 아주 예쁜 흑인이었고, 뻔뻔스럽다는 생각이 들 정도로 활달했는데 디터가 보기에는 가식적으로 꾸민 성격이라기보다 타고난 천성인 것 같았다.
"메쌀리아 황녀의 에티오피아 노예 역을 줄까 하는데."
디터가 운을 띄웠다.
"대사가 한 줄 있지만 주로 당신 엉덩이를 찍게 될 거야. 유감이지만 우리가 필요로 하는 건 아퀴땐씨를 대신할 백인 엉덩이 대역인데 당신 엉덩이는 너무 까매. 그것만 아니었다면 이 영화에서 단연 돋보였을 텐데."
그녀는 대역 배우에게 다정하게 웃어 보였다.
"펄린 팬트, 그게 배역 이름이야."
"이름이 무슨 상관이겠어요. 고마워요. 칭찬도 해주고 일거리도 줘서요."
"하나 더."
디터가 덧붙였다.
"우리 제작자인 스키피 디어가 당신 엉덩이가 세계에서 제일 아름답다고 하던데. 영화사 대표인 밴츠씨도 그러고. 두 사람한테서 곧 연락이 갈 거야."
펄린 팬트가 장난스럽게 씩 웃었다.
"그럼 당신 생각은요?"
디터 타미가 어깨를 으쓱했다.
"난 남자들과 달라서 엉덩이에는 크게 관심 없어. 하지만 내 생각에 당신은 매력적이고 좋은 배우가 될 자질이 있어 보여. 이번 영화에서 대사를 한 줄만 하기에는 좀 아깝지. 오늘밤에 우리 집에 오면 같이 일 얘기를 할 수 있을 텐데. 저녁을 대접하지."
그날 밤, 디터 타미와 펄린 팬트는 침대에서 두 시간을 보낸 뒤에 디터가 차린 저녁을 먹으며 일 얘기를 시작했다.
"즐겁긴 했는데 말이야, 오늘일은 비밀로 하고 지금부턴 그냥 친구사이로 지내는 편이 좋겠어."

"좋아요. 하지만 당신이 다이크(여자 동성애자 중에서 남자 역할을 맡은 여자를 비하하는 표현)라는 건 세상이 다 알아요. 내 까만 엉덩이 때문에 그래요?"

이렇게 그녀가 씩 웃었다. 디터는 다이크란 말을 못 들은 척 했다. 자기를 거부하는 것처럼 들리는 그 말에 앙갚음을 하려고 일부러 건방을 떠는 거니까.

"엉덩이 색깔이 어쨌든 예쁜 건 예쁜 거야. 하지만 넌 진짜 재능이 있어. 그렇지만 내가 널 계속 내 영화에서 쓰게 되면 네 재능을 인정받기 힘들 거야. 난 이 년에 한 편 정도 밖에 찍지 않아. 넌 그것보다 더 많이 일을 해야 할 걸? 감독들은 대부분 남자고 여자들한테 배역을 줄 때면 항상 재미를 보고 싶어해. 그 사람들이 널 동성애자로 생각하게 되면 널 쓰려고 하지 않을지도 모르지."

"만약 내가 제작자랑 영화사 대표를 손에 넣으면 감독은 필요도 없겠네요."

펄린이 쾌활하게 말했다.

"그래도 필요할 걸? 다른 남자들이 널 영화관에 데리고 들어갈 수 있는 사람들이라면, 감독은 널 거기서 크게 키울 수 있는 사람이야. 반대로 널 형편없는 배우로 보이게 찍을 수도 있고."

펄린은 애처로운 표정으로 머리를 흔들었다.

"이미 당신이랑은 끝냈고 앞으로 또 바비 뱁츠에 스키피 디어를 거쳐야 되는 거군요. 정말 꼭 이래야 돼요?"

그녀는 순진한 얼굴로 눈을 동그랗게 떴다. 디터는 그 순간 그녀가 너무나 좋아졌다. 정말이지 솔직한 여자였다.

"오늘밤 아주 즐거웠어. 넌 사람을 제대로 고른 거야."

"그런데 말예요, 난 사람들이 왜 그렇게 성에 대해 괜한 소동을 피우는지 모르겠다니까요. 나한텐 전혀 문제가 안 되는데. 난 마약도 안 하고 술도 많이 안 마셔요. 그러니까 다른 재미라도 있어야죠."

"그럼 됐어. 자, 이제 디어와 밴츠에 대해 얘길 해줄게. 디어한테 내기를 거는 편이 나은데, 그 이유를 설명해주지. 디어는 자기 자신을 사랑하고 여자들을 사랑해. 그 사람은 널 위해서 정말로 뭔가 해줄 거야. 아주 똑똑한 사람이니까 네 재능을 알아보고 네게 맞는 역할을 찾아줄 거란 얘기야. 그런데 밴츠는 엘리 매리온 외에는 아무도 안 좋아해. 게다가 취향도 없고 재능을 알아보는 안목도 없어. 밴츠는 널 영화사와 계약하게 만들어놓은 다음에는 너를 망쳐놓을 거야. 자기 부인 입을 막으려고 부인한테도 그러는 남자니까. 그 사람 부인은 일을 굉장히 많이 하고 돈을 엄청나게 버는데 한 번도 자기한테 맞는 역할을 해본 적이 없어. 스키피 디어가 널 마음에 들어 한다면 네 영화경력에 도움이 될 만한 일을 만들어줄 거야."

"좀 살벌한 얘기네요."

디터가 그의 팔을 토닥였다.

"마음에도 없는 얘기하지 마. 난 다이크기도 하지만 동시에 여자이기도 해. 그리고 배우에 대해서도 잘 알지. 여자든 남자든 배우들은 성공을 위해서라면 무슨 짓이든 할 거야. 우리들은 모두 엄청난 도박을 하고 있다고. 오클라호마에서 평범한 직장여성으로 살고 싶어? 아니면 인기 영화배우가 되어 말리부에서 살고 싶어? 서류를 보니까 스물 세 살이던데 남자 경험이 몇 번이나 있지?"

"당신을 포함해서요? 아마도 쉰 명쯤? 하지만 모두 재미있었어요."

그녀는 짐짓 미안한 척하며 대답했다.

"그러니까 몇 명하고 더 한다고 충격 받을 일은 없겠군. 그리고 누가 알아? 그 사람들도 재미있을지."

"당신도 알겠지만, 나한테 배우로 성공하겠다는 신념이 없다면 그런 짓은 안 할 거예요."

"물론. 다들 마찬가지지."

디터가 맞장구를 쳤다.

펄린이 깔깔대며 웃었다.

"당신은요?"

"나한테는 그런 기회가 없었지. 난 순전히 내 능력으로 성공했어."

"가엾어라."

펄린이 중얼거렸다.

로드스톤 영화사에서는 바비 밴츠, 스키피 디어, 멜로 스튜어트가 엘리 매리온과 함께 그의 사무실에서 회의를 하고 있었다. 밴츠는 머리끝까지 화가 나 있었다.

"그 병신 같은 새끼가 사람들에게 죄다 겁을 줘놓고는 자살을 하다니."

매리온은 스튜어트에게 말했다.

"멜로, 당신네 배우가 영화를 다시 시작하겠군."

"물론이죠."

"그 여자가 더 요구하거나 추가로 원하는 건 없나?"

매리온은 아무런 감정도 실리지 않는 목소리로 조용히 물었다. 멜로는 매리온이 엄청 화가 나 있다는 것을 직감적으로 느꼈다.

"없습니다. 내일이라도 당장 일을 시작할 수 있습니다."

디어가 말했다.

"좋았어. 아직은 예산 안에서 영화를 마무리 지을 수 있을 거야."

"다들 입 닥치고 내 말 들어."

한 번도 거친 말을 입에 담아본 적이 없는 매리온의 입에서 이런 말이 튀어나오자 다들 쥐죽은 듯 조용해졌다. 매리온은 평상시의 나지막하고 밝은 목소리로 얘기를 했지만 화가 나 있는 것만은 틀림없었다.

"스키피, 영화를 예산 안에서 마무리 짓는다고 해도 그게 우리랑 무슨 상관이야? 우리한테는 이제 그 영화 소유권이 없다고. 다들 정신 없이 놀란 나머지 그만 어리석은 실수를 저지른 거라고. 우리들 모두 실수를 한 거야. 우린 이 영화에 아무런 권리가 없는 그냥 구경꾼이야."

스키피 디어가 그의 말을 치고 들어왔다.

"로드스톤은 영화배급으로 떼돈을 벌 겁니다. 게다가 수입의 일정 부분도 받게 되는데 그것도 꽤 괜찮은 조건입니다."

"하지만 크로스란 놈이 우리보다 돈을 더 벌 거야. 그건 부당해."

밴츠가 말했다.

"문제의 요점은 크로스가 사태를 해결하는데 전혀 손을 안 썼다는 사실이야. 법적으로 따져 볼 때, 우리는 영화를 되찾을 만한 확실한 근거가 있어."

매리온이 말했다.

"맞습니다."

밴츠가 맞장구를 쳤고 이어 말했다.

"그 자식한테 본때를 보여주자고요. 법정으로 가져갑시다."

"법정으로 문제를 가져가겠다고 그 자를 위협해서 협상을 파기하는 거야. 돈도 돌려주고 수입을 총 결산한 뒤에 순수입의 10퍼센트를 주는 거지."

매리온이 말했다. 디어가 웃음을 터뜨렸다.

"엘리, 몰리 플랜더즈가 그렇게 놔두지 않을 걸요."

"크로스하고 직접 협상을 할 거야. 난 그 자를 설득할 자신이 있어."

그는 잠시 뜸을 들였다.

"소식을 듣자마자 그 자한테 전화를 했었지. 즉시 우릴 만나겠다고 하더군. 게다가 다들 알겠지만, 그 자는 가뜩이나 배경이 수상한데 이번 스카넷의 자살이 우연의 일치라고 하기에는 그 자가 덕을 보는 게 너무 많단 말씀이야. 따라서 그 자가 이 문제를 가지고 법정에서 공개적으로 우리와 싸울 생각은 하지 않을 거라고 봐."

크로스는 제너두 호텔의 펜트하우스에서 신문에 실린 스카넷 사망기사를 읽고 있었다. 모든 일이 완벽하게 이뤄졌다. 이것은 누가 보기에도 분명한 자살사건이었다. 시체의 몸에서 발견된 두 장의 유서가 그 사실을 뒷받침해주었다. 보즈 스카넷이 남긴 편지 내용은 길지 않았고 레오나드 쏘사의 기술은 극히 교묘했기 때문에 필적 전문가는 유서가 위조됐다는 증거를 전혀 찾아내지 못했다. 스카넷의 다리와 팔은 의도적으로 수갑을 헐렁하게 채웠고 그래서 아무런 흔적도 남기지 않았다. 리아 밧지는 노련했다.

크로스가 받은 첫 번째 전화는 그의 예상을 빗나가지 않았다. 코그의 집으로 그를 소환하는 지오르지오의 전화였다. 크로스는 클레리쿠지오가 사람들이 그의 동태를 파악하지 못할 거라고 생각할 만큼 어리석지는 않았다.

크로스가 받은 두 번째 전화는 변호사를 동반하지 말고 로스앤젤레스로 와달라고 하는 엘리 매리온의 전화였다. 크로스는 그러겠다고 했다. 하지만 라스베가스를 떠나기 전에 그는 몰리 플랜더즈에게 전화를 걸어서 매리온과의 통화 내용을 얘기했다. 그녀는 화가 나서 펄펄 뛰었다.

"치사한 악당들 같으니. 공항에서 만나서 같이 갑시다. 당신한테는 변호사가 있으니까 영화사 대표한테 입도 뻥끗 하지 말아요."

그녀는 씩씩댔다. 두 사람이 로드스톤 영화사에 도착해서 매리온의 사무실로 들어가는 순간, 그들은 문제가 심상치 않다는 사실을 직감했다. 그곳에서 기다리고 있는 네 사람은 곧장 주먹이라도 휘두를 것 같은 험악한 표정들을 하고 있었다.

"생각을 바꿔서 변호사를 데려오기로 했습니다."

크로스는 매리온에게 말했다.

"기분 나쁘게 생각하지 않으셨으면 합니다."

"원한다면. 거북한 상황이 벌어질 경우를 생각해서 당신 체면을 세워주고 싶었을 뿐이오."

몰리 플랜더즈가 화가 나서 정색을 하고 말했다.

"일이 아주 볼 만하게 돼 가고 있군요. 당신은 영화를 되찾고 싶은 모양이지만 계약파기는 절대 안 돼요."

"당신 말이 맞아. 하지만 우리는 크로스의 양심에 호소를 해보려고 하는 거야. 크로스는 사태를 해결하는데 아무런 노력도 안 했지만, 반대로 로드스톤 영화사는 엄청난 시간과 돈과 인력을 투자했어. 우리의 투자가 없었더라면 이 영화는 가능하지 않았을 거야. 크로스에게는 돈을 돌려줄 생각이야. 그에 더불어서 수입을 총 결산한 뒤에 수입의 10퍼센트를 떼 줄 생각도 하는데, 우린 결산할 때 인색하게 구는 편은 아니지. 이 사람은 아무런 위험부담을 지지 않아."

"크로스는 이미 위험을 감수했고 거기서 살아 남았어요. 당신의 제안은 이 사람을 모욕하는 거예요."

몰리가 쏘아붙였다.

"그렇다면 법정으로 가는 수밖에. 크로스, 당신도 나와 마찬가지로 법정으로 이 문제를 끌고 가는 건 좋아하지 않을 거라고 생각하는데."

그는 웃으며 크로스를 쳐다보았다. 고릴라 같은 그의 얼굴을 천사처럼 만들어주는 상냥한 미소였다.

몰리가 화가 나서 길길이 뛰었다.
"엘리, 당신이 항상 이런 식으로 거짓말을 하니까 일 년에 스무 번이나 법정에 가서 증언을 하는 거라고요."
그녀는 크로스를 향해 얼굴을 돌리며 말했다.
"여기서 나가요."
하지만 크로스는 자신이 오랜 법정 싸움을 버틸 재간이 없다는 사실을 잘 알고 있었다. 그의 영화 매입과 그에 뒤이어서 때맞춰 발생한 스카넷의 죽음은 세밀한 조사 대상이 될 것이다. 그의 배경은 샅샅이 파헤쳐질 것이고 결국에는 여론의 시선을 한 몸에 받게 될 텐데, 그건 늙은 대부로서는 감당하기 어려운 사태였다. 매리온은 이 모든 것을 알고 있음에 틀림없었다.
"잠깐만 그대로 있어요."
크로스가 몰리를 잡았다. 그런 다음 그는 매리온과 밴츠, 스키피 디어 그리고 멜로 스튜어트를 향해 얼굴을 돌렸다.
"도박꾼이 내 호텔에 와서 오랫동안 도박을 해서 이기면 난 그 사람이 딴 돈을 모두 내주죠. 돈을 반반으로 나누자는 따위의 얘기는 안 합니다. 그런데 여기 계신 신사분들께서 하는 짓이 바로 이렇군요. 자, 다시 생각해보실 의향은 없으신지?"
밴츠가 얄보는 듯한 말투로 되받았다.
"이건 사업이지 도박이 아니요."
멜로 스튜어트는 크로스를 달래듯이 말했다.
"당신은 대략 천만 달러는 벌게 될 거요. 그 정도면 아주 공정한 거지."
"게다가 아무 것도 안 했는데 말이야."
밴츠가 비아냥거렸다.
스키피 디어만 크로스의 편인 것처럼 보였다.

"당신은 더 받을 자격이 있어. 하지만 질 걸 뻔히 알면서 법정싸움을 시작하는 것보단 이 사람들 제안을 받아들이는 편이 낫다고. 이건 이것대로 받아들이고, 당신과 나는 따로 영화사를 끼지 말고 사업을 합시다. 공정하게 대접해주겠소."

크로스는 절대 협박하는 것처럼 보여서는 안 된다고 생각했다. 그는 포기하겠다는 뜻으로 씩 웃었다.

"아마도 당신들 말이 맞는 것 같습니다. 전 모두와 원만한 관계에서 영화사업을 하고 싶고, 또 천만 달러 이윤이라면 꽤 괜찮은 출발입니다. 몰리, 서류작성은 당신이 알아서 하세요. 전 지금 비행기를 타러가야 합니다. 먼저 실례하겠습니다."

그는 방에서 나갔고 몰리가 그를 따라 나왔다.

"법정으로 가져가면 우리가 이겨요."

"전 법정까지 끌고 가고 싶진 않습니다. 계약하세요."

몰리는 한동안 그를 가만히 쳐다보더니 대답했다.

"좋아요. 하지만 10퍼센트보다 많이 받아낼 거예요."

크로스는 다음 날 코그에 있는 대부의 집에 갔다. 대부와 그의 아들 지오르지오와 빈센트와 뻬띠에 그리고 손자 단테가 그를 기다리고 있었다. 그들은 정원에서 차가운 햄과 치즈 그리고 큰 나무그릇에 담긴 샐러드와 바삭거리는 기다란 빵으로 점심을 먹었다. 대부가 숟가락으로 떠먹을 수 있도록 갈아놓은 치즈도 있었다. 식사를 하면서 대부는 자연스럽게 얘기를 시작했다.

"크로스, 네가 영화사업을 시작했다는 얘기가 들리던데."

대부는 잠시 말을 멈추고 포도주 한 모금을 마셨다. 그런 다음 갈아놓은 파르마 치즈를 한 숟가락 떠먹었다.

"네."

지오르지오가 물었다.

"영화사업에 자금을 조달하려고 제너두 호텔의 네 지분 일부를 담보로 잡았다는 얘기가 사실이야?"

"그건 제 권한으로 할 수 있는 일입니다. 어쨌든 전 서부지역의 브룰리오네니까요."

크로스는 큰 소리로 웃었다.

"브룰리오네긴 하지."

단테가 이죽거렸다. 대부는 손자를 쳐다보며 끼어들지 말라는 표정을 지어 보였다. 그는 크로스를 보고 말했다.

"넌 조직의 자문을 받지 않고 아주 큰 사업을 시작했다. 그런데 우리의 조언을 구하지 않았어. 무엇보다 중요한 사실은, 네가 폭력행사를 했고 그래서 자칫하면 법적으로 심각한 파장을 일으킬 뻔했다는 점이다. 관례상 그런 행동에 대해서는 분명한 지침이 있어. 원칙적으로 넌 허락을 받아야 해. 그러고 싶지 않다면 독단적으로 행동하되 결과도 너 혼자 책임져야 한다."

지오르지오가 매섭게 그를 추궁했다.

"그리고 넌 조직의 재산과 인력을 사용했어. 시에라에 있는 산장 말이다. 리아 밧지, 레오나드 쏘사, 폴라드와 그의 씨큐리티 컴퍼니도 이용했고. 물론 그 사람들은 서부지역에서는 네 밑에 있는 사람들이지만 그와 동시에 조직이 관리하는 사람들이기도 해. 다행히 아무 탈 없이 끝나긴 했지만 만약에 그렇지 않았더라면 어쩔 뻔했냐? 모두에게 위험한 상황이 됐을 거야."

대부가 성급하게 끼어들었다.

"크로스가 몰라서 그랬을 리는 없다. 내가 묻고 싶은 건, 왜 그랬냐는 거야. 크로스, 넌 몇 년 전에 조직원으로서 꼭 참가해야 될 작전에서 빼달라고 요청을 했다. 난 네 자질이 아깝긴 했지만 네 청을 들어줬어. 그런데 이제 와서 네 자신의 이익을 위해서 자진해서 그런 일을 저질렀다. 넌 사랑하는 내 혈육이고 또 나는 내가 널 익히 알고 있다고 생각해왔는데 이번 일은 전혀 뜻밖이구나."

그 말을 들으며 크로스는 대부가 자기에게 호의적인 마음을 갖고 있다는 것을 알았다. 그리고 아테나의 아름다움에 마음이 흔들렸다고 사실대로 얘기해서는 안 된다는 것도 알았다. 그것은 적절한 설명도 되지 못할 뿐만 아니라 조직을 모욕하는 얘기가 될 테니까. 어쩌면 치명적인 결과를 초래하게 될지도 몰랐다. 알지도 못하는 한 여자 때문에 클레리쿠지오가에 대한 충성심을 잠시 접는다는 것은 절대로 용서받지 못할 일이었다.

"거금을 벌어들일 수 있는 기회라고 생각했습니다. 새 사업의 발판을 마련할 수 있는 기회 말입니다. 저와 조직을 위해서 말입니다. 전 그 사업을 매개로 검은 돈을 합법적인 돈으로 바꿀 수 있다고 판단했습니다. 하지만 신속하게 움직여야 될 필요가 있었죠. 전 이번 일을 비밀로 할 생각은 조금도 없었고, 그래서 다들 아시게 될 줄 알면서도 조직의 재산과 인력을 사용했습니다. 일을 끝낸 뒤에 차차 말씀드리려고 했습니다."

대부는 그를 쳐다보며 웃는 얼굴로 조용히 물었다.

"그래, 일은 끝냈고?"

순간 크로스는 대부가 모든 사실을 알고 있다는 것을 직감했다.

"문제가 하나 더 있습니다."

크로스는 매리온과 맺은 새 계약에 대해 얘기해주었다. 느닷없이 대부가 호탕하게 웃어서 그는 깜짝 놀랐다.

"아주 잘 했다."

대부는 이렇게 칭찬했다.

"법정소송으로 가면 낭패를 당할 수도 있어. 승리는 그 놈들한테 줘버려. 하지만 그들은 아주 못된 놈들이야. 예나 지금이나 그 사업에는 관여하지 않는 게 상책이야. 적어도 천만 달러는 벌었군. 그것만해도 꽤 많은 돈이지."

"아닙니다. 제 앞으로 오백만 달러, 조직 앞으로 오백만 달러라고 해야 맞습니다. 저는 우리가 그렇게 쉽게 포기해서는 안 된다고 봅니다. 저한테 몇 가지 계획이 있는데 그걸 실행하려면 조직의 도움이 반드시 필요합니다."

"그렇다면 몫을 조정해야 되겠는데."

지오르지오의 이 말에 크로스는 지오르지오가 밴츠처럼 항상 더 많은 걸 받아내려고 한다고 생각했다.

대부는 성급하게 말을 끊고 들어왔다.

"먼저 토끼부터 잡아. 나누는 건 그 다음이다. 조직에서는 널 밀어주겠다. 하지만 한 가지 명심할 게 있어. 무슨 일이든 행동으로 옮기기 전에 우선 상의를 해야 한다. 내 말 알아듣겠지, 크로스?"

"네."

그는 코그를 떠나며 가슴을 쓸어 내렸다. 대부는 따뜻한 마음으로 그를 용서해주었다.

대부는 팔십 줄에 들어선 뒤에도 여전히 자신의 제국을 선두지휘하고 있었다. 그것은 그가 엄청난 노력과 희생을 치르고 창조한 세계였고, 따라서 그는 자기가 당연히 그 세계를 소유할 자격이 있다고 느꼈다.

그 나이쯤 되면 사람들은 보통 자신들이 부득이하게 저지른 죄악이나 이루지 못한 꿈 때문에 괴로워하고 심지어는 자신들의 당연한 권리에 대해서도 빚진 것 같은 기분을 느끼는데 반해서, 대부는 열네 살 때와 다름없이 여전히 자기 자신에 대한 확고한 믿음이 있었다.

대부는 신념이 강하고 판단이 매서웠다. 하나님은 위험한 세상을 창조하셨고 인간은 그 세상을 훨씬 더 위험하게 만들어 놓았다. 하나님의 세상은 인간이 그 안에 갇혀서 먹을 걸 얻기 위해 땀 흘려 일해야 하는 감옥이었고, 인간들끼리 먹고 먹히는 살벌한 약육강식의 원리가 적용되는 곳이었다. 대부는 자기의 보호로 자기의 사랑하는 혈육들이 안전하게 인생을 살아갈 수 있게 됐다는 생각에 마음이 뿌듯했다.

그는 늙어서도 마음이 약해지지 않고 여전히 자신의 적들에게 사형선고를 내릴 수 있다는 사실이 만족스러웠다. 물론 그는 그들을 용서했고, 집안에 예배실을 따로 마련할 정도로 독실한 기독교인이었다. 용서야 당연한 일이 아니겠는가? 하지만 하나님이 인간들을 용서하면서도 어쩔 수 없이 죽음을 선고할 수밖에 없듯이 그도 역시 그런 식으로 자신의 적들을 용서했다.

대부는 자신이 창조한 세계 안에서 사람들로부터 숭배를 받았다. 그의 가족들과 브롱크스 공동체에 살고 있는 수천 명의 주민들과 일정 지역을 관리하며 그에게 돈을 기탁하고 주류 사회와 갈등이 생기면 그에게 중재를 요청하는 브룰리오네들은 대부를 절대적으로 신뢰했다. 뭔가가 부족하거나 아프거나 곤란한 문제가 생길 때면 그를 찾아가면 되고 그러면 대부가 자신들의 어려움을 해결해 줄 것이라고 그들은 생각했다. 그들은 그를 사랑했다.

대부는 사랑이 아무리 깊어도 신뢰하기에는 힘든 감정이라고 생각했다. 사랑한다고 해서 반드시 은혜를 갚는다는 보장이 없고, 사랑한다고 해서 반드시 복종한다는 법이 없으며, 너무나 험한 이 세상에서 사랑만으로는 조화를 이루기가 불가능했다. 대부는 누구보다도 이 사실을 잘 알았다. 진실한 사랑을 불어넣기 위해서는 동시에 두려움도 가르쳐야 했다. 사랑 하나만으로는 멸시의 대상밖에 되지 못하고, 신뢰와 복종이 따르지 않는다면 사랑은 하찮은 것이었다. 사랑한다고 하면서 그의 규칙은 인정하지 않는다면 그 사랑이 무슨 가치가 있을까?

그는 그들의 생계를 책임졌고 그들이 지닌 부의 원천이었기 때문에 자신의 의무를 실천하는데 있어서 절대로 우유부단해서는 안 되었다. 그는 사람들을 엄격하게 심판했다. 누군가가 그를 배신하고 그래서 그의 세계에 상처를 내는 일이 생기면, 비록 그것이 사형선고를 의미하는 것이라고 해도 그 사람은 반드시 처벌을 받고 제재가 가해져야 했다. 어떤 변명도 있을 수 없었고, 상황을 참작한다거나 동정심에 호소하는 일도 절대 있을 수 없었다. 한 번은 아들 지오르지오가 그를 가리켜서 구식이라고 말했다. 그는 맞는 얘기라고 하면서, 자기가 구식이 아니었다면 여기까지 올 수 없었을 것이라고 했다.

지금 그의 머리에서는 수많은 생각들이 꼬리에 꼬리를 물고 지나갔다. 산타디오파와의 전쟁이 끝난 뒤 지난 이십오 년 동안 그는 계획을 착착 실천해왔다. 그는 선견지명이 있었고 교활했으며 잔인해질 필요가 있을 때는 잔인했고 안전한 상황에서는 관용을 베풀기도 했다. 그리고 이제 클레리쿠지오파는 권력의 정점에 올랐고 겉으로는 어떠한 공격에도 안전했다. 조만간 그들은 합법적인 사회조직 속으로 모습을 감추고 불사신이 될 것이다.

하지만 그가 낙관적으로 눈 앞의 일만 생각하고 살았더라면 이렇게까지 오래 살아남지는 못했을 것이다. 그는 나쁜 잡초가 땅 위로 머리를 채 내밀기 전에 없애버릴 수 있었다. 현재의 가장 큰 위험은 내부에 도사리고 있었는데, 바로 단테였다. 대부는 성인이 된 단테의 모습이 썩 마음에 들지 않았다.

그 다음에는 그론벨트가 남긴 유산으로 부자가 되고 조직의 지시 없이 대담하게 일을 저지른 크로스가 있었다. 이 젊은 친구는 아주 영리하게 조직에 첫발을 내디뎠고 그의 아버지 피피처럼 실력자로 성장하는 듯 싶었다. 그러다가 비르지니오 발라죠 건으로 그의 경력은 끝이 났다. 그리고 심약한 마음 때문에 조직의 작전에서 제외됐던 그가 자기 개인의 부를 얻기 위해 다시 돌아와 보즈 스카넷이란 남자를 살해했다. 대부의 허락도 받지 않고서. 하지만 대부는 이런 일련의 행동들을 너그럽게 용서해주었는데, 그가 이렇게 감정에 치우치는 경우는 극히 드물었다.

크로스는 대부의 세계에서 빠져나와 다른 세계 속으로 들어가려고 하고 있었다. 비록 배신이나 반역의 싹이 될 가능성이 있다고 해도 대부는 크로스의 이런 행동들을 이해하지 못하는 것은 아니었다. 하지만 피피와 크로스가 힘을 합치면 조직에게 위협적인 존재가 될 것이다. 대부는 또 단테가 피피 부자를 증오한다는 것을 잘 알고 있었다. 영리한 피피가 이 사실을 모를 리 없었고 따라서 피피는 위험한 존재였다. 비록 그의 충성심은 여러 차례 검증됐지만 그럼에도 불구하고 그는 요주의 인물이었다.

대부가 관용을 베푼 까닭은 크로스에 대한 애정과 자신의 누이의 아들이자 단원으로서 오랜 기간 충성을 바쳐온 피피에 대한 사랑 때문이었다. 무엇보다도 두 사람은 클레리쿠지오가의 혈육이었다. 그는 단테로 인해 조직이 위험에 빠지게 되는 것이 더 염려스러웠다.

대부는 예나 지금이나 변함 없이 단테를 아끼고 사랑했다. 두 사람은 단테가 열 살이 될 때까지는 아주 친밀한 관계였는데, 그 때를 기점으로 대부는 손자에 대한 맹목적인 사랑에서 조금씩 벗어나기 시작했다. 대부는 손자의 성격에서 몇 가지 마음에 걸리는 점들을 발견했다.

열 살 즈음의 단테는 원기왕성하고 장난기 많은 재미있는 소년이었다. 운동감각도 탁월했다. 말하는 것을 좋아했는데 특히 할아버지와 많은 대화를 했고 어머니 로즈 마리와는 오랜 시간 비밀스런 얘기를 나눴다. 하지만 열 살이 지나자 그는 심술궂고 버릇없는 아이로 변해버렸다. 그는 또래 아이들과 도를 지나칠 정도로 난폭하게 싸웠다. 여자아이들에게는 깜짝 놀랄 정도로 추잡한 장난을 치면서 못살게 굴었다. 작은 동물들한테도 심한 짓을 했고 한 번은 학교 수영장에서 자기보다 작은 남자 아이를 물에 빠뜨리려고 한 적도 있었는데, 그런 행동들은 대부가 알고 있던 남자 아이들의 전형적인 행동특성으로는 설명하기 힘든 것들이었다.

대부는 이런 일들을 특별히 심각하게 받아들이지는 않았다. 무엇보다도 어린아이들은 짐승이나 마찬가지여서 되풀이해서 말로 설명하고 매를 때려야 비로소 길이 드는 법이었다. 어렸을 적에는 단테처럼 거친 성격이었다가도 커서 성인(聖人)처럼 훌륭해진 사람들도 있었다. 대부가 께름칙하게 생각했던 것은 그의 다변과 자기 엄마와 나누는 오랜 대화들 그리고 무엇보다도 아이가 조금씩 자신에게 반항을 한다는 점이었다.

자연의 장난을 두려워하는 대부를 불안하게 만드는 것이 또 한 가지 있었다면 그것은 바로 단테가 열다섯 살에 성장을 멈췄다는 사실이었다. 그는 155cm까지 자라고는 더는 키가 크지 않았다. 의사들을 찾아다녔지만 다들 한다는 얘기가 기껏해야 7cm 이상은 자라지 못한다는 것이었다. 그래봤자 클레리쿠지오가 사람들의 평균 신장인 180cm에는 전혀 미치지 못했다.

평소 쌍둥이를 위험한 징조로 해석했던 대부는 단테의 작은 키에 대해서도 같은 생각을 했다. 아이가 태어나는 일은 신의 축복이지만 쌍둥이는 자연의 이치에 어긋난다는 것이 대부의 주장이었다. 한 번은 브롱크스에 사는 한 단원이 세 쌍둥이의 아빠가 되는 일이 생기자 대부는 끔찍해하면서 그들에게 오리건 주의 포틀랜드에 식품가게를 하나 마련해주고 조직에서 내보냈다. 결국 그 가족은 경제적으로는 넉넉하지만 외로운 생활을 할 수밖에 없었다. 대부는 왼손잡이와 말더듬이에 대해서도 편견을 갖고 있었다. 누가 뭐라고 하든 이런 사람들은 좋은 징조가 되지 못했다. 단테는 태어나면서부터 왼손잡이였다.

 하지만 이런 모든 사실들에도 불구하고 대부는 손자에게 경계심을 품지 않았고 변함 없이 아끼고 사랑했다. 그의 혈육이라면 당연히 예외였으니까. 하지만 단테는 커갈수록 대부가 희망하는 모습에서 점점 더 멀어졌다.

 단테는 열여섯 살에 학교를 중퇴하면서 집안일에 관심을 보였다. 그는 빈센트의 식당에서 일을 했다. 그는 인기 있는 웨이터였고 몸동작이 빠르고 재치가 있어서 팁도 엄청나게 벌었다. 그 일이 시들해지자 월 스트리트에 있는 지오르지오의 사무실에서 두 달간 일했는데, 지오르지오가 복잡한 증권 업무를 가르쳐보려고 열심히 노력했지만 그는 그 일을 싫어했고 적성도 없었다. 그는 결국 뻬띠에의 건설회사에 정착을 했고 조직의 대원들과 함께 일하는 것을 좋아했다. 그는 점점 근육질로 변해 가는 자신의 육체를 자랑스러워했다. 하지만 이런 과정들을 통해 그는 세 삼촌들의 성격상의 특징들을 어느 정도 파악했고 대부는 이 점을 칭찬했다. 그는 빈센트의 솔직함과 지오르지오의 냉정함 그리고 뻬띠에의 사나운 면을 본받았다. 그러면서 은연중에 그의 고유한 성격도 자리를 잡았는데, 그는 본성이 음흉하고 약삭빠르고 교활했으며 또한 재치도 있어서 그 때문에 매력적으로 보일 때도 있었다. 그리고 그 즈음부터 그는 르네상스 풍의 모자를 쓰고 다니기 시작했다.

 그가 그 화려한 색깔의 모자들을 어디서 구하는지는 아무도 몰랐다. 둥근 것, 네모난 것 등등 별의별 모양의 모자들이 항상 마치 물 위에 떠 있는 것처럼 가볍게 그의 머리에 올라앉아 있었다. 그가 모자를 쓰면 더 크고 더 잘 생겨 보였으며 사람들에게 좀더 호감을 줬다. 그 이유는 광대들이나 쓸 것 같은 모자 때문에 사람들이 경계심을 풀었기 때문이기도 했고, 또 모자가 그의 얼굴 양쪽의 균형을 맞춰주기 때문이기도 했다. 그런 모자들은 그에게 잘 어울렸다. 모자를 쓰면 클레리쿠지오가 사람들의 특징인 새까만 곱슬머리가 가려졌다.

서재에는 여전히 실비오의 사진이 걸려 있었는데, 어느 날 서재에서 단테가 할아버지에게 물었다.

"실비오 삼촌은 어떻게 죽었어요?"

대부는 짧게 대답했다.

"사고였지."

"그 삼촌은 할아버지가 제일 아끼던 아들이었죠?"

대부는 단테가 느닷없이 이런 질문들을 하자 가슴이 뜨끔했다. 단테는 아직도 열다섯 살밖에 되지 않은 나이였다.

"왜 그렇게 생각하는데?"

"죽었으니까요."

단테는 장난스럽게 씩 웃으며 대답했지만 그것이 머리에 피도 안 마른 어린애가 겁도 없이 한 농담이었다는 것을 대부가 이해하는 데는 몇 분이 걸렸다.

대부는 저녁을 먹기위해 아래층으로 내려오다가 단테가 그의 사무실을 뒤지는 장면을 목격한 적도 있었다. 어린아이들은 항상 어른들 일에 호기심을 느끼기 마련이라서 이 행동을 불쾌하게 여기지는 않았지만, 그 이후로 대부는 정보가 유출될 위험이 있는 서류는 절대 만들지 않았다. 대부는 마치 뇌 한쪽 구석에 엄청나게 커다란 칠판이 있어서 거기에다 자신이 가장 아끼는 사람들의 죄와 미덕을 포함해서 필요한 모든 정보들을 적어놓는 것처럼 보였다.

하지만 단테를 좀더 경계하게 되면서 대부는 손자에게 훨씬 더 각별하게 애정표현을 했고, 그가 거대한 조직을 계승할 후계자 중 한 명이라는 사실을 확실하게 알려주었다. 그리고 단테를 야단치고 훈계하는 일은 삼촌들이 맡았는데 주로 지오르지오가 맡아서 했다.

결국 대부는 단테를 사회의 적법한 일원으로 만드는 일을 단념하고 해결사로 훈련시키기로 했다.

대부는 로즈 마리가 저녁을 먹으러 내려오라고 부르는 소리에 식당으로 내려가 단 둘이서 저녁식사를 했다. 그는 식당으로 걸어 들어가 파스타를 담아놓은 화려한 그릇 앞에 자리를 잡았다. 로즈마리는 갈아놓은 치즈가 담긴 은그릇을 그의 앞에 가져다 놓았는데, 치즈가 샛노란 걸 보면 고소하고 단맛이 나는 치즈임에 분명했다. 로즈 마리는 그의 맞은편에 자리를 잡고 앉았다. 로즈마리는 명랑하고 생기가 있었다. 그런 딸을 보며 그도 기분이 즐거워졌다. 오늘밤에는 끔찍한 발작은 일어나지 않을 모양이었다. 마치 산타디오파와의 전쟁이 일어나기 전의 딸의 모습을 보는 것 같았다.

그 일은 엄청난 비극이었고 대부가 범한 몇 안 되는 실수 중 하나였다. 그리고 모든 면에서 완벽한 승리란 없다는 사실을 증명하는 한 예이기도 했다. 하지만 로즈 마리가 끝까지 과부로 남을 것이라고는 누구도 상상하지 못했다. 사랑에 빠졌던 이들은 예외 없이 다시 사랑을 하기 마련이라는 것이 대부의 평소 지론이었다. 그 순간 대부는 딸이 말할 수 없이 사랑스럽게 느껴졌다. 그녀는 단테의 사소한 잘못들은 너그럽게 받아주곤 했다. 로즈 마리는 앞으로 몸을 내밀고 반백이 된 대부의 머리칼을 다정하게 쓰다듬었다.

그는 커다란 숟가락으로 치즈가루를 듬뿍 떠서 씹으며 잇몸에 닿는 고소한 열기를 느꼈다. 그리고 포도주를 한 모금 마시고 나서 로즈 마리가 양다리 고기를 베어내는 모습을 지켜보았다. 그녀는 껍질이 딱딱하고 기름기가 반지르르한 갈색 감자 세 알을 그의 접시에 놓아주었다. 불안했던 그의 마음이 맑게 개였다. 지금 이 순간 어느 누가 나보다 더 행복할까?

그는 기분이 아주 좋아져서 식사후에 로즈 마리와 같이 거실에서 TV를 봤다. 텔레비전에서는 몇 시간 내내 소름끼치는 장면들이 이어졌고, 그것들을 다 보고 난 뒤 대부는 로즈 마리에게 말했다.

"모두가 자기 기분 내키는 대로 행동하는 세상이 가능할까? 아무도 하나님이나 인간한테 벌을 받지 않고, 아무도 생계를 위해 일할 필요가 없는 그런 세상이 가능할 것 같으냐? 여자들은 마음껏 변덕을 부리고 의지박약한 어리석은 남자들은 하찮은 욕망에 무릎을 꿇는 그런 세상이 가능하다고 생각해? 생계를 위해서 열심히 일하고 자식들을 어떻게 하면 운명과 잔인한 세상으로부터 보호할까 고민하는 정직한 남편들은 다 어디 갔지? 한 조각의 치즈와 한 잔의 포도주와 그날 하루 열심히 일하고 돌아갈 따뜻한 집이 있는 것만으로도 충분한 보상을 받았다고 생각하는 사람들은 다 어디로 갔는가 말이다. 정체불명의 행복을 쫓는 저 인간들은 도대체 어떤 뭐야? 인생을 가지고 온갖 소란을 피우다가 결국에는 얻는 건 하나도 없이 엄청난 비극만 만들어내는 인간들 같으니."

대부는 딸의 머리를 톡톡 치면서 저건 아니라는 듯이 텔레비전 화면을 향해 손을 흔들었다.

"모두 바다에나 빠져버리라고 해."

이렇게 말한 뒤 마지막으로 한 마디를 덧붙였다.

"뿌린 대로 거두는 게 세상 이치야."

그날 밤 아무도 없는 자신의 침실로 돌아온 대부는 침실의 발코니로 걸어 나갔다. 담 안쪽에 있는 집들은 모두 밝은 조명을 받고 있었다. 테니스장에서 공치는 소리가 들렸고 불빛 아래서 테니스를 하는 사람들이 보였다. 시간이 늦어서인지 밖에서 노는 아이들은 없었다. 대문과 집 주변에서는 경비원들이 경비를 서고 있었다.

그는 앞으로 닥쳐올 비극을 막기 위한 방법으로 어떤 것들이 있을지 곰곰이 생각했다. 딸과 손자에 대한 사랑이 물밀 듯이 밀려들면서 그는 삶의 보람을 느꼈다. 그러다가 문득 그는 자기 자신에게 화가 났다. 왜 나는 항상 앞으로 벌어질 비극을 미리 내다보는 걸까? 하고. 그는 살아오면서 부딪히는 문제들을 모두 해결했고 따라서 이번 문제도 결국에는 해결할 것이다.

여전히 그의 마음 속에서는 여러 가지 계획들이 소용돌이 치고 있었다. 그는 웨이븐 상원의원을 생각했다. 지난 수년 간 그는 도박을 합법화시키는 법안을 통과시키기 위해서 그에게 수백만 달러를 기부했다. 하지만 상원의원은 요리조리 잘도 빠져나갔다. 그는 그론벨트가 죽었다는 사실이 참으로 유감스러웠다. 크로스와 지오르지오에게는 상원의원을 압박할 수 있는 기술이 없었다. 어쩌면 도박 제국은 영원히 찾아오지 않을지도 몰랐다.

그러다가 그는 자신의 오랜 친구이자 지금은 로마에서 편하게 살고 있는 데이비드 레드펠로우를 생각해냈다. 그를 조직으로 다시 불러들여야 될 시점이 된 것 같았다. 크로스가 헐리우드의 동업자들을 너그럽게 봐준 것은 지극히 현명한 행동이었다. 어찌됐든 크로스는 앞날이 창창했으니까. 물론 심성이 약한 것이 치명적인 약점이 될 수도 있다는 사실을 아직은 알지 못할 나이였다. 대부는 데이비드 레드펠로우를 로마에서 불러들여 영화사업을 돕게 해야겠다고 결심했다.

11

보즈 스카넷이 죽고 일 주일 뒤 크로스는 클로디아를 통해서 아테나가 말리부에 있는 집으로 그를 초대한다는 연락을 받았다.

크로스는 라스베가스에서 로스앤젤레스까지 비행기를 탄 후 차를 빌려 타고 석양이 질 무렵 말리부 콜로니 입구의 초소에 도착했다. 특별 경호원들은 이제는 없었지만 손님을 맞이하는 건물에서 비서가 그의 신원을 확인한 뒤에 부저를 울려서 그를 안으로 들여보내는 것은 여전했다. 그는 긴 정원을 따라 해변가에 있는 집까지 걸어갔다. 몸집이 자그마한 가정부도 여전했다. 그녀는 태평양 물결에 바로 닿아 있는 것처럼 보이는 옥색의 거실로 그를 안내했다.

그를 기다리고 있던 아테나는 그가 기억했던 것보다 훨씬 더 아름다웠다. 그녀는 초록색 블라우스와 바지 차림이었고 마치 조금씩 녹으면서 그녀 뒤편에 보이는 바다 안개 속으로 스며들어가고 있는 것처럼 보였다. 그는 그녀에게서 눈을 뗄 수가 없었다. 그녀는 뺨에 키스를 하는 헐리우드식

인사법 대신에 그와 악수를 했다. 그녀는 마실 것을 그에게 건넸다. 라임을 띄운 물이었다. 두 사람은 밝은 초록색 천이 씌워진 큼지막한 의자로 가서 바다를 마주하고 앉았다. 저무는 태양이 방안에 반짝이는 황금빛을 뿌렸다.

크로스는 아테나의 아름다운 모습이 자꾸만 의식되어 고개를 숙이고 일부러 쳐다보지 않았다. 황금빛 머릿결, 뽀얀 피부 그리고 의자에 편하게 기대고 있는 그녀의 긴 몸. 동전모양의 황금빛 햇살이 그림자를 던지며 그녀의 녹색 눈동자 속으로 떨어졌다. 그는 그녀를 만지며 더 가까이 다가가 그녀를 소유하고 싶은 참을 수 없는 욕구를 느꼈다.

아테나는 자신이 크로스에게 불러일으키는 감정들을 눈치 채지 못한 것처럼 보였다. 그녀는 물을 한 모금 마시더니 조용히 말을 꺼냈다.

"영화 일을 계속 할 수 있게 해줘서 고마워요."

그녀의 목소리는 크로스의 마음에 불을 댕겼다. 그것은 관능적이지도 유혹적이지도 않다. 하지만 지극히 부드럽고 자신감에 차 있으면서도 또 지극히 온화해서 그는 그녀와 계속해서 얘기를 나누고 싶었다. 맙소사, 내가 지금 왜 이러지? 하고 그는 생각했다. 그는 그녀에게 압도당하고 있다는 사실이 부끄러웠다. 그는 여전히 고개를 숙인 채 중얼거리듯이 대답했다.

"전 돈으로 유혹하면 당신이 영화를 다시 시작할 거라고 생각했습니다."

"전 돈 욕심은 없어요."

이제 그녀는 바다로 향하고 있던 얼굴을 크로스 쪽으로 돌려서 그의 눈을 똑바로 쳐다보았다.

"클로디아한테 들었는데 남편이 자살하자 영화사가 계약을 파기했다더군요. 당신은 할 수 없이 영화를 그 사람들한테 돌려주고 수익의 일정액을 받는 걸로 끝냈다고 말예요."

크로스는 계속 무표정한 얼굴을 하고 있었다. 그는 그녀에 대한 모든 감정들을 깨끗이 쓸어내고 싶었다.

"제가 썩 능력 있는 사업가는 아닌 모양입니다."

그는 그녀에게 자신을 무능한 모습으로 보이고 싶었다.

"계약을 몰리 플랜더즈가 맡았던데요. 몰리는 정말로 유능한 변호사예요. 당신은 계약을 그대로 유지할 수도 있었어요."

크로스는 어깨를 으쓱했다.

"전략적 차원의 문제죠. 전 영화사업을 영구적인 사업으로 삼고 싶었기 때문에 로드스톤 영화사처럼 힘 있는 상대를 적으로 만들고 싶지 않았습니다."

"제가 도와줄 수도 있는데. 촬영장으로 돌아가지 않겠다고 하면 돼요."

크로스는 그녀가 자신을 위해서 뭔가를 하려고 한다는 사실에 짜릿한 흥분을 느꼈다. 그는 그 제안을 곰곰이 생각해보았다. 영화사는 그래도 역시 그를 법정으로 끌고 갈 것이다. 또 절대 아테나가 자기를 빚을 갚아야 할 대상으로 생각하도록 만들고 싶지는 않았다. 문득 그는 그녀가 아름답기도 하지만 상당히 영리한 여자라는 생각이 들었다.

"그렇게 하려는 이유가 뭐죠?"

아테나는 의자에서 일어나 한 폭의 그림 같은 창문 옆으로 걸어갔다. 해변에는 회색빛 어둠이 내리고 태양은 이미 모습을 감춘 뒤였으며, 그녀의 집과 퍼시픽 코스트 뒤로 펼쳐진 산들의 그림자가 바다에 어른거렸다. 그녀는 이제 검푸른 색으로 변한 바다와 살랑거리는 잔물결을 지긋이 바라보았다. 그녀는 그의 쪽으로 고개를 돌리지 않은 채 대답했다.

"그렇게 하려는 이유가 뭐냐고요? 간단히 말해서, 전 보즈 스카넷을 누구보다 잘 알기 때문이에요. 그리고 설령 유서가 백 장이 나왔다고 해도 그 사람이 절대 자살할 사람은 아니라고 생각하죠."

크로스가 어깨를 으쓱했다.

"그렇지만 죽었는걸요."

"맞아요."

그녀는 그의 쪽으로 돌아서서 똑바로 그를 쳐다보았다.

"당신은 영화를 매입했고 당신을 도와주려고 했는지 느닷없이 보즈가 자살을 했어요. 전 당신이 그를 죽였을 거라고 생각해요."

그녀의 단호한 표정이 너무 아름다워서 크로스는 그러지 않으려고 해도 자꾸만 목소리가 떨렸다.

"그럼 영화사요? 매리온은 미국에서 가장 영향력 있는 사람 중 하나입니다. 밴츠나 스키피 디어는 또 어떻습니까?"

아테나가 아니라는 듯이 고개를 저었다.

"그 사람들은 제 부탁의 의미를 이해했어요. 바로 당신이 그랬던 것처럼. 그 사람들은 그걸 거절했고 당신한테 영화를 팔았어요. 그 사람들은 영화를 끝내고 난 뒤에 제가 살해를 당하든 말든 관심이 없었지만 당신은 관심을 가졌죠. 그리고 전 당신이 절 돕지 못하겠다고 말하던 그 순간에도 여전히 절 도울 거라는 사실을 알고 있었어요. 당신이 영화를 매입했다는 소식을 들었을 때 전 당신이 뭘 하려는지 정확히 알았지만, 솔직히 말해서 당신이 그렇게까지 영리할 거라고는 생각하지 못했어요."

갑자기 그녀가 자기에게 다가오는 걸 보고 그는 의자에서 일어났다. 그녀가 그의 손을 잡았다. 그는 그녀의 체취와 입김을 느꼈다.

"저는 태어나서 처음으로 흉악한 죄를 지었어요. 누군가에게 살인을 부추긴 죄 말예요. 차라리 제가 직접 죽였더라면 덜 나쁜 인간이 됐을 텐데. 하지만 그럴 수가 없었어요."

"왜 제가 살인을 했을 거라고 생각하죠?"

"클로디아가 저한테 당신 얘기를 많이 해줬죠. 전 당신의 정체를 눈치 챘지만 당신 동생은 너무 순진해서 아직까지도 오빠인 당신에 대해 잘 몰라요. 그저 거칠고 비밀이 많은 사람 정도로밖엔 생각 안 하고 있어요."

크로스는 바짝 경계를 했다. 그녀는 범죄사실을 인정하는 쪽으로 그를 유도하고 있었다. 그건 신부에게도 아니 하나님에게조차 절대로 고백해서는 안될 사실이었다.

"그리고 당신이 저를 바라보는 태도에서도 그걸 알았어요. 많은 남자들이 절 그런 식으로 쳐다보죠. 제가 건방져서 이런 말을 하는 게 아니라, 사실 전 어렸을 때부터 줄곧 주위 사람들한테서 예쁘다는 얘길 들어왔기 때문에 제가 아름답다는 사실을 잘 알아요. 제게 힘이 있다는 것은 항상 알았지만 그 힘이 어떤 것인지는 정확히 이해를 못했어요. 그 사실이 마음에 걸리긴 하지만 전 그 힘을 사용하죠. 사람들은 그걸 사랑이라고 불러요."

그녀는 크로스의 손을 놓았고 크로스는 굳이 그녀의 손을 다시 붙잡지 않았다.

"왜 그렇게 남편을 무서워했죠? 당신의 배우 경력을 망쳐놓을까 봐?"

순간 그녀의 눈에서 분노의 불길이 확 타올랐다.

"배우 일은 못해도 상관없었고, 그 사람이 절 죽이려고 한다는 걸 알았지만 그건 하나도 안 무서웠어요. 다른 이유가 있었어요."

"영화를 되찾을 수 있도록 제가 도와줄게요. 일을 안 하겠다고 계속 고집을 부리면 돼요."

"그러지 마세요."

아테나는 싱긋 웃으면서 밝고 쾌활하게 말했다.

"그럼 그냥 침대로 가죠. 당신은 아주 매력적이라서 분명히 아주 재미있을 거예요."

그는 그녀가 자기를 매수할 수 있다고 생각하는 것 같아서 순간 화가 치밀었다. 남자들이 힘 자랑을 하는 것처럼 그녀도 여자로서의 매력을 이용하고 있다는 느낌을 받았다. 하지만 무엇보다도 그녀의 목소리 속에서 얼핏 느껴지는 비웃음이 아주 불쾌했다. 자신의 기사도 정신을 비웃고, 그녀를 사랑하는 그의 진심을 그저 성적인 욕구쯤으로 치부해버리는 느낌이라고 할까. 마치 그녀가 그를 사랑하는 척 하는 것과 그가 그녀를 사랑하는 마음이나 모두 한낱 거짓에 지나지 않는듯 했다.

그는 그녀에게 쌀쌀맞게 말했다.

"전 보즈 스카넷과 협상을 하려고 한참 얘기를 했습니다. 당신이랑 결혼했을 때 하루에도 다섯 번은 성관계를 했다고 하더군요."

그녀가 움찔 놀라는 걸 보고 그는 기분이 좋았다.

"세 보진 않았지만 많이 했죠. 전 열여덟 살이었고 정말로 그 남자를 사랑했으니까. 그런데 이제 그 남자가 죽길 바라니 웃기지 않아요?"

그녀는 얼굴을 잠깐 찡그리더니 불쑥 물었다.

"또 무슨 얘길 했어요?"

크로스는 험상궂은 표정으로 그녀를 쳐다보았다.

"보즈는 당신들 두 사람만 아는 끔찍한 비밀을 얘기해줬습니다. 당신이 도망쳤을 때 아기를 사막에다 묻었다고 당신이 고백했다더군요."

아테나의 얼굴은 가면을 쓴 것처럼 무표정했고 초록색 눈동자는 흐렸다. 그날 저녁 처음으로 크로스는 그녀의 행동이 연기가 아닐지도 모른다고 느꼈다. 그녀의 안색은 어떤 배우도 흉내 내지 못할 만큼 창백했다. 그녀가 속삭이듯 그에게 물었다.

"진짜로 제가 아기를 죽였을 것 같아요?"

"보즈 말로는 당신 입으로 직접 그렇게 얘기했다던데요."

"그렇게 얘기했어요. 자, 다시 묻겠어요. 당신은 진짜로 제가 아기를 죽였을 것 같아요?"

아름다운 여자를 비난하는 것처럼 끔찍한 일이 또 있을까? 크로스는 자기가 솔직하게 대답한다면 영원히 그녀를 잃게 될 거라고 생각했다. 갑자기 그가 그녀를 가만히 품에 안았다.

"당신은 너무나 아름다워요. 당신처럼 아름다운 여자가 절대 그런 짓을 할 리가 없어요."

아무리 많은 증거가 있어도 아름다운 여자 앞에서 남자들이 약해지는 건 불변의 진리였다.

"아니, 전 당신이 안 그랬을 거라고 믿어요."

그녀는 뒤로 물러났다.

"제가 보즈를 죽게 했어도 말인가요?"

"그 남자는 당신 때문에 죽지 않았어요. 그 남자는 자살한 거예요."

아테나는 그를 뚫어져라 쳐다보았다. 그가 그녀의 손을 잡았다.

"당신은 제가 보즈를 죽였다고 생각하나요?"

그러자 아테나는 어떤 장면을 연기해야 하는지 비로소 깨달은 배우처럼 살짝 웃었다.

"당신이 절 믿는 것처럼 저도 당신을 믿어요."

두 사람은 웃으며 서로에게 무죄를 선고했다. 그녀는 그의 손을 잡으며 말했다.

"자, 제가 저녁을 차려줄 테니까 그 다음에 같이 침대로 가는 거예요."

그녀는 그를 부엌으로 데려갔다. 이 여자는 얼마나 많이 이 장면을 연기했을까, 하고 생각하며 크로스는 질투를 느꼈다. 평범한 여자처럼 집안일을 하는 아름다운 여왕의 연기 말이다. 그는 그녀가 요리하는 모습을 지켜보았다. 그녀는 앞치마도 없이 아주 능숙하게 요리를 했다. 그녀는 그와 얘기를 하면서 야채를 다지고 스튜를 만들고 식탁을 차렸다. 그녀는 그의 손을 잡고 그의 몸에 자기 몸을 스치면서 그에게 포도주병을 건네주었다.

그녀는 단 삼십 분 만에 식탁을 풍성하게 차리는 것을 보며 그가 감탄하는 모습을 지켜보았다.

"처음에 여자 주방장역을 맡은 적이 있었어요. 그래서 요리학교를 다니며 죄다 배웠죠. 그래서 '아테나 아퀴탠이 요리하는 것만큼만 연기하면 대배우가 될 것이다.' 라고 한 비평가까지 있었어요."

두 사람은 부엌의 앨코브(벽 한 부분을 쑥 들어가게 만들어서 반독립적인 공간으로 사용하는 곳)에서 식사를 하면서 물결이 일렁이는 바다를 구경했다. 갖은 야채를 덮은 작은 네모 모양의 소고기 요리와 쓴맛이 나는 채소들로 만든 샐러드는 맛깔스러웠다. 여러 종류의 치즈와 비둘기처럼 포동포동하고 따뜻한 작은 빵을 여러 개 담아놓은 큰 접시도 있었다. 그리고 후식으로 에스프레소와 함께 담백한 맛의 작은 레몬파이를 먹었다.

"요리사가 됐으면 좋았을 걸 그랬어요. 우리 친척 중에 빈센트 아저씨라고 있는데 당신 정도라면 당장 자기 식당으로 오라고 할 겁니다."

"아, 저야 무슨 일을 해도 잘 했겠죠."

아테나는 일부러 잘난 척을 하며 대답했다.

식사하는 내내 그녀는 마치 그의 육체 속에서 영적인 무언가를 찾으려는 것처럼 가끔씩 그를 어루만졌다. 크로스는 그녀가 자신을 만질 때마다 그녀와 살과 살을 비비고 싶은 참을 수 없는 욕구를 느꼈다. 식사가 끝나갈 때쯤 되자 그는 이제 음식의 맛조차 느낄 수 없었다. 마침내 두 사람은 식사를 마쳤고 아테나는 그의 손을 잡고 부엌에서 나가 침실로 이어지는 층계를 올라갔다. 우아하게, 그리고 마치 첫날밤 신부처럼 수줍은 듯 얼굴을 살짝 붉히고서. 크로스는 그녀의 연기력에 감탄하지 않을 수 없었다.

커다란 침실은 집 맨 꼭대기에 있었다. 거기에는 바다가 내려다보이는 발코니가 딸려 있었다. 방 벽 여기저기에는 화려하면서도 묘한 느낌의 그림들이 붙어 있었고 그 때문에 방이 환해 보였다.

두 사람은 발코니에 서서 방 불빛을 받아 마치 유령이 나올 것처럼 음산해 보이는 모래사장과 네모난 창문으로 불빛이 환하게 비치는 집들이 해변을 따라 죽 엎드려 있는 풍경을 바라보았다. 작은 새들이 마치 장난을 치는 것처럼 파도 사이를 요리조리 누비며 날고 있었다.

아테나가 한 손으로는 크로스의 어깨를 감싸 안으며 다른 손으로는 그의 얼굴을 자기 쪽으로 끌어당겼다. 두 사람은 따뜻한 바다 공기에 옷이 축축해질 때까지 한참을 그렇게 키스를 했다. 그런 다음 아테나는 그를 침실로 이끌었다.

그녀는 초록색 블라우스와 바지를 재빨리 벗었다. 달빛 비치는 어둠 속에서 그녀의 몸이 환하게 빛났다. 그가 상상했던 대로 그녀는 말할 수 없이 아름다웠다. 산딸기처럼 붉은 유두와 볼록 솟은 가슴이 마치 솜사탕을 보는 것 같았다. 그녀의 긴 다리와 둥근 엉덩이 선, 가랑이 사이의 황금빛 털, 그녀의 절대적인 침묵 그리고 그녀 뒤편으로 보이는 안개 낀 바다.

크로스는 그녀의 몸에 손을 뻗어서 벨벳처럼 부드러운 살결을 만지고 그녀 입술에서 풍기는 꽃향기를 맡았다. 그녀를 만지는 것만으로도 너무 황홀해서 다른 건 아무 것도 할 수 없었다. 아테나가 그의 옷을 하나씩 벗기기 시작했다. 그가 그녀의 몸을 애무하듯이 그녀도 그를 애무하며 부드럽게 그의 옷을 벗겨냈다. 그런 다음 그에게 키스를 하고 그를 살며시 침대로 데려갔다.

크로스는 한 번도 경험해보지 못했을 뿐 아니라 상상조차 하지 못했던 뜨거운 열정으로 그녀와 사랑을 나눴다. 그가 너무 급하게 달려들어서 아테나는 그를 진정시키려고 뺨을 때렸을 정도였다. 두 사람이 절정에 이른 뒤에도 그는 그녀의 몸을 꼭 잡고 놔주지 않았다. 두 사람은 뒤엉킨 채 잠시 누워 있다가 다시 시작했다. 그녀는 마치 누군가와 경쟁이라도 하는 듯이, 누구도 자기를 이기지 못한다는 듯이 훨씬 더 격렬해졌다. 마침내 두 사람은 완전히 기진맥진해서 잠이 들었다.

크로스는 수평선 위로 태양이 막 떠오르는 순간 잠이 깼다. 그는 태어나서 처음으로 두통을 느꼈다. 벗은 몸 그대로 그는 발코니로 나가 밀짚으로 만든 의자에 앉았다. 그리고 바다 위로 올라온 빛나는 태양을 바라보았다.

그녀는 위험한 여자였다. 그녀는 자기 아기를 죽였다. 이제 아기의 몸 속에는 사막 모래만이 가득할 것이다. 그리고 침대에서 지나칠 정도로 노련했다. 그를 죽음으로까지 몰아갈 수 있을 정도로. 그 순간 그는 그녀를 이제 다시는 만나지 않겠다고 마음을 먹었다.

그런 생각을 하고 있는데 그녀의 팔이 자신의 어깨를 감싸는 걸 느끼고는 얼굴을 돌려서 그녀에게 키스를 했다. 그녀는 왕관에 박힌 보석들처럼 반짝이는 핀 여러 개로 머리를 틀어 올리고 하얀 목욕가운을 입고 있었다.

"씻는 동안 아침을 준비할 테니까 먹고 가."

그녀는 그를 세면대와 대리석 화장대 그리고 욕조와 샤워기가 각각 두 개 씩 딸린 이인용 욕실로 그를 데려갔다. 그곳에는 남자용 목욕용품과 면도기, 면도용 크림, 화장수, 빗 같은 것들이 가득 준비되어 있었다.

그가 샤워를 끝내고 다시 발코니로 나오자 아테나는 크로와상과 커피, 오렌지 주스를 담은 큰 쟁반을 탁자로 가져왔다.

"베이컨이랑 달걀이 먹고 싶다면 만들어 줄게."

"이거면 됐어."

"언제 다시 만나지?"

"라스베가스에서 할 일이 많아. 다음주에 내가 전화하지."

아테나는 그의 마음을 분석하는 듯한 표정으로 그를 천천히 살펴보았다.

"그 말은 다시 만날 생각이 없단 얘기지, 아마도? 그래, 어젯밤에는 정말로 즐거웠어."

크로스는 어깨를 으쓱했다.
"당신은 빚을 갚았고 말야."
그녀는 기분 좋게 웃으며 덧붙였다.
"놀랄 만큼 다정하게 말이야, 안 그래? 억지로 한 건 아니었어."
크로스가 껄껄대며 웃었다.
"맞아."
그녀는 그의 마음을 읽었다. 어젯밤 두 사람은 서로에게 거짓말을 했고, 아침이 되자 그 거짓말들은 효력을 상실했다. 그녀는 자기가 그의 믿음을 얻기에는 지나칠 정도로 아름답다는 사실을 잘 알았다. 그가 그녀에게, 그리고 그녀가 고백한 범죄행위에 대해 위협을 느낀다는 사실도. 그녀는 뭔가를 골똘히 생각하면서 말없이 식사를 했다. 그러고 나서 그에게 말했다.
"당신이 바쁜 줄은 알지만 보여주고 싶은 게 있어. 비행기를 타는건 오후로 미루고 아침에 시간을 좀 내줄 수 있겠어? 중요한 일이야. 당신을 데려갈 데가 있어."
크로스는 그녀와 함께 하는 마지막 시간을 차마 포기할 수가 없어서 그러겠다고 대답했다.
아테나는 메르세데스 SL 300에 그를 태우고 고속도로로 들어선 다음에 샌디에고를 향해 남쪽으로 달렸다. 하지만 그녀는 샌디에고 바로 못 미친 곳에서 방향을 틀어서 작은 길로 들어서더니 그 길을 따라 산 속 깊은 곳으로 들어갔다.
십오 분 뒤에 두 사람은 가시철조망으로 울타리를 쳐놓은 단지 앞에 도착했다. 그 단지 안에는 붉은 벽돌 건물 여섯 채가 있었고 건물들 사이에는 초록색 잔디가 깔려 있었으며 건물과 건물을 잇는 인도는 하늘색으로 칠해져 있었다. 초록색 광장 한 곳에서 대략 열두 명쯤 되는 아이들이 축구를 하고 있었다. 또 다른 광장에서는 열 명 정도 되는 아이들이 연을 날리는 중이었다. 그들 곁에는 어른 서너 명이 서서 그들을 지켜보고 있었는데, 어딘지 모르게 분위기가 이상했다. 누군가가 축구공을 공중으로 차올리면 아이들은 대부분 공을 피해 달아나는 것처럼 보였고, 또 다른 광장에서는 연들이 하늘 위로 자꾸만 올라가더니 영영 돌아오지 않았다.

"여기가 뭐 하는 데야?"

아테나는 애절한 표정으로 그를 쳐다보았다.

"지금은 그냥 날 따라와. 질문은 나중에도 할 수 있으니까."

아테나는 차로 정문 앞까지 다가간 다음, 경비원에게 노란색 배지를 보여주었다. 그리고 문을 통과해서 제일 큰 건물 앞에 차를 세웠다.

안내대로 간 아테나는 낮은 목소리로 안내원에게 뭔가를 물었다. 크로스는 뒤에 서 있었지만 대답하는 소리를 들을 수 있었다.

"기분이 안 좋아서 방에서 안아주고 있어요."

"도대체 뭐야?"

크로스는 재차 물었다.

하지만 아테나는 대답이 없었다. 그녀는 그의 손을 잡고 반짝이는 타일이 덮인 긴 복도를 통해 옆 건물로 건너가 기숙사 같은 곳으로 그를 데려갔다.

입구에 있던 간호사가 그들의 이름을 물었다. 간호사가 고개를 끄덕이자 아테나는 크로스를 또 다른 복도로 데려갔는데 복도를 따라 방문들이 죽 나 있었다. 아테나가 그 중 하나를 열었다.

두 사람이 들어간 곳은 크고 환한 예쁜 침실이었다. 그곳에는 아테나의 방 벽에 있는 것과 똑같은 낯설고 난해한 그림들이 있었는데 단지 이 방의 그림들이 방바닥을 온통 뒤덮고 있다는 점이 달랐다. 벽에는 풀을 먹인 아미쉬 의상을 입은 예쁜 인형들이 나란히 놓여 있는 선반이 있었다.

그곳에는 분홍색 폭신한 담요와 빨간 장미가 가득 수놓인 하얀 베개가 놓인 작은 침대가 있었다. 하지만 침대에는 아이가 없었다.

아테나는 뚜껑이 열린 면과 바닥에 두껍고 부드러운 하늘색 천이 덮인 커다란 상자 쪽으로 걸어갔다. 크로스가 상자 안을 들여다보니 아이가 그 안에 누워 있었다. 아이는 두 사람이 온 걸 알아채지 못했다. 아이는 상자 한쪽에 달린 손잡이를 만지작거리면서 상자 벽에 대고 자기 몸을 짓이겨 버리기라도 할 것처럼 힘껏 밀어대고 있었다.

아이는 아테나를 그대로 축소해놓은 듯한 열 살 짜리 어린 소녀였는데, 아무런 감정 없이 무표정했고 아이의 녹색 눈동자는 자기(磁器) 인형의 눈처럼 아무것도 보고 있지 않는 것 같았다. 하지만 네모 판자들을 움직이는 장치를 돌려서 판자에 몸이 꼭 조일 때마다 아이의 얼굴은 이루 말할 수 없이 평온하게 빛났다. 아이는 두 사람의 존재를 완전히 무시했다.

아테나는 나무 상자 위로 몸을 숙였다. 그녀는 장치를 끄고 아이를 들어 올렸다. 아이는 거의 무게가 나가지 않는 것처럼 보였다.

아테나는 아이를 안아서 고개를 숙여 아이의 볼에 입을 맞췄지만 아이는 몸을 움찔하더니 얼굴을 돌려버렸다.

"엄마야. 나한테 뽀뽀해주지 않을래?"

그녀의 목소리가 크로스의 가슴을 아프게 했다. 그 목소리는 절망적으로 애원하는 목소리였지만 이제 아이는 그녀의 품 안에서 마구 발버둥을 쳤다. 결국 아테나는 아이를 바닥에 가만히 내려놓았다. 아이는 무릎걸음으로 기어가더니 그림 상자와 커다란 종이를 재빨리 낚아챘다. 그리고는 몰입해서 그림을 그리기 시작했다.

크로스는 뒤에 멀찍감치 서서 아테나가 자기의 모든 연기력을 죄다 동원해 어떻게든 아이와 관계를 맺어보려고 애쓰는 모습을 지켜보았다. 처음에 그녀는 아이 곁에 무릎을 꿇고 앉아 그림 그리는 걸 도와주는 다정한 친구가 되어봤지만 아이는 관심을 보이지 않았다.

그러자 아테나는 자리에서 일어나 이번에는 아이에게 바깥에서 어떤 일이 있었는지 얘기해주는 믿음직한 엄마가 되었다. 그런 다음에는 아이의 그림을 칭찬하면서 아양을 떠는 어른을 연기했다. 이렇게 해도 저렇게 해도 아이는 그저 계속해서 거부할 뿐이었다. 아테나는 붓을 하나 집어 들어서 도와주려고 했지만 그걸 본 아이는 붓을 뺏어버렸다. 아이는 한 마디도 하지 않았다. 마침내 아테나는 포기했다.
"아가, 내일 다시 올게. 나랑 바람도 쐬자. 내가 새 그림물감도 가져올게. 빨간 색 물감을 거의 다 썼네."
그녀는 아이에게 입맞춤을 하려고 했지만 작고 아름다운 두 손이 그녀를 밀어냈다.
마침내 아테나는 자리에서 일어나 크로스를 데리고 방을 나왔다.
말리부로 돌아오는 길은 그가 운전을 했고, 달리는 동안 그녀는 손으로 얼굴을 감싸고 내내 울었다. 크로스는 너무 놀라서 아무 말도 하지 못했다.
차에서 내렸을 때 아테나는 진정이 된 것 같았다. 그녀는 크로스를 집안으로 데리고 들어가서는 그와 정면으로 마주섰다.
"내가 사막에다 묻었다고 보즈한테 말했던 애가 바로 아까 그 아이야. 이제 내 말 믿겠어?"
그리고 처음으로 크로스는 어쩌면 그녀가 자기를 사랑할 수 있을지도 모른다는 느낌을 받았다.
아테나는 그를 부엌으로 데려가 커피를 만들어 주었다. 두 사람은 부엌의 앨코브에서 바다를 바라보았다. 커피를 마시면서 아테나는 얘기를 시작했다. 그녀는 목소리에도 얼굴에도 아무런 감정을 싣지 않은 채 편하게 얘기를 풀어나갔다.
"내가 보즈한테서 도망쳐 나왔을 때 아기를 샌디에고에 사는 먼 친척 부부한테 맡겼었어. 아기는 정상아처럼 보였어. 난 그때까지는 아이가 자폐증인지 몰랐고 실제로 아니었는지도 몰라. 난 배우로 성공해야겠다고 결심했고 그래서 아이만 맡기고 떠났지. 우리 두 사람을 위해서 돈을 벌어야 했으니까. 난 내가 재능이 있다고 확신했고 다들 나를 아름답다고 했어. 난 성공하면 아기를 다시 찾아올 수 있을 거라고 항상 생각했어."

"그래서 로스앤젤레스에서 일하면서 시간이 날 때마다 샌디에고로 아이를 찾아갔어. 그러다가 갑자기 유명해졌고 그래서 한 달에 한 번 정도밖에는 아이를 만나지 못했어. 마침내 아이를 집으로 데려올 준비가 됐고 아이의 세 살 생일에 온갖 선물들을 들고 찾아갔는데 베써니는 이미 다른 세계 속으로 들어가 버린 뒤였어. 아이는 표정이 없었어. 난 전혀 아이에게 가까이 갈 수가 없었지. 난 완전 이성을 잃고 말았어. 보즈가 아이를 바닥에 떨어뜨렸던 일이 기억나서 어쩌면 뇌종양일지도 모른다는 생각이 들었어. 아마도 뇌를 다쳐서 이제 증상이 나타나는 것인지도 모른다고 말이야. 그 뒤 여러 달을 의사들과 전문가들한테 데려가서 갖은 검사를 다 받았어. 그러는 와중에, 보스톤에 있던 의사인지 텍사스 어린이 병원 정신과의사인지 잘 기억이 안 나는데, 누군가가 내 딸이 자폐증이라고 하는 거야. 난 그게 정확히 뭔지도 몰랐고 그저 일종의 정신지체라고 생각했어. 의사는 그런 게 아니라고 했어. 그 병은 아이가 자신만의 세계에서 살고, 다른 사람의 존재를 의식하지 못할 뿐만 아니라 관심도 없고, 사물에 대해서도 사람에 대해서도 아무것도 못 느낀다는 의미라더군. 우리 집과 가까운 그 병원으로 아이를 데려가서야 비로소 아이가 당신이 아까 봤던 그 포옹장치에 반응할 수 있다는 걸 알았지. 그건 도움이 되는 것 같았고 그래서 아이를 그곳에 놔둘 수밖에 없었어."

크로스는 한마디 말도 없이 앉아 있었고 아테나는 얘기를 계속했다.

"자폐 상태에 있다는 건 아이가 나를 전혀 사랑할 능력이 없다는 걸 의미해. 하지만 의사들이 그러는데, 자폐증 환자 중에는 재능이 뛰어난 사람들이 있고 가끔은 천재도 있대. 그리고 난 베써니가 천재라고 생각해. 아이는 그림에만 뛰어난 게 아니야. 다른 면에서도 특별해. 의사들은 다 그런 건 아니지만 자폐증이더라도 오랫동안 열심히 치료를 받으면 일부 사물에 반응하는 법을 배우고 그런 다음 일부 사람들에게도 관심을 가지는 법을 배울 수 있대. 그 중 소수는 거의 정상에 가까운 생활을 할 수도 있다고 하고. 지금 베써니는 음악이나 어떤 소음도 참고 듣지를 못해. 하지만 처음에는 내가 자길 만지는 걸 참 못했는데 이제는 날 참아내는 법을 배웠고 그래서 예전보다 좀더 나아졌어."

"아이는 여전히 날 거부하지만 예전처럼 그렇게 거칠지는 않아. 우리 두 사람 관계가 약간 좋아졌다고나 할까. 난 내가 성공하려는 욕심 때문에 아이를 버려서 벌을 받는 거라고 생각했었어. 그런데 전문가들 말로는, 때로는 유전인 것처럼 보이기도 하고 그렇다고 해서 후천적으로 발병할 가능성도 배제할 수는 없다고 하는데 하지만 정확히 그 원인이 뭔지는 모른대. 의사들은 나한테 아이를 떨어뜨려서 머리를 부딪쳤다든지 아이를 버렸다든지 하는 일들은 아무 상관이 없다고 하지만, 난 그 말을 믿어야 할지 말아야 할지 모르겠어. 그 사람들은 우리한텐 책임이 없다고, 그냥 생명의 불가사의한 현상들 중 하나일 뿐이라고, 아마도 타고난 운명인지도 모른다고들 얘기하면서 계속 날 위로하려고 해. 무엇으로도 자폐증이 발병하는 걸 막을 수 없었을 거고, 무엇으로도 지금 이 상태를 바꿀 수 없다고들 하지. 하지만 그래도 자꾸만 내 안의 뭔가가 그 사람들이 하는 말들을 못 믿겠다며 밀어내는 거야."

"처음 병을 알았을 때부터 이 생각을 계속 했어. 그래서 어려운 결정들을 내릴 수밖에 없었어. 내가 돈을 벌지 않는 한에는 도저히 아이를 구해 내기 어렵다는 사실을 알았으니까. 그래서 난 아이를 병원에 입원시키고 최소한 한 달에 일 주일은 아이를 찾아갔고 가끔은 주말에도 찾아갔어. 마침내 난 부자가 됐고 유명해졌어. 그래서 전에는 중요했던 것들이 이제 더는 중요하지 않게 됐어. 내가 원하는 건 베쎄니와 함께 있는 거야. 이번 일이 일어나지 않았더라도 난 메쌀리나를 끝낸 뒤에는 어쨌든 은퇴할 생각이었어."

"왜? 뭘 하려고 했는데?"

"프랑스에 이 분야의 최고 전문가가 일하는 특수학교가 있어. 그래서 영화를 끝내고 나면 거기로 갈 예정이었지. 그런데 보즈가 나타났고, 난 그 남자가 날 죽이면 베쎄니만 혼자 남게 될 거라고 생각했어. 그래서 말하자면 난 그 남자를 청부살인한 거야. 아이한테는 나말고는 아무도 없어. 물론 죄에 대한 벌은 달게 받을 거야."

이제 아테나는 말을 잠시 멈추고 웃는 얼굴로 크로스를 바라보았다.

"일일연속극보다 더 형편없지, 안 그래?"

그녀는 살짝 웃었다.

크로스는 바다를 바라보았다. 햇빛을 받아 바다는 아주 옅은 푸른 빛깔로 반짝였다. 그는 어린 소녀와 그 소녀의 무표정을, 이 세상에 대해 마음을 꽁꽁 닫아버린 가면 같은 얼굴을 떠올렸다.

"아이가 누워 있던 상자는 뭐였어?"

아테나가 밝게 웃었다.

"그건 내게 희망을 주는 물건이야. 슬프지 않아? 그건 포옹상자야. 자폐증 아이들 대부분이 우울할 때면 그걸 이용해. 그건 마치 사람이 꼭 껴안아주는 것과 같지만 타인과 소통을 하거나 관계를 맺을 필요가 없지."

아테나는 깊게 숨을 들이쉰 다음에 다시 얘기를 이어갔다.

"크로스, 언젠가는 내가 그 상자를 대신할 거야. 지금 당면한 내 인생의 최고 목표는 바로 그거야. 내 인생은 그 희망을 빼고 나면 아무 의미가 없어. 우습지 않아? 영화사가 그러는데, 수천 명도 넘는 사람들이 나한테 사랑을 고백하는 편지를 보낸대. 베써니를 뺀 모든 사람들이 날 사랑한다고 하는데 내가 원하는 유일한 사람은 그 아이밖에 없어."

"내가 할 수 있는 거라면 어떤 방법으로든 당신을 돕겠어."

"그러면 다음 주에 나한테 전화해줘. 메쌀리나가 끝나기 전까지는 최대한 자주 만나."

"전화할게. 내 결백을 증명할 순 없지만 진심으로 당신을 사랑해."

"정말로 결백한 거야?"

"응."

그녀의 결백이 입증된 이상, 그녀에게 도저히 진실을 얘기할 수 없었다.

크로스는 베써니를, 예리하게 다듬어낸 예술품처럼 아름답던 그 얼굴과 거울 같은 눈동자를 생각했다. 드물게 죄에서 완전히 자유로운 한 인간을.

한편, 아테나는 크로스를 유심히 관찰했다. 딸이 자폐증 진단을 받은 이후에 딸을 본 사람은 크로스밖에 없었다. 이번에 그에게 딸을 보여준 것은 일종의 시험이었다.

그녀가 살아오면서 경험한 큰 충격들 중 하나는, 자신이 아무리 아름답고 아무리 재능이 뛰어나다고 해도 또 그녀가 자조적으로 생각했던 것처럼, 아무리 친절하고 상냥하고 관대하다고 해도 자신의 친구와 연인과 친척들이 때로는 자신의 불행을 보고 좋아하는 것처럼 보인다는 사실을 발견했을 때였다.

보즈가 그녀에게 마수를 뻗쳤을 때 다들 보즈를 못된 놈이라고 했지만 그녀는 사람들 얼굴에서 기뻐하는 듯한 표정이 얼핏 스치고 지나가는 것을 봤다. 처음에는 그저 착각이었을 거라고, 너무 예민해진 탓이라고만 생각했다. 하지만 보즈가 두 번째로 마수를 뻗쳤을 때 그녀는 다시 그들의 얼굴에서 같은 표정을 포착했다. 그리고 엄청난 상처를 받았다. 그녀는 이번에는 완벽하게 상황을 파악했다.

물론 그들은 그녀를 사랑했고 그녀도 그것을 의심하지 않았다. 하지만 누구도 약간의 악의로부터는 자유롭지 못한 것 같았다. 어떤 형태로든 남보다 뛰어나게 되면 질투를 일으키는 법이다.

그녀가 클로디아를 좋아하는 이유 중 하나는 클로디아가 그런 표정으로 자기를 배신하지 않았기 때문이었다.

그녀가 베써니의 존재를 완전히 비밀로 했던 데에는 그런 이유가 있었다. 그녀는 자기가 사랑하는 사람들의 얼굴에서 얼핏 기쁜 표정이 스치고 지나가리란 사실과 또 그것이 자신의 아름다움에 대한 죄값이라는 생각을 하게 되는 상황이 너무 싫었다.

그래서 그녀는 자신의 아름다움이 지닌 힘을 알고 그것을 사용하면서도 한편으로는 그것을 혐오했다. 그녀는 자기의 완벽한 얼굴에 주름살이 패이고 주름살 하나하나에 지나온 세월과 험난했던 인생 여정이 고스란히 담길 그날을, 몸에 살이 붙어 푸근하고 넉넉해져서 주변 사람들에게 편안함을 느끼게 해 줄 그날을, 눈앞에서 벌어지는 모든 고통스런 상황에 연민을 느끼며 두 눈이 눈물로 축축하게 젖어들 미래의 그날을 간절하게 기다렸다. 그 때가 되면 자기 자신과 인생을 향해 웃음 지으며 입가에는 예쁜 주름살이 생기겠지. 육체적인 아름다움이 초래한 결과들을 두려워하지 않고 아름다움이 사라진 자리에 찾아든 영원한 평화에 기뻐할 그 때가 되면, 그녀는 진정 자유로워질 것이다.

그래서 그녀는 베써니를 만났을 때 크로스의 모습을 유심히 관찰했는데, 처음에 약간 주춤했던 것 외에는 아무런 변화도 보지 못했다. 그녀는 그가 자기에게 주체할 수 없을 정도로 빠져들고 있다는 사실을 분명하게 느꼈고, 베써니로 인한 그녀의 불행을 보고도 그의 표정에서 좋아하는 기색은 전혀 찾을 수 없었다.

12

클로디아는 엘리 매리온에게 자신과 있었던 성관계에 대한 대가를 요구하기로 결심했다. 다시 말해서 엘리 매리온에게 무안을 줘서 어니스트 베일이 요구하고 있는 소설에 대한 지분을 베일에게 주도록 만들어볼 생각이었다. 그것은 도박이나 마찬가지였지만 그녀는 그 일을 위해 기꺼이 자신의 원칙을 포기했다. 바비 밴츠는 지분문제에 있어서 절대 양보할 사람이 아니었지만, 그와 반대로 엘리 매리온은 예측이 불가능한 사람이었고 또 그녀에게 약했다. 게다가 성적인 관계가 있었다면 기간에 상관없이 거기에 대한 약간의 물질적인 도움을 요구하는 것이 영화계의 관행이기도 했다.

이번 만남의 동기는 베일의 자살 위협이었다. 만약 그가 실제로 자살을 한다면 그의 소설에 대한 권리는 그의 전처와 자식들에게 돌아가게 되고, 몰리 플랜더즈는 유리한 조건에서 협상을 하게 될 것이다. 그의 위협을 진짜로 믿는 사람은 아무도 없었고 클로디아 역시 마찬가지였지만, 바비 밴츠와 엘리 매리온은 베일의 가족들의 허락을 받지 않으면 소설을 이용해서 돈을 벌 수 없기 때문에 걱정하지 않을 수 없었다.

클로디아와 베일 그리고 몰리가 로드스톤에 도착했을 때 사무실에서는 바비 밴츠 혼자 그들을 기다리고 있었다. 그는 특히 베일을 유난히 반가워하면서 그들을 맞이했지만 어딘지 모르게 불안해 보였다.

"우리의 국보가 오셨군."

그는 베일에게 깍듯하게 예의를 차렸다.

몰리는 곧바로 경계 태세를 했다.

"엘리는 어디 있죠? 이 문제를 최종적으로 결정할 수 있는 사람은 엘리밖에 없어요."

밴츠는 그들을 안심시키려는 듯한 투로 말했다.

"엘리는 시다 시나이 병원에 있어요. 그냥 건강 진단 차원인데 전혀 심각한 건 아니오. 이건 절대 비밀이라고. 로드스톤 주식은 엘리의 건강상태에 따라 오르내리니까."

클로디아는 쌀쌀맞게 말을 받았다.

"엘리는 여든이 넘었는데 심각하지 않다니 말도 안 돼요."

"아니라고. 우린 매일 병원에서 만나서 일을 하고 있다고. 엘리는 훨씬 더 예리해지기까지 한 걸. 당신들 용건을 나한테 얘기해주면 병원에 가서 내가 전해주지."

"안 돼요."

몰리가 일언지하에 거절했다. 하지만 어니스트 베일이 말했다.

"그냥 바비한테 얘기합시다."

세 사람은 그들이 찾아온 용건을 설명했다. 밴츠는 재미있다는 표정이었지만 내놓고 웃지는 않았다.

"이 동네에서 별의별 얘길 다 들어봤지만 이거야 말로 결정판인데? 내가 그 문제를 변호사들한테 물어봤더니 베일의 사망은 우리 권리에 전혀 영향을 주지 않는다고 하더군. 이건 법적으로 복잡한 문제야."

클로디아가 말했다.

"그럼, 당신 회사 여론 담당자들한테 물어보세요. 어니스트가 죽고 사건 전모가 밝혀지면 로드스톤은 있는 망신이란 망신은 다 당하게 될 걸요. 엘리는 그걸 안 좋아할 거예요. 엘리는 더 양심적인 사람이니까."

"나보다?"

바비 밴츠가 점잖게 물었다. 하지만 그는 화가 치밀어 올랐다. 사람들은 엘리 매리온이 내가 하는 일이라면 무조건 다 승인해준다는 사실을 어째서 모르는 걸까. 그는 어니스트 쪽으로 얼굴을 돌리며 물었다.

"어떻게 죽으시려나? 총, 칼, 아니면 투신?"

베일은 그를 보며 씩 웃었다.

"당신 책상 위에서 할복을 할 거요, 바비."

어니스트의 말에 모두들 배를 잡고 웃었다.

몰리가 말했다.

"지금 이런 말이나 하고 있을 때가 아니에요. 왜 병원에 가서 엘리를 만나지 않으려는 거죠?"

베일이 대답했다.

"난 아파 누워 있는 사람 머리맡에 가서 돈 얘기를 하고 싶진 않거든."

그들은 모두 공감한다는 듯한 표정으로 그를 바라보았다. 물론 관례적으로 보자면 그건 무례한 짓이었다. 하지만 병상에 누워서도 인간들은 살인이나 혁명, 사기, 영화사에 대한 배신 같은 것들을 계획했다. 병원 침상은 절대 성역이 아니었다. 그래서 그들이 보기에는 병원에 가지 않으려고 하는 베일의 행동은 비현실적이었다.

몰리가 냉정하게 말했다.

"어니스트, 나를 계속 변호사로 쓰고 싶으면 입 닥치고 있어요. 엘리는 병원 침대에 누워서도 수도 없이 많은 사람들한테 사기를 쳤으니까. 바비, 현명하게 거래하죠. 로드스톤에게 영화 속편들은 금광이나 다름없어요. 당신은 어니스트에게 보험금 조로 총수익의 2퍼센트 정도는 줄 여유가 있다고요."

밴츠는 날카로운 단도에 배를 찔리기라도 한 것처럼 화들짝 놀랐다.

"총수익이라고? 절대 안 돼."

그는 믿기지 않는다는 듯이 소리를 질렀다.

"좋아요. 순수익의 5퍼센트는 어때요? 광고비용과 이자 또 배우들에게 주는 총수입 지분을 공제하지 않은 순수익 말예요."

밴츠는 콧방귀를 꼈다.

"그건 총수익이나 매한가지지. 게다가 어니스트가 자살하지 않으리란 건 뻔한 얘기야. 그건 아주 바보 같은 짓이야. 저 사람은 아주 약았으니 그러지 않겠지."

그가 정말로 하고 싶었던 얘기는 베일에게는 그런 배짱이 없다는 말이었다.

"왜 도박을 하려는 거죠? 제가 계산을 해 봤다고요. 당신은 적어도 속편으로 세 편은 만들 거예요. 외국시장을 포함해서 영화를 대여하는 걸로만 5억을 버는데, 여기에는 비디오나 TV는 포함시키지 않았어요. 그리고 순 도둑놈 같은 당신네들이 비디오로 돈을 얼마나 많이 버는지는 아무도 모르죠. 그런데 어니스트에게 겨우 2천만 달러 밖에 안 되는 지분을 왜 못 주겠다는 건지 도대체 이해가 안 돼요. 골빈 배우들한테는 잘도 주면서."

밴츠는 그 말을 곰곰이 생각해 보았다. 그러고 나서 그는 호의적으로 나왔다.

"어니스트, 소설가로서 당신은 국보급이요. 나보다 더 당신을 존경하는 사람 있으면 나와 보라고 해요. 그리고 엘리는 당신 책을 하나도 빠짐없이 다 읽었고 당신을 절대적으로 숭배하고 있소. 그래서 우린 당신과 화해를 하고 싶소."

클로디아는 어니스트가 국보라는 말에 분명히 진저리를 쳐서 다행히 체면을 구기지는 않았지만 그래도 바비의 거짓말을 냉큼 받아먹는 것처럼 보이자 꽤 당황했다.

"구체적으로 얘길 좀 들어봅시다."

베일이 말했다. 이제 클로디아는 베일이 자랑스러웠다.

밴츠는 몰리를 쳐다보며 말했다.

"이러면 어떨까 싶은데, 오 년 계약에 일 주일에 만 달러를 받는 조건으로 시나리오 원본을 쓰고 약간의 각색도 하고, 물론 우린 원본만 한 번 읽어보고 말이요. 그리고 각색을 하는 동안 일 주일에 5만 달러를 추가로 받는 거요. 오 년 후에는 어니스트는 천만 달러를 벌 수 있소."

"돈을 두 배로 올려주세요. 그러면 얘길 해 볼 수 있겠어요."

그 순간 천사처럼 참고 있던 베일이 드디어 폭발하고 말았다.

"당신들 모두 날 바지저고리로 아는 모양인데."

그는 소리를 질렀다.

"난 덧셈 뺄셈 정도는 할 수 있다고. 바비, 당신이 내놓은 제안은 2백만 5천 달러 가치 밖에는 없소. 당신은 나한테서 절대 시나리오 원본을 안 살 거고 난 하나도 못 팔겠지. 당신은 나한테 절대 각색을 맡기지 않을 거요. 게다가 당신이 속편으로 여섯 작품을 만든다면 어떻게 될까? 그러면 당신은 10억 달러를 버는 거야."

베일은 아주 유쾌하게 웃어대기 시작했다.

"2백만 5천 달러는 나한테 도움이 안 돼."

"도대체 왜 웃는 거야?"

바비가 툴툴거렸다. 그래도 베일은 거의 미친 사람처럼 웃어댔다.
"내 인생에 백만 달러는 꿈도 못 꿔봤는데 이제 그 정도로는 나한테 도움이 안 된다고."
클로디아는 베일의 유머를 익히 알고 있었다.
"왜 도움이 안 되는데요?"
"왜냐면 내가 죽지 못하고 계속 살아 있을 테니까."
베일은 대답했다.
"우리 가족들은 지분이 필요해. 가족들은 날 믿었는데 난 그들을 배신했어."
베일의 얘기가 너무 거짓말 같고 너무 자기만족적으로 들리지만 않았다면 심지어 밴츠까지 포함해서 모두들 감동을 받았을 것이다.
몰리 플랜더즈가 말했다.
"엘리한테 가서 얘기하죠."
베일은 자제력을 완전히 잃고 문을 박차고 나가면서 고래고래 소리를 질렀다.
"당신네들과는 거래를 할 수가 없어. 병원 침대에 누운 사람한테 가서 구걸하지도 않을 거야."
그가 가고 나자 바비 밴츠가 말했다.
"당신들 두 사람도 저 사람 편이요?"
"왜 아니겠어요?"
몰리가 되받았다.
"전 자기 어머니와 자식 셋을 칼로 찔러 죽인 남자도 변호해봤어요. 어니스트의 경우는 그 사람보단 나아요."
"그럼, 당신은 뭐 때문이지?"
밴츠가 클로디아에게 물었다.

"우리 작가들은 다 한 편이에요."

그녀가 얼굴을 찡그리며 대답했고 모두들 웃음을 터뜨렸다.

"대충 짐작했던 대로군. 난 그래도 최선을 다한 거 아닌가?"

클로디아가 말했다.

"바비, 저 사람한테 지분의 1퍼센트나 2퍼센트는 줄 수 있는데 왜 그러는지 난 모르겠어요. 그게 공정한 건데."

"왜냐면 이 사람은 작가와 배우와 감독들을 수도 없이 속여먹었거든. 말하자면 그건 이 사람 원칙인 거지."

몰리가 비꼬았다.

"맞아. 그리고 그 사람들이 힘이 세지면 반대로 우릴 속여먹지. 일이란 게 그런 거라고."

밴츠가 이렇게 말했다. 몰리가 밴츠한테 걱정하는 척하며 물었다.

"엘리는 괜찮아요? 특별히 심각한 데라도 있는 거예요?"

"엘리는 괜찮아요. 주식은 팔지 말아요."

그 말이 끝나기가 무섭게 몰리가 말했다.

"그럼 우릴 만나 줄 수 있겠네."

"어찌됐든 전 엘리를 만나보고 싶어요. 진짜로 걱정 돼서요. 엘리는 저한테 처음으로 좋은 기회를 준 사람이라고요."

클로디아가 얘기했다. 밴츠는 어깨만 으쓱해 보이고는 두 사람 말을 무시해버렸다. 몰리가 말했다.

"어니스트가 자살한다면 당신도 죽을 맛일 걸요. 그 속편들은 제가 말한 것보다 훨씬 더 재산가치가 높아요. 제가 어니스트를 설득한 건 다 당신을 생각해서였어요."

밴츠는 깔보는 듯한 투로 대꾸했다.

"그 얼간이는 자살 안 해. 그럴 배짱도 없는 인간이니까."

사색하는 듯한 표정으로 클로디아가 말했다.

"국보에서 얼간이가 됐네."

몰리가 말했다.

"그 사람 확실히 좀 돌았어요. 정말로 속 편하게 죽어버릴 사람이에요."

"그 사람 마약하나?"

밴츠가 약간 걱정스럽게 물었다.

"아니요. 하지만 어니스트는 무슨 짓을 할지 예측 불가능해요. 자기가 괴짜라는 사실조차 모르는 진짜 괴짜죠."

클로디아는 대답했다. 밴츠는 이 말을 잠시 음미했다. 서로 갑론을박하며 싸우면서 한편으로는 얻은 것도 있었다. 게다가 그의 평소 지론은 불필요한 적을 만들지 말자는 것이었다. 몰리 플랜더즈와 원수로 지내고 싶은 생각은 추호도 없었다. 한마디로 끔찍한 여자였다.

"엘리한테 전화해 봅시다. 좋다고 하면 당신들을 병원으로 데려다주지."

그는 매리온이 거절할 거라고 확신했다. 하지만 놀랍게도 매리온의 대답은 "좋지, 다 오라고 해."였다.

그들은 밴츠의 리무진을 타고 병원으로 갔는데, 리무진은 길쭉하게 빠진 아주 멋진 차였지만 사치스러운 구석은 전혀 없었다. 차에는 팩스와 컴퓨터와 휴대전화가 갖춰져 있었다. 보조석에는 퍼시픽 오션 씨큐리티에서 나온 경호원이 타고 있었다. 두 남자가 탄 또 한 대의 경호차가 그들을 뒤따랐다.

리무진의 갈색 창문 밖으로 보이는 도시는 마치 오래 전의 카우보이 영화들처럼 단조로운 흑백이었다. 도시로 접근할수록 건물들은 점점 키가 커졌고 마치 돌로 만들어진 숲 속으로 들어가는 듯한 착각을 일으켰다. 클로디아는 단 십 분 만에 목가적인 초록빛 시골에서 콘크리트와 유리로 된

대도시로 옮겨갈 수 있다는 사실이 항상 경이롭게 느껴졌다.

시더 시나이 병원의 복도는 공항 복도만큼이나 넓어 보였는데 그에 반해서 천장은 폭이 좁아서 마치 독일 인상파 영화에 나오는 이상한 화면을 보는 것 같았다. 병원의 대외업무를 총괄해서 관리하는 한 여자가 그들을 맞이했는데, 수수하지만 고급으로 보이는 맞춤정장 차림의 잘 생긴 그 여자를 보면서 클로디아는 라스베가스에 있는 호텔 주인들을 떠올렸다.

그녀는 맨 꼭대기 층에 있는 펜트하우스로 곧장 올라가는 전용 엘리베이터로 그들을 데려갔다.

펜트하우스 병실들의 문은 바닥에서부터 천장까지 닿을 만큼 크기가 컸고 조각이 새겨진 검은색 오크 재목에다 반짝이는 청동 손잡이가 달려 있었다. 대문 같은 문을 열자 병실이 나타났다. 병실은 벽이 없이 탁 트인 넓은 방이었고 식탁과 의자, 소파, 안락의자와 더불어 컴퓨터와 팩스가 놓인 비서용 니치(벽에 오목하게 파 놓은 부분)가 있었다. 그리고 작은 부엌이 있었고 환자용 화장실 외에 손님용 화장실이 따로 있었다. 천장은 아주 높았고, 주방과 거실 그리고 사무용 공간 사이에 벽이 없어서 방 전체가 마치 영화배경처럼 보였다.

엘리 매리온은 빳빳한 하얀 병원 침대에 커다란 배개를 받치고 누워 있었다. 그는 마침 오렌지색 표지의 대본을 읽는 중이었다. 그의 옆에 놓인 탁자 위에는 현재 제작중인 영화들의 예산관련 서류철들이 놓여 있었다. 침대 다른 쪽에는 예쁘게 생긴 젊은 비서가 앉아서 그의 지시사항을 받아 적고 있었다. 매리온은 항상 예쁜 여자들을 곁에 두고 싶어했다.

바비 밴츠가 매리온의 뺨에 키스를 하면서 인사를 했다.

"엘리, 아주 좋아 보이는데요."

몰리와 클로디아도 그의 뺨에 키스를 했다. 클로디아는 사온 꽃을 침대 위에 놓았다. 위대한 엘리 매리온이 아픈 것이었기 때문에 그 정도의 허물

없는 행동은 용서가 되었다.

　클로디아는 마치 대본 소재를 연구하기라도 하는 것처럼 모든 것들을 세세하게 눈에 담아두었다. 병원을 소재로 한 연속극은 재정적인 면에서 실패할 위험이 거의 없었다.

　솔직히 엘리 매리온은 아주 좋아 보이지는 않았다. 입술은 잉크로 그려놓은 것처럼 테두리가 파랬고 말을 하면서 숨을 가쁘게 쉬었다. 두 갈래로 갈라진 녹색 삽입관이 그의 콧구멍에서 나와 가는 플라스틱 관과 연결이 됐고 그 관은 다시 벽에 부착된 거품이 부글거리는 물병에 연결되어 있었다. 이것들 모두는 겉에서는 보이지 않게 숨겨놓은 산소통과 연결되어 있었다. 매리온은 그녀의 시선을 읽었다.

"산소야."

그가 알려주었다.

"그냥 일시적인 것이겠지. 숨을 좀 편하게 쉬라고."

바비 밴츠가 서둘러 부연설명을 했다.

몰리 플랜더즈는 두 사람의 대화는 무시했다.

"엘리."

그녀가 입을 열었다.

"바비한테 설명을 했는데 당신 허락이 필요하다고 해서요."

매리온은 기분이 좋아 보였다.

"몰리, 당신은 로스앤젤레스에서 예나 지금이나 제일 거친 변호사야. 임종자리에서까지 와서 날 괴롭힐 참인가?"

그가 농담을 했다. 클로디아는 마음이 무거웠다.

"엘리, 바비가 당신이 괜찮다고 해서 온 거예요. 그리고 당신을 정말 보고 싶기도 했고."

그녀는 매리온이 환영과 감사의 뜻으로 손을 들어올리자 부끄러워서 견딜 수가 없었다.

"그 일에 대해서는 들어서 알고 있어."

그가 비서한테 나가라고 손짓을 하자 여자가 방에서 나갔다. 잘 생기고 튼튼해 보이는 개인간호사가 식탁 앞에 앉아 책을 읽고 있었다. 매리온은 그녀에게 나가달라고 손짓을 했다. 그녀는 그를 쳐다보며 고개를 저었다. 그리고는 다시 책을 읽었다.

매리온이 숨을 헐떡거리며 낮은 소리로 웃었다. 그는 다른 사람들에게 여자를 소개했다.

"프리씰라고 캘리포니아에서 가장 뛰어난 간호사야. 중환자만 전문적으로 간호하고 있는데 저렇게 튼튼하지. 의사가 특별히 고용했어. 여기서 대장이야."

프리씰라는 고개를 한 번 까딱하면서 그들에게 아는 척을 하고는 다시 책을 읽었다. 몰리가 말을 꺼냈다.

"그 사람의 지분을 2천만 달러까지로 제한할 의향이 있어요. 이건 일종의 모험이라고 할 수 있을 거예요. 그런데 왜 모험을 하려고 하세요? 또 왜 그렇게 그 사람을 부당하게 대접하세요?"

밴츠가 화가 나서 씩씩댔다.

"부당하다니. 그 사람은 계약서에 서명을 했다고."

"웃기지 마요, 바비."

몰리는 대들었다. 매리온은 두 사람의 말을 못 들은 척 했다.

"클로디아, 자네는 어떻게 생각해?"

클로디아는 여러 가지를 생각했다. 분명히 매리온은 사람들이 생각하는 것보다 건강이 더 안 좋았다. 그리고 말하는 것조차 힘들어 하는 이 노인을 몰아붙인다는 건 너무 잔인한 짓이었다. 여기서 나가고 싶은 충동도 느꼈지만 엘리가 특별한 목적이 있지 않았다면 절대 그들을 이곳으로 부르지 않았으리란 생각이 들었다.

"어니스트는 엉뚱한 짓을 하는 사람이에요. 그 사람은 자기 가족들한테 재산을 물려주기로 결심했죠. 하지만 엘리, 그 사람은 작가고 당신은 작가들을 항상 아꼈어요. 예술에 기부를 한다고 생각해요. 당신은 메트로폴리탄 미술관에 2천만 달러를 기부했잖아요. 왜 어니스트한테는 못 그러는 거죠?"

엘리 매리온은 깊이 숨을 들이쉬었다. 그러자 녹색 삽입관이 그의 얼굴 속으로 더 깊이 들어가는 것처럼 보였다.

"몰리, 클로디아, 이 일은 우리끼리만 아는 비밀로 하지. 베일한테 2천만 달러를 넘지 않는 선에서 총수입의 2퍼센트를 주겠어. 선금으로 우선 백만 달러를 주고. 그거면 만족하겠어?"

몰리는 이 제안을 곰곰이 따져보았다. 매 영화마다 2퍼센트씩 받으면 최대한 천오백만 달러는 분명히 될 테고 어쩌면 그 이상을 벌 수도 있었다. 그것은 그녀가 받아낼 수 있는 최대치였고, 매리온이 그렇게 후하게 인심을 썼다는 것이 아주 뜻밖이었다. 꼬투리를 잡고 입씨름을 한다면 그는 당장 이 제안을 철회할 가능성도 있었다.

"굉장해요, 엘리. 고마워요."

그녀는 몸을 숙여 그의 뺨에 키스했다.

"내일 당신 사무실로 간단한 서류를 보내겠어요. 그리고 엘리, 빨리 회복하세요."

클로디아는 감정을 주체하기가 힘들었다. 그녀는 엘리의 손을 꽉 쥐었다. 그리고 얼룩덜룩한 피부의 갈색 반점들과 죽어가는 차가운 손을 유심히 바라보았다.

"당신은 어니스트의 목숨을 구해줬어요."

그러고 있는데 엘리 매리온의 딸이 어린아이 둘을 데리고 병실로 들어왔다. 간호사 프리씰라가 쥐 냄새를 맡은 고양이처럼 의자에서 발딱 일어나더니 아이들 쪽으로 걸어와 침대로 가까이 가지 못하게 그들 앞을 가로막았다.

두 번의 이혼 경험이 있는 딸은 아버지와 사이가 좋지 못했지만, 엘리가 손자들을 너무 좋아해서 로드스톤 산하에 있는 제작 회사 하나를 소유하고 있었다.

클로디아와 몰리는 자리를 비켜줬다. 그들은 몰리의 사무실로 차를 몰았고 어니스트에게 전화를 걸어서 좋은 소식을 전했다. 그는 축하하는 뜻에서 두 사람한테 저녁을 사겠다고 했다.

매리온의 딸과 두 손자들이 병실에 머문 시간은 아주 짧았다. 하지만 딸이 아버지한테서 다음 영화 소재로 쓸 아주 비싼 소설 하나를 사주겠다는 약속을 받아내기에는 충분히 긴 시간이었다. 이제 바비 밴츠와 엘리 매리온 두 사람만 남았다.

"오늘은 마음이 너그러우시군요."

밴츠는 말했다. 매리온은 공기가 주입되고 있는 그의 육체에서 기운이 완전히 소진되어버린 느낌이었다. 바비와 있을 때는 마음이 편했고 가식적으로 연기를 할 필요가 없었다. 두 사람은 힘을 합쳐 수많은 일들을 헤쳐 나왔고 함께 권력을 휘둘렀으며 전쟁에서 승리를 거두었고 넓은 세상을 종횡무진으로 누비고 다니며 일을 도모했다. 두 사람은 서로의 마음을 읽을 수 있었다.

"내 딸한테 사주겠다고 한 그 소설을 영화로 만들 생각인가?"

"저예산으로 만들어보죠. 따님은 줄기차게 진지한 영화들만 만드니까 말입니다."

매리온이 피곤하다는 듯이 손을 내저었다.

"왜 우린 항상 돈으로 다른 사람들의 선의를 사야 하는 거지? 딸한테 적당한 작가를 물색해주되 인기배우는 연결해주지 말게. 딸은 딸대로 만족할 테고, 우린 우리대로 돈을 덜 잃을 거야."

"베일한테 정말로 총수익의 지분을 나눠줄 생각이세요? 우리 변호사들이 그러는데 만약 그 사람이 죽는다면 법정싸움에서 우리가 이긴답니다."

매리온은 웃으며 대답했다.

"내가 회복한다면 그럴 생각이네. 만약 회복을 못한다면 그 문제는 자네가 결정하게 되겠지. 자네가 회사를 운영하게 될 테니까."

밴츠는 이 감상적인 말에 정신이 번쩍 들 정도로 놀랐다.

"엘리, 회복할 겁니다. 회복하고말고요."

이건 진심에서 우러나서 하는 말이었다. 그는 엘리 매리온의 뒤를 잇겠다는 욕심이 없었고 필연적으로 올 수밖에 없는 그러한 순간이 정말로 두려웠다. 그는 매리온의 허락 없이는 아무 일도 할 수 없었다.

"바비, 그 문제는 자네가 결정해야 할 거야. 내가 회복하지 못한다는 건 기정사실이야. 의사가 심장이식이 필요하다고 했는데, 난 안 하기로 마음을 정했어. 이 더러운 심장으로는 아마도 여섯 달, 아니면 일 년, 어쩌면 그것보다 훨씬 조금 밖에는 못 살 거야. 게다가 내 나이가 너무 많아서 이식수술을 하기에는 적합하지 않아."

밴츠는 간담이 서늘해졌다.

"우회관은 못 만든다고 합니까?"

매리온이 고개를 흔드는 걸 보고 밴츠는 말을 계속했다.

"웃기는 얘기 마세요. 당연히 심장수술을 받을 수 있어요. 이 병원 절반은 당신이 지어준 셈인데 심장 하나는 줘야죠. 앞으로 십 년은 더 쌩쌩하게 살 겁니다."

그는 잠시 말을 멈췄다.

"피곤할 텐데 이 문제는 내일 얘기하기로 하죠."

하지만 매리온은 벌써 꾸벅꾸벅 졸고 있었다. 밴츠는 방에서 나와 의사들에게 사실여부를 확인하고는, 엘리 매리온에게 새 심장을 이식하기 위한 모든 수술절차를 시작하라고 그들에게 말했다.

어니스트 베일, 몰리 플랜더즈, 그리고 클로디아 데 레나는 산타모니카에 있는 라 돌체 비타에서 저녁식사를 하면서 승리를 자축했다. 그곳은 클로디아가 좋아하는 식당이었다. 그녀는 어렸을 때 아버지를 따라온 그곳에서 왕비처럼 대접받았던 기억이 있었다. 창문 쪽 앨코브들이며 긴 붙박이 의자 뒤편에 있는 선반들 그리고 빈 공간마다 포도주 병들이 쌓여 있었던 게 아직도 기억에 선명하게 남아 있었다. 마치 포도를 따는 것처럼 손님들은 손을 뻗어서 포도주 병을 집어올 수 있었다.

어니스트 베일은 기분이 아주 좋았고, 클로디아는 누가 저 사람이 자살을 생각한 사람이라고 믿을 수 있을까 하는 생각에 다시 고개가 갸웃거려졌다. 그는 자기의 위협이 효과가 있었다는 사실에 아주 흥분해 있었다. 그리고 아주 맛있는 적포도주가 세 사람의 기분을 약간 과하다 싶을 만큼 들뜨게 만들었다. 감칠맛 나는 이탈리아 음식도 그들의 기운을 한층 북돋워주었다.

"자, 지금 우리가 의논해야 할 문제는 말이야, 2퍼센트로 만족할 건지 아니면 계속 밀어붙여서 3퍼센트까지 받아내야 할 건지 하는 건데, 어떻게 하는 게 좋을까?"

"욕심부리지 말아요. 협상은 끝났어요."

몰리가 쏘아붙였다. 베일은 영화배우들이 하듯이 그녀의 손에 키스를 하고는 말했다.

"몰리, 당신은 한마디로 천재요. 이루 말할 수 없이 잔인한 천재 말이요. 당신들 두 사람이 병원 침대에 누워 있는 병든 남자를 어떤 식으로 위협한 거요?"
 몰리가 토마토소스에 빵을 찍었다.
 "어니스트, 당신은 절대 헐리우드를 이해하지 못할 거예요. 자비는 존재하지 않아요. 당신이 술에 취했건 마약을 했건 사랑에 빠졌건 파산을 했건 아무도 관용을 베풀지 않죠. 아프다고 예외가 있을 이유가 어디 있어요?"
 클로디아는 말했다.
 "스키피 디어가 한 번은 저한테 이런 얘길 하던데, 제가 뭔가를 사는 입장일 때는 사람들을 중국 식당으로 데려가고 뭔가를 파는 입장일 때는 사람들을 이탈리아 식당으로 데려가래요. 신빙성이 있는 얘기 같아요?"
 "그 사람은 제작자야. 어디선가 그런 말을 읽었겠지. 전후 상황설명도 없이 그 얘기만 갖고는 무슨 뜻인지 어떻게 알겠어."
 몰리가 말했다. 베일은 잠시 집행유예를 받은 사람처럼 입맛을 쩍쩍 다시면서 맛있게 음식을 먹고 있었다. 그는 자기 앞으로 세 종류의 파스타를 주문해서는 클로디아와 몰리에게 약간씩 나눠주고 맛을 물었다.
 "로마만 빼고는 세계에서 가장 맛있는 이탈리아 음식이야."
 그는 칭찬을 아끼지 않았다.
 "스키피가 했다는 그 말은 영화적인 감각이 있는 얘기야. 중국음식은 싸고 그래서 가격을 깎기에 적합해. 이탈리아 음식은 사람을 졸리게 만들고 신경을 이완시키지. 그런데 난 둘 다 좋더라. 어때, 스키피가 철두철미한 모사꾼이라는 사실은 몰랐지?"
 베일은 항상 세 가지 후식을 주문하곤 했다. 그렇다고 그것들을 다 먹는 건 아니었고, 그저 한 자리에서 다양한 음식을 맛보고 싶어했기 때문이었다. 그는 그런 자신을 괴짜라고 생각하지 않았다. 그 점은 외모에 대해서도 마찬가지였는데, 그는 마치 바람이나 태양으로부터 피부를 보호하기 위해서 옷을 입는 것처럼 보였고, 면도도 아무렇게나 대충하고 말아서 양쪽 구레나룻의 길이가 서로 달랐다. 자살하겠다는 위협에 대해서도 그 자신은 전혀 비논리적이거나 이상하다고 생각하지 않았다. 종종 다른 사람들의 마음에 상처를 주는 어린아이 같은 솔직한 성격에 대해서도 역시 마찬가지였다. 클로디아는 괴짜들의 기행에는 익숙했다. 헐리우드는 괴짜들 천지였으니까.

"이봐요, 어니스트. 당신은 어쩔 수 없는 헐리우드 인간이에요. 아주 괴짜라고요."

"난 괴짜가 아냐. 난 그렇게 복잡하게 꼬인 인간이 아니거든."

"돈 때문에 자살할 생각을 하는데 괴짜가 아니라고요?"

"그건 작가들에 대해서 극히 냉정하게 생각하고 판단한 결과야. 난 하찮은 인간 취급을 받는 것에 질렸어."

클로디아가 못 참겠다는 듯이 재빨리 쏘아붙였다.

"어떻게 그런 생각을 하죠? 책을 열 권이나 썼고 퓰리처상도 받았는데. 당신은 국제적인 유명인사라고요."

베일은 파스타 세 접시를 깨끗이 비우고 나서, 앙트레로 나온 레몬을 곁들인 진주 색의 얇게 저민 송아지고기 세 조각을 쳐다보고 있었다. 그는 포크와 칼을 집어 들었다.

"다 똥 같은 것들이지. 돈을 못 벌었으니까. 돈이 없으면 바보멍청이일 뿐이란 사실을 깨닫는데 오십오 년이 걸렸어."

몰리가 말했다.

"당신은 괴짜가 아니라 머리가 돌았어요. 그리고 부자가 아닌 거에 대해서 그만 좀 징징거려요. 그렇다고 가난한 것도 아니잖아요. 가난하면 이 자리에 있지도 않겠죠. 당신은 비교적 좋은 환경에서 작품을 쓰고 있다고요."

베일은 칼과 포크를 내려놓았다. 그리고는 몰리의 팔을 가볍게 두드렸다.

"당신 말이 맞아. 당신이 하는 말은 다 진실이야. 난 인생의 매 순간을 즐기고 있소. 내가 우울한 건 하강곡선을 그리는 삶 때문이지."

그는 포도주를 마시고 나서 무덤덤한 어조로 덧붙였다.

"난 이제는 글을 절대 못 쓸 거요. 소설 쓰는 일은 대장장이처럼 소멸돼 가는 직업이니까. 지금은 영화와 TV가 판을 치는 세상이지."

"말도 안 돼요. 사람들은 여전히 책을 읽어요."

클로디아가 반박했고, 몰리도 이렇게 말했다.

"당신은 그저 게을러서 그런 거라고요. 글을 쓰는게 싫어서 핑계를 대는 거예요. 그게 바로 당신이 자살하려고 하는 진짜 이유죠."

세 사람은 와 하고 웃음을 터뜨렸다. 어니스트는 두 사람에게 송아지고 기를 한 점 씩 나눠주고 후식을 추가로 주문했다. 그가 정중하게 행동할 때는 유일하게 식사할 때 뿐이었고, 사람들을 먹이면서 즐거워하는 것처럼 보였다.

"다 맞는 얘기요. 하지만 소설가가 단순한 소설을 쓰지 않는 한 넉넉하게 생활하기가 힘들지. 게다가 소멸돼 가는 직업이기도 하고. 소설은 절대 영화만큼 단순해질 수 없어."

클로디아가 화가 나서 따지고 들었다.

"왜 영화를 평가절하는 거죠? 전에 당신이 영화를 보면서 우는 걸 본 적도 있다고요. 그리고 영화는 예술이에요."

베일은 기분이 좋았다. 어찌됐든 영화사와 싸워서 이겼고 그래서 지분을 얻게 됐으니까.

"클로디아, 당신 생각에 백퍼센트 동의해. 영화는 예술이야. 내가 질투가 나서 불평하는 거야. 영화 때문에 소설이 설 자리가 없어지니까. 자연을 노래하는 서정시를 쓰고 붉게 타오르는 세상과 일몰과 눈 덮인 산과 경외심을 일으키는 저 대양의 파도를 묘사하는 일이 도대체 무슨 의미가 있느냔 말이야."

그는 팔을 휘저어가며 얘기에 몰두했다.

"열정과 여성의 아름다움에 대해 뭘 쓸 수 있겠어? 총천연색 스크린으로 다 볼 수 있는데 뭐 하러 글을 쓰지? 통통한 붉은 입술과 신비한 눈동자를 지닌 저 신비한 여자들이 눈 앞에서 벌거벗은 채로 정육점 소고기만큼이나 맛있어 보이는 젖통을 드러내놓는데 말이야. 실제보다 훨씬 더 근사하기까지 한데, 뭣 때문에 글을 읽겠어. 그리고 수많은 적들을 단칼에 베어버리면서 엄청나게 불리한 상황을 이겨내고 엄청난 유혹을 이겨내는 영웅들의 놀라운 활약을 우리가 어떻게 글로 옮길 수 있는가 말이야. 게다가 괴롭게 찡그리고 고통스러워하는 얼굴들하며 피로 얼룩진 광경들이 바로 눈앞의 화면에서 벌어지고 있는 판국이지. 두뇌까지 올라갈 것도 없이 배우와 카메라가 몽땅 다 보여준다고. 이제 화면으로 보여주지 못하는 게 하나 있다면 그건 인물들의 마음 속으로 들어가는 일인데, 사고과정과 인생의 복잡성은 복사가 불가능하지."

그는 잠시 멈췄다가 뭔가를 그리워하는 듯한 표정으로 말을 다시 이어나갔다.

"하지만 그 중 가장 문제가 뭔지 알아들? 나한테 선민의식이 있다는 거야. 난 뭔가 특별한 예술가가 되고 싶었어. 그래서 영화가 너무 서민적인 예술이라는 것이 싫은 거지. 개나 소나 다 영화를 만들 수 있어. 당신 말이 맞아, 클로디아. 난 영화를 보면서 울기도 했는데, 그 영화를 만든 작자는 저능아에 무신경하고 감수성이 없는 무식한 인간이고 도덕성이라고는 티끌만큼도 없는 놈이지. 시나리오 작가는 일자무식이고, 감독은 병적으로 자기중심적이고, 제작자는 도덕성을 난자하는 도살업자고, 배우들은 자기들이 화가 났다는 걸 관객한테 보여주려고 벽이나 거울에 주먹을 날리지.

그런데도 영화는 관객들한테 먹히는 거야. 어떻게 그럴 수가 있지? 왜냐면 영화는 조각과 그림과 음악과 인간의 육체와 기술을 다 사용할 수 있는데, 반대로 소설가한테는 그저 하얀 종이에 까만 글자 밖에는 없거든. 그리고 솔직히 얘기해서 그것도 그리 나쁘진 않아. 그건 진보라고. 그리고 새로운 형태의 위대한 예술이지. 서민적인 예술 말이야. 그리고 고통이 없는 예술이고. 그저 적당한 카메라를 사서 당신 친구들을 만나면 되는 거야."

베일은 두 여자를 쳐다보며 활짝 웃었다.

"진정한 재능을 요구하지 않는 예술, 멋지지 않아? 자기 자신의 영화를 만든다는 건 대단히 서민적일 뿐만 아니라 정신건강에도 아주 좋아. 영화는 성행위를 대신하게 될 거야. 난 당신들 영화를 보러가고 당신들은 내 영화를 보러 오는 거지. 영화는 세상을 더 나은 형태로 개선시켜 줄 예술이야. 클로디아, 자네는 미래의 예술형태에 참여하고 있다는 사실을 즐거워해야 돼."

"당신은 겸손한 척하는 위선자예요."

몰리가 쏘아붙였다.

"클로디아는 당신을 위해서 싸웠고 당신을 변호했어요. 그리고 전 제가 전에 변호했던 어떤 살인자들보다도 더 인내심을 갖고 당신을 대해줬어요. 그런데 당신은 저녁을 사준다는 핑계로 우릴 모욕하고 있어요."

베일은 진심으로 놀란 것처럼 보였다.

"모욕하는 게 아니라 그저 정의를 내리고 있는 것 뿐이야. 난 당신들한테 고마워하고 있고 두 사람 다 사랑해."

그는 잠시 말을 끊더니 겸손하게 덧붙였다.

"내가 당신들보다 나은 인간이라는 얘기가 아니라고."

클로디아가 깔깔대며 웃었다.

"어니스트, 당신은 진짜 못 말리는 사람이에요."

"현실에서만 그렇지."

베일이 다정하게 대답했다. 그리고 몰리에게 다시 물었다.

"일 얘길 좀 할까? 몰리, 만약 내가 죽고 내 가족이 모든 권리를 되찾는다면 로드스톤이 지분을 5퍼센트까지 줄 것 같소?"

"적어도 5퍼센트는 주겠죠. 이제 지분을 더 받아내려고 자살할 생각이세요? 그럼 난 당신 일에서는 완전히 손 뗄 거예요."

클로디아는 걱정스러운 표정으로 그를 쳐다보았다. 그녀는 그가 정말로 기분이 좋은 건지 의심스러웠다.

"어니스트, 아직도 불행하다고 느껴요? 우린 당신을 위해서 아주 근사한 거래를 성사시켰어요. 난 정말 기분이 좋은데."

베일은 다정하게 말했다.

"클로디아, 당신은 세상 물정을 몰라. 그래서 시나리오를 쓰는 일이 자네한테 딱 맞는 거야. 내가 행복하다고 해서 도대체 뭐가 달라지겠어? 세상 누구보다도 행복하게 산 사람도 곧 인생의 끔찍한 종말을 맞게 될 거라고. 끔찍한 비극 말이야. 자, 날 보라고. 난 방금 굉장한 승리를 거머쥐었어. 이 음식들도 맛있고, 아름답고 똑똑하고 마음이 따뜻한 당신들 두 여자와 즐거운 시간을 보내고 있지. 그리고 내 아내와 자식들이 경제적으로 안정이 될 테니 그것도 대만족이야."

"그런데 도대체 왜 징징거리는 거죠? 왜 좋은 분위기에 초를 치는 거죠?"

몰리가 그에게 쏘아붙였다.

"왜냐면 글을 못 쓰니까. 사실 그다지 큰 비극은 아니지. 글 쓰는 일은 이제 정말 하찮은 일이 됐지만 내가 할 줄 아는 건 그것 밖에 없거든."

이 말을 하는 와중에도 그가 후식 세 접시를 너무나도 즐거운 표정으로 깨끗이 비우는 걸 보면서 두 여자는 깔깔대며 웃었다. 베일도 그들을 마주

보며 웃었다.

"우린 늙은 엘리를 확실하게 속였어."

"잠시 침체상태가 온 것뿐인데 당신은 그걸 너무 심각하게 받아들이고 있어요. 그냥 속도를 좀 내봐요."

"시나리오 작가들은 창작을 하는 게 아니니까 그런 침체기가 없지. 난 말할 게 아무것도 없어서 글을 못 쓰는 거야. 자, 이제 좀더 흥미로운 얘길 해볼까? 몰리, 총수익이 일억 달러에 제작비용은 천 5백만 달러밖에 안 든 영화에 내가 지분을 10퍼센트나 가지고 있는데 어째서 한 푼도 못 만지는지 난 아직까지도 이해가 안 돼. 이건 내가 죽기 전에 풀고 싶은 수수께끼야."

이 말에 몰리의 기분이 다시 좋아졌다. 그녀는 법을 가르치는 걸 좋아했다. 그녀는 가방에서 공책을 꺼내더니 숫자 몇 개를 휘갈겨 썼다.

"그건 법적으로 아무런 문제가 없어요. 그 사람들은 계약에 의거해서 그짓을 하고 있는 거예요. 당신이 애초에 동의하지 말았어야 하는 그 계약 말예요. 봐요, 총수익으로 일억 달러를 벌었다고 쳐요. 극장과 영화관 소유주들이 그중 절반을 가져가서 영화사는 5천만 달러만 갖게 되죠."

"좋아요. 영화사는 영화제작비로 천 5백만 달러를 공제해요. 이제 3천 5백만 달러가 남았죠. 하지만 대부분의 영화사들은 계약조건상 영화배급비용 명목으로 수입의 30퍼센트를 부담해요. 그들 주머니에서 천 5백만 달러가 다시 나가게 되죠. 그래서 수중에 남은 돈은 2천만 달러까지 내려가죠. 그런 다음 필름 현상비와 영화광고비를 공제하는데, 그게 또 금방 5백만 달러가 돼요. 돈은 천 5백만 달러까지 내려갔어요. 자, 이제부터가 아주 절묘해요. 계약에 의거해서 영화사는 총경상비용과 전화요금, 전기요금, 방음스튜디오 사용료 명목으로 예산의 25퍼센트를 가져가요. 이제 수중에는 천백만 달러만 남게 돼요. 그 정도면 괜찮네, 하고 당신은 말하겠죠. 천백만 달러가 남았으니까. 하지만 인기배우는 최소한 수입의 5퍼센트에 해당하는 돈을 가져가고, 감독과 제작자들도 5퍼센트를 가져가요. 그래서 그게 또 5백만 달러예요. 남은 돈은 6백만 달러로 줄어들었어요. 마침내 돈을 만지게 될 것 같죠. 하지만 그건 성급한 생각이에요. 그런 다음 배급에 드는 제반비용도 내야 되고, 현상된 필름을 영국에 운반하는데 5만 달러가 들고 프랑스나 독일로 운반하는데 또 5만 달러가 들어요. 그런 다음 마지막으로, 영화제작비로 빌렸던 천 5백만 달러에 대한 이자를 내요. 전 거기에 대해서도 빠삭하죠. 어쨌거나 마지막 남았던 6백만 달러는 연기처럼 사라져버리는 거예요. 이게 바로 당신이 나를 변호사로 쓰지 않았을 때 일어나는 일이죠. 나는 당신이 정말로 금광 일부를 얻을 수 있도록 계약을 해요. 작가한테는 너무한 일이지만 그게 바로 순수익에 대한 정확한 정의죠. 이제 이해가 되요?"

베일은 껄껄대며 웃었다.

"아직도 잘 모르겠는 걸. TV와 비디오 판매수익은 어떻게 되지?"

"TV에서 생기는 수입은 얼마 안 돼요. 비디오에서 얼마를 버는지는 아무도 모르죠."

"그럼 이제 매리온과 나 사이의 거래는 신뢰할 만한 총수익을 근거로 했소? 그들이 다시 날 속이지는 않을까?"

"제가 계약을 하는 한 절대 그런 일은 없을 겁니다. 끝까지 신뢰할 수 있을 거예요."

베일은 우울한 표정으로 중얼거렸다.

"그렇다면 난 이제 불만 없어. 글을 못 쓰는 것에 핑계가 없어졌어."

"당신은 괴짜예요."

클로디아가 말했다.

"절대 아니야. 그저 바보멍청이지. 괴짜들은 자기들이 실제로 어떤 사람이고 무슨 짓을 하는지 사람들이 알지 못하게 하려고 엉뚱한 행동을 하는 거야. 부끄러워서 말이야. 영화인들이 그렇게 괴짜인 건 바로 그 이유 때문이야."

죽는 일이 아주 즐거울 수 있다고, 아주 평화롭게 잠들 수 있다고, 전혀 두렵지 않을 수 있다고 생각하는 사람이 과연 있을까? 무엇보다도 자신이 인류 공통의 위대한 신화 하나를 해독할 수 있다고 상상하는 사람이 있을까?

엘리 매리온은 밤새 병상에 누워 벽에 연결된 관으로 산소를 마시며 자신의 인생을 반추했다. 이교대로 일하는 개인간호사 프리씰라가 병실 한쪽에서 희미한 불빛 아래 책을 읽고 있었다. 그녀의 눈동자는 마치 책을 한 줄 읽을 때마다 그를 살피는 것처럼 빠르게 위아래로 움직이고 있었다.

매리온은 지금의 이 모습이 영화 장면과는 너무도 다르다는 생각이 들었다. 영화에서라면 그가 생사의 갈림길에서 헤매고 있는 이 상황은 아주 긴급하게 처리될 것이다. 간호사는 침대 옆에 쭈그리고 앉아 있고 의사는 분주하게 들락거리겠지. 그런데 여기 그가 있는 병실은 쥐 죽은 듯 조용했다. 간호사는 책을 읽고 매리온은 플라스틱 관을 통해 수월하게 숨을 쉬고 있었다.

이 펜트하우스 병동에는 세 개의 병실만 있는데 아주 중요한 인물들만 받았다. 힘 있는 정치인, 억대 부동산업자, 퇴색했지만 여전히 신화적 존재인 인기 영화배우들이었다. 자신의 힘으로 왕이 된 그들이 지금은 여기 이 병원에서 밤을 보내며 죽음의 노예가 되어 있었다. 그들은 혼자 무력하게 병상에 누워서 돈을 주고 고용한 사람들의 위로를 받았고, 그들의 권력은 산산이 부서지고 없었다. 몸 속에 관을 집어넣고 콧구멍에는 삽입관을 꽂고서 그들은 외과의사의 수술 칼이 자신들의 약한 심장에서 병든 부위를 떼어낼 때를, 또는 자기처럼 완전히 심장을 들어내고 새 심장을 넣을 때를 기다리고 있겠지. 그는 그들도 남은 인생을 자기처럼 포기할지 궁금했다.

그런데 그는 왜 포기했을까? 무슨 이유로 그는 의사들에게 이식수술을 받지 않겠다고, 차라리 죽어 가는 심장으로 짧은 시간을 살고 말겠다고 말했을까. 그는 여전히 자기에게 감정을 배제한 현명한 결정을 내릴 수 있는 힘이 있다는 사실이 참으로 다행이라고 생각했다.

그는 모든 상황을 완전히 파악하고 있었다. 비용과 되돌아올 이익과 부차적인 권리들의 가치와 배우며 감독에게 써먹을 수 있는 함정과 초과비용 같은 것들을 계산해 가며 영화 거래를 할 때처럼.

우선 자신은 여든 살이었다. 더구나 건강한 여든 살도 아니었다. 심장이식을 받으면 아무리 잘 해도 꼬박 일 년 동안은 꼼짝도 하지 못할 것이다. 당연히 로드스톤 영화사 일은 완전히 포기해야 했다. 세상을 호령하던 자신의 권력 대부분이 사라지는 것은 두말 할 필요도 없었다.

그리고 권력 없는 인생은 견딜 수 없었다. 자기 같은 노인이 튼튼한 새 심장으로 할 만한 일이 뭐가 있을까? 운동을 할 수 있는 것도 아니고 여자들과 즐길 수 있는 것도 아니고 포식을 하거나 술을 마실 수 있는 것도 아니었다. 그랬다. 권력이야말로 노인의 유일한 기쁨이었다. 또 그걸 굳이 나쁘다고 할 이유가 어디 있을까? 게다가 권력은 착한 일을 하는데도 쓰여서 타산적인 원칙들과 그의 평생의 선입관을 깡그리 무시하고 어니스트 베일에게 관용을 베풀지 않았나? 의사들에게 자기는 어린이나 젊은이에게 돌아갈 심장을 뺏어서 그들에게 새 인생을 박탈하는 일은 하기 싫다고 말하지 않았나? 그거야말로 지고지순한 선행을 베풀기 위해 권력을 사용한 본보기가 아닌가?

하지만 그는 사는 동안 너무나 많은 위선적인 행동을 했고 지금도 그렇다는 사실을 깨달았다. 그가 심장 이식을 거부한 까닭은 좋은 거래가 아니였기 때문이었다. 다시 말해서, 그건 실리적인 결정이었다. 그는 클로디아로부터는 애정을, 몰리 플랜더즈에게는 존경을 받고 싶다는 감상적인 생각에서 어니스트 베일에게 지분을 나눠주었다. 선량한 인상을 남기고자 했던 것이 그렇게 터무니없는 것이었을까?

그는 이제까지 살아온 자신의 인생에 만족했다. 빈곤에서 부로 이르는 길을 개척했고 동료들을 제치고 맨 꼭대기로 올라섰다. 인생의 모든 쾌락을 맛보았고 아름다운 여자들과 사랑을 나눴으며 호화로운 집에 살며 최고로 좋은 옷을 몸에 둘렀다. 그리고 예술가들의 창작을 도왔다. 그는 엄청난 권력과 부를 거머쥐었다. 그리고 사람들에게 도움이 되는 일을 하려고 노력했다. 그는 이 병원에 수천만 달러를 기부했다. 그러나 그 무엇보다도 그는 사람들과 어깨를 겨루고 싸우는 일이 좋았다. 그리고 그걸 특별히 나쁘다고 해야 할까? 선행을 하려면 권력이 필요한데 권력을 쟁취하기 위해서 달리 다른 방법이 있을까? 지금도 그는 어니스트 베일에게 베푼 최후의 관용이 후회가 됐다. 투쟁으로 얻어낸 전리품을 그렇게 쉽게, 게다가 위협을 받고 내줘서는 안 될 일이었다. 하지만 바비가 그 일을 해결해 줄 것이다.

바비는 더 젊은 사람에게 심장을 주기 위해서 그가 심장이식을 거부했다는 사실을 언론매체에 퍼뜨릴 것이다. 총수익의 지분들도 모두 원상 복구시킬 것이다. 로드스톤의 적자기업인 딸의 제작회사를 회수하는 일도 할 것이다. 그리고 혼자서 모든 죄를 뒤집어쓸 것이다.

멀리서 작은 종소리가 들렸고 팩스기계가 방울뱀처럼 달각거리며 뉴욕에서 집계된 흥행수익 영수증들을 찍어냈다. 기계소리는 마치 그의 죽어가는 심장의 박동소리에 붙는 후렴구처럼 들렸다.

그리고 그는 살 만큼 살았고 더 살고 싶은 욕심은 없었다. 결국 그를 배신한 것은 육체가 아니라 정신이었다. 이것이 첫 번째 진실이었다.

그리고 그는 사람들에게 실망했다. 그는 배신과 형편없는 나약한 모습과 물욕과 명예욕을 수도 없이 목격했다. 연인과 부부, 아버지와 아들과 엄마와 딸 간의 배신도. 자신이 사람들에게 희망을 주는 영화를 만들었다는 사실이 얼마나 다행스러운 일이며, 자신에게 손자들이 있다는 사실이 얼마나 고마운 일인지, 그리고 그들이 자라 인생유전을 겪는 모습을 보지 않게 되어 또 얼마나 다행인지.

팩스가 멈췄고, 매리온은 자신의 약한 심장이 불규칙적으로 뛰는 것을 느낄 수 있었다. 병실 가득히 새벽빛이 들어왔다. 그는 간호사가 등을 끄고 책을 덮는 모습을 보았다. 수많은 사회 저명인사들에게 사랑을 받았음에도 불구하고 이제 저 이방인만 있는 이 병실에서 혼자 죽어간다는 건 정말 외로운 일이었다. 그때 간호사가 그를 살피기 위해 그의 눈꺼풀을 들어올리고 심장에 청진기를 갖다 댔다. 오래된 사찰 대문처럼 커다란 병실 문이 열리고, 아침식사를 담은 쟁반에서 접시들이 달각거리는 소리가 들렸다.

방이 환하게 밝아졌다. 누군가가 주먹으로 그의 가슴을 내리쳤다. 그는 사람들이 왜 그러는지 의아했다. 그의 머리 속에 구름이 뭉글뭉글 일어나더니 짙은 안개가 머리 속을 가득 메웠다. 안개 속에서 사람들이 고함을 지르고 있었다. 영화 대사 하나가 산소부족 상태에 빠진 그의 머리 속을 스치고 지나갔다.

"신들은 이렇게 죽는가?"

전기충격이 가해지고 주먹이 연이어 가슴을 내리치더니 가슴을 절개하고 손으로 심장을 직접 문지르는 것이 느껴졌다.

모든 헐리우드인들은 그의 죽음을 애도할 테지만 그 중 야간 당직간호사인 프리씰라가 가장 슬퍼할 것이다. 그녀는 두 어린 자식을 부양해야 했기 때문에 이교대 근무를 했고, 매리온이 자기 근무시간에 죽었다는 사실에 기분이 좋지 않았다. 그녀는 캘리포니아에서 가장 뛰어난 간호사라는 자신의 명성에 긍지를 느꼈다. 그녀는 죽음을 접하는 일이 싫었다. 하지만 읽고 있던 책이 아주 재미있어서 그녀는 그걸 영화로 만드는 문제를 매리온과 의논해볼 생각을 내심 하고 있던 중이었다. 그녀라고 영원히 간호사만 하라는 법은 없었다. 그녀는 부업으로 시나리오 작가로 일하고 있었다. 이제 그녀에게도 희망이 있었다. 병원 맨 위층의 이 병실들은 헐리우드의 최고 명사들이 입원했고, 그녀는 그들을 죽음에서 지켜낼 것이다.

하지만 이 모든 상황은 단지 이제껏 보아온 수천 편의 영화로 포화상태가 된 매리온의 머리 속에서 그가 숨을 거두기 직전에 일어난 현상이었다.

실제로 간호사는 그가 죽은 뒤 십오 분이나 지나서 침대로 왔고, 그는 아주 조용히 숨을 거둘 수 있었다. 그녀는 그를 회생시키기 위해서 위급경보를 울려야 할지 말아야 할지 삼십 초 가량 망설였다. 그녀는 여러 번 죽음을 경험했고 또 관대했다. 사람을 고통스럽게 만들어가면서까지 굳이 되살리려고 애쓸 필요가 있을까? 그녀는 창문으로 다가가 태양이 떠오르는 광경과 돌로 된 창살에서 정력을 과시하듯이 걸어 다니고 있는 비둘기들을 바라보았다. 프리씰라는 매리온의 생사를 결정한 최후의 권력자였다. 그리고 그가 만난 가장 관대한 판사이기도 했다.

13

웨이븐 상원의원은 자신이 매우 중요한 정보를 갖고 있으며 그리고 클레리쿠지오파가 그 정보를 얻기 위해서는 5백만 달러가 필요하다고 전했다. 그것은 엄청난 서류작업이 필요한 일이었다. 크로스는 카지노 창구에서 5백만 달러를 인출한 뒤에 회계상의 복잡한 조작을 통해 그 공백을 없애야 했다.

또 크로스는 클로디아와 베일한테서도 연락을 받았다. 두 사람은 호텔 객실에 묵고 있었다. 그들은 가능한 빨리 그를 만나고 싶어했다. 위급하다는 신호였다.

산장에서 리아 밧지로부터도 전화가 있었다. 그는 가능한 빨리 크로스를 직접 만났으면 좋겠다고 했다. 그는 굳이 위급한 일이라고 말하지 않았지만 여간해서는 전화를 하지 않는 사람이 전화를 걸어서 만나고 싶다고 한 것 자체가 위급한 일임을 뜻했고, 그는 벌써 그곳으로 오고 있는 중이었다.

크로스는 웨이븐 상원의원에게 5백만 달러를 전달하기 위한 서류작업을 시작했다. 그 돈을 현금으로 주려면 부피가 너무 커서 여행 가방이나 배낭으로는 부족했다. 그는 그 돈이 들어갈 만큼 커다란 중국 골동품 함을 호텔 선물가게에서 본 기억이 나서 가게로 전화를 걸었다. 그 함은 짙은 초록색 바탕에 붉은 용문양과 초록색 인조보석으로 장식이 되어 있었고 튼튼한 잠금장치가 달려 있었다.

그론벨트는 서류작성을 통해 호텔 카지노에서 돈을 합법적으로 빼내는 방법을 그에게 가르쳐주었다. 그 일은 계좌이체와 식대, 직원교육비, 홍보비 등을 위조하는 것 외에도 실제로는 존재하지 않는 도박꾼 명부를 만들어 창구에 채무자로 올리는 것까지 포함하는 지루하고도 힘든 작업이었다.

크로스는 한 시간 가량 이 일에 매달렸다. 웨이븐 상원의원은 내일 도착할 예정이었고 5백만 달러는 그가 월요일 아침 일찍 호텔을 떠나기 전에 그의 손에 들어가야 했다. 그렇지만 일에 집중하는 것이 어려워지자 그는 잠시 쉬기로 했다.

그는 클로디아와 베일의 객실로 전화를 걸었다. 클로디아가 전화를 받았다.

"지금 어니스트와 내 기분이 아주 엉망이야. 오빠한테 꼭 할 얘기가 있어."

"좋아. 내려가서 도박을 하고 있으면 내가 한 시간쯤 있다가 주사위 게임 판이 있는 곳으로 갈게."

그는 잠시 말을 끊었다가 이렇게 덧붙였다.

"저녁을 먹으면서 두 사람 문제를 얘기해줘."

"우린 도박을 할 수 없어. 어니스트는 자기 신용한도를 초과했고 오빠가 정해준 내 신용한도는 고작 만 달러밖엔 안 된다고."

크로스는 한숨을 쉬었다. 그 얘기는 어니스트가 카지노에서 빌린 10만 달러가 한낱 휴지쪼가리가 돼버렸다는 뜻이었다.

"그럼 한 시간만 기다렸다가 내 방으로 올라와. 여기서 저녁을 먹자."

크로스는 상원의원에게 돈을 주기로 한 일을 지오르지오에게 확인하기 위해서 전화를 걸었다. 그것은 밀사를 의심해서가 아니라 통상적인 확인 절차였다. 여기에는 사전이 미리 약속해둔 암호가 사용되었다. 임의로 만든 숫자가 이름 대신 사용됐고, 임의로 만든 단어가 돈의 액수를 가리켰다.

크로스는 서류작업을 계속하려고 했다. 하지만 정신이 다시 산만해졌다. 웨이븐 상원의원은 5백만 달러에 상응하는 뭔가 중요한 거리를 갖고 있었다. 장거리를 달려서 라스베가스로 오고 있는 리아 역시 심각한 문제를 가지고 있음에 틀림없었다.

초인종이 울렸고, 경호원이 클로디아와 어니스트를 펜트하우스 안으로 데리고 들어왔다. 크로스는 카지노에서 돈을 잃은 일로 화가 났다는 인상을 주고 싶지 않아서 동생을 특별히 더 따뜻하게 맞아주었다.

객실의 거실에서 그는 두 사람에게 룸서비스 차림표를 보여주고 나서 음식을 주문했다. 클로디아는 잔뜩 긴장한 채 앉아 있었고 베일은 무심한 표정으로 소파에 축 늘어져 있었다.

"오빠, 베일이 황당한 일을 당했어. 우리가 도와줘야 돼."

크로스는 베일에게서 특별히 안 좋은 기색은 찾지 못했다. 눈을 반쯤 감고 입술에는 즐거운 미소를 머금은 그는 마음이 아주 편안해 보였다. 크로스는 이 점이 신경에 거슬렸다.

"그래, 제일 먼저 라스베가스에서 베일의 신용거래를 닫는 일부터 해야겠다. 베일은 내가 본 사람 중 최악의 도박꾼이야. 그게 돈을 아끼는 길이야."

"도박얘기가 아니야."

그녀는 매리온이 베일에게 베일의 소설을 토대로 만든 모든 영화 속편에 대해 지분을 주기로 약속한 뒤에 죽었다는 얘기를 장황하게 늘어놓았다.

"그런데?"

"이제 와서 바비 밴츠가 그 약속을 안 지키겠대. 바비는 로드스톤 대표가 됐다고 자기 맘대로 권력을 휘두르고 있어. 기를 쓰고 매리온을 흉내내려고 하지만 머리도 없고 강력한 지도력도 없어. 그래서 어니스트가 다시 찬밥신세가 된 거야."

"넌 도대체 내가 뭘 할 수 있다고 생각하는데?"

"오빤 로드스톤과 메쌀리나를 같이 만드는 동업자잖아. 오빠라면 틀림없이 그 사람들한테 압력을 넣을 수 있을 거야. 난 오빠가 바비 밴츠를 설득해서 매리온과의 약속을 지키게 해주면 좋겠어."

크로스가 클로디아를 갑갑하다고 느끼는 때가 바로 지금 같은 경우였다. 밴츠는 절대 물러나지 않을 것이고, 그건 자기가 이래라 저래라 할 수 있는 문제도 아니었다.

"안 돼."

크로스는 일언지하에 거절했다.

"전에도 너한테 말했을 텐데. 난 가능성이 있다고 판단되는 일에만 개입한다고. 그리고 이번 일은 승산이 없어."

클로디아는 인상을 찌푸렸다.

"정말 이해 못하겠어."

잠시 말이 없다가 그녀는 다시 말했다.

"어니스트는 심각해. 자기 가족들이 권리를 되찾을 수 있게 하겠다고 자살을 하려고 한단 말이야."

이 말에 어니스트가 관심을 보였다.

"클로디아, 이 바보 같으니. 당신 오빠에 대해서 아직도 몰라? 오빠가 누군가한테 뭔가를 부탁했는데 그 사람이 싫다고 하면 당신 오빠는 그 사람을 죽여야 되는 거야."

그는 크로스에게 이를 드러내며 씩 웃었다. 크로스는 어니스트가 감히 클로디아 앞에서 그런 얘기를 했다는 사실에 화가 치밀었다. 다행이 그 순간에 룸서비스 직원이 바퀴 달린 식탁을 밀고 들어와 거실에 식사를 차렸다. 크로스는 자리에 앉아서 식사를 하면서 마음을 가라앉혔지만, 결국 쌀쌀맞게 웃으며 이 말을 하지 않을 수 없었다.

"어니스트, 제가 이해한 바로는 당신이 죽으면 모든 게 해결될 수 있겠군요. 아마도 제가 도와줄 수 있을 것 같습니다. 객실을 십층으로 바꿔줄 테니까 거기서 창문 밖으로 뛰어내리세요."

이번에는 클로디아가 벌컥 화를 내며 소리를 질렀다.

"이건 농담이 아냐. 어니스트는 내 가장 가까운 친구란 말이야. 그리고 오빠 입으로 날 사랑한다고 항상 그랬었고 날 위해서 뭐든 하잖아."

그녀는 눈물을 쏟았다. 크로스는 자리에서 일어나 동생에게로 가서 꼭 껴안았다.

"클로디아, 내가 할 수 있는 일은 아무것도 없어. 난 마법사가 아냐."

어니스트 베일은 맛있게 식사를 하고 있었다. 그는 전혀 자살할 사람 같아 보이지 않았다.

"자네는 너무 겸손해, 크로스. 이봐, 난 창문 밖으로 뛰어내릴 만한 배짱이 없어. 난 상상력이 너무 많아서, 아래로 떨어지면서도 내가 피를 튀기고 누워 있을 장면을 생각하면서 머리 속으로 천 번도 넘게 죽을 거야. 그리고 아무 죄 없는 사람 위로 떨어질 지도 모른다고. 겁쟁이라서 손목도 못 자르겠고, 피 보는 일은 끔찍하게 싫고, 총이나 칼을 쓰거나 차에 뛰어드는 건 너무 무서워. 아무것도 해결 못한 상태로 이렇게 야채만 우적거리고 싶은 마음은 눈곱만큼도 없어. 빌어먹을 밴츠와 디어가 날 비웃으면서 계속 내 돈을 갖고 있는 것도 원하지 않는 바야. 자네가 할 수 있는 일이 하나 있지. 사람을 고용해서 날 죽이는 거야. 언제라고는 말하지 말게. 그냥 해치워버려."

크로스는 호탕하게 웃어제꼈다. 그는 진정하라는 듯이 클로디아의 머리를 툭툭 친 뒤에 자기 의자로 돌아갔다.

"지금 영화 찍으세요? 사람 죽이는 일이 무슨 애들 장난이라고 생각하는 거예요?"

크로스는 식탁에서 일어나 책상으로 갔다. 그는 열쇠로 서랍을 열더니 검은색 칩이 든 지갑 하나를 꺼냈다. 그리고는 그 지갑을 어니스트 앞에 툭 던지면서 말했다.

"만 달러입니다. 어쩌면 운이 좋을지도 모르니까 마지막으로 도박이나 한 판 하든지 하세요."

어니스트는 기분이 아주 좋아졌다.

"클로디아, 가지. 자네 오빠는 도와주지 않을 거야."

그는 주머니에 지갑을 넣었다. 빨리 도박이 하고 싶어서 안달이 난 것 같았다.

클로디아는 얼빠진 사람처럼 멍하니 있었다. 머리 속으로 계산을 다 끝내놨는데 그걸 꺼내기도 전에 퇴짜를 당했으니까. 그녀는 오빠의 잘 생긴 차분한 얼굴을 쳐다보았다. 오빠는 절대 베일이 말한 그런 사람일 리가 없었다. 그녀는 오빠의 뺨에 키스를 하며 사과했다.

"미안해, 난 그냥 어니스트가 걱정이 돼서 그랬어."

"어니스트는 괜찮을 거야. 도박을 너무 좋아해서 죽고 싶어도 못 죽을 거라고. 게다가 천재잖아."

클로디아가 깔깔대며 웃음을 터뜨렸다.
"자기 입으로 그런 얘길하는데 나 역시 그렇다고 생각해. 게다가 엄청 겁쟁이지."
"도대체 왜 어니스트와 붙어 다니는데?"
"왜 한 방을 쓰냐고? 이 사람한테는 내가 가장 좋은 친구고 또 마지막까지 남은 친구니까."
화가 났는지 클로디아가 이렇게 쏘아붙였다.
"그리고 이 사람 책을 무지 좋아하니까."
두 사람이 떠나고 난 뒤, 크로스는 웨이븐 상원의원에게 5백만 달러를 전달하기 위한 서류작업을 하느라 밤새 씨름했다. 일이 끝나자 그는 클레리쿠지오파 단원으로 조직에서 꽤 높은 위치에 있는 카지노 지배인을 불러서 자신의 펜트하우스로 돈을 가져오라고 지시했다.
지배인은 역시 클레리쿠지오 단원인 두 명의 경호원과 함께 돈을 커다란 자루에 담아서 가져왔다. 그들은 크로스를 도와서 함에다 차곡차곡 집어넣었다. 카지노 지배인이 크로스를 보고 슬쩍 웃었다.
"함이 꽤 쓸 만한데요."
남자들이 방에서 나가자 크로스는 침대에서 큰 이불을 가져와서 함을 쌌다. 그런 다음 그는 룸서비스를 불러서 아침식사 이인분을 방으로 가져오게 했다. 몇 분 뒤 경호원이 전화를 걸어와 리아 밧지가 그를 만나려고 기다린다고 알려주었다. 그는 데려와도 된다고 대답했다.
크로스는 리아를 반갑게 맞이했다. 그를 만나는 일은 항상 즐거웠다.
"좋은 일입니까, 나쁜 일입니까?"
아침식사가 도착하자 크로스가 물었다.
"나쁜 일이야. 내가 스카넷이랑 같이 비벌리 힐스 호텔을 나갈 때 현관에서 내 앞을 가로막았던 그 형사 말이야, 짐 로지라고. 그 사람이 산장에 나타나서 나한테 스카넷이랑 어떤 관계냐고 묻더군. 난 그냥 내쫓아버렸지. 의심쩍은 점은 말이야, 그 사람이 내 신분이랑 거주지를 어떻게 알았냐는 거야. 난 경찰기록에도 안 올라가 있고 문제를 일으킨 적은 한 번도 없었는데. 그건 밀고자가 있다는 뜻이야."

그 말에 크로스는 깜짝 놀랐다. 클레리쿠지오파 내에는 변절자가 거의 없었고, 있다하더라도 변절자는 항상 가차없이 제거되었다.

"제가 직접 대부께 보고하죠. 어떠세요? 우리가 상황을 완전히 파악할 때까지 브라질로 휴가나 가지 않으실래요?"

리아는 거의 먹질 않았다. 대신 브랜디를 마시고 크로스가 꺼내놓은 하바나 여송연만 피웠다.

"아직까지는 괜찮네. 난 자네가 그 형사로부터 날 방어해도 좋다고 허락을 해줬으면 싶은데."

크로스는 바짝 긴장했다.

"그러지 마세요."

그는 리아를 만류했다.

"미국에서 경찰관을 죽이는 건 아주 위험한 짓입니다. 여기는 시칠리아가 아니에요. 그래서 이건 기밀사항이지만 얘길 해 드리죠. 짐 로지는 클레리쿠지오 조직으로부터 뇌물을 받은 경찰관입니다. 거금이죠. 제 생각에는 뭔가 냄새를 맡고 돈을 더 받아내려는 수작을 부리는 게 아닐까 싶습니다."

"다행이군. 하지만 아직 문제가 남았네. 틀림없이 밀고자가 있어."

"그건 저한테 맡겨두세요. 그 형사 일은 걱정하지 마시구요."

리아는 여송연을 빨았다.

"그 남자 위험해. 조심하라고."

"그러죠. 하지만 아저씨가 먼저 선제공격을 하진 마세요, 아셨어요?"

"물론."

리아는 마음을 놓은 것 같았다. 그리고 그가 불쑥 지나가는 말로 물었다.

"저 이불 아래는 뭐가 들었어?"

"아주 중요한 사람한테 줄 작은 선물이죠. 호텔에서 주무시고 가실래요?"

"아니. 산장으로 돌아가 있을 테니까 알아낸 게 있으면 시간 날 때 얘길 해줘. 하지만 난 지금 즉시 로지를 제거하라는 충고를 하고 싶네."

"대부와 상의를 해보지요."

그날 오후 월터 웨이븐 상원의원과 수행원 세 명이 제너두 호텔 별장에 도착했다. 평소처럼 그는 자기 신분을 노출시킬 만한 표시는 전혀 차에 붙이지 않은 채 리무진을 타고 경호원 없이 여행을 했다. 그는 다섯 시에 크로스를 별장으로 불렀다.

크로스는 경호원들을 시켜서 골프 카트에 이불로 싼 함을 싣게 했다. 경호원이 운전을 하고 크로스는 보조석에 앉아서 보통 골프채와 얼음물을 싣는 화물칸에 넣어놓은 함이 떨어지지 않는지 살폈다. 제너두 호텔 구내를 지나 별도의 감시체계가 이루어지고 있는 일곱 채의 별장 단지로 가는 데는 오 분밖에 걸리지 않았다.

크로스는 별장을 보면 권력의 상징 같은 느낌이 들어서 항상 기분이 좋았다. 다이아몬드 모양의 에머랄드빛 수영장이 별장마다 딸려 있고 중앙에는 별장주인들을 위한 진주 모양의 카지노가 있는 그곳은 베르사유 궁전의 축소판이라고 해도 될 정도였다.

크로스는 별장 안으로 직접 함을 들고 들어갔다. 상원의원의 수행원 한 명이 식당으로 그를 안내했는데, 상원의원은 차가운 요리들로 성찬을 차려놓고 식사를 하는 중이었다. 식탁에는 얼음을 채운 레모네이드 병도 올라와 있었다. 그는 이제 술은 가까이 하지 않았다.
 웨이븐 상원의원의 준수한 외모와 붙임성 있는 성격은 변함이 없었다. 그는 국가정책회의에서 고위직을 맡고 있었고 여러 개의 중요 위원회의 의장이기도 했으며 차기 대선의 유력한 후보로 떠오르고 있었다. 그는 자리에서 벌떡 일어나 크로스를 맞았다.
 크로스가 함을 바닥에 내려놓고 이불을 벗겨냈다.
 "호텔에서 상원의원께 드리는 작은 선물입니다, 머무시는 동안 즐거운 시간을 보내셨으면 합니다."
 상원의원은 양손으로 크로스의 손을 꽉 잡았다. 손이 부드러웠다.
 "이런 반가운 선물을 주다니. 고맙네, 크로스. 자, 자네랑 단 둘이서만 얘길 좀 할 수 있을까?"
 "그러시죠."
 크로스는 그에게 함 열쇠를 건네주었다. 웨이븐은 바지 주머니 속에 열쇠를 슬쩍 집어넣었다. 그런 다음 수행원들 쪽으로 돌아서서 말했다.
 "함을 내 침실에다 갖다 놓고 자네들 중 누가 지키고 있어주게나. 자, 내 친구 크로스랑 둘만 있고 싶은데 자릴 좀 비켜주지."
 수행원들이 밖으로 나가자 상원의원은 방을 이리저리 걷기 시작했다. 그가 인상을 찌푸렸다.
 "내가 갖고 온 건 당연히 좋은 소식이야. 그런데 그것 말고 나쁜 소식도 하나 있네."
 크로스는 고개를 끄덕이면서 친근한 어조로 말했다.
 "보통 그렇죠."
 크로스는 돈을 5백만 달러 씩이나 주는데 좋은 소식이 나쁜 소식보다 훨씬 좋아야겠지, 하고 속으로 생각했다.
 웨이븐은 낄낄거리며 웃었다.

"세상사가 다 그렇지? 좋은 소식부터 먼저 전하지. 아주 좋은 소식이야. 난 지난 몇 년간 미국 전역에 도박을 합법화하는 법안을 통과시키려고 노력해왔네. 스포츠 도박을 합법화할 수 있는 조항까지도 포함시켜서 말이야. 난 마침내 상원과 의회에다 그 법안을 올리기로 결심했네. 함에 든 돈은 몇몇 중요한 사람들의 표를 끌어오게 될 거야. 5백 맞지?"

"5백 맞습니다. 돈이 유용하게 쓰이겠군요. 그런데 나쁜 소식은 뭡니까?"

상원의원은 안타깝다는 듯이 고개를 저었다.

"자네 친구들이 안 좋아할 소식이야. 성격 급한 지오르지오가 특히 더할 텐데. 하지만 그 사람은 멋진 친구지, 암 그렇고 말고."

"저도 좋아하는 아저씨입니다."

크로스는 무덤덤한 어조로 맞장구를 쳤다. 그는 클레리쿠지오가 사람들 중에서 지오르지오를 가장 마음에 안 들어 했고, 그건 상원의원도 분명히 마찬가지였다.

웨이븐이 놀라운 소식을 전했다.

"대통령이 나한테 그러는데 말이야, 자기는 그 법안을 거부할 거라는군."

크로스는 대부의 원대한 계획이 마침내 성공했다는 생각에 벅찬 기쁨을 느끼던 중이었다. 합법적인 도박을 기반으로 삼아 합법적인 제국을 건설하려는 계획이 드디어 실현됐다고 생각했다. 그런데 게이븐의 말에 바로 혼란스러워졌다. 웨이븐이 도대체 무슨 얘길 지껄이고 있는 거야?

"그리고 우리는 거부권을 막아낼 만한 충분한 표를 확보하지 못했네."

크로스는 잠시 시간을 갖고 마음을 가라앉힌 뒤에 물었다.

"그래서 5백만 달러를 대통령한테 주실 생각이십니까?"

상원의원은 말도 안 된다는 표정을 지었다.

"천만에. 우린 당도 서로 다르다고. 게다가 대통령은 임기가 끝나면 아주 엄청난 부자가 될 거네. 큰 회사들이 혈안이 되어 저마다 대통령을 이사로 데려가겠다고 할 테니까. 이런 푼돈은 그 사람한테는 필요도 없어."

웨이븐은 그를 향해 흐뭇한 미소를 지었다.

"미국 대통령이 되면 살맛 나는 거지."

"그러니까 대통령이 급사하지 않는 한 우린 실패한 거군요."

"정확히 짚었어. 비록 내가 반대 정당이긴 하지만 말일세, 그는 아주 인기가 많은 대통령인 건 확실해. 분명히 재선에 성공할 거야. 우린 인내심을 가지고 기다려야 하네."

"그러면 오 년을 더 기다려서 거부권을 발동시키지 않을 대통령이 당선되길 기도해야 한다는 말씀이신가요?"

"정확히 말해서 그건 아니지."

이렇게 대답하고는 상원의원이 잠깐 머뭇거렸다.

"솔직하게 얘기해야겠군. 오 년 뒤에는 의회 구성원들이 어떤 식으로 바뀔지도 모르고, 지금처럼 내가 그걸 의결사항으로 올릴 수 있을지도 단언하기 힘드네."

그는 잠시 말을 멈췄다가 다시 덧붙였다.

"변수가 많아."

이제 크로스는 뭐가 뭔지 도무지 감을 잡을 수 없었다. 빌어먹을, 웨이븐이 하고자 하는 얘기가 정확히 뭐지? 상원의원이 그의 손을 가볍게 쳤다.

"물론 대통령한테 무슨 일이 일어난다면 부통령이 그 법안에 서명을 하겠지. 그래서 좀 심술궂게 들릴 얘기긴 하지만 말이야, 자네는 대통령이 심장마비나 비행기 사고를 당하거나 뇌졸중으로 대통령 자격을 상실하는 일이 생기기를 바라는 수밖엔 없어. 전혀 현실성 없는 얘긴 아니지. 우리들 모두는 시한부 인생들이니까."

상원의원은 그를 쳐다보며 활짝 웃었고, 그 순간 크로스에게는 모든 게 분명해졌다. 속에서 뜨거운 게 치밀어 올랐다. 이 나쁜 자식은 자기는 할 일을 다 했으니 이제 법안을 통과시키려면 클레리쿠지오파가 나서서 미국 대통령을 살해하는 방법밖엔 없다는 얘기를 크로스에게 전하고 있는 것이었다. 그리고 아주 교활하게도 그는 자기 자신을 그 일에 구체적으로 연루시키는 말은 한마디도 하지 않았다. 크로스는 대부가 절대 찬성하지 않을 것이라고 믿어 의심치 않았고, 만약 찬성을 한다면 자기는 앞으로 조직과는 완전히 관계를 끊을 생각이었다.

웨이븐은 붙임성 있는 미소를 지으며 말을 계속했다.

"전혀 가망 없는 얘기처럼 들리겠지만 세상일이야 앞으로 어떻게 될지 누가 알겠나. 운명의 여신이 장난을 칠지도 모를 일이고, 부통령은 서로 당은 달라도 나랑 아주 절친한 관계지. 그 사람이 내 법안을 승인하리란 건 내 확실히 장담하네. 우린 그냥 기다리면서 일이 돌아가는 상황을 살피는 수밖엔 없겠지."

크로스는 상원의원이 한 얘기를 도저히 믿을 수가 없었다. 웨이븐 상원의원이 여자와 골프에 약하다는 건 공공연한 사실이긴 했지만, 그는 가장 훌륭한 미국의 정치인으로 손꼽히는 사람이었다. 그의 얼굴과 목소리에서는 귀티가 흘렀다. 그의 행동거지는 세상에서 둘째가라면 서러울 정도로 사람들에게 호감을 주었다. 그런데 그런 사람이 클레리쿠지오파에게 자신의 대통령을 암살하라는 말을 넌지시 비추고 있었다. 이건 완전 개판이군, 하고 크로스는 생각했다.

상원의원은 이제 식탁 위에 차려진 음식을 집어먹고 있었다.

"난 하룻밤만 묵을 거야. 나 같은 노땅하고 저녁을 먹겠다는 쇼걸들이 있으면 좋겠는데 말이야."

펜트하우스로 돌아온 크로스는 지오르지오에게 전화를 걸어서 다음날 코그에 가겠다고 했다. 지오르지오는 공항으로 기사를 보내겠다고 대답했다. 그는 한마디도 묻지 않았다. 클레리쿠지오가 사람들은 전화로는 절대 일 얘기를 하지 않았다.

코그에 도착했을 때 크로스는 그 자리에 모인 사람들을 보고 깜짝 놀랐다. 창문 없는 밀실에는 대부 외에도 피피와 지오르지오와 빈센트와 뻬띠에, 그리고 르네상스 풍의 하늘색 모자를 쓴 단테까지 전원 집합해 있었다.

저녁식사는 조금 뒤에 할 예정인지 음식은 차려져 있지 않았다. 평소와 다름없이 대부는 실비오의 사진과 크로스와 단테의 세례식 사진을 사람들 눈에 잘 띄게끔 벽난로 위에 세워 놓았다.

"참 행복한 날이었지."

대부는 노상 이렇게 말하곤 했다. 다들 의자와 소파에 자리를 잡자 지오르지오가 마실 것을 나눠주었고 대부는 양끝을 잘라 살짝 비틀어놓은 이탈리아식 까만 여송연에 불을 붙였다.

크로스가 자세히 보고를 했다. 그는 웨이븐 상원의원에게 5백만 달러를 전달한 방법과 그와 나눴던 대화를 한 마디도 빼놓지 않고 전부 전했다.

긴 침묵이 흘렀다. 그들 중 누구도 크로스의 보고에 대해 의문을 제기하지 않았다. 빈센트와 뻬띠에는 특히 더 근심스러워 보였다. 여러 개의 식당을 운영하고 있는 빈센트로서는 모험에 뛰어드는 일이 달갑지 않았다. 뻬띠에는 비록 브롱크스 조직 단원들의 우두머리이기는 했지만 그의 기본 관심사는 무서운 기세로 성장하고 있는 건설사업에 있었다. 그들은 사업이 번창하고 있는 상황에서 그렇게 엄청난 일을 벌이고 싶은 생각은 추호도 없었다.

"그 빌어먹을 상원의원이 완전히 맛이 갔군."

빈센트가 씩씩거렸다.

대부가 크로스에게 물었다.

"상원의원이 우리한테 하려는 말이 확실히 그 얘기야? 자기와 같이 우리나라 지도자인 사람을 우리가 죽여야 된다는?"

지오르지오가 냉담한 표정으로 얘기했다.

"상원의원 말이 두 사람은 같은 당이 아니라잖아요."

"상원의원은 자기가 그 범죄행위를 사주한다는 인상은 전혀 풍기지 않았습니다. 그저 사실들만 던져준 거죠. 제 생각에는 그 사람은 우리가 그 일을 할 거라고 미리 넘겨짚은 것 같습니다."

크로스가 대부에게 설명했다. 단테가 목청을 높였다. 그는 승리와 금전적인 이득을 상상하며 잔뜩 흥분해 있었다.

"도박사업이 넝쿨째 우리 손으로 굴러 들어오는 거네요. 합법적으로 말이에요. 충분히 해볼 만한 일입니다. 소득이 엄청날 거라고요."

대부는 피피를 쳐다보며 다정하게 물었다

"넌 어떻게 생각하니?"

피피는 상당히 화가 난 표정이었다.

"할 수도 없는 일이고 해서도 안 되는 일입니다."

단테가 힐책하듯이 말했다.

"피피 아저씨, 아저씨가 못하겠다면 제가 하죠."

피피는 경멸하는 눈초리로 그를 쳐다봤다.

"넌 도살자지 전략가는 아냐. 백만 년이 흘러도 넌 이런 엄청난 일의 작전계획은 절대로 짜지 못해. 이건 지나치게 위험한 모험이야. 세상이 발칵 뒤집힐 거야. 게다가 실행하기가 너무 어려워. 네가 빠져나갈 구멍은 전혀 없을 거야."

단테는 거만하게 말했다.

"할아버지, 저한테 그 일을 맡겨주세요. 전 반드시 해냅니다."

대부는 손자의 생각을 존중해주었다.

"네가 할 수 있을 거라고 믿는다. 그리고 얻는 것도 아주 많을 거야. 하지만 피피 말도 맞아. 그 일이 우리 조직한테 미치게 될 여파가 너무 크다. 치명적인 실수는 절대 해서는 안돼. 그렇지만 사람이란 실수할 가능성이 항상 있는 법이다. 비록 우리가 성공적으로 목표를 완수했다고 해도 그 행위는 영원히 우리를 따라다니면서 위협할 거야. 그건 너무 엄청난 범죄다. 또 우리가 위기에 빠져서 그걸 하지 않으면 안 될 상황도 아니고, 그저 목표를 달성하기 위한 여러 가지 수단 중의 하나일 뿐이야. 인내심을 갖고 기다리면 이룰 수 있는 목표 말이다. 그동안 우리는 우리의 입지를 탄탄하게 만들어 가는 거야. 지오르지오, 넌 월스트리트에서 확실하게 자리매김을 하고, 빈센트 넌 식당을 잘 운영해. 뻬띠에 넌 건설사업을 잘 이끌어가면 돼. 크로스 너는 호텔경영을 계속하고, 피피는 이제 은퇴해서 여생을 평화롭게 보내면 되지. 그리고 단테, 넌 참고 기다려야 해. 그러면 미래에 도박제국은 네 것이 될 거야. 그리고 그렇게 해야 끔찍한 범죄로 인한 후환도 없을 테고 말이야. 그러니 상원의원은 바다 밑에서 헤엄이나 치라고 해."

방에 있던 사람들이 모두 안심을 하면서 긴장을 풀었다. 단테를 제외한 모두가 그 결정에 만족스러워했다. 그리고 상원의원을 향한 대부의 저주에 다들 동감하는 눈치였다. 그 작자는 감히 그들을 위험한 궁지에 몰아넣으려고 했다.

단테만이 받아들이지 못하겠다는 분위기였다. 그는 피피에게 시비를 걸었다.

"절 도살자라고 불러가면서 엄청 배짱을 부리는데 말에요. 그럼 아저씬 비겁한 밀고자겠네요?"

빈센트와 뻬띠에가 큰소리로 웃어댔다. 대부는 그만 두라는 듯이 고개를 저었다.

"또 하나. 난 지금으로서는 상원의원과의 관계를 잘 유지해야 한다고 생각한다. 5백만 달러를 더 달라고 해도 내 기꺼이 주기는 하겠는데 말이야, 그 사람이 우리가 사업을 키울 목적으로 미국 대통령을 살해할 거라고 생각한 것은 우리에 대한 모욕이라고 생각한다. 그 사람이 정작 노리는 건 뭘까? 이번 일이 그 사람한테 주게 될 이득이 뭘까? 그 사람은 우릴 교묘하게 조종하려고 하고 있어. 크로스, 그 사람이 네 호텔에 오거든 신용한도를 높여줘라. 확실히 즐기게 만들어줘. 그 자는 적으로 삼기에는 극히 위험한 존재야."

이것으로 일은 깨끗이 해결됐다. 크로스는 또 하나의 민감한 문제를 꺼내야 할지 말아야 할지 잠시 망설였다. 결국 그는 리아 밧지와 짐 로지에 대한 이야기를 하기로 했다.

"조직 안에 밀고자가 있을 가능성이 있습니다."

단테가 쌀쌀맞게 말했다.

"그건 네 작전이었으니까 네 개인적인 문제라고."

대부는 단호하게 고개를 저었다. 그리고 단언했다.

"밀고자는 있을 수 없다. 그 형사 놈은 어쩌다 우연히 알아냈을 테고 그걸 꼬투리로 삼아서 돈을 받아내려는 거야. 지오르지오, 이건 네가 해결해라."

지오르지오가 시무룩한 표정으로 말했다.

"5만 달러가 더 필요하겠군. 크로스, 그건 네 거래야. 그 돈은 네 호텔 수입에서 부담해라."

대부가 여송연에 다시 불을 붙였다.

"다들 여기 모인 김에 다른 문제들이 있으면 얘길 해봐. 빈센트, 식당 사업은 어떻게 되고 있지?"

빈센트의 무표정한 얼굴에 화색이 돌았다.

"식당을 세 군데 더 열었어요. 필라델피아, 덴버, 뉴욕에 각각 하나씩요. 상류층 대상이죠. 아버지, 제가 스파게티 한 접시에 16달러씩 받는다면 믿으시겠어요? 집에서 만들면 한 접시에 50센트 정도 들어요. 아무리 해도 그 이상은 안 들죠. 마늘 값까지 포함시켜도 말입니다. 거기다 미트볼은 말입니다, 그건 특별히 이유는 없지만 그냥 상류층을 대상으로 하는 이탈리아 식당에서만 내 놓는데, 한 접시 당 8달러를 받아요. 비용은 20센트 밖에 안 드는데요."

그는 계속 얘길 하려고 했지만 대부가 그의 말을 끊었다. 그는 지오르지오를 보면서 물었다.

"지오르지오, 월스트리트 일은 어떻게 돼 가고 있지?"

"오르락내리락 하죠. 하지만 매매가 많으면 거래 수수료가 고리대금업 못지않게 좋습니다. 게다가 돈을 떼 먹히거나 감옥에 갈 위험도 없죠. 도박을 제외하곤 우리가 하는 다른 사업들은 다들 아무 문제가 없습니다."

대부는 합법적인 영역에서 거두는 성공을 귀하게 여겼기 때문에 이런 이야기들을 들으면서 아주 흐뭇해했다.

"그리고 뻬띠에, 네 건설업은 어떠냐? 요전에 작은 문제가 있다고 들었는데."

뻬띠에가 대수롭지 않다는 듯이 어깨를 으쓱했다.

"잘 되는 일이 더 많아요. 여기저기서 건물을 짓는다고 야단들인데다가 고속도로 건설 쪽은 우리가 꽉 잡고 있거든요. 우리 단원들 중에 일자리가 없어서 고생하는 사람은 하나도 없고 다들 넉넉하게 삽니다. 그런데 일 주일 전에 제가 맡은 가장 큰 건설현장에서 어떤 놈이 시위를 일으켰어요. 권리가 이러니저러니 하는 말들을 잔뜩 적어들고 흑인들을 백 명쯤 몰고 왔더군요. 그래서 그 놈을 사무실로 데려갔더니 갑자기 사근사근해지더라고요. 그런 놈은 흑인들한테 일자리를 10퍼센트 더 할애하겠다고 약속하고 탁자 밑으로 몰래 2만 달러만 집어주면 간단히 끝나죠."

단테한테는 이 말이 아주 한심하게 들리는 것 같았다.

"힘은 두고 언제 쓰려고요? 명색이 클레리쿠지오파가 이래도 되나요?"

삐띠에가 말했다.

"난 아버지 방법을 따랐을 뿐이야. 그 사람들이라고 생활비가 왜 안 필요하겠냐? 그래서 그 시위 주동자한테 2만 달러를 집어주고 흑인들한테 일자리를 더 할애하겠노라고 했지."

"잘 했다."

대부는 삐띠에를 칭찬했다.

"문제가 더 커지지 않게 잘 막았다. 그리고 클레리쿠지오가가 사람들의 복지와 사회 발전에 기여하는 건 당연한 일 아니겠어?"

"나라면 그 깜둥이 자식을 죽여 버렸을 텐데. 그런데 이제 그 놈은 더 많은 걸 챙기게 됐잖아."

단테가 말했다.

"그리고 앞으로도 달라고 하면 더 줘야지. 터무니없는 요구만 하지 않는다면 말이다."

이렇게 말한 뒤 대부는 피피를 돌아보며 물었다.

"넌 아무 문제없어?"

"없습니다. 조직에서 일을 안 주는 바람에 실업자 신세가 된 것만 빼면 말입니다."

"그게 네 복인 줄 알아. 넌 그동안 열심히 일했다. 죽을 뻔한 적도 많았고, 그러니 이제 네 인생을 즐겨야지."

단테가 잽싸게 끼어들었다.

"저도 같은 배를 타고 있어요. 게다가 전 은퇴하기에는 너무 젊다고요."

"브룰리오네들처럼 골프나 쳐."

대부가 무덤덤하게 대답했다.

"그리고 인생은 항상 일거리와 문제를 만들어주니까 걱정하지 않아도 돼. 그때까지 인내심을 갖고 기다리는 거지. 난 네가 나서야 될 때가 올까 봐 그리고 또 내가 나서야 될 시간이 올까봐 그게 두렵다."

14

엘리 매리온의 장례식 날 아침 바비 밴츠는 스키피 디어에게 고래고래 소리를 지르고 있었다.

"이거 제정신이야? 바로 이래서 영화사업이 안 되는 거라고. 도대체 일 처리를 어떻게 처리하는 거야?"

그는 디어의 얼굴에다 대고 서류뭉치 하나를 흔들어댔다. 디어는 그것을 쳐다보았다. 그건 로마에서의 촬영을 위한 운임비 계획안이었다. 디어가 물었다.

"왜, 어때서?"

밴츠는 길길이 뛰었다.

"영화에 관여하고 있는 사람들이 몽땅 로마행 비행기편을 일등석으로 예약했잖아. 촬영팀, 자잘한 조연들, 빌어먹을 카메오들, 잔심부름꾼들, 수습사원들까지 몽땅 다. 예외가 딱 하나 있지. 그게 누군지 알아? 비용절감을 위해서 우리가 보낸 로드스톤 회계사야. 그 사람은 일반석으로 갔다고."

"그래서 뭐 어떻다고?"

이 말에 밴츠는 거침없이 화풀이를 해댔다.

"게다가 영화 예산은 영화에 참여하고 있는 사람들 자식들이 다닐 학교 한 채를 세워도 될 정도야. 예산에는 요트 한 대를 이 주 동안 빌리는 것까지 포함돼 있어. 내가 각본을 자세하게 읽어봤지. 영화에 이삼 분 정도밖에 안 나오는 배우들이 열두 명이나 돼. 요트 장면은 단 이틀만 찍는 걸로 돼 있고. 자, 자네가 어떻게 이걸 허락했는지 좀 들어보자구."

스키피 디어가 그를 쳐다보며 씩 웃으며 "그러지." 하고 말했다.

"우리 감독은 로렌조 탈루포야. 그 사람이 모두다 일등석으로 데려가고 싶다더군. 자잘한 조역들이랑 카메오들은 주역배우들이랑 그렇고 그런 관계들이라서 각본에 들어간 거고. 요트는 로렌조가 칸 영화제를 보러가고 싶다고 이 주 간 예약했지."

"당신이 제작자니까 로렌조한테 얘기해."

"난 못해. 로렌조는 일억 달러나 되는 수입을 올린 영화들을 네 편이나 만들었고 아카데미상을 두 번이나 탔어. 난 그 사람이 원하는 건 무슨 짓이든 할 거야. 그 사람한테는 당신이 얘기해."

이 말에 아무런 대꾸가 없었다. 이론적으로 보자면, 위계질서 상으로 영화사 대표를 능가하는 사람은 없었다. 제작자는 전체적인 계획을 짜고 예산과 각본상의 진행과정을 감독하는 사람이었다. 하지만 일단 영화촬영이 시작되면 감독에게 절대적인 권한이 돌아가는 것이 현실이었다. 성공작을 만들어낸 감독일 경우에는 특히 더 그랬다.

밴츠가 고개를 저었다.

"엘리가 날 받쳐주지 않는 이상, 난 로렌조한테 어떤 얘기도 못해. 로렌조는 나한테 욕을 퍼부을 테고 우린 영화를 잃게 될 거야."

"그 사람이야 당연히 그렇게 하는 게 잘하는 짓이지. 제기랄, 로렌조는 영화를 만들 때마다 매번 5백만 달러를 뒤로 빼내. 다들 그짓을 한다고. 자, 진정하고 우리는 장례식에나 가지."

하지만 밴츠는 이제 또 다른 지출명목을 들여다보고 있었다.

"당신이 맡은 영화에서 말이야, 중국음식점에서 음식을 시켜먹은 값으로 50만 달러가 나갔어. 중국음식점에서 50만 달러를 쓸 수 있는 사람은 아무도 없을 거야. 심지어 내 아내조차도 그건 못해. 프랑스 음식이라면 몰라도. 하지만 중국음식으로 50만 달러나 쓴다고?"

스키피 디어로서는 재빨리 머리를 굴리지 않으면 바비에게 책을 잡힐 게 뻔했다.

"거긴 일본식당이고 시켜 먹은 건 회였어. 세상에서 가장 비싼 요리 말이야."

밴츠가 갑자기 조용해졌다. 사람들은 항상 회에 대해 불평을 했다. 그와 경쟁관계에 있는 한 영화사 대표가 한 번은 그에게 일본인 투자자를 회 전문식당에 데려가 저녁을 먹은 얘기를 들려준 적이 있었다.

"두 사람이 생선 스무 마리를 먹으니까 천 달러가 나오더군."

밴츠는 기가 차서 말도 안 나왔다.

"좋아, 하지만 비용 좀 아껴. 다음 영화에는 수습사원을 더 많이 쓰도록 해 봐."

밴츠가 스키피 디어에게 말했다. 수습사원들은 돈을 안 받고 일했다.

헐리우드에서 치러진 엘리 매리온의 장례식은 여느 인기 영화배우의 장례식 이상의 보도가치가 있었다. 그는 영화사 대표, 제작자, 에이전트들의 존경을 한 몸에 받았고, 더 나아가서는 최고 인기배우들을 위시해서 감독과 시나리오 작가들로부터 존경을 받았을 뿐만 아니라 때로는 사랑도 받았다. 이것은 모두 영화계의 많은 문제들을 해결한 그의 놀라운 지성과 점잖은 성격 덕분이었다. 그는 또한 공정하고 합리적인 사람으로 통했다.

그는 말년으로 접어들면서 금욕주의자로 살았고 자신의 권력을 함부로 남용하지 않았으며 신인여배우들에게 성 상납을 요구하는 일도 없었다. 또한 로드스톤은 다른 어떤 영화사들보다도 훌륭한 영화들을 더 많이 만들어냈고, 실제로 영화작업에 참여하고 있는 사람들에게는 이보다 더 가치 있는 업적은 없었다.

미국 대통령이 정부 인사 한 명을 보내 짧은 추모사를 전달했다. 프랑스에서는 문화부장관을 보냈는데 정작 그는 헐리우드 영화의 열렬한 비판자였다. 바티칸에서는 카메오 출연제의를 받을 만큼 잘 생긴 젊은 주교를 교황의 특사로 보냈다. 일본인 기업대표 여러 명이 마술처럼 어디선가 나타났다. 네덜란드, 독일, 이탈리아, 스웨덴에서도 영화사의 최고 대표들이 장례식에 참석해 엘리 매리온을 추모했다.

케빈 매리온은 엘리 매리온이 그의 자식들에게 뿐만 아니라 로드스톤에서 일하는 모든 사람들의 자상한 아버지였다는 말로 그를 칭송했다. 그는 영화에 예술의 횃불을 전달한 사람이었다. 케빈은 조문객들에게 자신이 계속 그 횃불을 이어가겠노라고 다짐했다.

엘리 매리온의 딸 도라는 베니 슬라이가 써준 아주 시적인 애도사를 읊었다. 애도사는 엘리 매리온의 미덕을 장중하면서 품격 있게 전달하면서 마지막을 재치 있게 마무리하고 있었다.

"저는 제가 아는 다른 어떤 남자보다도 아버지를 사랑했지만 이제 아버지와 협상을 하지 않아도 된다는 사실이 참으로 다행스럽습니다. 이제 저는 바비 밴츠하고만 거래하면 되는데 바비는 저보다 한 수 아래죠."

그녀의 말에 사람들이 떠들썩하게 웃음을 터뜨렸다. 이제 바비 밴츠 차례가 됐다. 그는 도라의 농담에 은근히 화가 났다.

"저는 엘리 매리온과 같이 로드스톤 영화사를 세우는 일에 삼십 년을 바쳤습니다. 그는 제가 아는 사람들 중 가장 똑똑하고 친절한 사람이었습니다. 그의 밑에서 일했던 삼십 년의 세월은 제 인생에서 가장 행복했던 시간들이었습니다. 그리고 저는 그의 꿈을 이루기 위해 계속 노력할 것입니다. 그는 저를 믿고 향후 오 년간 영화사를 이끄는 책임을 맡겼고 저는 그의 믿음을 저버리지 않을 것입니다. 저는 엘리가 이룬 업적을 능가하겠다는 욕심은 없습니다. 그는 전 세계 수십 억 사람들에게 꿈을 심어주었습니다. 그는 자신의 부와 사랑을 그의 가족들과 미국 국민 모두에게 나눠주었습니다. 그는 참으로 보석 같은 존재였습니다."

그 자리에 모인 조문객들은 바비 밴츠가 직접 연설문을 작성했을 것으로 짐작했는데 영화산업에 종사하고 있는 사람들 모두에게 주는 중요한 전언이 연설문 속에 들어 있었기 때문이었다. 즉, 그가 로드스톤을 향후 오 년간 책임질 것이며 그들이 엘리 매리온을 존경했듯이 그에게도 똑같은 존경심을 베풀어주기를 기대한다는 얘기였다. 바비 밴츠는 이제 이인자가 아니라 일인자였다.

장례식이 끝나고 이틀 뒤, 밴츠는 스키피 디어를 영화사로 불러서 자신이 과거에 맡았던 로드스톤의 제작부장직을 제안했다. 이제 그는 매리온의 뒤를 이어 회장이 되었다. 그가 디어에게 제안한 조건은 절대 거절할 수 없을 정도로 근사했다. 디어는 영화사가 만드는 모든 영화에 대해 일정 수익금을 배당 받게 될 것이다. 3천만 달러 이하로 예산이 책정되는 영화는 장르를 불문하고 전적으로 그의 책임 하에 만들 수 있었다. 또한 그가 운영하고 있던 제작회사를 로드스톤 영화사 산하에 포함시키고 그 회사의 대표를 지명할 권한이 있었다.

스키피 디어는 조건이 너무 좋아서 깜짝 놀랐다. 그는 이것을 밴츠가 느끼는 불안의 표시라고 분석했다. 밴츠는 자신이 창의적인 면에서 취약하다는 사실을 잘 알고 있었고 그것을 디어가 보완해주기를 기대했다.

디어는 그 제안을 수락했고 클로디아를 자기 제작회사의 대표로 임명했다. 그녀는 창의적이고 영화제작에 정통했을 뿐만 아니라 아주 정직해서 절대 자기를 속일 염려가 없었기 때문이었다. 그녀와 함께 일하는 한 그는 자기 뒤를 주의할 필요가 없을 것이다. 또한 이것 역시 영화 일을 하는데 있어서 꽤 중요한 요소인데, 그는 그녀를 대하는 일이 항상 즐거웠고 그녀의 유쾌한 성격을 좋아했다. 그리고 두 사람의 성관계는 오래 전에 끝났다.

두 사람이 모두 부자가 되리란 생각에 스키피 디어는 마음이 뿌듯했다. 때로는 최고 인기배우들도 노년에 들어서는 가난해진다는 사실을 알 만큼 디어는 오랜 세월을 현장에서 일해 왔다. 디어는 이미 상당한 부자였지만 그는 부에도 10단계가 있으며 자기는 겨우 1단계에 불과하다고 생각했다. 물론 그에게는 여생을 사치스럽게 살 재산은 있었지만, 자가용 비행기도 없고 집 다섯 채를 갖고 유지할 수 있는 능력은 없었다. 다른 여자들을 거느리지도 못했다. 도박을 해서 거금을 잃을 여유도 없었다. 앞으로 이혼을 다섯 번은 더 해도 될 여유도 없었고 백 명의 하인을 거느리지도 못했다. 언제든 자기 돈으로 영화 한 편 정도는 거뜬히 만들 수 있는 능력도 없었다. 그리고 매리온처럼 모네나 피카소의 그림 같은 값비싼 예술품들을 소장할 여력도 없었다. 하지만 이제 언젠가는 아마도 첫 번째 단계에서 다섯 번째 단계까지는 올라갈 수 있으리라. 그러기 위해서는 그는 아주 열심히 일할 필요가 있었고 아주 노련해져야 했으며, 무엇보다도 밴츠를 아주 세심하게 연구해야 했다.

밴츠는 전반적인 계획을 세웠고 디어는 그 계획의 대담함에 놀라지 않을 수 없었다. 힘이 지배하는 세계에서 밴츠는 주도권을 잡기로 단단히 결심을 한 것처럼 보였다.

그 첫 시도로 그는 로드스톤이 멜로의 회사에서 관리하고 있는 모든 배우들을 우선적으로 선택할 수 있도록 멜로 스튜어트와 협상을 벌일 계획이었다.

"그건 내가 처리할 수 있네. 그 사람이 선호하는 계획안을 지원해주겠다고 약속하면 돼."

디어가 말했다.

"우리가 만드는 다음 영화에 아테나 아퀴탠을 쓸까 말까 생각 중이야."

그럼 그렇지, 하고 디어는 속으로 생각했다. 밴츠는 자기가 이제 로드스톤의 지휘권을 갖게 됐으니 아테나를 침대로 끌어들일 수 있지 않을까 하는 기대를 하고 있었다. 디어는 제작 책임자로서 자기에게도 기회가 있을 거라고 생각했다.

"그 계획은 클로디아한테 즉시 말하겠네."

"좋아. 자, 지금부터 자네가 명심해둬야 할 건 말이야, 예전부터 엘리가 정말로 원했지만 마음이 너무 약해서 못했던 게 뭔지 나는 그걸 알고 있지. 우린 도라와 케빈의 제작회사를 없앨 거야. 그 회사들은 항상 적자였고 게다가 난 두 사람이 영화사 일에 관여하는 게 싫어."

"그건 좀 신중하게 생각해봐야 될 문제야. 두 사람이 소유한 영화사 주식이 상당하거든."

밴츠가 싱글거렸다.

"그래, 하지만 엘리는 오 년 동안 나한테 지휘권을 맡겼지. 그러니 자네가 봉이 되는 거야. 두 사람의 계획안들을 거부하는 일은 자네가 해야 돼. 내 어림짐작으로는 일 년이나 이 년 정도 지나면 두 사람은 염증을 느끼고 자네를 비난하면서 떠날 거야. 그게 바로 엘리의 전략인데 내가 항상 엘리 대신 죄를 뒤집어썼지."

"두 사람을 영화사에서 쫓아내는 일은 상당히 힘들 텐데. 여긴 그 사람들 고향이나 마찬가지고 여기서 자란 사람들이야."
 "그래도 해 볼 거야. 또 다른 문제가 하나 있어. 죽기 전날 밤, 엘리가 어니스트 베일한테 그의 똥 같은 소설을 가지고 만든 모든 영화들의 수익에 대해서 지분을 나눠주겠다고 했어. 몰리 플랜더즈하고 클로디아가 임종하는 자리에 찾아와서 징징거렸는데 어떻게 그런 무례한 짓을 할 수가 있지? 몰리가 작성한 계약서를 잘 살펴 봤더니 나한테는 그 약속을 지킬 법적, 윤리적 의무가 없어."
 디어는 그 말을 곰곰이 생각했다.
 "그 남자는 절대 자살할 사람은 아니지만 오 년 안에 자연사할 가능성도 없지 않아. 우린 거기에 대한 대비책을 확실하게 세워놔야 돼."
 "아니."
 밴츠가 딱 잘라 말했다.
 "엘리하고 내가 우리 변호사들한테 물어봤었는데 몰리의 주장은 법정에서는 안 먹힐 거래. 돈으로 합의를 보긴 하겠지만 총수익 지분을 나눠줄 순 없어. 그건 우리 피를 빨아먹는 짓이야."
 "그래, 몰리가 대답하던가?"
 "음, 변호사들이 노상 써먹는 똥 같은 편지를 보내왔더군. 나도 엿 먹으라고 말해줬지."
 밴츠는 수화기를 집어 들더니 자기 정신과의사한테 전화를 걸었다. 그의 아내는 남편이 다른 사람들로부터 좀더 호감을 주는 사람이 될 수 있게 상담을 받아볼 필요가 있다고 몇 년 전부터 주장을 해왔다.
 밴츠가 전화기에 대고 말했다.
 "오후 네 시에 예약해놨는데 확인하고 싶어서요. 네, 당신 원고는 다음 주에 얘기합시다."
 그는 전화를 끊고 디어에게 음흉한 미소를 지어 보였다.

디어는 밴츠가 펄린 팬트와 영화사의 비벌리 호텔 방갈로에서 만나기로 했다는 사실을 알고 있었다. 따라서 바비 밴츠의 정신과의사는 그가 쓴 연쇄살인을 저지르는 정신분열증 환자에 대한 영화 시나리오를 영화사측에서 받아준 것에 대한 보답으로, 바비의 알리바이를 조작해 준 셈이었다. 재미있는 사실은, 밴츠는 그 원고가 형편없다고 생각한데 반해 디어는 꽤 괜찮은 저예산 영화 소재가 될 수 있다고 생각했다는 점이었다. 디어는 그것을 영화로 만들 생각이었고 밴츠는 그저 디어가 자기를 생각해서 그런다고 믿을 것이다.

그런 다음 밴츠와 디어는 펄린과 만나는 일이 왜 그렇게 재미있는지에 관해 잠시 잡담을 나눴다. 그들처럼 중요한 위치에 있는 남자들이 하기에는 너무 유치한 짓이라는 점에는 두 사람 모두 같은 생각이었다. 또 펄린과의 성관계가 그렇게 즐거운 데에는 그녀가 아주 재미있고 자기들한테 어떤 요구도 하지 않기 때문이라는 점에도 두 사람은 의견의 일치를 보았다. 물론 암암리의 요구가 없진 않았지만, 그녀는 재능이 있었기 때문에 적당한 때가 되면 분명히 기회가 찾아올 것이다.

밴츠가 말했다.

"내가 염려스러운 건 말이야, 그 여자가 인기를 얻으면 아마도 우리의 즐거움도 끝날 거라는 점이지."

"맞아. 그게 배우들의 전형적인 행태니까. 하지만 그때가 되면 그 여자가 대신 우리한테 돈을 엄청 벌어다 줄 거야."

두 사람은 제작과 영화개봉 얘기로 돌아갔다. 메쌀리나 작업은 두 달이면 끝날 예정이었고 크리스마스 시즌을 겨냥해 견인차 역할을 할 것이다. 베일의 소설에 기초해서 만든 속편은 이 주 후에 개봉 예정이었다. 로드스톤의 이 두 영화는 서로 상승효과를 일으키면서 비디오를 포함해서 전 세계적으로 10억 달러의 수익을 올릴 것으로 예상됐다. 밴츠는 2천만 달러의 상여금을 받게 될 것이고 디어도 대략 5백만 달러는 기대할 수 있었다. 매리온의 후임자로 임명된 첫 해에 밴츠에게는 천재라는 찬사가 쏟아질 것이다. 그는 진정한 최고 경영인으로 인정을 받게 될 것이다.

디어가 곰곰이 생각을 하더니 얘기를 꺼냈다.

"크로스한테 메쌀리나 수익금의 15퍼센트를 줘야 한다는 건 창피한 짓이야. 그냥 이자만 붙여서 돈을 돌려주고, 그 사람이 그게 마음에 안 든다고 하면 소송을 걸라고 해버려. 분명히 그는 선뜻 법정으로 가진 못할 거야."

"그 자식 마피아라면서?"

밴츠의 질문에 디어는 이 자식 진짜 멍청이군, 이라고 생각했다.

"내가 크로스를 아는데 말이야. 그렇게 거친 사람은 아냐. 정말로 위험한 사람이라면 동생인 클로디아가 나한테 말했겠지. 내가 걱정하는 건 몰리 플랜더즈야. 우린 지금 그 여자 고객 두 사람을 동시에 물먹이는 거니까."

"좋아. 제기랄, 우리가 인심을 너무 후하게 썼지. 베일 몫으로 2천만 달러를 떼 놓고 크로스 몫으로는 10퍼센트를 떼 놓기로 하지. 그건 나중에 우리 수당으로 돌아올 거야. 우린 영웅이 되는 거라고."

"그렇지."

디어가 맞장구를 쳤다. 그는 시계를 들여다봤다.

"네 시가 다 됐네. 펄린한테 가 봐야 되는 거 아냐?"

바로 그때 바비 밴츠의 사무실 문이 홱 열리더니 몰리 플랜더즈가 나타났다. 바지에다 재킷과 흰색 실크 블라우스를 입은 차림새로 봐서 본격적으로 싸우러 온 분위기였다. 게다가 굽 없는 납작한 구두까지 신고 있었다. 그녀의 아름다운 피부는 화가 나서 시뻘겋게 달아올라 있었다. 눈에는 눈물이 그득했는데 그녀가 그렇게 아름다워 보인 적은 이제껏 한 번도 없었다. 그녀의 목소리에는 증오심과 기쁨이 역력하게 묻어 있었다.
"그래, 이 비겁한 자식들아. 어니스트 베일이 죽었어. 이제 막 법원으로부터 베일의 소설로 만든 영화 속편에 대한 개봉금지명령을 받아냈어. 자, 두 바보 양반들, 앉아서 협상할 준비는 되셨나?"

어니스트 베일은 자신이 자살을 하는데 가장 큰 문제는 어떻게 하면 과격한 방법을 피하면서 죽는가에 있다고 생각했다. 그는 흔한 자살 방법을 쓰기에는 지나칠 만큼 겁이 많았다. 총은 무서웠고, 칼과 독약은 지나치게 노골적일뿐더러 확실하게 성공하리라는 보장이 없었다. 가스 오븐 속에 머리를 집어넣는다거나 차의 배기가스를 맡고 죽는 것도 역시 너무 불확실했다. 손목을 자르는 건 피가 많이 흘러서 사양이었다. 그는 몸에 상처를 내지 않고 품위를 지키면서 즐겁고 빠르고 확실하게 죽고 싶었다.
어니스트는 자신의 결정이 로드스톤 영화사를 제외한 모두에게 혜택을 주는 이성적인 결정이라는 사실에 긍지를 느꼈다. 그것은 오로지 자기 개인의 재정적인 문제인 동시에 자신의 자존심의 회복이 걸린 문제였다. 그는 자기 인생의 주도권을 되찾게 될 것이다. 그 생각을 하면서 그는 유쾌하게 웃었다. 그건 그의 정신이 말짱하다는 또 하나의 증거였다. 다시 말해서, 그는 여전히 그 특유의 해학적인 감각을 유지하고 있었다.
바다에 빠지자니 너무 많이 움직여야 했고, 버스에 뛰어드는 것 역시 지나치게 고통스럽기도 했거니와 마치 집 없는 거지 같아서 좀 품위가 떨어지는 방법이었다. 한 가지 방법이 잠시 그의 관심을 끌었다. 이제는 별로 인기가 없는 방법으로 직장에 좌약으로 넣는 수면제가 있었다. 하지만 역시 그 방법은 품위가 떨어졌고 백퍼센트 확실하지도 않았다.
이런 방법들은 모두 다 포기하고 어니스트는 행복하고 확실한 죽음을 가져다줄 수 있는 다른 뭔가를 열심히 생각했다. 그는 이 과정이 너무 재미있어서 자칫하면 자살계획을 포기하게 될 것만 같았다. 그래서 그는 유서의 초안을 쓰기로 했다. 그는 유서가 자기연민의 분위기를 풍기거나 비난조로 들리지 않도록 각별히 신경을 썼다. 무엇보다도 그는 자신의 자살행위가 전적으로 이성적인 선택이며 비겁한 행동이 아님을 이해시키려고 했다.

그는 그가 유일하게 진정으로 사랑했다고 생각하는 첫 번째 아내에게 남기는 유서부터 쓰기 시작했다. 그는 첫 문장이 객관적이고 실리적으로 들리기를 원했다.

"이 편지를 받는 즉시 내 변호사인 몰리 플랜더즈에게 연락을 해봐요. 그 여자는 당신한테 중요한 소식을 알려줄 거요. 당신 덕분에 내가 누릴 수 있었던 행복한 순간들에 대해서 당신과 아이들에게 고맙다는 말을 하고 싶소. 내가 한 행동이 결코 당신을 비난하기 위해서가 아님을 알았으면 하오. 마음의 상처나 불행 때문에 이런 행동을 했다는 생각은 말아주오. 내 변호사가 설명하겠지만 이건 전적으로 이성적인 선택이었소. 아이들에게 내 대신 사랑한다고 말해주오."

어니스트는 이 유서를 한쪽 옆으로 밀어놓았다. 고쳐 써야 할 부분이 많았다. 그는 두 번째와 세 번째 아내에게 자기가 읽어도 냉정하기 이를 데 없는 유서를 썼다. 그들에게 약간의 유산을 남긴다는 말과 아울러 자신을 행복하게 해 준 것에 대해 고맙다는 말을 했고 자신의 행동에 대해 그들에게는 전혀 책임이 없다는 사실을 분명하게 알렸다. 그는 자기가 지금 전혀 남을 사랑할 기분이 아니라는 느낌이 들었다. 그래서 그는 바비 밴츠에게 "엿 먹어라." 라는 단 한 마디만 적은 짧은 유서를 썼다.

그런 다음 그는 몰리 플랜더즈에게 "가서 그 나쁜 자식들을 죽여 버리시오." 라고 적은 유서를 썼다. 이걸 쓰고 나니 기분이 좀 나아졌다.

크로스에게는 "난 마침내 옳은 일을 했네." 라고 적었다. 그는 크로스가 자기의 우유부단한 태도에 대해 비웃는 듯한 인상을 받았다.

마지막으로 그는 클로디아에게 편지를 쓰면서 마음을 열었다.

"당신은 우리가 비록 사랑하지 않았음에도 불구하고 나에게 내 인생 최고의 행복을 선사했어. 그런데 어떻게 그럴 수 있지? 어떻게 하기에 당신은 살면서 항상 옳은 행동만 하고 난 늘 잘못된 행동만 하는 거지? 지금까지도 말이야. 당신 글에 대해 내가 했던 모든 얘기들은 제발이지 무시해 버렸으면 해. 어떻게 내가 당신 하는 일을 하찮다고 비웃을 수 있겠어. 그건 단지 대장장이처럼 시대에 뒤떨어진 늙은 소설가의 질투에 불과하니까. 결국은 실패했지만 어쨌든 내게 지분을 받도록 싸워준 데 대해 고맙다는 말을 전할게. 노력해 준 것만으로도 당신을 사랑해."

그는 노란 재생지에 쓴 유서들을 잘 포개놓았다. 글이 아주 엉망이었지만 다시 고쳐 쓸 생각이었고, 글은 뭐니뭐니 해도 고쳐 쓰기가 가장 중요했다.

하지만 유서를 작성했던 것이 그의 무의식을 일깨워놓은 모양이었다. 마침내 그는 완벽한 자살 방법을 생각해냈다.

캐네스 캘든은 헐리우드 내에서는 영화배우들 못지않게 유명한 헐리우드 최고의 치과의사였다. 그는 매우 숙련된 치과의사였고, 사치스럽고 대담한 생활을 즐겼다. 그는 문학이나 영화에서 치과의사가 돈만 밝히는 속물로 묘사되는 걸 끔찍하게 싫어해서 그것을 반증하기 위해서라면 무슨 짓이든 했다.

그의 옷차림과 행동거지는 매력적이었고, 그의 화려한 치과병원 책꽂이에는 미국과 영국에서 발행되는 최고 인기 잡지들이 가득 꽂혀 있었다. 그 밖에 독일어, 이탈리아어, 프랑스어, 심지어는 러시아어로 된 외국 잡지들이 가득한 작은 책꽂이도 하나 있었다.

대기실 벽에는 일류 현대 미술작품이 걸려 있었고, 치료실로 들어가는 미로처럼 복잡한 복도에 들어서면 복도 벽을 장식하고 있는 사진들이 보였다. 벽에는 자필서명이 있는 헐리우드의 최고 유명인사들의 사진들도 간간이 섞여 있었다. 모두들 그의 환자들이었다.

그는 항상 활기에 넘쳐서 유쾌한 농담을 던졌고 막연하게 느껴지는 여성적인 분위기가 이상하리 만큼 사람들을 현혹시켰다. 그는 여자들을 사랑했지만 절대 음흉한 생각은 하지 않았다. 그는 섹스에 대해서 좋은 포도주와 아름다운 음악을 곁들인 맛있는 저녁식사 이상의 의미는 두지 않았다.

케네스가 믿는 것은 치과의술밖엔 없었다. 치과의술에 관한 한 그는 예술가나 다름없었고, 모든 기술적이고 미적인 발전을 열심히 따라갔다. 그는 환자들에게 뺐다꼈다 하는 의치는 절대 만들어주지 않았고 인공치아를 영구적으로 박아 넣는 강철 임플란트를 권했다. 그는 치과총회에서 강연을 하기도 했고, 모나코의 왕족 하나가 이를 치료하기 위해서 그를 부를 정도로 권위가 높았다.

케네스의 환자들은 자기 전에 의치를 물컵에 넣어 둘 필요가 없었다. 그리고 정교하게 만든 치과 의자에 앉아 전혀 고통을 느끼지 않고 치료를 받았다. 그는 마취제에 대한 편견이 없었고 특히 질소산화물과 산소의 혼합물인 '상쾌한 공기'를 선호했는데, 고무 마스크를 통해 그 가스를 흡입할 경우 환자들은 마치 아편을 필 때처럼 반의식 상태로 들어가면서 신경에 가해지는 자극에 대해 전혀 통증을 느끼지 못했다.

어니스트와 케네스는 약 이십 년 전 즈음에 어니스트가 처음으로 헐리우드를 찾았을 때 친해졌다. 어니스트는 그의 책 저작권을 사고 싶어하는 어떤 제작자와 저녁식사를 하던 중 극심한 치통을 느꼈다. 제작자는 밤 12시에 케네스한테 전화를 걸었고 케네스는 부랴부랴 그곳으로 찾아와 어니스트를 자기 병원으로 데려가서 뒤 염증을 치료해주었다. 그런 다음 그는 내일 병원에 다시 들르라고 하면서 어니스트를 호텔로 데려다주었다.

그 뒤 어니스트는 그 제작자에게 자정에 전화를 걸어서 집으로 치과의사를 부를 정도로 권력이 대단한 모양이라며 감탄을 했다. 제작자는 그렇지 않다고 하면서, 케네스는 원래가 그런 사람이라고 했다. 케네스에게는 치통으로 괴로워하는 사람은 물에 빠져서 죽기 직전의 사람과 매한가지였고 따라서 반드시 구해내야만 하는 대상이었다. 한편으로 케네스는 어니스트의 책을 모조리 다 읽은 그의 열렬한 독자이기도 했다.

그 다음날 케네스의 병원을 찾은 어니스트는 그에게 진심으로 고마워했다. 케네스는 그러지 말라는 듯이 손을 들어올리면서 말했다.

"당신 작품들이 저한테 선사한 즐거움을 생각하면 아직도 당신한테 진 빚이 많습니다. 자, 이제 강철 임플란트 얘길 좀 해볼까요?"

그는 사람들이 치아를 관리하지 않으면 안 되는 당위성에 대해서 한참 동안 연설을 했다. 어니스트의 다른 이들도 조만간 빠지게 된다는 것과 강철 임플란트는 자기 전에 빼서 물 컵에 넣을 필요가 없다는 얘기도 포함됐다.

어니스트는 생각해 보겠다고 했다.

"안 됩니다. 전 제가 하는 일에 대해 동의하지 않는 환자는 치료할 수 없습니다."

어니스트는 껄껄대고 웃었다.

"당신이 소설가가 아닌 게 천만다행이군요. 어쨌든 좋습니다."

두 사람은 친구가 됐다. 베일은 헐리우드에 들릴 때면 항상 그에게 전화를 걸어서 저녁을 같이 먹었고, 상쾌한 공기를 맡으며 치료를 받기 위해서 일부러 로스앤젤레스까지 올 때도 있었다. 케네스는 지적으로 어니스트의 작품들을 평했고 치과의술 못지않게 문학적인 지식도 상당했다.

어니스트는 상쾌한 공기를 좋아했다. 그는 전혀 통증을 느끼지 않았으며 상쾌한 공기가 만들어내는 반의식 상태 속에서 기가 막힌 착상을 떠올리곤 했다. 두 사람은 돈독한 우정을 쌓았고, 그 결과 어니스트는 무덤까지 가지고 갈 강철로 된 새 치아들을 갖게 됐다.

하지만 케네스에 대한 어니스트의 주관심사는 소설 인물로서 그가 지닌 가치에 있었다. 어니스트는 사람들에게는 누구든 지독한 편집증적인 성향이 하나씩은 있다고 예전부터 생각했었다. 케네스는 성적인 면에서 그런 성향을 나타냈는데 흔히 볼 수 있는 음란한 것은 아니었다.

두 사람은 치료를 하기 전, 즉 어니스트가 상쾌한 공기를 흡입하기 전에 잠시 잡담을 나누는 습관이 있었다. 케네스는 제일 친한 여자친구, 다시 말해서 그의 표현대로 하자면 그의 '중요한 타인'이 커다란 독일 세퍼드와 수간(獸姦)을 한다는 얘기를 해주었다.

막 상쾌한 공기를 흡입하기 시작하던 어니스트는 별 생각 없이 얼굴에서 마스크를 들어올리며 물었다.

"그러면 자네는 개랑 그 짓을 하는 여자와 그 짓을 하는 건가? 좀 찜찜하지 않아?"

그의 질문은 의학적이고 심리적인 면에서의 부작용을 묻는 말이었다. 케네스는 질문의 의미를 이해하지 못했다.

"내가 찜찜해야 될 이유가 있나? 개는 내 경쟁상대가 아냐."

어니스트는 처음에는 그가 농담을 하는 줄로만 알았다. 하지만 알고 보니 진심으로 하는 얘기였다. 어니스트는 다시 마스크를 쓰고 질소산화물과 산소가 만들어주는 꿈 속으로 침잠해 들어갔고 평소처럼 그의 정신은 자극을 받아 치과의사에 대한 분석을 완벽하게 끝냈다.

케네스는 정신적 측면에서의 사랑에 대한 개념이 없는 남자였다. 쾌락만이 최고로 중요했고, 그것은 마치 통증을 안 느끼면서 치료를 받는 것과

흡사했다. 성욕은 적절한 조절을 가하면서 만족을 시켜야할 필요가 있었다.

두 사람은 그날 함께 저녁을 먹었는데 그 자리에서 케네스는 어니스트의 분석이 어느 정도 신빙성이 있다는 것을 확인시켜 주었다.

"성관계는 질소보다 나아. 하지만 질소와 마찬가지로 산소가 최소한 30퍼센트는 섞여 있어야 해."

그는 어니스트를 교활한 눈빛으로 쳐다보았다.

"어니스트, 자넨 상쾌한 공기를 굉장히 좋아하지? 난 자네한테 농도를 최고로 해서, 그러니까 질소를 70퍼센트까지 높여서 주는데 자넨 잘 견디더군."

"그게 위험한가?"

"위험할 정도는 아냐. 이틀 동안 계속 마스크를 쓰고 있지 않는 한 괜찮고, 설사 그렇게 한대도 위험하진 않지. 물론 순수한 질소산화물은 십오 분에서 삼십 분 안에 자넬 죽일 거야. 실은 말이야, 한 달에 한 번 정도 우리 병원에서 신중하게 선별한 선남선녀들만 모아서 작은 자정 파티를 열지. 모두들 내 환자들이고 그래서 그 사람들 혈액검사 기록도 갖고 있어. 다들 건강한 사람들이야. 질소가 그 사람들을 성적으로 흥분시켜주지. 가스를 맡으면서 성욕을 느껴본 적 없나?"

어니스트가 껄껄대며 웃었다.

"치과 기공사가 지나갈 때 그 여자 엉덩이를 만지고 싶더군."

케네스가 짓궂은 표정을 지으며 말했다.

"그 여잔 틀림없이 자넬 용서할 거야. 내일 자정에 병원에 오지 않겠어? 진짜 재미있다고."

그는 어니스트가 화가 난 것처럼 보이자 부연 설명을 했다.

"질소는 코카인이 아냐. 코카인은 여자를 무기력하게 만들어. 질소는 그저 여자들 마음을 느슨하게 풀어줄 뿐이야. 그냥 칵테일파티에 온다고 생각해. 나쁜 짓 하는 건 아니라고. 꼭 관계를 해야 될 것도 없고."

어니스트는 개도 받아줄까? 하는 심술궂은 생각을 잠깐 했다. 그리고는 가겠다고 대답했다. 단지 소설 소재를 찾기 위해서라고 자기변명을 하면서.

그러나 어니스트는 파티가 전혀 재미없었고 실제로 사람들 사이에 끼지도 않았다. 더 정확히 말하자면, 질소산화물은 그를 성적으로 자극했다기보다는 마치 자비로운 신을 경배하기 위해 사용하는 신성한 약물처럼 그를 보다 정신적으로 고양시켜주었다. 손님들 간에 벌어지는 성행위는 극도로 난잡해서, 그는 비로소 케네스가 자기 여자친구와 독일 셰퍼드의 문제를 진짜로 개의치 않는다는 사실을 깨달았다. 파티는 인간적인 부분이 너무 없어서 지루하기만 했다. 케네스 자신은 질소 양을 조절하느라 너무 바쁜 나머지 파티에 직접 끼지는 않았다.

그리고 그 뒤 몇 년이 흐른 지금, 어니스트는 그때의 경험을 떠올리며 마침내 자살 방법을 결정했다. 그것은 마치 통증을 느끼지 않고 이빨 치료를 받는 일과 비슷할 것이다. 그는 고통을 느끼지 않을 것이고 모습이 흉측해지는 일도 없을 것이며 두렵지도 않을 것이다. 온화한 빛이 감도는 구름 속을 지나 현세에서 저 세상으로 둥둥 떠 갈 것이다. 흔히 말하듯이 그는 행복하게 죽을 것이다.

이제 어떻게 케네스의 사무실로 밤에 들어가느냐 하는 문제와 기계를 작동시키는 방법을 알아내는 일만 남았다.

그는 케네스와 정기검진 약속을 했다. 케네스가 X레이를 살피는 동안, 그는 자기가 지금 치과의사가 나오는 소설을 쓰고 있는데 상쾌한 공기를 만들어내는 기계장치를 어떻게 작동시키는지 보여줄 수 있겠느냐고 물었다.

천성적으로 남을 가르치기를 좋아하는 케네스는 그에게 안전한 비율을 특히 강조하면서 장황한 설명을 곁들여가며 질소산화물과 산소 탱크의 조절장치를 작동시키는 방법을 보여주었다.

"하지만 위험하진 않을까? 만약 자네가 술에 취해서 일을 그르친다면 어떻게 되지? 자넨 날 죽이게 될 지도 몰라."

"아니, 이건 자동적으로 조절이 되기 때문에 어떤 경우에도 최소한 30퍼센트의 산소는 마시게 돼 있지."

어니스트는 일부러 당황한 표정을 지으면서 잠시 망설였다.

"몇 년 전에 내가 여기 파티에 참석한 적이 있다는 건 자네도 알지? 요새 예쁜 여자친구가 하나 생겼는데 수줍음이 많은 여자야. 그래서 약간의 도움이 필요해. 밤에 여기로 그 여자를 데려오게 병원 열쇠 좀 빌릴 수 없을까? 질소가 우리 관계를 진척시키는데 도움이 될 거야."

케네스는 X레이를 꼼꼼하게 관찰했다.

"자네 치열은 기가 막혀. 난 정말 위대한 치과의사야."

"열쇠를 좀 빌릴 수 있을까?"

"정말 예쁜 여자인가 보지? 언제 올 건지 얘길 해주면 내가 와서 기계를 켜줄게."

"아니, 그러진 마. 그 여자는 진짜 고지식해. 자네가 옆에 있으면 아예 질소를 사용하려고 들지도 않을 거야."

그는 잠시 후에 이렇게 덧붙였다.

"진짜로 구식이라니까."

"이런, 제길."

케네스가 어니스트의 눈을 똑바로 쳐다보았다. 그런 다음 말했다.

"잠깐 기다려."

이렇게 말하며 그는 치료실에서 나갔다. 그리고 열쇠를 들고 돌아왔다.

"이거 가져가서 복사해. 복사하는 사람한테 자네 신분을 확실하게 밝히는 것도 잊지 말고. 그런 다음에 원본 열쇠는 나한테 돌려줘."

어니스트는 깜짝 놀랐다.

"난 지금 당장 달라는 게 아니었는데."

케네스가 X레이를 제자리에 정리해놓고 나서 어니스트를 향해 돌아섰다. 어니스트가 그를 알고 지낸 이후 지금처럼 그의 얼굴에서 웃음기가 사라진 경우는 몇 번 없었다.

"자네가 내 의자에 앉아서 죽어 있는 모습을 경찰이 발견한 뒤에 어떤 식으로든 내가 연루되는 불상사는 없었으면 좋겠어. 내가 쌓은 전문가로서의 위상이 무너진다거나 환자들이 날 떠나는 사태가 벌어지는 건 피하고 싶단 얘기지. 경찰들이 복사한 열쇠를 찾아내게 되면 가게로 확인해 보겠지. 그러고는 자네가 몰래 열쇠를 훔쳐냈다고 생각할 거야. 유서는 썼겠지?"

어니스트는 처음에는 너무 놀라서 어리벙벙해졌고 그 다음에는 자기 자신이 부끄러워졌다. 그는 케네스가 피해를 입을 수도 있다는 생각은 미처 하지 못했다. 케네스는 책망하는 듯하면서도 약간 슬퍼 보이는 미소를 지은 채 그를 바라보았다. 어니스트는 케네스에게서 열쇠를 받아든 뒤에 약간 주저하다가 그를 껴안았다.

"그래, 자네는 날 이해하는군. 난 지금 아주 이성적으로 판단하고 행동하는 거야."

"나 역시 그래. 나중에 늙었을 때나 문제가 생겼을 때 나도 이걸 써 볼까 하는 생각을 종종 했어."

그는 밝게 웃으며 말했다.

"죽음은 우리의 경쟁상대가 아냐."

두 사람은 큰 소리로 웃었다.

"자네, 내가 이러는 이유를 확실히 알고 있나?"

"헐리우드 사람들은 죄다 알지. 어떤 파티 자리에서 누가 스키피 디어한테 진짜로 그 영화를 찍을 거냐고 물었지. 그 사람이 말하기를 하늘이 두 쪽이 나거나 아니면 어니스트 베일이 자살을 한다면야 모를까 찍어야지 라고 하더군."

"자넨 내가 미쳤다고 생각하나? 내가 쓰지도 못할 돈 때문에 이 짓을 하는 거에 대해서 말야."

"그게 왜 어때서? 사랑 때문에 자살하는 것보단 똑똑한 짓이지. 하지만 기계조작이 그렇게 간단하지가 않아. 벽에 붙어 있는 이 관에서 산소가 공급되는데 이걸 차단하고 조절기를 꺼야만 70퍼센트 이상의 혼합물을 만들 수가 있어. 청소부들이 떠난 금요일 밤에 하면 월요일까지는 발견되지 않을 거야. 자네가 깨어날 가능성은 있어. 물론 순수하게 질소산화물만 사용한다면 삼십 분 안에 죽을 거야."

다시금 그는 약간 슬픈 미소를 지었다.

"공들여서 자네 이빨을 치료했는데 다 헛수고가 됐군. 이건 너무 심하다고."

그로부터 이틀 뒤인 토요일 아침 어니스트는 비벌리 힐스 호텔 객실에서 아주 일찌감치 자리에서 일어났다. 막 아침 해가 떠오르고 있었다. 그는 샤워와 면도를 하고 티셔츠와 편한 청바지를 입었다. 그리고 황갈색 면 재킷을 걸쳤다. 방에는 옷과 신문이 여기저기 나뒹굴고 있었지만 방을 정리하는 것은 무의미했다.

케네스의 병원은 호텔에서 삼십 분 거리에 있었고, 어니스트는 그 길을 걸어가면서 해방감을 느꼈다. 거리에는 아무도 없었다. 배가 고팠지만 질소를 흡입할 때 혹시 구토가 날지도 모른다는 염려 때문에 먹기가 꺼려졌다.

병원은 십육층 건물의 십오층에 있었다. 건물 현관에는 사복경호원 한 명만 있었고 엘리베이터에는 아무도 없었다. 어니스트는 열쇠로 치과 문을 열고 들어갔다. 그는 안에서 문을 잠근 다음 재킷 주머니에 열쇠를 집어넣었다. 병원 안은 쥐죽은 듯 조용했고, 아침 햇살을 받아 수납창구의 유리창이 반짝이고 있었으며 수납직원용 컴퓨터의 어둡고 조용한 화면이 음산한 분위기를 풍겼다.

어니스트는 진료실로 들어가는 문을 열었다. 복도로 걸어 들어가니 인기 영화배우들의 사진들이 그를 맞아주었다. 복도 양편으로 세 개씩 총 여섯 개의 치료실이 있었다. 케네스와 여러 차례 잡담을 즐기곤 했던 사무실 겸 회의실은 복도 끝에 있었다. 케네스의 치료실이 그 방 옆에 있었는데 그곳에서 그는 특수 물 의자를 갖다 놓고 상류층 환자들을 치료했다.

그 최고급 의자는 보통 의자들보다 특별히 더 폭신하고 가죽도 부드러웠다. 상쾌한 공기를 흡입하는 마스크는 이동 탁자 위에 놓여 있었다. 조종대 위의 조절 손잡이 두개는 0에 맞춰져 있었고, 조종대에 붙어 있는 관은 곁에서 보이지 않게 어딘가에 감춰놓은 질소산화물 탱크와 산소 탱크에 연결되어 있었다.

어니스트는 눈금판을 돌려서 질소와 산소를 반반씩 흡입할 수 있게 맞춰놓았다. 그런 다음 그는 의자에 앉아 마스크를 쓰고 긴장을 풀었다. 어찌됐든 지금은 케네스가 잇몸에 칼을 대진 않을 테니까. 모든 고통과 상처가 몸에서 사라졌고 그의 뇌는 세상 저 높은 곳을 배회했다. 그는 황홀한 기분이 느껴지자 죽음을 생각한다는 일이 우습게 느껴졌다.

앞으로 쓸 소설에 대한 여러 가지 착상이 뇌리를 스쳐지나갔고, 그가 아는 많은 사람들 생각도 떠올랐는데 그들은 전혀 악의적인 모습이 아니었다. 그래서 그는 질소를 사랑하지 않을 수 없었다. 제기랄, 깜빡 잊고 유서를 다듬지 않았는데 이제야 비로소 그는 자신의 의도와 언어가 아무리 좋다고 해도 유서의 내용이 본질적으로 상당히 모욕적이라는 사실을 깨달았다.

어니스트는 이제 거대하고 화려한 풍선을 타고 둥둥 떠가고 있었다. 그는 자신이 알았던 세상 위를 떠다녔다. 그는 엄청난 권력을 장악하고서 냉혹한 지성으로 그 권력을 휘둘러 사람들로 하여금 경외심을 불러일으켰던, 지금은 운명의 부름을 받고 세상을 떠난 엘리 매리온을 생각했다. 예전에 매리온은 퓰리처상을 받은 어니스트의 최고 소설이 발표되고 영화사에 팔렸을 때 출판업자들이 어니스트를 위해 열어준 칵테일파티에 온 적이 있었다.

매리온은 그에게 악수를 청하며 "당신은 아주 훌륭한 소설가요."라고 인사를 건넸다. 그가 파티에 왔다는 얘기는 헐리우드에 쫙 퍼졌다. 그리고 위대한 매리온은 그에게 지분을 줌으로써 절대적이고 궁극적인 존경심을 표시했다. 매리온이 죽은 뒤에 밴츠가 지분을 다시 뺏어간 것은 그것과는 별개의 문제였다.

사실 밴츠도 그렇게 악당은 아니었다. 잔혹하리 만큼 이윤만을 추구하는 그의 성격은 과거에 겪었던 특별한 경험의 결과였다. 솔직히 말하자면, 지적인 능력과 호감을 주는 성격 그리고 타고난 활력과 배신에 대한 본능적인 감각까지 갖추고 있는 스키피 디어야말로 극히 위험하고 가장 악질적인 인간이었다.

한편 이런 생각도 들었다. 왜 나는 항상 헐리우드와 영화를 조롱하고 비하할까? 그건 질투였다. 이제 영화는 사람들이 가장 숭배하는 예술형태로 자리를 잡았고, 어찌됐든 어니스트 자신도 영화를, 특히 잘 만든 영화를 사랑했다. 하지만 영화를 만드는 사람들의 인간관계가 그에게는 더 많은 질투심을 불러일으켰다. 배우들, 촬영현장의 관계자들, 감독, 주연배우들 그리고 심지어는 아둔하기 짝이 없는 행정직원들까지도 비록 영원히 서로 사랑하는 가족은 못되더라도, 적어도 영화가 끝나기 전까지는 서로 친밀한 유대관계를 맺는 것처럼 보였다. 영화가 끝나면 그들은 선물을 주고받고 포옹을 하며 서로에 대한 헌신적인 애정을 영원히 간직하겠노라고 다짐했다. 그건 꼭 한 번은 느껴볼 만한 참으로 멋진 감정이 아닌가. 그는 클로디아와 첫 번째 시나리오 작업을 하면서 자기도 그 가족의 일원으로서 받아들여지지 않을까 기대했었던 때가 떠올랐다.

하지만 짓궂은 농담에다 시종일관 냉소적이기만 한 그의 성격으로 어떻게 그런 일이 가능할까? 하지만 상쾌한 질소산화물을 마시고 있자니 그는 자기 자신조차도 그렇게 혹독하게 비난할 마음이 일지 않았다. 자기도 권리가 있었고, 자기 작품을 진정으로 사랑한다는 점에서는 괴짜 소설가이긴 했지만 어쨌든 과거에 훌륭한 작품들을 썼고, 따라서 더 많은 존경을 받을 자격이 있었다.

사람을 너그럽게 만들어주는 질소를 넉넉하게 마신 어니스트는 죽는 걸 포기하기로 했다. 돈은 그렇게 중요한 문제가 아니었고, 밴츠가 한 발 물러서거나 혹은 클로디아와 몰리가 어떤 다른 방안을 찾아낼 가능성도 없지 않았으니까.

그런 다음에 그는 자신이 느꼈던 온갖 굴욕감을 떠올렸다. 그의 아내들 중 누구도 자기를 진정으로 사랑하지 않았다. 그는 항상 사랑을 구걸하는 쪽이었고 되돌아오는 사랑은 없었다. 그의 작품들은 존경을 받았지만 그를 부유하게 만들 정도의 열렬한 찬사는 없었다. 몇몇 비평가들은 그를 헐뜯었고 그러면 그는 그들의 비판을 농담처럼 받아넘기는 척 했다. 어쨌든 비평가들이야 자기 일을 충실히 하는 것뿐이니까 그들한테 화를 내는 일 자체가 잘못이기는 했다. 하지만 그들의 비판은 마음의 상처로 남았다. 그리고 친구들은 그의 재치와 솔직함을 재미있어 하기도 했지만 절대로 그와 친해지지 않았고 심지어 케네스도 마찬가지였다. 그를 진심으로 좋아한 사람은 클로디아였다. 반면에 몰리 플랜더즈와 케네스는 자기를 동정한다는 사실을 그는 잘 알고 있었다. 어니스트는 팔을 뻗어서 상쾌한 공기 버튼을 눌러 껐다. 몇 분도 되지 않아서 머리가 맑아져서 치료실을 나와 케네스의 사무실로 들어갔다.

우울한 생각들이 다시 밀려들었다. 그는 케네스의 긴 안락의자에 누워서 비벌리 힐스 위로 떠오르는 태양을 바라보았다. 그는 자기를 속여 돈을 빼앗은 영화사에 대한 분노로 아무것도 즐길 수 없었다. 새로 시작되는 하루를 증오했고, 밤이면 일찌감치 수면제를 먹고 될 수 있는 한 오랫동안 잠을 자려고 노력했다. 자신이 경멸하는 사람들한테서 그런 식으로 모욕을 당하리라고는 꿈에도 생각지 못했던 일이었다. 그래서 이제 그는 더는 글을 읽을 수 없었고, 그래서 과거에 한 번도 자신을 배신해본 적이 없었던 글 읽는 즐거움도 그를 떠나갔다. 그리고 물론 글을 쓰지도 못했다. 이루 헤아릴 수 없을 만큼 많은 찬사를 받았던 저 우아한 글은 이제 허위와 과장과 허세에 불과했다. 그는 이제 그런 글을 쓰는 일에 아무런 즐거움도 느끼지 못했다.

이제 그는 새로 시작되는 하루를 끔찍이도 두려워하면서 매일 아침 잠에서 깨어났고 면도도 샤워도 할 수 없을 정도로 피로감을 느끼는 나날들이 오랫동안 이어졌다. 그리고 그는 파산했다. 과거에 그는 수백만 달러를 벌어들였었고 도박과 여자와 술로 흥청망청 돈을 낭비했다. 혹은 사람들에게 나눠주기도 했다. 이제까지 돈은 그에게 전혀 중요한 존재가 아니었다.

지난 두 달 동안 자식들과 아내에게 부양비도 보내지 못했다. 대부분의 남자들과는 달리 어니스트는 부양비를 보내면서 행복감을 느꼈다. 지난 오 년 동안 책을 한 권도 써내지 못했고 그의 성격은 자기 자신도 불쾌해질 정도로 피폐해져갔다. 그는 항상 자신의 운명에 대해 불평불만을 쏟아놓았다. 그는 마치 사회의 썩은 이빨 같은 존재였다. 그리고 이 생각에 그는 의기소침해졌다. 재능 있는 작가라는 사람이 고작 이런 유치찬란한 비유밖에 생각해내지 못하다니? 우울한 생각들이 파도처럼 그를 덮쳐왔다. 그는 완전히 무력해졌다.

그는 의자에서 벌떡 일어나 다시 치료실로 들어갔다. 케네스가 그에게 꼭 하라고 했던 게 있었다. 그는 두 개의 플러그가 달려 있는 선을 뽑아냈는데, 하나는 산소였고 하나는 질소였다. 그런 다음 하나만 다시 꽂았다. 질소였다. 그는 치과 의자에 앉아서 팔을 뻗어 눈금판을 돌렸다. 바로 그 순간, 최소한 10퍼센트의 산소를 들여보내는 통로가 틀림없이 있어서 혹시 죽지 않을 수도 있을 거라는 생각이 그의 뇌리를 스치고 지나갔다. 그는 마스크를 집어 들고 얼굴에 갖다댔다.

순수한 질소가 그의 육체를 덮쳤고 그는 황홀한 기분을 느끼며 모든 고통과 덧없는 잡념에서 일시에 해방됐다. 질소가 그의 두개골 속의 뇌를 덮치면서 모든 것을 깨끗이 지워버렸다. 그가 삶을 놓아버리는 마지막 찰나에 순수한 환희가 그를 찾아왔고, 바로 그 순간 그는 신과 천국의 존재를 믿었다.

몰리 플랜더즈는 바비 밴츠와 스키피 디어를 무자비하게 짓밟았다. 엘리 매리온이 살아 있었더라면 좀더 조심했을 지도 모를 일이었다.

"어니스트의 소설을 토대로 만든 속편영화가 곧 개봉될 예정인 걸로 알고 있는데요. 제가 받아낸 법원명령은 그걸 금지하는 겁니다. 소유권은 이제 어니스트의 상속자들 손에 넘어가는 거예요. 물론, 당신들이 법원명령을 무시하고 영화를 개봉할 수도 있겠지만 그때는 제가 고소를 할 겁니다. 제가 이기게 된다면 그 영화와 그 영화로 벌어들이는 수입 대부분은 어니스트의 소유가 되겠죠. 그리고 우린 당신들이 어니스트의 소설에 나오는 인물들을 가지고 속편을 만들지 못하게 확실하게 막을 수 있어요. 자, 이런 모든 불상사와 몇 년 동안 계속될 법정싸움을 미연에 막을 수 있는 방법이 있습니다. 선금으로 5백만 달러를 내고 각 속편에서 벌어들이는 총수익에 대해서 10퍼센트를 지불하세요. 그리고 가정용 비디오에 대해 정확한 수입명세서를 원합니다."

디어는 경악했고 밴츠는 격분했다. 일개 작가에 불과한 어니스트 베일이 인기배우를 제외하고 가장 많은 지분을 차지하려 하는 것이다. 이것은 강도짓이나 다름없었다.

밴츠는 그 즉시 멜로 스튜어트와 로드스톤사의 법률고문에게 전화를 걸었다. 두 사람은 삼십 분도 되지 않아 회의실에 도착했다. 멜로는 영화 속편들을 일괄 계약한 당사자였고 주연배우와 감독과 각색자인 베니 슬라이의 대리인이었기 때문에 반드시 회의에 참석할 필요가 있었다. 이번 사태는 자칫 그에게 지분 일부를 포기하도록 하는 방향으로 돌아갈 가능성도 없지 않았다.

법률고문은 말했다.

"우리는 베일씨가 영화사에 처음 협박을 했을 때 상황분석을 해 봤죠."

몰리 플랜더즈가 화가 나서 말을 중도에 끊고 들어왔다.

"지금 당신은 베일의 자살이 영화사에 대한 협박이라고 하는 겁니까?"

"공갈이기도 하죠."

법률고문은 아무렇지도 않게 응수했다.

"법적인 면에서 이 상황을 철저하게 분석해 본 결과, 매우 복잡한 문제이긴 했지만 그럼에도 불구하고 저는 영화사측에 법정싸움에서 당신을 이길 수 있다고 조언을 했습니다. 이번과 같은 특별한 경우에 소유권은 상속자들에게 돌아가지 않습니다."

"확실히 장담할 수 있어요? 95퍼센트 확실성 있는 얘깁니까?"

"아니요. 법적인 문제에서 그 정도의 확실성은 나오기 힘들죠."

법률고문의 대답에 몰리는 속으로 쾌재를 불렀다. 만약 이 소송에서 이긴다면 은퇴를 해도 좋을 만큼 수임료가 엄청날 것이다. 몰리는 자리에서 일어나면서 말했다.

"좋아요, 그럼 법정에서 봅시다."

밴츠와 디어는 너무 놀란 나머지 꿀 먹은 벙어리처럼 아무 말도 하지 못했다. 밴츠는 엘리 매리온이 죽었다는 사실이 이루 말할 수 없이 안타까웠다.

자리에서 일어나 애원하듯이 몰리를 다정하게 안으며 붙잡은 사람은 멜로 스튜어트였다.

"이봐, 지금 협상 도중이잖아. 예의는 지켜야지."

그는 몰리를 의자에 도로 앉히면서 그녀의 눈에 맺힌 눈물을 보았다.

"내가 영화 속편들에 대한 지분 일부를 포기할 테니까 협상할 여지는 남아 있어."

몰리는 밴츠에게 조용히 말했다.

"모든 걸 잃고 싶어요? 당신 법률고문이 당신이 이길 거라고 확실히 장담하던가요? 물론 못하겠죠. 당신은 사업을 하는 겁니까, 아니면 도박을 하는 겁니까? 고작 2천에서 4천만 달러를 아끼려고 10억 달러가 걸린 모험을 할 작정이에요?"

그들은 서로 양보를 했다. 영화사는 어니스트 앞으로 선금으로 4백만 달러를 주고 개봉할 영화에 대해 총수익의 8퍼센트를 지불하기로 했다. 이후에 만들어지는 속편들에 대해서는 2백만 달러의 선금과 총수익을 조정한 금액에서 10퍼센트를 주기로 했다. 어니스트의 전처 세명과 자식들은 부자가 될 것이다.

"만약 제가 거칠다는 생각이 든다면, 당신들이 크로스한테 무슨 짓을 했는지 생각해 보세요."

몰리는 이 말로 마지막 일격을 가했다. 몰리는 승리의 기쁨을 느꼈다. 그리고 언젠가 어니스트를 파티장에서 집으로 데려왔던 일을 기억에 떠올렸다. 그녀는 술에 취하기도 했지만 너무나 외로웠고 재치 있고 똑똑한 어니스트와 하룻밤을 보내는 것도 재미있을 거라고 생각했다. 하지만 차를 타고 집에 오는 동안 술이 깬 그녀는 집에 도착해서 그를 침실로 데려갔을 때 절망적인 당혹감을 느꼈다. 어니스트는 너무나도 별 볼일 없는 남자였고 굉장히 수줍어했으며 정말로 추했다. 그는 마치 꿀 먹은 벙어리처럼 아무 말도 하지 못했다.

하지만 몰리는 그런 결정적인 순간에 그를 도로 내쫓을 수는 없었다. 그래서 그녀는 다시 술을 마시고 침대로 갔다. 그리고 깜깜한 어둠 속에서 썩 나쁘지 않게 일을 치렀다. 어니스트는 아주 즐거워하며 그녀를 치켜세웠고 그래서 그녀는 그에게 침대로 아침을 가져다주기까지 했다.

그는 그녀를 쳐다보며 장난스럽게 씩 웃었다.

"고맙소. 진심으로."

그 순간 그녀는 그가 전날 밤의 자신의 당혹감을 완전히 간파했다는 것과 침대로 아침을 가져다준 데 대해서 뿐만 아니라 성적인 호의를 베풀어 준 데 대해서 고마워한다는 얘기임을 직감했다. 그녀는 자신이 배우처럼 훌륭하게 연기를 할 수 없다는 것이 항상 유감스러웠지만 어쩌란 말인가, 자신은 변호사인 걸. 그러나 이제 그녀는 어니스트 베일을 위해 한때의 연인으로서의 역할을 톡톡히 해냈다.

데이비드 레드펠로우 박사는 로마에서 열리는 중요한 회의에 참석하고 있던 중 대부의 호출을 받았다. 그는 부패한 은행관료들에게 무거운 형사처벌을 과하는 새로운 은행 조례에 대해 이탈리아의 수상에게 조언을 하고 있었는데, 당연히 그 조례에 반대하는 입장이었다. 그는 즉시 자기 입장을 정리하고 나서 비행기를 타고 미국으로 날아왔다.

이십오 년 동안 이탈리아에서 타향살이를 하면서 데이비드 레드펠로우는 애초에 품었었던 거친 야심을 모두 충족시키고도 남을 만한 성공을 거뒀고 변신을 했다. 처음에 그는 대부가 사준 로마 소재의 작은 은행에서부터 시작했다. 그리고 마약거래로 벌어서 스위스 은행들에 예치해놓은 돈으로 은행과 텔레비전 방송국들을 더 사들였다. 그러나 그로 하여금 잡지사와 신문사와 TV 방송국과 은행들을 매입하도록 해서 자신의 제국을 건설하도록 이끌어준 사람들은 뭐니뭐니 해도 대부의 친구들이었다.

하지만 한편으로는 데이비드 레드펠로우는 자기 힘으로 이뤄낸 것들에 대해서도 만족했다. 그것은 자신의 신분을 완전히 탈바꿈시킨 일이었다. 그는 이탈리아 국적과 이탈리아인 아내와 이탈리아인 아이들과 이탈리아인 정부를 얻었고 2백만 달러를 들여서 한 이탈리아 대학에서 명예 박사학위를 받았다. 그는 아르마니 양복을 입었고 매주 한 시간을 미용실에서 보냈으며 자기 소유의 커피숍에서 남자들의 모임을 가졌고 내각과 수상의 고문으로 정치계에 발을 들여놓았다. 하지만 여전히 그는 일 년에 한 차례 코그까지 먼 길을 날아와 그의 스승인 대부의 요구사항을 들어줄 의무가 있었다. 따라서 이번의 이례적인 호출은 그를 바짝 긴장시켰다.

그가 코그의 집에 도착했을 때 그를 위한 저녁식사가 차려져 있었다. 레드펠로우가 로마에 있는 식당들을 애용하는 식도락가였기 때문에 로즈 마리는 음식에 각별히 정성을 쏟았다. 그를 존경하는 뜻에서 대부와 아들들인 지오르지오와 삐띠에, 빈센트 그리고 손자 단테, 또 피피와 크로스까지 클레리쿠지오가의 가족들이 모두 모여 있었다.

대부의 가족들은 그를 영웅처럼 맞이했다. 대학을 중퇴한 마약왕이자 한쪽 귀에만 귀걸이를 한 수상쩍은 멋쟁이였으며 잔인한 여자 사냥꾼이었던 데이비드 레드펠로우는 이제 사회의 중진으로 변모했다. 그들은 그가 자랑스러웠다. 하지만 대부는 레드펠로우에게 아직도 빚을 진 기분이었다. 레드펠로우는 그에게 처세술에 관해 큰 가르침을 준 사람이었다.

미국에 처음 왔을 때 대부는 정서적인 이질감으로 어려움을 겪었다. 그때까지만 해도 그는 마약에 관한 한 돈으로 법을 매수할 수 없다고 생각했었다.

데이비드 레드펠로우가 처음으로 마약거래를 시작한 것은 1960년 스무살의 대학생이었을 무렵이었는데, 당시 목적은 이윤을 추구해서라기보다는 그저 친구들과 같이 마약을 싼값에 지속적으로 공급받기 위해서였다. 즉, 코카인과 마리화나를 좋아하는 애호가의 시도에 불과했다. 사업은 번창해서 일 년 만에 그와 그의 학교친구들은 작은 비행기를 사서 멕시코와 남미의 국경을 넘나들 정도가 되었다. 그들의 사업이 곧 법에 저촉된 것은 너무나도 당연한 결과였고, 그때 처음으로 데이비드의 천재성이 발휘됐다. 여섯 명의 동업자로 이루어진 마약 사업은 엄청난 돈을 벌어들이고 있었고, 그는 대대적인 뇌물을 쏟아 부어서 얼마 지나지 않아 그의 출납대장에는 미국 동부 해안을 따라 수백 명에 이르는 경찰관과 군보안관, 검사, 판사들의 이름이 기록되었다.

원리는 극히 간단하다는 것이 그의 변함 없는 주장이었다. 즉, 공무원들의 일년 봉급을 알아내서 그 금액의 다섯 배를 제공하면 무사통과였다.

그러나 그 이후, 서부극에 나오는 인디언들보다 더 야만적인 콜롬비아인들로 이루어진 연합조직이 나타났고 그들은 단지 머리가죽만 벗겨내는 것이 아니라 아예 참수를 해버렸다. 레드펠로우의 동업자 네 명이 살해를 당했고 레드펠로우는 클레리쿠지오파에게 이윤의 50퍼센트를 주는 조건으로 구원요청을 해왔다.

뻬띠에와 브롱크스로부터 선별된 단원들이 그를 경호했고, 이런 '식의 관계는 1965년에 대부가 레드펠로우를 이탈리아로 보낼 때까지 계속됐다. 마약사업은 극도로 위험한 사업이 되었다.

이제 그들은 저녁식사 자리에 함께 모여서 수년 전의 대부의 지혜로운 결정에 찬사를 보냈다. 단테와 크로스가 레드펠로우의 이야기를 듣기는 이번이 처음이었다. 레드펠로우는 입담이 좋았고 삐띠에를 입이 닳도록 칭찬했다.

"이만한 싸움꾼 있으면 나와 보라 그래. 삐띠에가 없었더라면 난 시칠리아는 가보지도 못했을 거야."

그는 단테와 크로스를 돌아보며 말했다.

"너희들 둘이 세례를 받던 날이 생각이 나는군. 성수에 머리까지 잠기게 담그는데도 둘 다 꿈쩍도 하지 않던 걸. 너희가 자라서 나랑 같이 사업을 하게 되리라고는 상상도 못했다."

대부가 냉담한 목소리로 끼어들었다.

"자네는 저 아이들과 사업을 하는 게 아니야. 나와 지오르지오와 같이 사업을 할 거야. 만약 도움이 필요하면 삐삐에게 전화를 하게. 내가 일전에 얘기했던 그 사업을 계속 추진하기로 마음을 정했네. 지오르지오가 이유를 설명해 줄 걸세."

지오르지오는 엘리 매리온이 죽고 난 뒤에 바비 밴츠가 영화사를 물려받은 사실부터 시작해서 그가 크로스에게 이자를 붙여서 돈을 돌려주며 메쌀리나에 대해 크로스가 갖고 있던 지분을 철회시키기까지 그동안 있었던 일들을 데이비드에게 설명해주었다.

레드펠로우는 그 이야기를 재미있어하면서 들었다.

"아주 똑똑한 남자군. 크로스가 법정으로 가지 않으리란 사실을 간파하고 돈을 도로 뺏어간 거야. 사업을 잘 하는군."

단테는 커피를 마시면서 레드펠로우를 불만스럽게 노려보았다. 그의 옆에 앉아있던 로즈 마리가 그의 팔에 손을 얹었다.

"그게 재미있어요?"

단테가 레드펠로우에게 물었다. 레드펠로우는 잠시 단테를 지긋이 쳐다보았다. 그는 정색했다.

"이번 일은 너무 영리하게 굴어서 실수를 한 경우니까."

대부는 이 대화를 옆에서 지켜보면서 재미있어하는 것 같았다. 그는 근래에 보기 드물게 기분이 들떠 있었고 아들들은 그런 아버지의 모습을 보며 즐거워했다.

"그래, 넌 이 문제를 어떻게 해결했으면 좋겠니?"

대부가 단테에게 물었다.

"그 자식을 바다 속에 쳐넣어버리는 거죠."

단테는 이렇게 대답했고 대부는 그를 쳐다보며 살짝 웃었다.

"크로스, 넌? 이 상황을 어떻게 풀겠니?"

"상황을 있는 그대로 받아들이겠습니다. 교훈을 얻었다고 생각하는 거죠. 그 사람들한테 배짱이 없다고 판단했다가 그들 계략에 넘어간 거니까요."

"뻬띠에하고 빈센트는?"

두 아들은 대답을 거부했다. 그들은 아버지의 의중을 짐작하고 있었다.

"그냥 넘어가서는 안 될 일이야."

대부는 크로스에게 말했다.

"사람들은 널 바보라고 생각하면서 다들 널 경멸할 거다."

크로스는 대부의 말을 진지하게 받아들였다.

"엘리 매리온 집에는 아직도 비싼 그림들이 걸려 있는데 2천에서 3천만 달러 값어치는 됩니다. 그것들을 약탈해서 돈을 받아내는 방법도 있죠."

"그건 안 돼. 그렇게 하면 네가 세상에 노출되고 네가 가진 권력을 드러내서 아무리 조심한다고 해도 위험하게 될 소지가 커. 상황을 지나치게 복잡하게 만들게 되는 거지. 데이비드, 자넨 어떻게 하겠나?"

레드펠로우는 여송연을 피우면서 잠깐 생각을 했다. 그리고 대답했다.

"영화사를 매입하면 됩니다. 우리가 가진 은행과 언론사들을 동원해서 로드스톤을 매입하는 거예요."

크로스는 믿지 못하겠다는 표정이었다.

"로드스톤은 세계에서 가장 오래되고 가장 부유한 영화사입니다. 백 억 달러를 준다고 해도 안 팔 거예요. 절대 불가능한 일입니다."

삐띠에가 장난스럽게 물었다.

"이봐, 데이비드, 백 억 달러가 누구 애 이름이야?"

레드펠로우는 손을 내저으며 그의 말을 막았다.

"그건 네가 돈이 어떻게 흘러가는지 몰라서 하는 얘기야. 돈이란 휘핑 크림 같아서 조금만 있어도 사채며 대부며 증권을 가지고 잔뜩 부풀릴 수 있어. 돈은 문제가 아냐."

크로스가 끼어들었다.

"문제는 밴츠를 어떻게 쫓아내느냐 하는 겁니다. 그는 영화사 책임자고, 어떤 실수를 했든 간에 매리온의 뜻을 충실하게 따르고 있습니다. 밴츠는 영화사를 절대 팔지 않을 겁니다."

"내가 가서 그 놈한테 키스를 해주지, 뭐."

삐띠에가 우스개 소리를 했다. 마침내 대부가 결정을 내렸다. 그는 레드펠로우에게 말했다.

"자네가 계획한 대로 해봐. 꼭 성사를 시켜. 하지만 아주 신중해야 돼. 피피와 크로스가 자네 일을 도울 거야."

"한 가지 더 있어."

지오르지오가 레드펠로우에게 말했다.

"바비 밴츠는 엘리 매리온의 뜻에 따라서 이후 오 년간 영화사에 대한 전권을 가져. 하지만 매리온의 아들, 딸이 밴츠보다 회사 주식은 더 많이 갖고 있지. 밴츠를 해고할 수는 없지만, 만약 영화사가 팔리게 되면 새 소유주들은 돈을 주고 어떻게든 그 사람을 반드시 내보내야 하지. 그러니 그건 네가 반드시 해결해야 될 문제야."

레드펠로우는 미소를 지으며 여송연을 빨았다.

"옛날에 하던 거와 하나도 다를 게 없군요. 전 대부의 도움만 있으면 됩니다. 이탈리아에 있는 은행들 일부는 선뜻 그렇게 큰 모험을 하려고 나서지 않을지도 모릅니다. 영화사의 현 시세에 기준해서 수수료를 상당히 많이 지불해야 할 거란 사실은 유념해주셨으면 합니다."

"걱정하지 말게. 그 은행들에 내 돈이 많이 들어가 있으니까."

피피는 이 모든 과정을 신중하게 지켜보았다. 그는 회의를 여러 사람에게 개방했다는 사실이 영 께름칙했다. 절차상으로 따져볼 때 이 자리에는 대부와 지오르지오와 데이비드 레드펠로우만 있어야 했다. 피피와 크로스는 레드펠로우를 도와주라는 지시를 나중에 별도로 받는 것이 정례였다. 왜 이 비밀스런 회의에 그들을 끼워줬을까? 아니 그보다 왜 단테와 뻬띠에, 빈센트를 이 자리에 합석시켰을까? 대부는 항상 자신의 계획에 대해 최대한 비밀을 유지하는 사람이었다. 이런 모든 상황들은 그가 아는 대부의 방식이 아니었다.

빈센트와 로즈 마리가 대부를 부축해서 계단을 올라가 침실까지 데려다 주었다. 그는 난간에 이동의자를 설치하는 것을 고집스럽게 거부했다.

그들이 시야에서 사라지자마자 단테가 지오르지오 쪽으로 돌아서더니 무섭게 그를 추궁했다.

"영화사를 소유하게 되면 누가 운영하죠? 크로스가 하나요?"

데이비드 레드펠로우가 쌀쌀맞은 말투로 중도에 그의 말을 끊었다.

"영화사는 내가 소유한다. 운영도 내가 한다. 네 할아버지는 재정상의 이권만 가질 거야. 거기에 대한 서류작업을 곧 할 예정이다."

지오르지오도 그렇다고 인정했다. 크로스는 호탕하게 웃어제꼈다.

"단테, 너나 나나 영화사를 운영할 능력은 없어. 그 정도가 되려면 우리는 한참 더 잔인해져야 돼."

피피는 그들 모두를 유심히 관찰했다. 그는 위험을 감지해내는 능력이 좋았다. 그랬기 때문에 이렇게 오래 살 수 있었다. 하지만 이번 경우는 쉽게 판단이 서지 않았다. 어쩌면 대부가 늙어서 그런지도 몰랐.

빼띠에는 레드펠로우를 그의 자가용 비행기가 기다리고 있는 케네디 공항으로 데려다주었다. 크로스와 피피는 라스베가스에서 올 때 전세비행기를 이용했다. 대부는 제너두를 포함해서 자기 휘하의 회사들이 자가용 비행기를 소유하는 일을 전적으로 금지했다.

크로스는 빌린 차를 운전해서 공항까지 갔다. 차를 타고 가는 중에 피피가 크로스에게 말했다.

"뉴욕에서 좀 머물 생각이다. 공항에 도착하면 내가 차를 가져가마."

피피의 얼굴에 근심이 있어 보였다.

"회의에서 제가 많이 부족했어요."

"아니, 괜찮았다. 하지만 대부 말이 옳아. 누구도 두 번 다시 널 속이게 하진 말아야지."

케네디 공항에 도착해서 크로스는 차에서 내리고 피피가 운전석으로 자리를 옮겼다. 열린 창문 사이로 두 사람은 악수를 나눴다. 그러면서 피피는 아들의 잘 생긴 얼굴을 올려다보았고 새삼스럽게 가슴이 뭉클할 정도로 아들이 사랑스러웠다. 그는 크로스의 뺨을 툭툭 치면서 억지로 미소를 지으며 말했다.

"조심해라."

"뭘요?"

크로스가 아버지와 눈을 들여다보며 물었다.

"전부 다."

피피가 말했다. 그런 다음 크로스로서는 너무나도 놀라운 얘기를 했다.

"널 너의 엄마에게 가도록 내버려뒀어야 했는데, 내가 이기적이었어. 난 네가 필요했다."

크로스는 아버지가 차를 몰고 멀어지는 모습을 지켜보면서 아버지가 자기를 얼마나 걱정하고 또 얼마나 사랑하는지를 비로소 깨달았다.

15

자기 자신조차도 지극히 당혹스런 결정이라고 느꼈지만 피피는 결혼을 하기로 마음을 먹었다. 그것은 사랑 때문이 아니라 동반자가 필요하다는 생각 때문이었다. 사실 그에게는 크로스도 있었고 제너두 호텔의 친구들도 있었다. 클레리쿠지오가의 가족들은 물론이고 친척들도 많았다. 정부가 셋이나 있었고 식욕도 왕성했다. 골프를 즐겼고 실력도 꽤 좋았으며 여전히 춤을 사랑했다. 대부 말대로 그는 관 속으로 들어갈 때도 춤을 추면서 갈 것 같은 사람이었다.

하지만 건강하고 활력이 넘치며 경제적으로도 풍족하고 반쯤 은퇴 상태인 오십대 후반에 접어들자 그는 안정된 가정을, 그것도 가능하다면 자식이 딸린 가정을 갖고 싶다는 생각이 절실해졌다. 안 될 것도 없지 않을까? 그는 점점 더 그 생각에 마음이 끌렸다. 놀랍게도 그는 다시 아버지가 되고 싶었다. 딸을 키우면 재미있을 것 같았고, 비록 지금은 서로 얘기도 하지 않지만 옛날에는 클로디아를 좋아했었다. 클로디아는 아주 영리하고 솔직했으며 이제는 성공한 시나리오 작가로서 당당하게 자신의 길을 걸어가고 있었다. 그리고 앞으로 두 사람이 화해를 하지 말라는 법도 없었다. 그녀는 어떤 면에서 자기 못지않게 고집스러워서 그는 딸이 이해가 됐고, 자신의 신념을 밀고 나가는 딸이 대단하다는 생각이 들었다.

크로스는 영화 사업에 대담하게 뛰어들었다가 실패를 경험했지만 어느 모로 보나 아들의 미래는 확실했다. 아들에게는 여전히 제너두 호텔이 있었고 그의 실패는 대부가 만회시켜 줄 것이다. 아들은 착했지만 아직은 어렸고, 젊은이들은 모험을 해봐야 하는 법이다. 그게 바로 인생이었다.

공항에 크로스를 내려주고 난 뒤에 피피는 동부에 있는 정부와 이삼 일 정도 같이 지낼 생각으로 뉴욕으로 차를 몰았다. 그녀는 갈색 피부의 미인이었고 뉴욕 사람 특유의 신랄한 재치가 있었는데 법률사무소의 비서였고 또 대단한 춤꾼이기도 했다. 또한 독설가인데다 돈 쓰는 것을 좋아해서 그녀와 결혼을 하면 돈이 많이 나갈 것이다. 하지만 그녀는 마흔다섯이 넘어서 나이가 많다는 것이 흠이었다. 그리고 독립성이 아주 강해서 정부로 두기에는 더할 나위 없이 좋았지만 피피가 원하는 결혼생활에는 적당하지 않았다.

그녀가 신문을 읽느라 일요일 절반이 날아가긴 했지만 어쨌든 그녀와 보낸 주말은 즐거웠다. 두 사람은 멋진 식당에서 식사를 했고 나이트클럽에서 춤을 췄으며 그녀의 집에서 황홀한 밤을 보냈다. 하지만 피피는 좀더 평온한 뭔가를 필요로 했다.

피피는 비행기를 타고 시카고로 날아갔다. 그곳에 있는 정부는 떠들썩한 도시의 정부 못지않게 성적으로 그를 만족시켜주었다. 그녀는 술과 파티를 지나칠 정도로 좋아했고 세상만사를 낙천적으로 받아들이는 아주 재미있는 여자였다. 하지만 약간 게을렀고 지나치게 집을 어질렀다. 피피는 깨끗하게 정돈된 집을 좋아했다. 자기 말로는 최소한 마흔이라고는 했지만, 그녀 역시 가정을 갖기에는 너무 나이가 들었다. 젠장, 그렇다고 새파랗게 젊은 여자를 데리고 다니기에는 내가 너무 늙었잖아? 시카고에서 이틀을 보낸 뒤에 피피는 결혼 상대 목록에서 그녀를 지웠다.

라스베가스에서 가정을 꾸리기에는 두 여자 모두 문제가 있었다. 두 여자는 대도시 출신인데 라스베가스는 소들이 거닐던 자리에 카지노가 들어앉은 정말로 촌스러운 도시였다. 하지만 밤이 존재하지 않는 도시는 라스베가스밖에 없었기 때문에 그는 그곳을 떠나서는 살 수 없었다. 밤이 되면 도시는 사막 한가운데서 장미빛 다이아몬드처럼 반짝이면서 네온사인으로 유령들을 쫓아버렸고, 날이 밝으면 뜨거운 태양이 네온사인을 피해 숨어있던 유령들을 태워 없앴다.

그에게 있어서 최선의 선택은 로스앤젤레스에 있는 정부였다. 피피는 정부들을 지리적으로 그렇게 산뜻하게 배치시켰다는 사실에 만족감을 느꼈다. 그들끼리 우연히 마주친다거나 세 여자 중 하나를 선택하느라 심리적으로 갈등을 하는 일은 있을 수 없었다. 세 여자 각자 나름대로 쓸모가 있었고 서로 대립할 일도 없었다. 과거를 돌아볼 때 그는 자신의 인생에 대해서 거의 불만이 없었다. 대담하면서도 신중했고, 용감하면서도 무모하지 않았으며, 조직에 충성을 바쳤고 그들로부터 적절한 보상을 받았다. 유일하게 실수를 했다면 그것은 넬린 같은 여자와 결혼했다는 점인데 사실 십일 년 동안 넬린만큼 자기를 행복하게 만들어 줄 수 있었던 여자는 아무도 없었다. 그리고 일생 동안 실수를 단 한 번밖에 안 했다고 자부할 수 있는 남자가 누가 있을까? 대부가 항상 말했던 것처럼 치명적인 실수가 아닌 한 사는 동안 누구나 실수는 하는 법이었다.

그는 라스베가스에 들리지 않고 로스앤젤레스로 곧장 가기로 마음을 먹었다. 그는 미쉘에게 전화를 걸어 지금 가는 중이라고 했지만 그녀가 공항까지 마중을 나오겠다는 걸 거절했다.

"내가 가기 전에 준비해놓고 기다려. 보고 싶었어. 그리고 당신한테 중요하게 할 말이 있어."

미셸은 서른두 살밖에 안 됐고 좀더 상냥하고 너그러웠으며 캘리포니아에서 태어나고 자라서인지 성격도 원만했다. 다른 두 여자와 마찬가지로 그녀도 침대에서 꽤 괜찮았는데 피피는 이 부분을 가장 중요하게 생각했다. 하지만 그녀는 성격이 날카롭지 않아서 서로 갈등이 생길 일은 없을 것 같았다. 미셸에게는 약간 괴짜 기질이 있어서 영혼에게 말을 걸 수 있다는 뉴 에이지 풍의 쓰레기 같은 이론을 믿었고 자기가 겪은 과거사를 미주알고주알 쏟아놓긴 했지만, 재미있는 면도 없지 않았다. 캘리포니아 미인들이 흔히들 그런 것처럼 그녀 역시 배우가 되려는 꿈이 있었는데 오래전에 그 생각은 포기했다. 지금은 영혼과 소통한다는 이론과 요가에 푹 빠져 있었고 건강에도 관심이 많아서 운동을 열심히 했다. 그리고 피피가 전생에 좋은 일을 많이 했다며 항상 칭찬을 아끼지 않았다. 물론 세 여자들 중 누구도 그의 진짜 직업을 몰랐다. 다들 그를 라스베가스에 있는 호텔의 관리 책임자 정도로만 알고 있었다.

미셸이라면 그는 라스베가스에 그대로 살 수 있었고, 로스앤젤레스에 아파트를 하나 마련해 놓고 주말에 사십 분 정도 비행기를 타고 로스앤젤레스로 날아가 기분전환을 하면 그만이었다. 그리고 제너두 호텔 내에 선물가게를 하나 사줘서 그녀를 바쁘게 만들어줄 필요도 있을 것이다. 그건 충분히 실현가능한 꿈이었다. 그런데 미셸이 거절하면 어쩌지?

문득 떠오르는 생각이 있었다. 아이들이 어렸을 때 넬린이 들려주던 금발머리 소녀와 곰 세 마리 이야기였다. 자신은 그 이야기에 나오는 금발머리 소녀와 똑 같았다. 뉴욕 여자는 너무 딱딱했고 시카고 여자는 너무 부드러웠고 로스앤젤레스 여자가 딱 좋았다. 그런 생각을 하며 그는 웃었다. 물론 현실에서 딱 좋은 건 아무것도 없었지만.

로스앤젤레스에 도착해 비행기에서 내렸을 때 그는 캘리포니아의 향기로운 공기를 가슴 가득 빨아들였다. 스모그가 있다고는 전혀 눈치조차 채지 못했다. 그는 여자들에게 선물하기를 좋아했고 전 세계의 사치품들을 모아놓은 화려한 가게들이 늘어서 있는 거리를 구경하는 것도 재미있었기 때문에, 차를 한 대 빌려서 우선 로데오거리부터 들렀다. 그는 구찌 가게에서 화려한 손목시계를 하나 사고, 펜디에서는 별로 예쁘지는 않은 지갑을 하나 사고, 에르메스의 스카프 한 장과 값비싼 조각상처럼 생긴 병에 든 향수도 샀다. 그리고 자신이 입을 값비싼 속옷을 살 쯤에는 아주 기분이 좋아져서 금발의 젊은 점원아가씨와 농담까지 주고받았다.

  3천 달러를 쓰고 차로 돌아온 그는 선물들이 가득 든 화려한 구찌 종이 가방을 뒷좌석에 던져 넣고 산타모니카로 향했다. 브랜우드에서 그가 좋아하는 브랜우드 마트에 들렀다. 그는 찬 음료와 음식을 먹을 수 있도록 음식진열대와 탁자를 한쪽에 마련해놓은 가게들을 좋아했다. 비행기 음식은 끔찍이도 맛이 없었고 그는 배가 고팠다. 미쉘은 항상 식이요법을 하느라 냉장고에 절대로 음식을 넣어놓는 법이 없었다.

  그는 가게 한 군데에서 오븐에 구운 통닭 두 마리와 숯불 돼지갈비 열두 조각 그리고 핫도그 네 개를 샀다. 그리고 가게 한 군데를 더 들러서 갓 구운 하얀 호밀 빵을 샀다. 그는 노점에서 큰 컵으로 콜라 한 잔을 사고 야외 식탁에 앉아 마지막이 될 지도 모를 고독의 시간을 즐겼다. 그는 핫도그 두 개와 통닭 반 마리 그리고 튀긴 감자를 먹었다. 산해진미가 따로 없을 정도로 맛있었다. 그는 캘리포니아의 저녁 황금빛 햇살 아래 앉아 얼굴을 간질이는 부드럽고 향기로운 바람을 느꼈다. 일어나기 싫었지만 미쉘이 기다리고 있었다. 그녀는 목욕을 하고 향수를 뿌린 채 술에 약간 취해서는 양치질할 틈도 주지 않고 그를 곧장 침대로 끌고 가겠지. 그는 관계를 갖기 전에 그녀에게 청혼을 할 작정이었다.

음식이 담긴 가방에는 지적인 손님들한테나 어울릴 만한 음식과 관련된 우화가 적혀 있었다. 그는 가방을 차에 넣으면서 첫줄만 읽어보았다. '과일은 인간이 먹은 가장 오래된 농산물이다. 에덴동산에서….' 우라질, 하고 피피는 생각했다.

그는 산타모니카로 차를 몰아서 미쉘의 집이 있는 스페인 식 방갈로 모양의 이층 짜리 건물들 앞에 도착해 차를 세웠다. 차에서 내리면서 그는 오른손을 자유롭게 쓸 수 있도록 무의식적으로 왼손에 가방을 몰아서 들었다. 습관적으로 그는 거리를 위아래로 훑어보았다. 주변은 아름다웠고 주차된 차들은 전혀 없었으며 스페인 식으로 도로가 널찍해서 평화로운 느낌이 들었다. 꽃이며 풀에 가려서 도로가 꺾어지는 곳에서는 차들이 지나다니는 모습이 보이지 않았고 가지가 빽빽한 나무들이 덮개처럼 햇빛을 막아주었다.

이제 그는 장미넝쿨이 드리워진 녹색 나무울타리가 쳐진 긴 골목길을 따라서 걸어 가야 했다. 미쉘의 아파트는 목가적인 분위기를 고스란히 간직하고 있는 옛날 건물이었고 골목길 안쪽에 있었다. 집들은 겉에서 보기에는 낡은 목조건물이었는데, 집집마다 수영장이 딸려 있고 수영장 가에는 하얀색 의자들이 놓여 있었다.

골목길 반대편 끝에서 자동차가 공회전을 하면서 내는 엔진소리가 들렸다. 그 소리에 그는 평소 습관대로 정신을 바짝 긴장시켰다. 그와 동시에 의자 뒤에서 남자 하나가 벌떡 일어서는 모습이 보였다. 그는 너무 놀라서 "여기서 뭐 하는 거야?" 하고 소리를 쳤다.

남자는 대답을 하지 않았고, 그 순간 피피는 상황을 완전히 파악했다. 그는 무슨 일이 벌어지고 있는지를 깨달았다. 그의 머리 속에서는 미처 반응할 수도 없을 정도로 수많은 생각들이 빠르게 지나갔다. 그는 남자가 꺼내는 작고 예쁘장한 총과 살인자의 얼굴에 어린 긴장을 보았다. 자신이 죽인 사람들이 왜 그런 표정을 지었고 그들이 인생의 종말을 맞이하면서 느꼈을 최후의 경악이 어떠했으리라는 것을 그는 이제야 비로소 알 것 같았다. 그리고 마침내 자신의 인생에 대한 대가를 치를 때가 됐음을 깨달았다. 그 와중에도 그의 머리 속에서는 살인자의 계획이 엉성해서 자기라면 절대 이런 식으로 하지 않았으리라는 생각이 얼핏 스쳐지나갔다.

그는 그래봤자 소용없을 줄 알면서도 최선을 다했다. 그는 짐을 내려놓는 동시에 총으로 손을 가져가며 앞으로 돌진했다. 그 남자도 피피가 있는 쪽으로 다가왔는데 피피가 아주 반가워하면서 그 남자 쪽으로 손을 내밀었다. 여섯 개의 총알이 공기를 가르며 피피의 몸에 박혔고 그는 녹색 울타리 아래 꽃밭으로 털썩 쓰러졌다. 꽃 냄새가 향기로웠다. 그는 남자를 올려다보며 중얼거렸다.

"이 재수 없는 산타디오 새끼."

마지막 총알이 그의 두개골 속으로 파고들었다. 피피는 이제 세상에 존재하지 않았다.

16

    피피가 죽던 날, 크로스는 아침 일찍 말리부로 가서 아테나를 태우고 베써니를 만나기 위해 샌디에고로 향했다.
    간호사들이 미리 서두른 덕분에 베써니는 이미 옷을 갈아입고 외출할 준비가 되어 있었다. 크로스는 아이에게서 엄마의 예전 모습을 희미하게나마 찾을 수 있었고 아테나가 그 나이였을 무렵의 키도 어림할 수 있었다. 아이의 얼굴과 눈은 여전히 무표정했고 기운이 하나도 없었다. 얼굴의 이목구비는 어딘가 허전해 보여서 마치 닮은 쓰다만 비누 같은 느낌이 들었다. 아이는 그림을 그릴 때 입는 빨간 비닐 앞치마를 걸치고 있었다. 그날 아침 일찍부터 벽에다 그림을 그렸던 모양이었다. 아이는 두 사람의 존재 자체를 완전히 무시했고, 엄마가 자기를 안고 키스를 하자 얼굴과 몸을 움츠렸다. 아테나는 아이의 이런 반응을 모른 척하면서 딸을 훨씬 더 세게 껴안았다.
    그날은 근처의 호수로 소풍을 가기로 한 날이었다. 아테나는 점심을 싸

가지고 왔다.

　차로 짧은 거리를 달리는 동안 베써니는 두 사람 사이에 앉았고 아테나는 운전을 했다. 아테나는 베써니의 뒤통수와 뺨을 손으로 자꾸만 쓰다듬었지만 베써니는 앞만 노려보고 있었다.

　크로스는 그날 저녁이 되면 말리부로 돌아가 아테나와 사랑을 나누는 상상을 했다. 침대에 누운 그녀의 벗은 몸과 그녀를 내려다보고 서 있을 자신의 모습을 그려보고 있었다.

　느닷없이 베써니가 그에게 말을 시켰다. 아이는 그 전까지는 그의 존재를 전혀 인정하지 않았었다. 베써니는 생기 없는 초록색 눈으로 그를 똑바로 쳐다보면서 물었다.

　"누구세요?"

　아테나는 베써니가 묻는 일이 늘 있는 일인 것처럼 지극히 자연스러운 어조로 대답을 했다.

　"이름은 크로스고, 엄마의 가장 친한 친구야."

　베써니는 그 말을 듣지 않는 것처럼 보였고 다시 자신만의 세계 속으로 들어갔다.

　아테나는 호수에서 약간 떨어진 곳에 차를 세웠는데, 숲 속에 포근하게 들어앉은 반짝이는 호수의 모습은 마치 초록색 커다란 천 위에 놓인 자그마한 푸른 보석처럼 보였다. 크로스는 음식 바구니를 옮겨왔고, 아테나는 풀밭에 빨간 깔개를 펼친 다음에 바구니 속에 든 음식들을 꺼내놓았다. 그녀는 까슬까슬한 초록색 냅킨과 포크, 숟가락도 꺼냈다. 베써니는 음표가 수놓인 깔개를 신기한 듯 쳐다보았다. 아테나는 다양한 종류의 샌드위치와 초록색 그릇에 담긴 감자 샐러드 그리고 과일들을 죽 늘어놓았다. 크림이 든 달콤한 케이크들을 담은 접시와 닭튀김도 꺼냈다. 베써니는 먹는 걸 좋아했기 때문에 아테나는 온갖 정성을 다 쏟아서 이 모든 것들을 준비했다.

 크로스는 차로 가서 트렁크에서 탄산수를 가져왔다. 그리고 바구니에 든 컵을 꺼내서 두 사람에게 탄산수를 따라주었다. 아테나는 베쎄니에게 자기 잔을 내밀었는데 베쎄니는 그녀의 손을 탁 뿌리쳐버렸다. 아이는 계속해서 크로스를 쳐다보았다.

 크로스가 아이의 눈을 똑바로 응시했다. 아이의 얼굴은 너무 굳어 있어서 마치 피부가 아니라 가면 같았지만 눈빛에는 이제 경계하는 기색이 역력했다. 그것을 보고 있자니 마치 아이가 아무도 모르는 깊은 동굴에 갇혀 그 안에서 숨이 막히면서도 도와달라는 말도 못하고 살갗에는 온통 물집이 잡혔지만 아무도 건드리지 못하게 잔뜩 움츠리고 있는 듯한 착각이 들었다.

 세 사람은 음식을 먹기 시작했고 아테나는 베쎄니를 웃기려고 애를 쓰면서 무신경한 수다쟁이처럼 행동했다. 그녀는 베쎄니가 전혀 대답을 하지 않았는데도 불구하고 같이 대화를 나누는 친구처럼 아이를 대하며 마치 아이의 자폐증적인 행동이 극히 자연스러운 행동인냥 일부러 화를 돋우기도 했다가 지루하게도 만들었다가 하면서 아주 노련하게 대화를 이끌어나갔다. 그런 그녀를 보면서 크로스는 경탄을 금치 못했다. 그것은 자신의 고통을 잊기 위해 고안해낸 참으로 멋진 독백이었다.

 마침내 후식을 먹을 차례가 됐다. 아테나는 크림을 바른 케이크 하나를 포장을 벗겨서 베쎄니에게 주었지만 아이는 받지 않았다. 그녀는 크로스에게도 하나를 건넸는데 크로스도 싫다고 고개를 저었다. 엄청난 양의 음식을 먹고도 여전히 엄마한테 잔뜩 화가 나 있는 베쎄니를 보면서 크로스는 신경이 곤두서기 시작했다. 그는 또한 아테나가 그런 자기 기분을 감지하고 있으리라는 사실도 알았다.

 아테나는 페스트리를 먹으며 맛있다고 탄성을 질렀다. 그녀는 페스트리

두 개를 포장을 벗겨서 베써니 앞에 놓았다. 아이는 평소에 단 것을 좋아했는데 빵 두 개를 집어 들더니 잔디 위에 놓았다. 잠시 후에 빵에 개미가 잔뜩 꼬였다. 그러자 베써니가 빵을 집어서는 입에 밀어 넣었다. 그리고는 남은 하나를 크로스에게 내밀었다. 크로스는 조금도 주저하지 않고 빵을 입에 집어넣었다. 입천장과 잇몸이 간지러웠다. 베써니는 아테나를 쳐다보았다.

아테나는 어려운 장면을 연기해야 하는 여배우처럼 일부러 얼굴을 찡그렸다. 그러고는 손뼉을 쳐가면서 아주 유쾌하게 웃어댔다.

"그것 봐, 정말 맛있잖아."

그녀는 페스트리를 더 권했지만 베써니도 크로스도 먹지 않았다. 아테나는 그걸 잔디에다 던져버렸고 그런 다음에 냅킨을 집어서 베써니의 입을 닦아주고 크로스의 입도 닦아주었다. 그녀는 아주 재미있어했다. 적어도 겉으로 보기에는 그랬다.

병원으로 돌아오는 길에 아테나는 베써니에게 말할 때 하는 억양으로 마치 크로스도 자폐증 환자인 것처럼 그에게 얘기를 했다. 베써니는 그녀를 세심하게 쳐다보았고 그런 다음 크로스 쪽으로 얼굴을 돌려 그를 뚫어져라 쳐다보았다.

병원에 아이를 내려주었을 때 베써니가 잠시 크로스의 손을 잡았다. "참 잘 생겼어." 라고 아이는 말했고, 크로스가 작별 키스를 하려고 하자 아이는 고개를 돌려버렸다. 그리고는 뛰어 들어갔다.

말리부로 돌아오면서 아테나는 흥분했다.

"아이가 당신한테 반응을 했어. 정말로 좋은 징조야."

"내가 잘 생겼으니까."

크로스는 무덤덤하게 대답했다.

"아니야, 당신이 개미를 먹어서 그래. 나도 당신 못지않게 예쁘지만 베써니는 날 끔찍하게 싫어하는 걸."

그녀는 즐거운 미소를 지었고, 항상 그랬듯이 이번에도 크로스는 그녀의 아름다움에 머리가 아찔해지면서 몸에 소름이 끼쳤다.

"베써니는 당신이 자기를 좋아한다고 생각해. 당신도 자폐증이라고 생각한다고."

크로스는 그 생각이 재미있어서 유쾌하게 웃었다.

"어쩌면 맞는 생각일지도 모르지. 당신은 나도 베써니랑 같이 병원에 입원시켜야 할 거야."

"안 돼. 그러면 내가 원할 때마다 당신을 가질 수 없잖아. 게다가 메쌀리나가 끝나면 베써니를 병원에서 데리고 나갈 텐데."

두 사람은 말리부로 돌아와 그녀의 집으로 들어갔다. 그날 밤은 그녀 집에서 보낼 계획이었다. 이제 그는 아테나의 마음을 읽는 법을 배웠다. 마음이 불안할수록 그녀는 더 쾌활하게 행동한다는 것을.

"기분이 좋지 않으면 난 라스베가스로 돌아갈게."

그녀는 슬퍼 보였다. 크로스는 그녀가 발랄할 때나 심각하고 진지할 때나 또 우울할 때나 한 순간도 그녀를 사랑하지 않고는 배길 수 없다는 사실이 놀라웠다. 그녀의 표정변화는 너무나도 매혹적이고 아름다워서 그는 자신도 모르게 그녀의 감정을 그대로 따라갔다. 그녀가 그를 보며 다정하게 말했다.

"당신한테는 힘든 하루였고 그러니까 당연히 보상을 받아야 돼."

그녀의 말 속에는 조롱이 담겨 있었지만 그 조롱은 그녀 자신에 대한 조롱이라는 사실을, 그녀는 자신의 매력이 모두 허위라고 생각하고 있음을 그는 알았다.

"힘들지 않았어."

크로스는 대답했다. 그리고 그건 진심이었다. 넓은 숲 속 호숫가에서 호젓하게 셋만의 시간을 보낸 그날 하루는 그에게 어린 시절을 떠올리게 했고 그래서 그는 행복했다.

"빵에 붙은 개미를 잘 먹던데."

아테나가 슬픈 목소리로 말했다.

"썩 나쁘진 않더라고. 베써니가 좋아질 수 있을까?"

"지금은 모르겠지만 끝까지 방법을 찾아낼 거야. 다음 주말에는 영화촬영이 없어. 그래서 그때 베써니를 데리고 프랑스에 갈 거야. 파리에 훌륭한 의사가 있어서 검사를 한 번 더 받아보려고."

"희망이 없다고 말하면 어떻게 할 거야?"

"아마도 그 사람 말을 안 믿겠지. 그건 중요하지 않아. 난 아이를 사랑해. 내가 아이를 돌볼 거야."

"영원히?"

"응."

아테나가 대답했다. 그런 다음 그녀는 눈을 반짝이면서 손뼉을 쳤다.

"그때가 되기 전까지는 즐겁게 사는 거야. 우리 자신도 돌봐야지. 이층에 올라가서 샤워하고 침대로 뛰어드는 거야. 몇 시간이고 미친 듯이 사랑을 나누자. 그런 다음에 야식을 먹고 말이야."

크로스는 다시 어린아이로 돌아간 것 같은 기분이 들었고, 행복하게 잠에서 깨어나 엄마가 차려주는 아침을 먹고 친구들과 놀고 아버지와 사냥을 떠나고 클로디아와 넬린과 피피와 같이 저녁을 먹던 기억을 떠올렸다. 저녁을 먹고 난 뒤에는 카드놀이를 했었지. 참으로 순수했던 그때의 그 느낌들. 이제 어슴푸레한 저녁노을 속에서 아테나와 사랑을 나누고 발코니로 나가 태양이 하늘을 불그스레하게 물들이며 태평양 바다 너머로 떨어지는 광경을 바라보면서 그녀의 따뜻하고 매끄러운 살결을 어루만지는 일이 그를 기다리고 있었다. 그리고 그녀의 아름다운 얼굴과 입술에 키스를 하겠지. 그는 미소를 지으며 그녀를 계단으로 이끌었다.

침실 전화기가 울렸고 아테나가 전화를 받으려고 뛰어올라갔다. 그녀가 수화기를 손으로 막고 놀란 목소리로 말했다.

"당신 전화야. 지오르지오라고 하는데?"

그녀의 집으로 그를 찾는 전화가 온 적은 한 번도 없었다. 분명히 골치 아픈 일일 거야, 라는 생각을 하면서 크로스는 전혀 상상도 하지 못했던 행동을 했다. 그는 전화를 받지 않겠다는 뜻으로 고개를 저었다.

아테나가 수화기에 대고 말했다.

"그 사람 여기 없는데요. 네, 오면 전화 드리라고 하죠."

그녀는 전화를 끊고 물었다.

"지오르지오가 누구야?"

"친척이야."

그는 자신이 한 행동과 아테나와 함께 있기 위해 그런 행동을 했다는 사실에 스스로도 소스라치게 놀랐다. 그것은 극히 어리석은 짓이었다. 그러면서 그는 지오르지오가 어떻게 자기가 여기 있는지 알았으며 또 뭘 원했을까 의아해졌다. 뭔가 중요한 일임에 틀림없다는 생각이 들었지만 아침까지는 기다려도 괜찮을 것 같았다. 무엇보다도 그는 아테나와 사랑을 나누는 일을 절대 포기할 수 없었다.

두 사람은 하루 종일, 아니 일 주일 내내 이 순간을 기다렸다. 그들은 함께 샤워를 하려고 옷을 벗었고, 소풍을 다녀오느라 몸이 아직도 땀에 젖어 있었지만 그는 참지 못하고 그녀를 품에 안았다. 그리고 그녀는 그를 물이 쏟아지는 샤워기 밑으로 데리고 갔다.

두 사람은 큰 주황색 수건으로 서로의 몸을 닦아 준 다음에 수건으로 둘의 몸을 둘둘 말고는 발코니로 나가 수평선 너머로 태양이 저무는 광경을 지켜보았다. 그런 뒤에 두 사람은 방안으로 들어가 침대 위에 누웠다.

그녀와 관계를 하면서 크로스는 머리와 몸의 세포가 모두 증발해버리는 듯한 착각이 들었고 열에 들떠서 꿈을 꾸고 있는 것 같았다. 유령이 되어 미칠 듯한 기쁨으로 도깨비불을 번득이면서 그녀의 몸 속으로 들어가는 꿈을. 그는 경계심도 분별력도 모두 잃어버렸고, 그녀가 가짜로 연기를 하고 있는 건 아닌지, 진심으로 자신을 사랑하는지 아닌지를 확인하려고 그녀의 표정을 관찰하지도 않았다. 서로의 팔에 안겨 잠이 들기 전까지 그 순간은 영원히 계속될 것만 같았다. 두 사람이 잠에서 깼을 때 달빛이 햇빛보다 더 환하게 빛나고 있었고 둘의 몸은 아직도 서로 얽혀 있었다. 아테나는 그에게 키스를 하며 물었다.

"당신, 정말로 베써니를 사랑해?"

"응. 그 아인 당신의 일부니까."

"베써니가 좋아질 거라고 생각해? 내가 베써니에게 도움이 될 수 있을 거라고 생각해?"

그 순간 크로스는 소녀를 위해서 자기 인생을 포기해도 좋다는 생각이 들었다. 그는 사랑하는 여자를 위해서 자신을 희생하고 싶다는 강한 충동을 느꼈다. 그런 충동을 느끼는 남자들은 많겠지만 그에게는 완전히 낯선 감정이었다.

"우리 둘이 같이 도와주자."

"아니야. 그건 나 혼자 해야 될 일이야."

두 사람은 다시 잠이 들었다. 안개가 낀 새벽녘에 전화가 울렸다. 아테나가 수화기를 들고 잠시 듣더니 크로스에게 말했다.

"경비원이야. 네 사람이 차를 타고 왔는데 당신을 만나고 싶어한대."

크로스는 가슴이 뜨끔했다. 그는 수화기를 받아서 경비원에게 말했다.

"아무나 바꿔주십시오."

수화기에서 들리는 목소리는 빈센트였다.

"크로스, 뻬띠에도 같이 왔다. 아주 나쁜 소식을 가져왔어."

"알았어요, 경비원 좀 바꿔주세요."

크로스는 경비원에게 들여보내라고 얘기했다. 그는 지오르지오의 전화를 까맣게 잊고 있었다. 사랑하면 다 이렇게 되는 거야, 하고 크로스는 자조적으로 생각했다. 이런 식으로 계속하다가는 일 년도 안 돼 죽겠지.

그는 재빨리 옷을 입고 아래층으로 급히 내려갔다. 차가 집 앞에 막 멈춰 섰고 태양이 빛을 뿜어내며 수평선 위로 반쯤 올라와 있었다.

길쭉한 리무진 뒷좌석에서 빈센트와 뻬띠에가 나왔다. 앞에는 운전수 외에 남자 한 명이 더 타고 있었다. 뻬띠에와 빈센트는 긴 정원을 따라 현관 쪽으로 걸어왔고 크로스가 문을 열어주었다.

어느 틈엔가 아테나가 맨 살에 운동바지와 스웨터만 걸치고 내려와 그의 옆에 서 있었다. 뻬띠에와 빈센트는 그녀를 뚫어지게 쳐다보았다. 그녀는 이제까지 본 것 중 가장 아름다운 모습이었다.

아테나는 그들을 부엌으로 안내하고 커피를 만들기 시작했고, 크로스는 그녀에게 두 사람을 친척이라고 소개했다.

"여기는 어떻게 오셨어요? 어제 저녁에 뉴욕에 계셨을 텐데."

"지오르지오가 비행기를 전세 내줬다."

뻬띠에가 대답했다. 아테나는 커피를 만들면서 그들을 유심히 관찰했다. 두 사람은 전혀 감정을 드러내지 않았다. 형제처럼 보였고 둘 다 덩치가 컸지만 빈센트는 얼굴이 돌처럼 차가웠고 뻬띠에의 좀더 갸름한 얼굴은 햇볕에 그을렸는지 아니면 술을 마셨는지 붉었다.

"그래, 나쁜 소식이란 게 뭐예요?"

크로스가 물었다. 그는 대부가 죽었거나 로즈 마리가 완전히 미쳐버렸거나 아니면 단테가 조직을 위험에 몰아놓는 끔찍한 짓을 저질렀을 거라고 추측했다.

빈센트가 평소처럼 무뚝뚝하게 말했다.

"너한테만 해야 될 얘기다."

아테나는 그들에게 커피를 따라주며 말했다.

"난 안 좋은 얘기도 당신한테 다 했어. 그러니까 나도 들을 거야."

"아저씨들이랑 그냥 나갈게."

"생색내지 마. 그냥 나가는 건 내가 허락 못해."

이 말에 빈센트와 뻬띠에의 표정이 달라졌다. 빈센트의 굳은 얼굴은 당황해서 상기됐고 뻬띠에는 마치 요주의 인물을 대하는 것처럼 아테나를 쳐다보며 슬쩍 웃었다. 크로스는 이 모습을 보면서 웃음을 터뜨렸다.

"좋아, 같이 듣자."

뻬띠에는 되도록이면 충격을 주지 않으려고 애를 썼다.

"네 아버지한테 사고가 생겼다."

빈센트가 참지 못하고 중간에 끼어들었다.

"피피가 풋내기 강도 총에 맞아 죽었다. 강도도 죽었는데, 로지라는 형사가 그 놈이 달아날 때 총을 쐈어. 네가 로스앤젤레스로 가서 시체 신원을 확인하고 서류작성을 해야 돼. 아버지는 코그에 네 아버지를 묻고 싶어 하신다."

크로스는 숨이 막혔다. 검은 바람이 휙 일어나면서 그는 잠시 몸을 떨었고 그런 다음 자신의 팔을 붙들고 있는 아테나의 손을 느꼈다.

"언제였어요?"

"어젯밤 여덟시 경. 지오르지오가 너한테 전화를 했지."

뻬띠에가 말했다. 내가 사랑을 나누는 동안에 아버지는 시체보관소에 누워 계셨구나, 하고 크로스는 생각했다. 그는 자신의 어리석음이 정말 수치스러웠다.

"가야겠어."

그는 아테나에게 말했다. 그녀는 괴로워하는 그의 얼굴을 바라보았다. 그의 이런 모습은 이제까지 한 번도 본 적이 없었다.

"정말 안 됐어. 전화해."

크로스가 리무진의 뒷좌석에 올라타자 다른 두 남자가 위로의 말을 했다. 다시 보니 두 사람은 브롱크스에서 온 조직원들이었다. 말리부 콜로니 입구를 빠져나가 퍼시픽 코스트 대로에 들어섰을 때 크로스는 차가 속도를 내지 못한다는 사실을 알아차렸다. 그들이 타고 있던 차는 무장을 하고 있었다.

그로부터 닷새 뒤 피피의 장례식이 코그에서 열렸다. 대부는 집 안에 예배당을 두었을 뿐만 아니라 사유지에다 묘지도 마련해 놓았는데, 피피에 대한 경의를 표하려는 뜻에서 대부는 그를 실비오 옆에 묻었다.

그 자리에는 클레리쿠지오가 친척들과 브롱크스 조직의 정단원들만 참석했다. 크로스의 연락을 받고 리아 밧지도 왔다. 로즈 마리는 그 자리에 없었다. 피피의 사망소식을 듣고 그녀는 발작을 일으켜 정신병원으로 보내졌다.

하지만 클로디아가 장례식에 참석했다. 그녀는 크로스를 위로하고 아버지에게 작별인사를 하기 위해 비행기를 타고 왔다. 그녀는 피피가 살아 있을 때 자기가 할 수 없었던 것을 그의 사후에라도 꼭 해야겠다고 생각했다. 그녀는 자신도 아버지의 일부임을 주장하고 싶었고, 아버지는 조직의 일부이기도 했지만 자신의 아버지이기도 했음을 클레리쿠지오가 사람들에게 보여주고 싶었다.

클레리쿠지오가 집 앞 잔디밭에는 커다란 조화가 서 있었고 뷔페 식탁도 차려져 있었으며 한쪽 옆에는 웨이터들과 바텐더가 대기하고 있었다. 그날은 순수하게 애도를 표하는 날이었고 조직의 사업과 관련된 회의는 없었다.
 클로디아는 아버지 없이 살아야 했던 세월을 생각하며 뜨거운 눈물을 흘렸지만, 크로스는 슬퍼하는 기색 없이 품위를 잃지 않고 차분히 조문객들을 대했다.
 다음날 저녁 그는 제너두 호텔의 발코니에 앉아 네온빛으로 현란하게 반짝이는 환락가를 내려다보고 있었다. 이렇게 높은 데서도 음악소리며 행운을 가져다 줄 카지노를 찾으며 환락가를 가득 메우고 있는 도박꾼들의 왁자지껄한 말소리가 들려왔다. 하지만 지난달에 일어났던 일들을 찬찬히 되짚어보기에는 그 정도로도 충분히 조용했다. 그리고 그는 아버지의 죽음에 대해서도 곰곰이 생각해 보았다.
 크로스는 아버지가 흑인 펑크족 총에 맞아 죽었다는 사실이 믿기지 않았다. 최고의 실력자가 그렇게 죽는다는 것은 있을 수 없는 일이었다.
 그는 사람들로부터 들은 이야기들을 하나하나 되짚어보았다. 아버지는 휴 말로우라는 이름의 흑인 강도의 총에 맞았다. 그 강도는 마약판매 전과가 있는 스물세 살의 남자였다. 말로우는 현장에서 도망치다가 짐 로지 형사의 총에 맞아 죽었는데, 짐 로지는 마약 사건에 연루된 말로우를 추적하고 있던 중이었다. 로지는 말로우가 총을 들고 자신을 겨누자 먼저 쏴서 쓰러 뜨렸다. 총은 정확히 미간을 꿰뚫었다. 로지는 주변을 살펴보다가 피피를 발견하고는 그 즉시 단테에게 전화를 걸었다. 그 전에 그는 경찰에까지 신고를 했다. 조직에서 돈을 받으면서 그가 왜 그런 행동을 했을까? 최고의 실력자이자 삼십 년 넘게 클레리쿠지오파에게 충성을 바쳐온 해결사인 피피가 보잘 것 없는 마약거래 강도한테 살해를 당한 사건은 누구도 예상치 못한 일이었다.
 하지만 어째서 대부는 빈센트와 뻬띠에를 보내서 그를 무장한 차에 태워왔으며 장례식이 끝날 때까지 그를 경호했을까? 어째서 대부는 그렇게 세심하게 신경을 썼을까? 장례식이 진행되는 사이에 그는 대부에게 그 이유를 물어보았다. 하지만 대부는 별 얘기 없이 그저 사건 전모가 밝혀질 때까지 조심하는 편이 현명하다고만 했다. 그는 상황을 철저하게 조사했고 그래서 모든 얘기가 사실인 것 같다고 결론을 내렸다. 하찮은 좀도둑이 실수를 해서 어리석은 비극이 일어났다고 하면서 대부는 비극적인 일들은 대부분 어리석은 실수에서 비롯된다는 말도 덧붙였다.

대부는 진심으로 애통해했다. 그는 항상 피피를 자식처럼 대했으며 그를 특별히 아꼈다. 그래서 크로스에게도 "네 아버지의 빈 자리를 이제 네가 메워야지." 라고 말했다.

하지만 크로스는 발코니에 앉아 라스베가스를 내려다보면서 핵심적인 문제를 곰곰이 따져보았다. 대부는 우연의 일치를 절대로 믿지 않았는데, 이번 사건은 처음부터 끝까지 우연의 연속이었다. 짐 로지 형사는 조직의 돈을 받는 고용원이었고 로스앤젤레스에는 형사와 경찰관이 수천 명이나 되는데 살인현장을 우연히 목격한 사람이 하필이면 로지였다. 확률로 따져볼 때 그것은 극히 일어나기 힘든 경우가 아닌가? 하지만 그 문제는 일단 제쳐두자. 훨씬 더 중요한 문제는 일개 노상강도가 피피에게 그렇게까지 가까이 접근하는 일은 도저히 불가능하다는 사실을 대부가 모를 리 없다는 점이었다. 그리고 도주하기 전에 여섯 발이나 쏘는 강도가 대체 어디 있을까? 대부는 절대로 그 말을 곧이곧대로 믿을 리가 없었다.

따라서 이런 의문이 생겼다. 클레리쿠지오가 사람들은 자신들의 최고 단원을 위험인물로 간주했던 건 아니었을까? 어떤 이유에서 그랬을까? 그들은 그의 충성과 헌신뿐만 아니라 그에 대한 자신들의 애정까지도 무시할 수 있었을까? 그럴 리가 없었다. 그들은 결백했다. 그리고 그들의 결백에 대한 가장 유력한 증거는 크로스 자신이 아직까지 살아 있다는 사실이었다. 만약 그들이 피피를 죽였다면 대부는 틀림없이 그도 살려두지 않았을 것이다. 하지만 어쨌든 자신의 목숨도 위태롭다는 사실은 분명했다.

크로스는 아버지에 대해 생각해보았다. 아버지는 진정으로 자신을 사랑했고, 클로디아가 자신과 얘기하기를 거부한다는 사실을 가슴 아파했다. 하지만 클로디아는 장례식에 참석했다. 왜 그랬을까? 클로디아는 아버지가 가족이 찢어지기 전까지 그들 둘에게 얼마나 좋은 아빠였는지 마침내 기억이 났던 걸까?

그는 아버지의 진짜 모습을 간파하고서 어머니가 아이를 데려간다면 아버지는 어머니를 죽일 지도 모른다는 생각에서 아버지 곁에 남는 쪽을 선택했던 그 끔찍이도 무서웠던 날을 떠올렸다. 그는 앞으로 나서며 아버지의 손을 잡았지만 그것은 사랑 때문이 아니라 클로디아의 눈에 어린 두려움 때문이었다.

크로스는 항상 아버지가 불사신이며 세상으로부터 자신을 보호해주는 사람이라고 생각했었다. 아버지는 누군가를 죽이는 쪽이지 죽임을 당하는 쪽은 아니라고. 이제 그는 혼자 힘으로 적들을 막아내야 했고, 어쩌면 그 적은 클레리쿠지오 사람들일지도 몰랐다. 어찌됐든 그는 10억 달러에 상당하는 제너두 호텔의 절반인 5억 달러를 소유한 부자였으니 죽일 만한 가치가 있었다.

이 생각은 그로 하여금 자신의 인생을 되돌아보게 했다. 내 인생의 목적은 뭘까? 온갖 위험을 무릅쓰고 살다가 결국에는 살해 당한 아버지의 전철을 밟을 것인가? 분명히 피피는 자신의 삶과 권력과 돈을 사랑했지만 이제 와서 보면 모두 공허하게만 여겨졌다. 아버지는 아테나 같은 여자와 나누는 사랑의 기쁨을 알지 못했다.

그는 아직 스물여섯 살이었다. 따라서 새로운 인생을 살 수 있었다. 그는 아테나를 떠올리면서 내일 촬영장으로 가서 그녀가 사는 가공의 삶과 그녀가 쓰고 나오는 온갖 가면들을 구경해봐야겠다는 생각을 처음으로 했다. 아름다운 여자들이라면 다 좋아한 피피는 아테나도 무척 좋아했을 것이다. 그러다가 문득 그는 비르지니오 발라죠의 부인 생각이 났다. 피피는 그 부인을 좋아해서 그녀가 차린 식탁에서 밥을 먹기도 하고 그녀를 팔로 껴안기도 하고 또 춤을 추기도 했으며 그녀의 남편과는 보치 게임을 즐겼다. 그러나 그 뒤에는 두 사람을 살해할 계획을 세웠다.

그는 한숨을 쉬며 자리에서 일어나 객실로 돌아왔다. 동이 트고 있었고 환락가 위로 커다란 극장 커튼처럼 드리워진 네온 조명들이 새벽빛을 받아 흐릿해졌다. 저 아래로 더 샌즈, 더 시저, 더 플라밍고, 더 데저트 인 같은 대형 카지노 호텔들의 깃발들이 보였고 미라지 호텔에서 펼쳐지는 화산폭발쇼도 보였다. 제너두 호텔은 호텔들 중에서 가장 높았다. 그는 제너두 호텔의 별장들 위에 펄럭이는 깃발들을 바라보았다. 한때는 그곳에 들어가 사는 것이 그의 꿈이었지만 그론벨트가 죽고 아버지가 살해된 지금은 모두 허무해 보일 뿐이었다.

그는 방으로 돌아와 수화기를 들고 리아 밧지에게 전화를 걸어서 같이 아침을 먹자고 했다. 두 사람은 코그에서 장례식이 끝난 뒤에 함께 라스베가스로 왔다. 그리고 나서 그는 아침식사를 주문했다. 그는 리아가 미국에 온지 수년이 지났는데도 아직도 팬케이크를 신기한 음식으로 여긴다는 사실을 떠올렸다. 아침식사가 막 도착하는데 경호원이 밧지를 데리고 올라왔다. 두 사람은 객실의 주방에서 식사를 했다.

"그래, 아저씬 어떻게 생각하세요?"

"난 로지라는 그 형사를 죽여야 한다고 생각해. 그 애긴 전에도 했을 거야."

"그럼 아저씬 그 사람 말을 안 믿는다는 말씀이세요?"

리아는 팬케이크를 길쭉하게 잘랐다.

"그 애긴 순 거짓말이야. 네 아버지 같은 노련한 남자가 그런 불량배를 그렇게 가까이 접근하게 놔뒀을 리가 없어."

"대부께서는 그 얘길 사실이라고 생각해요. 다 조사를 해봤답니다."

리아는 크로스가 그를 위해서 준비해놓은 브랜디 잔과 여송연을 집어 들었다.

"난 대부의 말을 반박할 생각은 전혀 없어. 하지만 로지를 죽여서 그 말을 확인하게 해줘."

"그러다가 만약 그 사람 배후에 클레리쿠지오가 있으면 어떻게 하실 겁니까?"

"대부는 명예를 존중하는 사람이야. 옛날부터 말이야. 만약 대부가 피피를 죽였으면 너도 죽였을 거야. 대부는 널 아니까. 대부는 네가 아버지 원수를 갚을 것이란 사실을 알 테고 또 만사에 빈틈이 없는 사람이다."

"그럼 아저씬 누굴 위해 싸울 거죠? 전가요, 아니면 클레리쿠지오가 사람들인가요?"

"난 선택의 여지가 없어. 난 네 아버지와 아주 가까운 사이였고 너와도 아주 가깝다. 만약 그들이 널 죽인다면 나도 그들을 살려두지 않을 거야."

크로스가 아침에 리아와 같이 브랜디를 마시는 이번이 처음이었다.

"어쩌면 어리석은 사고였을 수도 있죠."

"아니야. 범인은 로지야."

리아가 딱 잘라 말했다.

"하지만 그 사람은 동기가 없어요. 그렇지만 찾아내야죠. 그래서 제가 아저씨한테 부탁할 게 있는데요, 브롱크스 출신이 아닌 사람으로 아저씨한테 충성스런 단원 여섯 명만 모아주세요. 그리고 사람들을 준비시키고서 제 지시를 기다리세요."

리아는 전에 없이 침착했다.

"미안한 얘긴데 말이야. 난 한 번도 자네 지시에 의문을 가져본 적이 없어. 하지만 이번 일 만큼은 모든 계획을 나와 상의해줬으면 싶네."

"좋습니다."

크로스는 선선히 승낙했다.

"다음 주에 전 이틀 동안 프랑스에 갈 계획이에요. 그동안 로지에 대해서 최대한 알아봐 주세요."

리아는 크로스를 쳐다보며 슬쩍 웃었다.

"애인이랑 갈 건가?"

크로스는 그가 그렇게 조심스러워하는 모습이 우스웠다.

"네, 그리고 그 사람 딸도 같이 가요."

"머리 한쪽이 비어 있는 그 애?"

그것은 나쁜 의도로 한 말은 아니었다. 이탈리아에서는 지능과는 상관없이 건망증이 심한 사람들을 일컬을 때 흔히 그런 표현을 썼다.

"네. 거기에 그 아일 도울 수 있을지도 모르는 의사가 있어요."

"잘 됐네. 일이 잘 되기를 비네. 그 여자 말이야, 조직 일에 대해서 아나?"

"그랬다가는 천벌을 받게요."

크로스는 이렇게 대답했고 두 사람은 웃음을 터뜨렸다. 그러면서 한편으로 크로스는 리아가 어떻게 자신의 사생활에 대해서 그렇게 많이 아는지 의아했다.

17

크로스는 아테나가 꾸며낸 감정을 연기하고 자신이 아닌 다른 사람으로 변하는 모습을 보기 위해 처음으로 촬영장을 찾아갔다.

그는 클로디아와 같이 아테나를 보러 갈 계획이었기 때문에 먼저 로드스톤 영화사에 있는 사무실로 동생을 찾아갔다. 사무실에는 클로디아 말고도 여자 둘이 더 있었는데 클로디아가 그들을 소개해 주었다.

"이쪽은 오빠 크로스고, 이쪽은 감독을 맡고 있는 디터 타미야. 그리고 이쪽은 펄린 팬트라고 오늘 영화촬영이 있어서 왔어."

타미는 크로스를 꼼꼼하게 뜯어보면서 영화배우로 일해도 괜찮을 정도로 아주 잘 생겼지만 활기와 열정이 보이지 않고 화면에서는 돌처럼 차갑고 생기 없어 보일 거라는 생각을 했다. 그녀는 곧 흥미를 잃었다.

"전 가봐야 돼요."

그녀는 이렇게 말하며 그와 악수를 했다.

"아버지 일은 참 안 됐습니다. 어쨌든 촬영장에 온 걸 환영해요. 당신이

제작자이지만 영화 보안상의 문제로 클로디아와 아테나가 당신 보증을 서 줬어요."

크로스는 남은 한 여자를 유심히 보았다. 그녀는 지나치게 거만한 표정에 몸매가 멋진 초콜릿 색 피부의 흑인이었고 옷도 상당히 화려했다. 펄린은 타미보다는 훨씬 격의 없이 그를 대했다.

"듣기로는 아주 부자라던데 클로디아한테 이렇게 잘 생긴 오빠가 있는 줄은 몰랐는데요. 저녁 먹으러 같이 갈 사람이 없으면 전화주세요."

"그러죠."

그는 그 말을 듣고도 놀라지 않았다. 제너두 호텔에서 일하는 쇼걸이나 무용수들 중에는 그렇게 노골적으로 나오는 여자들이 많았다. 이런 여자들은 교태가 몸에 배어 있었고 자신이 아름답다는 사실을 의식하면서 자기가 좋아하는 남자가 주변의 눈 때문에 회피하는 듯한 태도를 보이면 탐탁지 않게 생각했다.

"우리는 지금 막 펄린이 나오는 장면을 늘린 참이야. 디터는 펄린이 재능이 있다고 생각하는데 그건 나도 마찬가지거든."

클로디아가 말했다. 펄린은 크로스를 보며 활짝 웃었다.

"네, 전 엉덩이를 십 초 동안 흔들기로 했죠. 원래는 육 초 였어요. 그리고 메쌀리나한테 '로마의 여자들은 모두 당신을 사랑하고 당신의 승리를 기원합니다.' 라는 대사도 하고요. 당신이 얘기만 잘 해주면 어쩌면 제가 엉덩이를 훨씬 더 오랫동안 흔들게 될지도 몰라요."

크로스는 그녀가 겉으로는 쾌활하지만 마음 속에 뭔가를 감추고 있다는 인상을 받았다.

"전 그냥 투자자일 뿐인데요. 누구든 한두 번은 엉덩이를 흔들어야 할 상황이 있죠."

그는 미소를 지으며 호의적으로 짧게 덧붙였다.

"어쨌든 행운을 빕니다."

펄린은 몸을 앞으로 내밀더니 그의 뺨에 키스를 했다. 진하고 관능적인 향수냄새가 풍겼다. 그녀는 감사의 뜻으로 그를 다정하게 껴안았다.

"당신하고 클로디아한테 꼭 해야 될 얘기가 있는데 비밀을 지켜줘야 돼요. 괜히 곤란한 상황에 빠지고 싶진 않거든요. 특히 지금 같은 상황에서는 말예요."

컴퓨터 앞에 앉아 있던 클로디아는 얼굴을 찌푸리며 대답을 하지 않았다. 크로스는 펄린한테서 한 걸음 뒤로 물러섰다. 그는 예고 없이 사람을 놀라게 만드는 일은 좋아하지 않았다.

펄린은 이런 반응들을 놓치지 않았다. 그녀의 목소리에서 약간 주저하는 기색이 느껴졌다.

"아버지 일은 안 됐어요. 하지만 두 사람이 꼭 들어야 할 얘기가 있어요. 사람들이 살인범이라고 생각하는 말로우라는 그 강도는 저랑 어려서부터 같이 자랐고 제가 정말로 잘 아는 친구예요. 사람들은 말로우가 당신들 아버지를 죽였고 그래서 짐 로지가 그 친구를 죽였다고 생각하고 있어요. 하지만 말로우가 총을 가지고 있었다는 얘기는 저로서는 처음 듣는 얘기에요. 그 친구는 총이라면 끔찍하게 무서워했거든요. 말로우가 하는 마약거래는 별게 아니었고 원래는 클라리넷 연주자예요. 그 친구는 겁쟁이였지만 정말 상냥했어요. 가끔 그 친구는 로지 형사와 그의 동료인 필 샤키의 차를 타고 일대를 돌면서 마약거래상들을 알려줬어요. 말로우는 감옥 가는 걸 무지 무서워했고 그래서 경찰 정보원이 됐죠. 그런데 느닷없이 그 친구가 강도짓을 하고 살인자가 된 거예요. 제가 말로우를 아는데 절대 누굴 해칠 친구가 아니에요."

클로디아는 말이 없었다. 펄린은 그녀에게 손을 흔들며 문 밖으로 나서다가 다시 들어왔다.

"이거 우리들만 아는 비밀인 거, 잊지 말아요."

그녀는 재차 다짐을 주었다.

"다 끝난 일이고 전 모두 잊어버렸어요."

크로스는 그녀에게 안심하라는 듯한 미소를 지으며 말했다.

"그리고 당신이 한 그 얘기로 바뀔 건 아무것도 없을 겁니다."

"마음 속에 담고 있기가 힘들어서 얘길 했을 뿐이에요. 말로우는 진짜 착한 애였거든요."

이렇게 말한 뒤 그녀는 방에서 나갔다.

"어떻게 생각해? 도대체 어떻게 된 거지?"

클로디아가 크로스에게 물었다. 크로스가 별 의미 없는 얘기라는 듯이 어깨를 으쓱했다.

"마약하는 애들은 항상 엉뚱한 짓을 벌이지. 그 놈도 약 살 돈이 필요해서 강도짓을 벌였다가 재수 없는 일을 당한 걸 거야."

"나도 그렇게 생각해."

클로디아가 동조했다.

"그리고 펄린은 사람이 아주 좋아서 뭐든지 믿거든. 하지만 아버지가 그렇게 돌아가시다니 참 뜻밖이지."

크로스는 정색을 하고 그녀를 쳐다보았다.

"누구한테나 한 번은 재수 없는 일이 일어나는 법이야."

크로스는 그날 오후 내내 영화촬영을 구경했다. 그 중에는 무기도 없는 주인공이 무장한 남자 셋을 쓰러뜨리는 장면도 있었다. 그 장면을 보면서 그는 터무니없다는 생각이 들어 불쾌했다. 영웅이라면 애시당초 절대로 그런 절망적인 상황에 빠지지 말아야 했다. 그 장면은 주인공이 영웅이 되기에는 너무 어리석다는 사실을 증명하기에 충분했다. 그런 다음 그는 아테나가 사랑을 속삭이는 장면과 다투는 장면을 구경했다. 그녀는 거의 연기를 하지 않는 것처럼 보였고 다른 배우들이 그녀보다 더 두드러져 보여서 그는 약간 실망스러웠다. 그는 카메라 효과를 이용해서 아테나의 연기가 화면상으로는 더 강렬하게 부각된다는 사실을 알기에는 경험이 너무 적었다.

그리고 그는 아테나의 진면목을 볼 수 없었다. 그녀가 나오는 장면들은 짧았고 장면과 장면 사이에는 오랜 간격이 있었다. 영화를 큰 화면으로 만날 때의 강렬한 느낌은 느낄 수 없는 상황이었다. 카메라 앞에 선 아테나의 모습은 평소보다 덜 아름다워 보이기까지 했다.

그날 밤 말리부에서 그녀와 함께 있으면서 그는 연기에 대해서는 한마디도 하지 않았다. 두 사람이 사랑을 나누고 난 뒤 그녀가 야식을 만들면서 물었다.

"오늘 내 연기 별로 안 좋았지?"

그녀는 그를 쳐다보며 고양이처럼 웃었고, 그런 그녀의 모습을 보면서 그는 짜릿한 쾌감을 느꼈다.

"내 진짜 실력을 당신한테 들키고 싶지 않았거든. 당신은 내 진짜 모습을 알아내고 싶어서 거기 있었잖아."

그는 유쾌하게 웃었다. 그녀가 자신의 속마음을 정확하게 꿰뚫어볼 때마다 그는 기분이 좋았다.

"음, 좀 별로였어. 금요일에 프랑스에 갈 때 나도 같이 가면 안 될까?"

아테나는 깜짝 놀랐다. 그는 그것을 그녀의 눈빛을 보고 알았다. 물론 그녀는 표정 관리를 잘 해서 얼굴에서는 아무런 변화가 나타나지 않았다. 그녀는 곰곰이 생각을 해봤다.

"그러면 도움이 많이 될 거야. 게다가 파리에서 같이 지낼 수도 있고."

"그리고 월요일에 돌아오는 거지?"

"응, 화요일 아침에 촬영이 있어. 한두 주 정도만 찍으면 영화가 끝날 거야."

"그러고 나면?"

"그러고 나면 난 은퇴해서 딸을 돌볼 거야. 그리고 난 이제 딸을 숨기고 싶지 않아."

"파리에 있는 그 의사가 최종적인 판단을 하는 거야?"

"누구도 최종적인 판단은 못 해. 이 문제에 관해서는 말이야. 하지만 그 의사 의견은 거의 최종적인 판단이라고 할 수 있겠지."

금요일 아침에 그들은 비행기 한 대를 전세 내서 파리로 날아갔다. 아테나는 가발을 쓰고 화장으로 얼굴을 가려서 추하게 보일 정도였다. 그리고 헐렁한 옷으로 몸매를 완전히 가렸고 중년여자 같은 표정을 지었다. 크로스는 경탄을 금치 못했다. 그녀는 걷는 모습까지 달랐다.

비행기를 타고 가면서 베써니는 홀린 듯 땅을 내려다보았다. 아이는 비행기 안을 돌아다니며 창문이란 창문은 모두 내다보았다. 아이는 약간 놀란 것처럼 보였고 평소의 멍한 표정이 사라지고 거의 정상에 가까웠다.

그들은 비행기에서 내려 조르쥬 망델 대로에서 조금 벗어난 곳에 있는 작은 호텔로 갔다. 거실을 사이에 두고 침실 두 개가 딸린 객실을 하나 빌렸는데, 침실 하나는 크로스가 쓰고 다른 하나는 아테나와 베써니가 쓰기로 했다. 오전 열 시였다. 아테나는 가발을 벗고 화장을 지운 다음에 옷을 갈아입었다. 파리에서는 절대 추한 얼굴로 다니고 싶지 않았다.

정오에 세 사람은 마당에 철 울타리를 쳐놓은 성처럼 생긴 건물의 사무실로 의사를 찾아갔다. 입구를 지키고 있던 경비원이 그들의 이름을 확인한 다음에 안으로 들여보내 주었.

문밖에서 가정부가 기다리고 있다가 가구들이 잘 갖춰져 있는 커다란 거실로 그들을 데리고 갔다. 의사는 거실에서 그들을 기다리고 있었다.

오쎌 제라르라는 의사는 큰 키에 비대했으며, 깔끔하게 재단한 가는 갈색 줄무늬가 있는 양복에 흰 셔츠와 짙은 갈색 실크 넥타이를 한 차림새로 보아 옷에 세심하게 신경을 쓴 흔적이 역력했다. 얼굴은 둥글었고, 목살이 늘어져서 수염을 기르는 편이 나을 것 같았다. 입술은 두툼하고 검붉었다. 그는 아테나와 크로스에게 자기 소개를 했지만 아이는 본 척도 하지 않았다. 아테나와 크로스는 바로 의사에게 거부감을 느꼈다. 그는 섬세함이 요구되는 자신의 전공분야에는 어울리지 않아 보이는 의사였다.

방에는 차와 빵이 놓인 탁자가 하나 있었다. 가정부가 그들을 위해 시중을 들어주었다. 전형적인 간호사 복장인 하얀 모자와 미색 블라우스와 치마 차림의 젊은 간호사 두 명이 그들과 합석을 했다. 두 간호사는 식사하는 동안 내내 베써니를 유심히 관찰했다.

제라르 의사가 아테나에게 말을 걸었다.

"부인, 우리 자폐아 학교에 많은 기부를 해주셔서 감사드립니다. 부인께서 철저하게 비밀을 지켜달라고 하신 말씀도 있고 해서 제 개인 사무실인 이곳에서 검사를 하기로 했습니다. 자, 부인께서 정확히 뭘 원하시는지 말씀해주십시오."

그의 목소리는 부드러운 저음이었고 사람을 끄는 데가 있었다. 베써니는 그의 목소리에 흥미를 보이며 그를 쳐다보았지만 그는 아이를 본 척도 하지 않았다.

아테나는 신경이 날카롭게 곤두섰다. 의사가 정말로 마음에 들지 않았던 것이다.

"선생님께서 검사를 해주셨으면 해요. 가능하다면 제 딸아이가 정상적인 생활을 하기를 바라고 전 그걸 위해서라면 모든 걸 포기할 생각까지도 하고 있어요. 전 선생님 학교에서 제 딸을 받아주셨으면 해요. 저도 프랑스로 와서 살면서 아이의 학교생활을 도와주고 싶어요."

그녀는 슬픔과 희망이 절절하게 묻어나는 어조로 얘기를 했고, 말하는 분위기가 너무나도 희생적으로 느껴져서 두 간호사는 거의 흠모에 가까운 눈길로 그녀를 바라보았다. 크로스는 의사를 설득해서 베써니를 학교에 입학시키고자 그녀가 자신의 모든 연기력을 동원하고 있다는 것을 알았다. 그녀는 팔을 뻗어 베써니의 손을 애무하듯이 가볍게 두드렸다.

오직 제라르 의사만 전혀 감동을 받지 않은 것처럼 보였다. 그는 베써니를 쳐다보지 않았다. 그리고 아테나에게 솔직하게 얘기했다.

"헛된 희망을 품진 마십시오. 부인이 아무리 사랑을 쏟아도 이 아이를 돕지는 못합니다. 기록을 검토해봤는데 따님은 자폐증이 확실합니다. 따님은 부인의 사랑을 되돌려주지 못해요. 따님이 사는 세상은 우리가 사는 세상과 달라요. 심지어는 동물들이 사는 세상과도 다릅니다. 따님은 다른 별에서 철저하게 혼자 살고 있습니다."

그는 말을 계속했다.

"그건 부인의 잘못이 아닙니다. 아이 아버지의 잘못도 아니라고 저는 생각합니다. 그건 인간의 복잡한 불가사의 중의 하나죠. 제가 할 수 있는 일은 이런 겁니다. 우선 따님을 좀더 철저하게 검사를 할 겁니다. 그런 다음에 우리 학교에서 할 수 있는 것과 할 수 없는 것을 부인께 말씀을 드릴 겁니다. 만약 제가 도와줄 수 없는 경우라면 부인은 따님을 집으로 데려가야 합니다. 우리가 도와줄 수 있다면 따님은 저와 함께 오 년 동안 프랑스에서 살아야 합니다."

그가 간호사들한테 불어로 무슨 얘기를 하자 여자 한 명이 유명한 그림들이 들어 있는 커다란 책을 가지고 들어왔다. 간호사는 그 책을 베써니에게 주었는데 아이 무릎에 올려놓기에는 책이 너무 컸다. 처음으로 제라르 의사가 아이에게 말을 시켰다. 그는 아이에게 불어로 뭐라고 얘기를 했다. 아이는 즉시 책을 탁자 위에 올려놓고 책장을 넘기기 시작했다. 아이는 곧 그림에 몰입했다.

의사는 썩 편한 표정이 아니었다.

"기분을 상하게 하려고 이런 말씀을 드리는 건 아닙니다만. 아이가 관심을 가장 많이 보이는 부분이라서 묻는 겁니다. 데 레나씨가 남편이 아니라는 사실은 알고 있습니다만, 혹 아이의 아버지가 될 가능성이 있습니까? 그렇다면 데 레나씨께도 몇 가지 검사를 하고 싶어서요."

아테나가 말했다.

"딸이 태어날 때는 이 사람을 알지 못했어요."

"상관없습니다. 그런 일이야 항상 있는 걸요."

크로스가 큰 소리로 웃었다.

"아마 저한테서도 징후가 보이는가 보죠."

의사는 고개를 끄덕이면서 두툼한 붉은 입술은 오므리고 상냥하게 미소를 지었다.

"확실히 있습니다. 징후는 누구나 다 있어요. 누가 알겠어요? 우리들이 자폐증이 되고 안 되고는 백지 한 장 차이일지도 모르는 일입니다. 지금부터 저는 아이를 자세하게 검사를 해야 합니다. 최소한 네 시간은 걸릴 겁니다. 두 분께서는 산책을 하시면서 아름다운 파리 구경이나 하세요. 데 레나씨, 여기는 처음이십니까?"

"네."

아테나가 말했다.

"전 딸과 함께 있고 싶어요."

"편하신 대로 하십시오, 부인."

그는 크로스 쪽으로 얼굴을 돌렸다.

"즐겁게 구경하세요. 전 파리가 싫어요. 도시에도 자폐증이 있다면 파리야말로 자폐증이에요."

크로스는 택시를 불러서 호텔로 돌아갔다. 그는 아테나 없이는 파리를 구경하고 싶은 마음이 없었고 또 쉬고 싶었다. 게다가 그가 파리에 온 이유는 생각을 정리하고 싶어서이기도 했다.

그는 펄린이 했던 얘기를 곰곰이 생각했다. 그리고 형사들은 보통 이인 일조로 움직이는데 로지는 말리부에 혼자 왔다는 사실도 떠올렸다. 파리를 떠나기 전에 그는 밧지에게 그 부분을 조사해달라고 부탁했었다.

크로스는 네 시에 의사의 사무실로 돌아왔다. 그들은 그를 기다리고 있었다. 베써니는 화집을 열심히 들여다보고 있었다. 아테나는 얼굴이 창백했고, 그것은 그녀가 연기할 수 없는 유일한 신체적인 표현임을 크로스는 잘 알았다. 베써니는 접시에 담긴 빵을 게걸스럽게 먹고 있었는데 의사가 아이한테서 접시를 치우면서 불어로 뭐라고 얘기를 했다. 베써니는 저항하지 않았다. 그런 다음 간호사 한 명이 와서 아이를 놀이방으로 데려갔다.

"이해를 바라는 몇 가지 질문을 해야겠습니다."

"괜찮습니다."

의사는 의자에서 일어나 방안을 천천히 걸어 다녔다.

"부인께 말씀드린 이야기를 데 레나씨께도 그대로 말씀드리죠. 자폐증에 기적은 없습니다, 전혀요. 어떤 경우에는 오랫동안 훈련을 받으면 훨씬 나아지기는 하지만 그런 예는 많지 않습니다. 그리고 저 아이로 말씀드리자면 한계가 있습니다. 아이는 니스에 있는 제 학교에 최소한 오 년은 있어야 합니다. 그곳에 있는 선생님들이 모든 가능성들을 탐색해볼 겁니다. 아이가 정상에 가까운 생활을 할 수 있는 가능성이 있는지 없는지는 그 기간 내에 판가름이 나겠죠. 가능성이 없다면 아이는 영원히 학교에 남아야 할 겁니다."

의사가 여기까지 얘기했을 때 아테나가 울기 시작했다. 그녀는 작고 파란 실크 손수건을 눈에 갖다댔고 손수건에서는 향수냄새가 풍겼다. 의사는 그녀를 무표정하게 쳐다보았다.

"부인은 동의를 하셨습니다. 그리고 제 학교에서 선생님으로 일하기로 하셨습니다. 그건 그렇고."

그는 크로스와 정면으로 마주앉았다.

"아주 좋은 징후가 몇 가지 있습니다. 아이는 그림에 천재적인 재능이 있어요. 미적인 감각에서는 움츠러들지 않고 예민하게 반응해요. 또 제가 불어로 얘기를 하면 아이는 흥미를 보이고 이해는 못하지만 직관적으로 알아듣습니다. 그건 아주 좋은 징후입니다. 좋은 징후가 또 하나 있습니다. 아이는 오늘 오후에 당신이 없다는 사실에 대해서 어떤 표시를 했는데 그걸로 보아서 아이는 다른 인간에 대해 감정을 느끼고 있고 또 그 감정이 확대될 가능성도 없지 않습니다. 극히 드문 경우이기는 하지만 설명이 불가능할 정도로 이상한 일은 아니죠. 이 부분에 대해서 아이를 검사했더니 아이는 당신이 아름답다고 말했습니다. 자, 데 레나씨, 화내지 마십시오. 이런 질문을 드리는 이유는 의학적인 이유 때문이지 비난하려는 뜻은 없습니다. 어떤 식으로든, 혹시 무의식적으로라도 아이를 성적으로 자극한 적은 없습니까?"

크로스는 기가 막혀서 웃음만 나왔다.

"전 아이가 저한테 반응하는 줄 몰랐습니다. 그리고 반응하게끔 아이를 자극한 적도 없습니다."

아테나는 화가 나서 얼굴이 빨갛게 달아올랐다.

"그건 터무니없는 질문이에요. 저 사람은 아이와 단 둘이 있은 적이 한 번도 없어요."

의사는 집요했다.

"아이에게 신체적으로 애정을 표현한 적은 없습니까? 손을 잡았다거나 머리를 살짝 두드렸다거나 뺨에 키스를 했다거나 하는 것 말고 말입니다.

소녀의 나이로 봐서 아이는 육체적인 면에 대해 반응을 하는 걸 겁니다. 남자들은 으레 그런 순수함에 유혹을 느끼는 경향이 있죠."

"아이는 어쩌면 엄마와 저와의 관계를 알고 있을지도 모르죠."

"아이는 엄마에 대해서는 관심이 없습니다. 용서하세요, 부인. 이 점도 부인께서 받아들이셔야 할 것들 중의 하나고, 또 따님은 부인의 아름다움이나 명성에도 관심이 없어요. 따님한테는 그런 것들에 대한 개념이 아예 없어요. 아이가 자아를 확대한 대상은 바로 데 레나씨입니다. 생각해보세요. 아마도 순수한 애정을 갖게 된 뭔가가 있을 겁니다."

크로스는 그를 차갑게 쳐다보았다.

"만약 있다면 당신한테 얘길 하겠죠. 그게 아이를 돕는 길이라면 말이죠."

"당신은 저 아이한테 애정을 느낍니까?"

크로스는 잠시 생각하고 그렇다고 대답했다.

제라르 의사는 몸을 뒤로 젖히면서 손뼉을 탁 쳤다.

"데 레나씨 말을 믿겠습니다. 그리고 이건 아주 희망적인 조짐입니다. 만약 아이가 당신한테 반응할 수 있다면 다른 사람들한테도 반응하는 방법을 배울 수 있을 겁니다. 언젠가는 자기 엄마를 참을 수 있게 될 테고, 부인께서는 그것만으로도 충분하시지 않습니까?"

"크로스, 너무 기분 나쁘게 생각하지 마."

"정말 괜찮아."

제라르 의사는 그를 주의 깊게 살폈다.

"화나지 않으셨습니까? 남자들은 대부분 극도로 당황하죠. 어떤 환자 아버지는 실제로 저를 때리기까지 했습니다. 하지만 당신은 화를 내지 않는군요. 이유가 뭔지 알고 싶네요."

크로스는 의사에게 아니, 아테나한테도 포옹기계 속에 들어간 베씨니를 봤을 때의 그 느낌을 설명할 수 없었다. 티파니를 비롯해서 수많은 쇼걸들과 육체관계를 맺어도 자신에게 남는 건 공허함뿐이라는 것도. 클레리쿠지오가의 식구들과 심지어 아버지와의 관계에서도 단절감과 절망감을 느낀다는 사실도. 그리고 마지막으로, 자신이 죽인 희생자들이 자신의 꿈 속에서만 존재하는 유령들의 세계에서 살고 있는 것 같다는 것도.

크로스는 의사의 눈을 똑바로 쳐다보았다.

"아마 저도 자폐증인가 봅니다. 아니면 무서운 범죄를 저지르고 그걸 숨기고 싶어서 그런지도 모르죠."

의사는 의자에 등을 기대며 "아하." 하고 흡족하다는 듯이 탄성을 올렸다. 잠시 말이 없던 그가 처음으로 살짝 웃었다.

"몇 가지 검사를 받아보시겠어요?"

세 사람은 동시에 웃음을 터뜨렸다.

"자, 부인. 부인께서는 내일 아침 미국 행 비행기를 타는 걸로 알고 있습니다. 지금 따님을 맡기시죠. 우리 간호사들은 아주 유능하고 분명히 따님께서는 부인을 그리워하지 않을 겁니다."

"하지만 제가 그리울 거예요. 오늘밤엔 제가 데리고 있다가 내일 아침 데려오면 안 될까요? 전 전세 비행기를 타고 와서 제가 원하는 시간에 떠날 수 있거든요."

"물론이죠. 아침에 여기로 데려오세요. 우리 간호사들이 따님을 니스까지 데려가게 하겠습니다. 학교 전화번호를 알고 계시니까 원하실 땐 언제든 전화주십시오."

다들 자리에서 일어났다. 아테나는 주저하다가 의사의 뺨에 키스를 했다. 얼굴이 빨개지는 걸로 봐서 괴물처럼 생긴 그 의사도 그녀의 아름다움과 명성에 완전히 무심할 수는 없는 모양이었다.

아테나와 베쓰니와 크로스는 파리의 거리를 거닐면서 남은 시간을 보냈다. 아테나는 베써니에게 새 옷을 잔뜩 사주었다. 그림도구들과 새로 산 물건들을 넣을 커다란 가방도 샀다. 그리고 그것들을 모두 호텔로 보냈다.

그들은 샹젤리제 거리에 있는 한 식당에서 저녁을 먹었다. 베써니는 게걸스럽게 음식을 먹었고 특히 빵을 많이 먹었다. 아이는 하루 종일 한 마디도 하지 않았고 아테나의 애정 어린 손길에 아무런 반응도 하지 않았다.

크로스는 아테나가 베써니에게 보여주는 그런 지극한 애정을 이제까지 한 번도 본 적이 없었다. 어렸을 때 어머니가 클로디아의 머리를 쓰다듬던 그때만 빼고.

저녁식사 동안 아테나는 베써니의 손을 잡기도 하고, 얼굴에 묻은 빵 부스러기를 털어주기도 하고, 또 한 달 안에 다시 프랑스로 돌아와서 앞으로 오 년 동안 학교에서 같이 지내게 될 거라는 얘기도 해주었다.

베써니는 아무런 관심도 보이지 않았다. 아테나는 두 사람이 불어를 배울 거라는 얘기며 같이 미술관에 가서 유명한 작품들을 다 보게 될 거라는 얘기, 그리고 베써니가 원하는 만큼 마음껏 그림을 그리게 되리라는 얘기들을 열심히 해주었다. 둘이서 스페인과 이탈리아와 독일을, 전 유럽을 여행할 거라는 얘기도.

그러자 그날 처음으로 베써니가 입을 열었다.

"포옹기계가 필요해."

항상 그랬던 것처럼 크로스는 뭐라고 형용하기 힘든 신성한 느낌을 받았다. 저 아름다운 소녀는 예술가의 혼이 빠져 있는 위대한 초상화의 복제품 같았고, 마치 하나님을 받아들이기 위해 비어 있는 것처럼 보였다.

그들은 어두워져서야 발길을 돌려 호텔 쪽으로 걸어왔다. 베써니는 두 사람 사이에 있었는데 두 사람이 아이의 손을 잡고 공중으로 높이 들어올리자 아이는 별로 싫어하는 기색이 없었고 꽤 좋아하는 것처럼 보였기 때문에 그들은 계속 아이를 들어주느라 호텔을 지나쳐갔다.

그는 소풍을 갔을 때 느꼈던 것과 같은 행복감을 다시금 느꼈다. 그리고 그 행복감은 셋이 손을 잡고 함께 이어져 있다는 바로 그 사실에서 비롯되는 감정이었다. 그는 감상적인 자신의 모습에 놀라움과 전율을 느꼈다.

세 사람은 호텔로 돌아왔다. 아테나는 베써니에게 잘 준비를 시켜주고 난 뒤에 크로스가 기다리고 있는 객실 거실로 나왔다. 두 사람은 손을 잡고 옅은 자주색 소파에 나란히 앉았다.

"파리의 연인들이네."

이렇게 말하며 아테나가 그를 보고 웃었다.

"그리고 프랑스 침대에서는 한 번도 같이 못 자보고 말이야."

"베써니를 이곳에 두고 가는 게 걱정돼?"

"아니. 그 애는 날 그리워하지 않을 거야."

"오 년은 긴 시간이야. 그런데도 기꺼이 오 년을 포기하고 일을 그만둘 셈이야?"

아테나는 소파에서 일어나 방을 이리저리 걸어 다녔다. 그녀는 흥분해서 말을 쏟아놓았다.

"연기를 하지 않고 있는 그대로의 모습으로 산다는 사실이 너무 기뻐. 어렸을 때 난 단두대로 가는 마리 앙뜨와네뜨나 화형대에 매달려 불타는 잔 다르크나 큰 질병에서 인류를 구해내는 퀴리 부인 같은 위대한 여주인공이 되는 꿈을 꿨어. 그리고 물론 정말 터무니없긴 하지만 위대한 남자와의 사랑으로 모든 걸 포기하는 꿈도 꿨지. 난 영웅적인 삶을 꿈꿨고 반드시 천국에 갈 거라고 생각했어. 난 몸과 마음이 순수할 거라고 말이야. 난 타협을 싫어했고 돈과 타협하는 건 특히 싫어했지. 어떤 상황에서도 다른 사람에게 해를 끼치지 않겠다고 결심했고. 모두가 날 사랑하고 내 자신도 날 사랑하리라고 믿었어. 난 내가 똑똑하다는 사실을 알았고 다들 날 아름답다고 했어. 또 나한테 보통 이상의 재능이 있는 건 분명했지."

"그런데 난 어쨌는지 알아? 보즈 스카넷과 사랑에 빠졌어. 성공을 위해서 남자들과 잠자리를 같이 했어. 나를 포함해서 아무도 사랑하지 않을 아이를 세상에 내보냈고. 그리고 아주 영리하게 남편의 살인을 유도했지. 날 위협하고 있는 남편을 죽여 달라고 말야. 더 이상 교활할 수 없을 만큼 교활하게 부탁을 한 거야."

그녀는 그의 손을 꽉 잡았다.

"그리고 그 부분에 있어서는 당신한테 고마워해야지."

크로스는 그녀를 다독거려주었다.

"당신은 그런 것들에 대해서 아무 책임이 없어. 우리 가족들이 말하는 것처럼, 그건 그저 당신 운명이었을 뿐이야. 또 스카넷은 당신 신발 안에 들어간 돌이었고 그러니 당연히 빼내야 하지 않겠어?"

아테나는 그의 입술에 살짝 키스를 했다.

"멋진 기사가 날 구해냈지. 문제가 있다면, 당신이 끝도 없이 계속해서 용들을 죽인다는 점이야."

"만약 오 년 뒤에 의사가 아이한테 희망이 없다고 한다면 어떻게 할 거야?"

"누가 무슨 말을 하건 난 상관 안 해. 항상 희망은 있어. 난 죽을 때까지 딸과 함께 있을 거야."

"다시 일하고 싶어지지 않을까?"

"물론 일이 그리울 테고 당신도 그리울 거야. 하지만 난 영화 여주인공으로 사는 걸 그만 두고 이제 내가 옳다고 믿는 일을 할 거야."

그녀의 목소리가 명랑했다. 그러고 나서 그녀는 단호한 어조로 말했다.

"난 아이가 날 사랑하기를 원해. 그게 내가 원하는 전부야."

두 사람은 키스를 하고 각자의 방으로 들어갔다.

다음날 아침 그들은 베써니를 의사의 사무실로 데려갔다. 아테나는 딸에게 작별인사를 하면서 아주 괴로워했다. 그녀는 딸을 안고 울었지만 베써니는 아무렇지도 않았다. 그녀는 엄마를 밀어내고 크로스도 밀어낼 준비를 했지만 그는 아이를 껴안지 않았다.

크로스는 아테나가 딸 앞에서 너무 무력해진다는 사실에 잠시 화가 났다. 의사는 이 모습을 보면서 아테나한테 말했다.

"부인께서 돌아오시면 따님과 타협하는 방법을 많이 배우시게 될 겁니다."

"가능한 빨리 돌아올 거예요."

"서두르실 필요 없어요. 따님은 시간이 존재하지 않는 세상에서 살고 있으니까요."

로스앤젤레스로 돌아오는 비행기 안에서 크로스는 아테나와 함께 말리부로 가지 않고 혼자 라스베가스로 돌아가기로 아테나와 의견의 일치를 보았다. 비행기를 타고 가는 동안 잠시 힘든 순간도 있었다. 아테나는 꼬박 삼십 분을 몸을 숙이고 말없이 울었다. 그런 다음 그녀는 안정을 되찾았다.

헤어지면서 아테나는 크로스에게 미안해 했다.

"파리에서 둘이 즐길 시간을 갖지 못해서 미안해."

하지만 그는 그녀가 상대를 배려할 줄 아는 사람이라고 생각했다. 그는 지금 같은 상황에서는 성관계에 대해 생각하는 것 자체가 그녀에게는 힘든 일이라는 사실을 알았다. 또한 이제 그녀 역시 자신의 딸처럼 세상과 단절했다는 사실도.

공항에서는 산장에서 온 남자가 운전하는 큰 리무진이 크로스를 기다리고 있었다. 뒷좌석에는 리아 밧지가 타고 있었다. 리아는 운전석에 앉은 남자가 두 사람의 대화를 듣지 못하게 유리 칸막이를 닫았다.

"로지 형사가 다시 날 찾아왔어. 다음 번에 올 때는 마지막이 될 거야."

"서두르지 마세요."

"난 일이 돌아가는 낌새를 잘 읽어내니까 이 부분에 관해서는 날 믿게. 한 가지 더. 브롱크스에서 조직원 하나가 로스앤젤레스로 이동했네. 누구 지시로 왔는지는 몰라. 자네는 경호원을 데리고 다녀야 할 것 같아."

"아직은 아니에요. 부하 여섯은 모아놓으셨어요?"

"음. 하지만 그 사람들은 클레리쿠지오파와 대적하는 짓은 하지 않을 사람들이야."

두 사람이 제너두 호텔에 도착했을 때 크로스는 짐 로지에 대한 상세한 정보가 적힌 앤드류 폴라드의 편지를 받았는데 내용이 아주 흥미로웠다. 그리고 그 즉시 행동으로 옮길 수 있는 정보도 하나 들어 있었다.

크로스는 카지노 창구에서 모두 백 달러 짜리 지폐로만 10만 달러를 인출했다. 그는 리아에게 자기와 같이 로스앤젤레스로 가게 될 거라고 알려주었다. 차는 리아가 운전하기로 했다. 크로스는 다른 사람은 동행시키고 싶어하지 않았다. 그는 리아에게 폴라드의 편지를 보여주었다. 두 사람은 다음날 로스앤젤레스로 비행기를 타고 간 다음에 차를 빌려서 산타모니카로 향했다.

필 샤키는 자기 집 앞 잔디밭에서 잔디를 깎고 있었다. 크로스는 리아와 함께 차에서 내려서 폴라드의 친구라고 자신을 소개하며 물어볼게 있어서 왔다고 말했다. 리아는 샤키의 얼굴을 세심하게 뜯어보았다. 그런 다음 그는 차로 돌아갔다.

필 샤키는 짐 로지처럼 인상적인 얼굴은 아니었지만 상당히 거칠어 보였다. 그리고 마치 경찰 일을 하는 동안 인간들을 전혀 신뢰하지 않게 된 것 같은 인상을 풍겼다. 그는 훌륭한 경찰의 덕목인 빈틈없는 경계심과 진지한 태도를 갖추고 있었다. 하지만 어느 모로 보나 행복한 사람은 아니었다.

 샤키는 크로스를 집 안으로 데리고 들어갔는데, 그곳은 정확히 얘기하자면 방갈로였고 내부가 낡고 음산했다. 여자와 아이가 없는 집의 쓸쓸한 분위기가 느껴졌다. 샤키는 먼저 폴라드에게 전화를 걸어서 자기를 찾아온 손님의 신원을 확인했다. 그런 다음 그는 예의상 앉으라거나 마실 걸 갖다 준다거나 하지도 않고 다짜고짜 크로스에게 "자, 물어보쇼."라고 말했다.

 크로스는 서류가방을 열어서 백 달러 짜리 지폐 뭉치를 하나 내밀었다.

 "만 달러요. 이건 내가 물어보는데 대한 대가요. 하지만 약간 시간이 걸릴 거요. 앉아서 맥주 한 잔 정도는 마셔도 되지 않을까 싶은데?"

 샤키가 씩 웃었다. 뜻밖에도 미소가 친절해 보여서 동료로 일하기에는 좋은 경찰이겠다는 생각이 들었다. 샤키는 돈을 바지 주머니에 아무렇게나 쑤셔 넣었다.

 "마음에 드는데? 똑똑하군. 돈은 거짓말을 안 한다는 사실을 아는 모양이야."

 두 사람은 방갈로의 뒤쪽 현관에 놓인 둥근 탁자를 사이에 두고 앉아서 병맥주를 마시며 오션 애버뉴 너머의 모래사장과 바다를 내려다보았다. 샤키는 돈이 그대로 잘 있는지 확인하려고 주머니를 툭툭 쳤다.

 크로스가 말했다.

 "만약 내가 솔직한 대답을 듣게 된다면 이 자리에서 바로 2만 달러를 줄 거요. 그런 다음 당신이 내가 여기 왔었다는 사실을 발설하지 않는다면 두 달 뒤에 다시 와서 5만 달러를 줄 거요."

 샤키는 씩 웃었는데 이번에는 웃음이 약간 짓궂어 보였다.

 "그 말은 두 달 뒤에는 내가 누구에게 얘길 하든 상관없다는 뜻인가?"

 "그렇지."

샤키는 이제 진지했다.

"누군가를 고소하는 일이라면 아무 말도 안 할 거요."

"이봐, 그런 말을 하는 걸 보니 내 정체를 확실히 모르는 모양이군. 폴라드한테 다시 전화를 걸어보지 그래."

샤키는 퉁명스럽게 대꾸했다.

"당신이 누군지 알지. 절대 당신을 함부로 대하지 말라고 짐 로지가 말했었거든. 어떤 식으로든 말이오."

그런 다음 그는 형사로 일한 사람답게 적극적으로 들을 자세를 취했다.

"당신과 짐 로지는 지난 십 년 간 동료로 일했고 뒷돈을 두둑하게 챙겼지. 그런데 당신은 은퇴 했어. 은퇴한 이유를 듣고 싶은데."

"그러니까 당신은 짐 로지에 대해서 알고 싶은 거군. 그건 매우 위험한데. 그 친구는 내가 아는 형사들 중 가장 영리하고 용감했소."

"그럼, 양심적인 면에서는?"

"우린 경찰이고 더구나 로스앤젤레스 소속이오. 그게 의미하는 바가 뭔지 아쇼? 우리가 제대로 일을 처리해서 히스패닉하고 깜둥이들을 족친다면 우린 자칫 고소를 당하고 일자리를 잃게 된다는 얘기지. 체포해도 아무 말썽이 없는 건 돈 있는 백인 얼간이들 밖에 없다고. 보쇼, 편견이 있어서 이런 말을 하는 건 아니지만 말이야, 왜 다른 놈들은 못 잡아넣으면서 백인 놈들만 감옥에 쳐넣어야 하지? 그건 부당하다고."

"하지만 짐 로지는 훈장을 잔뜩 받은 걸로 아는데. 당신도 몇 개 받았고 말이야."

샤키는 그에게 그만 두라는 듯이 어깨를 으쓱했다.

"배짱이 약간이라도 있는 사람이라면 누구든 영웅적인 경찰이 되지 않고는 못 배기는 도시가 바로 여기지. 말만 잘하면 천냥 빚도 갚는다는데 말이야, 사람들은 그걸 잘 몰라. 게다가 극단적인 살인자들도 꽤 있고. 그래서 우린 우리 자신을 보호할 수밖에 없었고 그 결과로 훈장을 받았지. 진담이라고, 우린 절대로 싸움을 찾아 나섰던 건 아니오."

크로스는 샤키가 하는 얘기가 처음부터 끝까지 의심스러웠다. 짐 로지는 옷을 멋들어지게 입고 다니지만 천성적으로 폭력적인 남자였으니까.

"당신들 두 사람은 모든 걸 함께 하는 동료였나? 당신이 모르는 일은 없었소?"

샤키가 껄껄대며 웃었다.

"짐 로지가 그럴 사람으로 보이나? 그 친구는 항상 대장이었어. 때로는 난 우리가 정확히 무슨 일을 하는지조차 몰랐소. 심지어는 우리가 얼마를 받는지조차 몰랐지. 짐이 모든 걸 관리했고 나한테 정당한 몫이라고 하면서 돈을 줬소. 그 친구는 자기 나름대로 법칙이 세워져 있었어."

"그래, 당신들은 어떤 식으로 돈을 벌었지?"

"몇몇 큰 도박조직들한테서 돈을 받았지. 때로는 마약업자들한테서도 돈을 받았고. 짐 로지는 한때 마약업자들한테서 들어오는 돈은 거부한 적도 있었는데 세상의 경찰들이 죄다 돈을 받기 시작해서 결국 우리도 받았지."

"당신하고 짐 로지는 말로우라는 흑인 남자를 이용해서 거물 마약업자들에 대한 정보를 얻었었지?"

"그랬지. 말로우는 자기 그림자도 무서워하는 좋은 녀석이었는데. 우린 그 녀석을 내내 이용했소."

"그래, 그 젊은 친구가 살인을 저지르고 도망치는 걸 로지가 총으로 쐈다는 얘길 들었을 때 놀랐소?"

"천만에. 마약하는 놈들은 자꾸 변하니까. 하지만 그 놈들은 항상 일을 그르치는 게 문제야. 그리고 그런 상황에서는 원칙적으로 경고를 미리 해야 하지만 짐은 절대로 그러는 법이 없지. 그 친구는 그냥 쏴버려."

"하지만 두 사람이 그런 식으로 우연히 만난다는 게 말이야, 너무 우연의 일치 아닐까?"

처음으로 샤키의 냉담해 보이는 얼굴에서 슬픈 기색이 스치고 지나갔다.

"그건 좀 수상해. 처음부터 끝까지 다 수상하지. 하지만 이제 당신이 나한테 뭔가 줄 때가 됐지 싶은데. 짐 로지는 용감하고 여자들은 그 친구를 사랑하고 남자들은 그 친구를 우러러봤소. 한때 동료로 일한 사람으로서 나도 다른 사람들과 같은 생각이오. 그렇지만 솔직히 말해서 그 친구는 항상 수상했어."

"그러니까 뭔가 조작됐을 가능성도 없지 않다는 말이군."

"아니, 천만에. 이건 꼭 알아두쇼. 경찰 일을 하다보면 부정을 안 저지를 수가 없소. 하지만 그렇다고 청부살인까지 하진 않는다고. 짐 로지는 절대 그런 짓을 할 친구는 아니오. 난 절대 그렇게 생각 안 해."

"그렇다면 당신은 왜 그 사건 뒤에 은퇴를 했지?"

"짐이 자꾸 내 신경을 건드려서 그랬소."

"얼마 전에 말리부에서 로지를 만난 적이 있었소. 혼자 왔더군. 그 사람은 당신 없이도 종종 혼자서 일을 하나?"

샤키가 다시 싱글거리며 웃었다.

"가끔. 그때는 그 여배우를 꼬셔보려고 갔었을 거요. 그 친구가 유명한 배우들이랑 얼마나 많이 재미를 보는지 알면 당신도 놀랄 걸. 가끔 그 친구는 나 없이 그 사람들이랑 점심을 먹을 때도 있소."

"하나만 더 묻지. 짐 로지는 인종차별주의자요? 흑인들을 싫어하나?"

샤키는 장난스럽게 깜짝 놀란 표정을 지으며 그를 쳐다보았다.

"물론이지. 당신은 진보주의자지? 인종차별을 끔찍하게 생각하는 거지? 그럼 나가서 일 년만 경찰 일을 해 보쇼. 당신 입에서 깜둥이들을 모조리 동물원에 넣어버리자는 말이 나올 테니."

"하나 더 물어보겠소. 짐이 우스꽝스런 모자를 쓰고 다니는 키 작은 남자랑 다니는 걸 본 적이 있나?"

"이탈리아인 말인가? 같이 점심을 먹은 적이 있는데 짐은 나보고 먼저 일어나라고 하더군. 무시무시한 놈이던데."

크로스는 서류가방에 손을 넣더니 돈 다발을 하나 더 꺼냈다.

"여기 2만 달러요. 그리고 입 다물고 있다가 5만 달러를 받는 것도 잊지 말고. 알겠소?"

"당신이 누군지 안다니까."

"물론 그래야지. 폴라드한테 나에 관해 말해주라고 했으니까."

"내 말은 당신의 진짜 정체를 안다는 얘기야."

샤키는 사람을 즐겁게 만드는 예의 그 미소를 지었다.

"바로 그 이유 때문에 지금 당장 내가 그 서류가방을 몽땅 가지지 못하는 거 아니겠어. 그리고 바로 그 이유 때문에 두 달 동안 조용히 있어야 하는 거고 말이야. 당신과 짐 중에서 누가 날 먼저 죽일지는 나도 모르지."

크로스는 자신이 엄청난 문제에 직면해 있음을 깨달았다. 짐 로지는 클레리쿠지오파로부터 돈을 받고 있는 경찰이었다. 그는 일 년에 5만 달러를 받았고 특별한 사건에 대해서는 수당을 더 받았지만, 조직에서는 그에게 청부살인을 시키지는 않았다. 따라서 결론은 분명했다. 아버지를 살해한 사람은 단테와 로지였다. 그것은 불 보듯 너무나도 뻔한 사실이어서 굳이 법적인 근거를 찾을 것도 없었다. 게다가 클레리쿠지오파에서 받았던 훈련들 덕분에 그는 판단을 내리기가 한결 쉬웠다. 그는 아버지의 능력과 성격을 알았다. 어떤 강도도 아버지한테 그 정도로 가까이 접근할 수는 없었다. 크로스는 또한 단테의 성격과 능력을 알았고 단테가 아버지를 싫어한다는 사실도 알았다.

그러나 중요한 의문 한 가지가 남아 있었다. 단테는 그 범행을 단독으로 했을까? 아니면 대부가 시켰을까? 하지만 클레리쿠지오가 사람들한테는 타당한 이유가 없었다. 아버지는 사십 년이 넘게 충성을 바쳤고 조직이 비약적으로 발전하는데 큰 기여를 했다. 그는 산타디오파와의 전쟁에서 위대한 지휘관으로 싸웠다. 문득 크로스는 이전에도 가끔 그런 생각을 했지만 왜 아버지도 그론벨트도 지오르지오도 뻬띠에도 빈센트도 그 전쟁에 대해서는 함구하는지 의아했다.

크로스는 생각을 하면 할수록 대부가 아버지를 죽이는데 관여하지 않았다는 확신이 점점 강하게 들었다. 대부는 매우 보수적인 사람이었다. 그래서 충성에 대해서는 그에 합당한 보상을 했고 절대 처벌하는 법이 없었다. 그는 매우 공정한 사고방식의 소유자였고 공정함이 지나쳐 무자비해 보일 정도였다. 하지만 결정적인 사실은, 만약 대부가 피피를 죽였다면 크로스도 살려두지 않았을 것이란 점이었다. 이 점이 바로 대부가 결백하다는 증거였다.

대부는 신의 존재를 믿었고 운명을 믿을 때도 가끔 있었지만 우연은 믿지 않았다. 피피를 쏜 강도를 짐 로지가 쏴서 죽였다는 말은 대부로서는 절대 받아들이지 못할 우연의 일치였다. 그는 틀림없이 조사를 했을 테고 단테와 로지와의 관계를 알아냈을 것이다. 또한 단테의 범행뿐만 아니라 그의 동기도 알고 있을 것이다.

그렇다면 단테의 엄마인 로즈 마리는 어떨까? 그녀가 아는 건 뭘까? 로즈 마리는 피피가 죽었다는 소식을 듣고 알아듣지도 못할 말들을 쏟아놓으면서 심한 발작을 일으켰다. 결국 대부는 오래 전에 투자했었던 이스트 햄프턴 정신병원으로 그녀를 보내버렸다. 그녀는 그곳에서 최소한 한 달은 입원해 있을 예정이었다.

단테와 지오르지오, 빈센트 그리고 뻬띠에를 제외하고는 누구도 로즈 마리를 병원으로 찾아가지 말라는 대부의 엄명이 떨어졌다. 하지만 크로스는 가끔 꽃과 과일 바구니를 보냈다. 로즈 마리는 왜 그렇게 충격을 받았을까? 그녀는 아버지가 죽은 것이 단테가 한 짓임을 그리고 그의 동기를 알고 있었던 걸까? 그 순간 크로스는 단테를 후계자로 삼을 것이라던 대부의 말이 떠올랐다. 그것은 불길한 전조가 느껴지는 말이었다. 크로스는 대부의 지시를 거역하고 병원으로 로즈 마리를 만나러가기로 결심했다. 그는 진정으로 애정 어린 마음에서 꽃과 과일, 그리고 초콜릿과 치즈를 들고 그녀를 찾아가기로 마음을 먹었다. 그러나 그 결심의 이면에는 그녀를 속여서 아들을 배신하게 만들겠다는 목적이 숨어 있었다.

이틀 뒤 크로스는 이스트 햄프턴에 있는 정신병원으로 갔다. 입구에는 경비원 두 명이 있었고 그 중 한 명이 그를 접수대로 데리고 갔다. 접수대 직원은 옷을 말쑥하게 차려입은 중년 여자였다. 그가 찾아온 용무를 얘기하자 그녀는 친절하게 웃으며 지금 로즈 마리가 간단한 치료를 받고 있기 때문에 삼십 분 정도 기다려야 한다고 말했다. 여자는 그에게 치료가 끝나면 알려주겠노라고 했다.

현관 바로 옆에는 탁자와 폭신한 안락의자가 놓여 있는 대기실이 있어서 크로스는 그곳으로 들어가 자리를 잡고 앉았다. 그는 헐리우드 매거진 한 권을 집어 들었다. 잡지를 읽다가 우연히 짐 로지에 관한 기사를 발견했는데, 기사는 그를 로스앤젤레스의 영웅적인 형사로 그리고 있었다. 기사는 그의 영웅적인 행적들을 자세하게 적었고 강도 살인자인 말로우를 죽인 일을 마지막으로 언급했다. 크로스는 두 가지 점에서 그 기사가 재미있었다. 우선 그 기사는 아버지를 금융관련 일을 하는 회사 사장으로 소개했고 잔인한 범죄의 전형적인 무력한 희생자로 묘사했다. 그리고 짐 로지 같은 경찰들이 더 많다면 거리 범죄는 방지할 수 있을 것이라는 말로 기사를 마무리하고 있었다.

한 간호사가 그의 어깨를 살짝 건드렸다. 상당히 강인해 보이는 여자였는데 "절 따라오세요." 라고 말하면서 의외로 상냥한 미소를 지었다.

크로스는 사 가지고 온 초콜릿 상자와 꽃을 들고 간호사를 따라 계단을 올라갔고 일정한 간격으로 문이 나 있는 긴 복도를 따라 걸어갔다. 마지막 문에 이르자 간호사는 비상열쇠로 문을 열었다. 그녀는 크로스를 들어가라고 손짓을 하더니 그가 방으로 들어가자 문을 닫았다.

회색 치마를 입고 머리를 단정하게 땋아 내린 로즈 마리가 소형 TV를 보고 있었다. 그녀는 크로스를 보자 소파에서 벌떡 일어서더니 그의 품으로 뛰어들었다. 그녀는 눈물을 줄줄 흘렸다. 크로스는 그녀의 뺨에 키스를 하고 나서 초콜릿과 꽃을 건네주었다.

"아아, 네가 날 찾아와 주다니. 내가 네 아버지한테 한 짓 때문에 네가 날 미워할 거라고 생각했단다."

"아주머니는 아버지한테 아무 짓도 안 하셨는걸요."

크로스는 그녀를 소파에 앉혔다. 그런 다음 그는 TV를 껐다. 그는 소파 옆에 무릎을 꿇고 앉았다.

"아주머니 걱정을 많이 했어요."

그녀는 손을 뻗어서 그의 머리칼을 쓸어주었다.

"넌 여전히 잘 생겼구나. 난 네 아버지 때문에 너까지 미워했다. 난 네 아버지가 죽은 걸 기뻐했지. 난 끔찍한 일들이 일어날 걸 알고 있었어. 네 아버지가 죽으라고 난 세상을 온통 독으로 가득 채웠거든. 지금 넌 우리 아버지가 이 일을 시켰을 거라고 생각하지?"

"대부께서는 공명정대한 분이세요. 대부는 절대 아주머니를 비난하지 않으실 거예요."

"우리 아버지는 다른 사람들을 속였던 것처럼 너도 속였어. 절대 아버지를 믿지 마. 아버진 자기 딸도, 자기 손자도 배신했고 조카인 피피도 배신했어. 그리고 이제 너도 배신할 거야."

그녀의 목소리가 높아져서 크로스는 그녀가 다시 발작을 일으킬까 걱정이 됐다.

"진정하세요, 아주머니. 여기까지 오게 만들 만큼 아주머니를 힘들게 한 게 뭔지 말씀해주세요."

그는 그녀의 눈을 똑바로 쳐다보았다. 순진무구함을 그대로 간직하고 있는 그 눈을 보면서 소녀시절에 참 예뻤겠다고 생각했다.

로즈 마리가 속삭였다.

"산타디오파와의 전쟁에 대해 말해달라고 해. 그러면 넌 모든 걸 이해할 수 있을 거야."

그녀는 크로스의 뒤쪽을 쳐다보더니 갑자기 머리를 손으로 감싸 안았다. 크로스가 뒤를 돌아다보았다. 문이 열려 있었다. 그곳에는 빈센트와 뻬띠에가 말없이 서 있었다. 로즈 마리가 소파에서 팅기듯 일어서더니 침실로 달려가 문을 쾅 하고 닫아버렸다.

빈센트의 창백한 얼굴에 연민과 절망의 그림자가 지나갔다.

"맙소사."

빈센트가 탄식했다. 그는 침실 쪽으로 걸어가더니 문을 두드리면서 문에다 대고 말했다.

"로즈, 문 열어. 우린 널 해치지 않아."

"여기서 만나다니 뜻밖이네요. 저도 로즈 마리 아주머니를 만나러 왔는데."

빈센트는 절대 거짓말을 하는 법이 없었다.

"우린 로즈 마리를 만나러 온 게 아냐. 아버지께서 널 코그로 데려오라고 하셨어."

크로스는 대번에 상황을 파악했다. 접수대에 있던 여자가 코그에 있는 누군가에게 전화를 한 게 틀림없었다. 분명히 사전에 그렇게 하기로 약속이 돼 있었을 것이다. 또 분명히 대부는 그가 로즈 마리와 얘기하는 걸 원치 않았다. 뻬띠에와 빈센트를 보낸 것은 크로스를 공격할 의사가 없음을 의미했고, 또 공격할 생각이었다면 두 사람이 그렇게 조심성 없이 나타났을 리가 없었다.

이것은 빈센트가 "크로스, 내가 네 차에 같이 타고 가겠다. 뻬띠에는 자기 차를 타고 갈 거고." 라고 말했을 때 확인됐다. 클레리쿠지오가에서는 절대 일대일로 사람을 공격하는 법이 없었다.

"로즈 마리 아주머니를 저 상태로 그냥 놔두고 갈 순 없어요."

"괜찮아. 간호사가 주사를 놔줄 거야."

뻬띠에가 말했다. 크로스는 운전을 하면서 대화를 시도했다.

"빈센트 아저씨, 여기까지 굉장히 빨리 오셨네요."

"뻬띠에가 운전을 했지. 갠 속도광이잖아."

빈센트는 잠시 말을 끊었다가 걱정스런 목소리로 다시 이렇게 말했다.

"크로스, 넌 아버지 명령을 알 텐데 왜 로즈 마리를 찾아갔니?"

"아저씨도 참. 전 어렸을 때 아주머니를 정말 좋아했다고요."

"아버지가 마음에 안 들어 하신다. 화가 많이 나셨어. 크로스답지 않는 짓을 한다고 하시면서 말이야. 아버지는 다 아셔."

"차차 설명드릴게요. 하지만 아주머니가 정말 걱정스러워요. 지금 상태가 어떤가요?"

빈센트는 한숨을 쉬었다.

"이번에는 영영 회복이 안 될지도 몰라. 너도 알겠지만, 로즈 마리는 어렸을 때 네 할아버지가 정말 귀여워했어. 피피의 죽음이 그렇게 혼란에 빠뜨릴 줄 누가 알았겠니?"

크로스는 빈센트의 목소리에서 뭔가 숨기고 있다는 인상을 받았다. 그는 뭔가 알고 있는 게 있었다.

"아버지는 항상 로즈 마리 아주머니를 좋아했어요."

"그애는 네 아버지를 별로 안 좋아했어."

빈센트가 말했다.

"특히 발작을 할 때 말이야. 발작을 할 때 로즈가 네 아버지를 욕하는 소리를 너도 들었어야 해."

크로스는 지나가는 말처럼 물었다.

"아저씨도 산타디오파와의 전쟁에 관여하셨죠? 왜 다들 저한테는 그 얘길 안 해주시는 거죠?"

"우린 작전에 관한 얘기는 절대 안 하니까. 아버지는 그게 아무런 의미가 없는 짓이라고 가르치셨다. 그냥 앞으로 계속 나가는 거지. 현재 당면한 걱정거리만 해도 태산이니까."

"어쨌든 아버진 대단한 영웅이셨죠?"

빈센트의 돌처럼 차가운 표정이 살짝 누그러지면서 그가 슬쩍 웃었다.

"네 아버지는 천재였어. 꼭 나폴레옹처럼 작전 계획을 세웠지. 피피가 세우는 계획은 절대 잘못되는 법이 없었어. 재수가 없어서 한 두 번인가 실패했던 것만 빼고."

"그래서 산타디오파와 전쟁을 할 때도 아버지가 계획을 짜셨군요."

"그 얘긴 아버지한테 물어봐. 자, 딴 얘기나 하자."

"좋아요. 저도 우리 아버지처럼 죽을까요?"

평소 차갑고 무표정하던 빈센트가 격한 반응을 보였다. 그는 운전대를 잡더니 고속도로 갓길에 차를 세우게 했다. 그는 화가 나서 목소리도 잘 나오지 않았다.

"너 미쳤어? 클레리쿠지오가 사람들이 그런 짓을 할 거라고 생각한단 말이야? 네 아버지는 클레리쿠지오 혈통을 이어받은 사람이다. 우리 최고 단원이었고 우리를 구했어. 아버지는 네 아버지를 자식처럼 사랑했다. 맙소사, 네가 무슨 생각으로 그런 말을 하는 거냐?"

크로스가 온순하게 대답했다.

"난데없이 아저씨들이 나타나서 그냥 겁이 좀 났어요."

"다시 길로 들어가자."

빈센트가 정나미 떨어진다는 듯한 표정으로 말했다.

"네 아버지랑 나, 그리고 지오르지오와 뻬띠에는 정말로 어려운 시기에 함께 싸웠다. 우리들은 도저히 미워할 수 없는 사이야. 피피는 미친 깜둥이 강도한테 재수 없이 당한 거라고."

두 사람은 목적지에 도착할 때까지 내내 아무 말도 하지 않았다. 코그의 집에는 평소와 다름없이 정문에는 두 명의 경호원이 지키고 있었고 현관에는 한 명이 앉아 있었다. 여느 때와 다른 기미는 느껴지지 않았다.

대부, 지오르지오, 뻬띠에가 밀실에서 그들을 기다리고 있었다. 바에는 하바나 여송연 한 상자와 살짝 꼬아놓은 검은 이탈리아산 여송연들을 꽂아놓은 컵 하나가 놓여 있었다.

대부는 갈색 가죽으로 된 커다란 안락의자에 앉아 있었다. 크로스가 그에게 다가가 인사를 했더니 대부가 나이든 사람답지 않게 가볍게 자리에서 일어나 그를 품에 안아서 그는 깜짝 놀랐다. 대부는 크로스에게 여러 종류의 치즈와 육포를 죽 늘어놓은 커다란 탁자로 가자고 손짓을 했다.

대부는 아직 얘기할 준비가 되지 않은 것 같았다. 그는 모짜렐라 치즈와 프로스키우토 햄으로 자기가 먹을 샌드위치를 만들었다. 그 햄은 부드럽고 하얀 비계가 있는 짙은 붉은 빛 고기를 얇게 썰어놓은 것이었다. 하얀 모짜렐라 치즈 덩어리는 아주 신선해서 아직도 우유가 스며 나오고 있었다. 대부는 만든 지 삼십 분이 지난 모짜렐라는 절대 먹지 않았었다는 얘기를 자랑 비슷하게 했다.

빈센트와 뻬띠에도 음식 만드는 걸 도왔고 그 사이 지오르지오는 대부에게는 포도주를 다른 사람들 앞으로는 탄산수를 갖다 주었다. 우유방울이 뚝뚝 떨어지는 부드러운 모짜렐라를 먹는 사람은 대부밖에 없었다. 뻬띠에는 양끝을 자른 여송연을 대부한테 건네면서 불을 붙여주었다. 노인이 위장 하나는 정말 튼튼해, 하고 크로스는 생각했다.

대부가 불쑥 말을 꺼냈다.

"크로스, 네가 지금 로즈 마리한테서 알아내려고 하는 게 뭔지는 모르겠지만 너한테 해줄 말이 있다. 넌 네 아버지의 죽음에 대해서 엉뚱한 의심을 하고 있어. 네가 잘못 생각하는 거다. 내가 조사를 해봤는데 다 사실이었어. 피피는 운이 나빴던 거야. 일할 때는 극히 신중했었는데 터무니없는 사고가 일어난 거지. 내 말 믿고 괜히 속 끓이지 마라. 네 아버지는 내 조카고 클레리쿠지오 사람이고 내가 가장 사랑했던 친구 중 하나였다."

"산타디오파와의 사이에 벌어졌던 전쟁에 대해서 말씀해 주십시오."

제7부

산타디오파와의 전쟁

18

"어리석은 자들을 이성적으로 대접해주는 건 위험한 짓이야."
대부는 포도주를 마시면서 말했다. 그리고 여송연을 내려놓았다.
"정신 바짝 차리고 들어라. 긴 얘기고 또 처음부터 끝까지 참으로 믿기지 않을 얘길 게다. 거의 삼십 년이 지났구나…."
그는 세 아들에게 손짓을 하면서 얘기했다.
"혹 내가 중요한 부분을 빠뜨리거든 말해라."
세 아들은 중요한 걸 잊을지 모른다는 아버지의 말에 미소를 지었다.
밀실의 불빛은 여송연 연기가 만들어내는 부드러운 황금빛 안개로 흐릿했고, 음식 냄새는 불빛을 간섭하는 듯한 착각을 일으킬 만큼 진하게 풍겼다.
"그걸 확신하게 된 건 산타디오파와의 일이 있은 다음부터였지…."
그는 잠시 말을 멈추고 포도주를 한 모금 마셨다.
"산타디오파와 우리가 힘의 균형을 이룬 때도 있었다. 하지만 산타디오파는 적을 너무 많이 만들었고 지나치게 정부당국의 주의를 끌었을 뿐만 아니라 정의감이라고는 전혀 없었다. 그자들이 추구하는 세상은 미덕이라고는 눈곱만치도 없었다. 정의가 없는 세상은 오래 지속되기 힘들다."

"난 평화로운 세상에서 살고 싶었고 그래서 산타디오파와 많은 협정도 맺고 양보도 했다. 하지만 그자들은 강했기 때문에 폭력을 쓰는 인간들 특유의 자신감이 있었다. 그들은 힘이 전부라고 믿었다. 두 조직 사이에 전쟁이 일어나게 된 건 그래서였다."

지오르지오가 말꼬리를 자르고 들어왔다.

"왜 크로스가 이 얘길 알아야 하는 겁니까? 저 아이한테나 우리한테나 아무런 이득이 없잖습니까?"

빈센트는 크로스를 외면했고 삐띠에는 머리를 뒤로 젖히고 크로스를 뚫어지듯 노려보고 있었다. 세 아들 중 누구도 대부가 그 이야기를 하는 것을 원하지 않았다.

"우린 피피하고 크로스에게 빚을 지고 있으니까."

대부는 대답했다. 그런 다음 그는 크로스를 쳐다보고 말했다.

"이 이야기를 듣고 네 맘대로 해석해도 좋다만, 나와 내 아들들은 네가 의심하는 그런 짓은 하지 않았다. 피피는 나한테 아들이나 다름없고 넌 나한테 손자나 다름없어. 모두 다 클레리쿠지오가의 피를 이어받은 한 가족이야."

지오르지오가 다시금 불평을 했다.

"이러는 건 우리들 중 누구한테도 좋을 게 없다니까요."

대부는 그만 하라는 듯이 팔을 저으며 아들들에게 물었다.

"지금까지 한 얘기, 다 맞지?"

그들은 그렇다고 고개를 끄덕였고 삐띠에는 "초기에 놈들을 없애버렸어야 하는 건데."라고 덧붙였다.

대부는 어깨를 으쓱하더니 크로스에게 말했다.

"내 아들들이나 네 아버지나 아직 서른도 안 된 젊은이들이었다. 난 괜한 전쟁으로 아이들 목숨을 낭비하고 싶지 않았다."

대부는 "오 하나님, 그의 영혼에 자비를 베풀어주소서."라고 한 뒤 말을 이었다.

"돈 산타디오는 여섯 형제를 두었지만 그는 그들을 아들이라기보다는 단원으로 생각했다. 장남인 지미 산타디오는 우리 오랜 친구였던 그론벨트와 동업을 했어. 그래서 산타디오파는 호텔의 절반을 소유하게 된 거야. 지미는 지분을 가장 많이 가졌고, 우리들 모두에게 있어서 평화만이 최고의 해결책이라고 생각한 유일한 사람이었다. 하지만 돈 산타디오와 그의 다른 아들들은 잔인했다."

"하지만 난 잔인한 전쟁을 일으키는 데는 관심이 없었다. 난 이성에 기대고 싶었고 내 제안 속에 담긴 좋은 뜻을 그들에게 이해시키고 싶었다. 난 그들한테 마약사업을 모두 넘겨주고 대신 그들한테서는 도박사업을 모두 넘겨받고자 했다. 내가 그 사람들한테 제너두 호텔의 소유권 절반을 달라고 했더니 그들은 그 대가로 미국 내의 모든 마약사업을, 폭력을 써야 하는 거친 그 사업을 독점하겠다고 했다. 꽤 입맛 당기는 제안이었지. 마약사업은 훨씬 많은 돈이 생기고 장기적인 전략은 필요 없는 사업이었다. 숱하게 사람을 죽여야 하는 험한 사업이었어. 그게 산타디오파의 수중으로 들어가는 거지. 난 마약보다 덜 위험하고 이윤도 적지만 영리하게만 관리하면 장기적으로는 더 가치 있는 사업인 도박을 클레리쿠지오파가 독점하기를 원했다. 그게 클레리쿠지오파의 수중으로 들어오는 거야. 난 늘 궁극적으로는 사회의 합법적인 일원이 되는 것을 목표로 삼았었고, 도박은 위험과 폭력을 일상적으로 접하지 않아도 되는 합법적인 금광이 될 가능성이 있는 사업이었다. 지금 와서 볼 때 그런 내 판단은 옳았다."

"불행하게도 산타디오파는 모든 걸 원했다. 모든 걸 말이야. 생각해봐, 그때는 우리들 모두에게 극히 위험한 시기였어. 그 당시 FBI는 우리 두 조직의 실체와 두 조직 간에 공조가 이뤄지고 있다는 사실을 알고 있었다. 재원과 기술력을 가진 정부에서는 많은 조직들을 무너뜨렸어. 오메르타의 벽에 금이 가고 있었지."

"미국에서 태어난 젊은이들은 자기만 살겠다고 정부와 내통을 했지. 다행히 난 브롱크스 조직을 세웠고 시칠리아에서 새로운 조직원들을 데려왔다. 그런데 여자들이 왜 그렇게 말썽을 일으키는지, 난 아직까지도 이해를 못하겠다. 내 딸 로즈 마리는 당시 열여덟 살이었지. 어쩌다가 그 아이가 지미 산타디오한테 넋이 빠지게 됐을까? 로즈는 자기들이 로미오와 줄리엣 같다고 했지. 로미오와 줄리엣이 누구냐? 이름을 보면 이탈리아인이 아닌 것만은 확실하지. 그 얘길 듣고 내가 양보하기로 했다. 그래서 산타디오파와 협상을 재개했지. 난 내 요구수준을 낮췄고 그래서 두 조직은 공존할 수 있었다. 어리석게도 그들은 이 행동을 힘의 열세로 해석했지. 그래서 지금까지도 계속되고 있는 비극이 벌어지게 된 거야."

여기까지 말하고 대부는 말을 멈췄다. 지오르지오는 포도주와 빵 그리고 하얀 치즈 한 덩어리를 앞에 차려놓고 먹었다. 그런 뒤에 그가 대부의 뒤로 가서 섰다.

"하필이면 왜 오늘 그 얘길 하세요?"

지오르지오가 물었다.

"여기 계신 귀하신 크로스께서 자기 아버지가 어떻게 죽었는지 고민을 하는데 말이다, 혹시 또 우리를 의심하는 일이 있을까 싶어서 그런다."

대부가 비꼬았다.

"전 의심하지 않습니다."

크로스가 얼른 말했다.

"사람들은 기본적으로 의심이 많아. 그건 인간의 본성이거든. 하던 얘기나 계속하자. 로즈 마리는 어렸고 세상사에 대해서는 아무것도 몰랐어. 그 아이는 처음에 두 조직이 대치상태에 있다는 사실을 가슴 아파했지. 하지만 그렇게 된 이유는 확실히 몰랐다. 그래서 로즈는 두 조직을 화해시키려고 결심했고 사랑의 힘으로 모두 이겨낼 수 있다고 믿었다고 후에 나한테 얘길 해주더구나. 그 당시 로즈는 정이 많은 아이였다. 그리고 내 인생의 빛이었지. 내 아내는 젊어서 죽었는데 난 로즈를 낯선 여자와 공유한다는 사실이 싫어서 재혼을 하지 않았다. 난 로즈가 원하는 건 다 들어주었고 기대 또한 컸어. 하지만 산타디오가 사람과 결혼하는 일만큼은 절대 용납을 못하겠더구나. 난 결혼을 반대했다. 나 역시 그때는 젊었다. 난 자식들이 내 명령에 복종하리라고 생각했어. 난 로즈가 대학을 다니고 다른 세계에 속한 남자와 결혼하기를 바랐지. 지오르지오, 빈센트, 삐띠에는 이쪽 세계에서 날 도와야 했고 난 저 아이들의 도움이 필요했다. 하지만 저 아이들의 자식들은 좀더 나은 세계로 탈출할 수 있기를 원했다. 그리고 내 막내아들인 실비오도."

대부는 밀실의 벽로 선반에 놓인 사진을 가리켰다. 크로스는 그 사진을 한 번도 자세하게 들여다본 적이 없었고 그에 관한 얘기도 들어본 적이 없었다. 사진 속의 스무 살 젊은이는 로즈 마리와 아주 닮았지만 표정이 더 온화했고 눈빛은 좀더 회색에 가까웠고 아주 영리해 보였다. 사진에 손질을 한 건 아닐까 하는 의심이 들 정도로 지극히 선량해 보이는 얼굴이었다.

창문이 없는 밀실 안의 공기는 여송연 연기로 인해 점점 탁해졌다. 지오르지오는 큼지막한 여송연에 불을 붙였다.

대부는 말을 계속했다.

"난 로즈 마리보다 실비오를 훨씬 더 아꼈지. 그 아이는 누구보다도 마음이 선량했다. 그리고 대학에 장학금을 받고 들어갔어. 그 아이한테 거는 기대가 참으로 컸다. 하지만 실비오는 너무 순진했어."

빈센트가 끼어들었다.

"걘 세상물정에 너무 어두웠죠. 우리라면 절대 거기에 안 갔을 텐데. 우린 절대로 걔처럼 완전 무방비 상태로 나서진 않았을 거예요."

지오르지오가 이야기를 이어갔다.

"로즈 마리와 지미 산타디오는 코맥 모텔에서 몰래 만났어. 그리고 로즈 마리는 지미와 실비오가 얘길 한다면 두 사람이 두 조직을 화해시킬 수 있을 거라고 생각했지. 로즈는 실비오한테 전화를 걸었고 실비오는 아무한테도 얘길 안하고 모텔로 갔어. 셋은 전략을 짰지. 실비오는 항상 로즈 마리를 로즈라고 불렀어. 실비오가 로즈한테 한 마지막 말은 '모든 게 잘 될 거야, 로즈. 아빠는 내 말을 들어주실 거야' 였어."

하지만 실비오는 아버지한테 얘기를 하지 못했다. 불행하게도 산타디오가의 두 아들 폰사와 이탈로가 형 지미를 감시하고 있었기 때문이었다.

난폭한 산타디오 형제는 지나친 망상에 빠진 나머지 로즈 마리가 자기들 형을 함정에 끌어들이고 있다고 의심했다. 혹은 최소한 형을 꾀서 결혼을 해서 그들 조직의 힘을 약화시킬 작정이라고 생각했다. 그래서 로즈 마리는 그들의 형과 결혼하기 위해서 단호하고 용감하게 그들과 맞섰다. 그녀는 심지어 아버지인 위대한 돈 클레리쿠지오의 권위에도 도전했다. 그녀를 막을 수 있는 건 아무것도 없었다.

실비오를 알아본 그들은 그가 모텔을 나서자 로버트 모우지스 코즈웨이에서 그를 잡아서 총으로 살해했다. 그들은 실비오의 지갑을 가져가서 강도를 당한 것처럼 꾸몄다. 그것은 산타디오파가 쓰는 전형적인 수법이었고 극히 야만적인 행동이었다.

대부는 절대 속지 않았다. 하지만 지미 산타디오가 장례식 전날 경호원도, 무기도 없이 찾아왔다. 그는 대부를 만나게 해 달라고 했다.

"돈 클레리쿠지오, 저도 당신 못지않게 가슴이 아픕니다. 만약 산타디오가에게 책임이 있다고 생각하신다면 절 죽이십시오. 저의 아버지께 여쭤봤는데 아버지께서는 그런 명령은 내리지 않으셨다고 하셨습니다. 그리고 아버지께서는 대부께서 제안하신 것들을 재고해보시겠다는 말씀을 전해달라고 하셨습니다. 그리고 당신 딸과 결혼해도 좋다고 허락하셨습니다."

로즈 마리는 지미의 팔을 붙들었다. 딸의 얼굴이 너무 애처로워서 대부는 잠시 마음이 흔들렸다. 슬픔과 두려움으로 인해 그녀에게서는 처연한 아름다움이 느껴졌다. 눈에는 놀란 기색이 완연했고 눈물 때문에 눈동자가 새까맣게 반짝였다. 그녀의 표정은 충격에 휩싸여서 상황을 전혀 이해하지 못하는 듯 했다.

그녀는 대부에게서 얼굴을 돌려 지미 산타디오를 쳐다보았고, 그 표정이 너무나 사랑스러워서 대부는 일생에 몇 번 안 되는 관용을 베풀었다. 그토록 아름다운 딸에게 어찌 슬픔을 안겨줄 수 있었겠는가?

로즈 마리는 아버지한테 말했다.

"아버지는 지미가 너무 겁을 먹어서 혹시 지미 가족들이 살인과 연관이 있다고 생각하실 지도 모르겠어요. 전 그 사람들이 안 그랬다는 걸 알아요. 지미는 자기 가족들을 설득해서 협정을 맺게 하겠다고 저한테 약속했었단 말예요."

대부는 산타디오 조직이 살인을 했다는 사실을 이미 확신하고 있었다. 그는 어떤 증거도 필요치 않았다. 하지만 관용은 이것과는 별개의 문제였다.

"자네 말을 믿고 자넬 받아들이겠네."라고 대부는 말했고, 상황이 크게 달라질 건 없었지만 그는 진심으로 지미의 결백을 믿었다.

"로즈 마리, 결혼은 허락하겠다만 결혼식은 이 집에서 못하고 우리 가족들은 한 사람도 참석하지 않을 거다. 그리고 지미, 자네 아버지한테 가서 결혼식이 끝난 뒤에 둘이 만나서 사업 얘기를 하자더라고 전해주게."

"고맙습니다. 무슨 말씀이신지 알겠습니다. 결혼식은 팜 스프링스에 있는 저희 집에서 하겠습니다. 한 달 뒤 저희 일가들이 모두 모인 자리에서 결혼식을 올리고 클레리쿠지오가 가족들도 모두 초대하지요. 오지 않으신다고 해도 이해하겠습니다."

대부는 버럭 역정을 냈다.

"이 상황에서 그렇게 빨리 결혼식을 올린다는 말이야?"

그는 손으로 관을 가리켰다. 그러자 로즈 마리가 대부의 품으로 뛰어들었다. 딸은 극도로 공포에 떨고 있었다. 딸이 그에게 속삭였다.

"저 임신했어요."

"아."

대부가 탄성을 질렀다. 그는 지미 산타디오를 쳐다보며 웃었다. 로즈 마리가 다시 속삭였다.

"아이 이름을 실비오라고 짓겠어요. 실비오랑 똑같은 아이가 될 거예요."

대부는 딸의 검은 머리를 가볍게 치고는 뺨에 키스를 했다.

"좋아. 좋도록 해. 하지만 난 결혼식에는 가지 않는다."

로즈 마리는 다시 용기를 되찾았다. 그녀는 아버지를 올려다보며 뺨에 키스를 했다. 그리고 말했다.

"아빠, 누구 한 사람은 꼭 와야 되요. 절 인도해줄 사람이 있어야 하니까."

대부는 옆에 서 있던 피피를 돌아다보았다.

"결혼식에는 우리 가족을 대표해서 피피가 간다. 피피는 내 조카고 춤추는 걸 좋아하지. 피피, 네 사촌동생을 인도해주고 나서 실컷 춤이나 춰."

피피는 몸을 숙여서 로즈 마리의 뺨에 키스를 했다.

"내가 가지. 만약 지미가 나타나지 않으면 우리 둘이서 도망 가버리자."

그는 장난스럽게 말했다. 로즈 마리는 고마워하는 눈빛으로 그를 올려다보면서 그의 품에 안겼다.

한 달 뒤에 피피는 결혼식에 참석하기 위해 비행기를 타고 팜 스프링스로 갔다. 그 한 달 동안 그는 코그의 집에서 대부와 함께 머무르면서 지오르지오, 빈센트, 뻬띠에와 함께 회의를 했다.

대부는 피피가 작전 책임을 맡는다는 점을 분명히 했다. 피피가 어떤 지시를 내리든 그것은 대부 자신이 내리는 지시로 간주되어야 한다는 사실도.

용기를 내서 대부에게 "만약 산타디오가가 실비오를 죽인 게 아니라면 어떻게 하죠?" 라고 물을 수 있었던 사람은 오직 빈센트밖에 없었다.

"그건 중요한 문제가 아니다만, 일의 모양새를 보아 어리석은 그쪽 사람들 짓이고 그대로 있다가는 우리가 위험해진다. 우리는 어찌됐든 한 번은 그들과 싸울 수밖에 없어. 물을 것도 없이 살인은 그 놈들이 했다. 나쁜 마음을 먹었다는 것 자체가 곧 살인이나 다름없다. 만약에 산타디오가가 살인을 하지 않았다면 우린 달게 죄 값을 치러야겠지. 넌 어느 쪽을 믿을 거냐?"

피피는 생전 처음 대부가 괴로워하는 모습을 보았다. 대부는 집 지하에 있는 예배당에 몇 시간이고 틀어박혀 있었다. 평상시와 달리 거의 먹지도 않고 포도주만 마셨다. 그리고 며칠 동안 침실에 실비오의 사진을 두었다. 어느 일요일에 그는 사제에게 미사를 열고 고백성사를 할 수 있게 해달라고 부탁했다.

마지막 날 대부는 피피만 따로 불렀다.

"피피, 이건 아주 힘든 작전이다. 혹 지미 산타디오를 살려줘야 하지 않을까 하는 의문이 드는 상황이 생길 지도 모른다. 그렇지만 절대 그래선 안돼. 그리고 이게 내 명령이라는 사실은 아무도 알아서는 안 된다. 이번 일은 순전히 네가 주도한 것처럼 보여야 한다. 나도, 지오르지오도, 빈센트도, 뻬띠에도 아닌 네가 말이야. 기꺼이 비난을 감수할 수 있겠니?"

"네. 삼촌께서는 로즈가 삼촌을 증오하거나 비난하지 않기를 바라시는 거니까요. 또 오빠들에 대해서도 마찬가지고 말입니다."

"로즈 마리가 위험해지는 상황이 벌어질지도 모른다."

"그렇겠죠."

대부는 한숨을 쉬었다.

"최선을 다해서 내 자식들을 보호해라. 최종적인 결정을 반드시 네가 내려야 한다. 하지만 난 지미 산타디오를 죽이라는 명령은 절대 하지 않은 거다."

"만약 로즈 마리가 알아채면…."

대부는 피피를 똑바로 쳐다보았다.

"로즈는 내 자식이고 실비오의 누이다. 그 아인 절대 우리를 배신하지 않을 거야."

팜 스프링스에 있는 산타디오가의 저택은 삼층 건물에 방이 마흔 개나 됐고 스페인 식으로 지어져서 주변의 사막과 잘 어울렸다. 집을 빙 둘러서 붉은 돌로 담을 쌓았고 담 너머에는 드넓은 사막이 펼쳐져 있었다. 사유지 안에는 집 외에도 커다란 수영장과 테니스장 그리고 보치 게임장이 있었다.

이 결혼식을 위해서 잔디밭에는 엄청나게 큰 바비큐 화덕과 관현악단을 위한 무대와 무도장이 설치되었다. 무도장을 빙 둘러서 긴 식탁들이 배치됐다. 사유지 입구의 큰 청동 대문 옆에는 음식을 실어온 대형 트럭 세 대가 주차되어 있었다.

피피는 토요일 이른 아침 결혼식 의상을 넣은 가방을 들고 그곳에 도착했다. 그의 방은 이층에 있었고 사막의 밝은 황금빛 햇살이 창문 가득 쏟아져 들어왔다. 그는 곧 짐을 풀었다.

결혼식이 거행될 장소는 집에서 삼십 분 거리에 있는 팜 스프링스의 한 교회였다. 식은 정오에 시작될 예정이었다. 그런 다음 하객들은 집으로 돌아와 피로연에 참석하기로 되어 있었다.

방문을 두드리는 소리가 나더니 지미 산타디오가 들어왔다. 그는 환한 얼굴로 피피를 반갑게 껴안았다. 그는 아직 예복으로 갈아입지 않은 상태였고, 헐렁한 흰색 운동복 바지에 회색과 은색이 섞인 실크 셔츠를 걸치고 있는 모습이 여간 멋지지 않았다. 그는 피피의 손을 잡으며 자신의 호감을 표현했다.

"정말 잘 오셨습니다. 로즈는 사촌오빠가 자기를 인도한다고 아주 좋아하고 있어요. 결혼식이 시작되기 전에 아버지께서 뵙자고 하시네요."

그는 손을 그대로 꼭 잡고서 피피를 일층으로 데리고 내려가 긴 복도를 거쳐 돈 산타디오의 방으로 안내했다. 돈 산타디오는 푸른 면 잠옷 차림으로 침대에 누워 있었다. 그는 대부보다 더 늙긴 했지만 날카로운 눈빛이며 세심하게 사람 말에 귀를 기울이는 모습이 대부와 전혀 차이가 없었고 머리는 벗겨져서 공처럼 둥글었다. 그는 피피에게 가까이 오라고 손짓을 하면서 피피가 자기를 껴안을 수 있도록 팔을 뻗었다.

"정말 잘 왔소."

노인은 쉰 목소리로 인사를 했다.

"우리 두 조직이 그 전처럼 사이좋게 지낼 수 있도록 당신이 도와주리라고 믿소. 당신은 우리한테 꼭 필요한 평화의 비둘기요. 신께서 당신을 살펴주시기를."

그는 침대에 다시 눕더니 눈을 감았다.

"정말로 기쁜 날이야."

방에는 억세게 보이는 중년의 간호사가 있었다. 지미는 그녀를 사촌이라고 소개했다. 그 간호사는 두 사람에게 대부가 그날 있을 결혼식에 참석하려면 기운을 아껴야 한다며 그만 나가달라고 작은 소리로 말했다. 피피는 잠깐 고민을 했다. 돈 산타디오는 오래 살지 못할 게 분명했다. 그러면 지미가 조직의 우두머리가 될 것이다. 상황이 호전될 가능성은 아직 남아 있을지도 몰랐다. 그러나 대부는 아들 실비오를 죽인 것을 절대 용납하지 않을 것이다. 두 조직 사이에 진정한 평화는 존재할 수 없었다. 어쨌든 대부는 그에게 철저한 지시를 내린 바 있었다.

그동안 산타디오가의 두 형제 폰사와 이탈로는 무기와 통신장비가 있는지 확인하려고 피피의 방을 뒤지고 있었다. 피피의 차도 철저하게 조사했다.

산타디오가에서는 귀한 아들의 결혼식을 호사스럽게 준비했다. 마당 곳곳에는 이국적인 꽃이 가득 꽂힌 커다란 대바구니가 놓여 있었다. 커다랗고 화려한 천막들마다 샴페인을 따라줄 바텐더들이 대기하고 있었다. 아이들을 위해서 마술을 부릴 중세 복장의 어릿광대도 한 명 있었고, 사유지를 빙 둘러가며 매달아 놓은 스피커에서는 음악이 울려 퍼졌다. 하객들에게는 2만 달러의 상금이 걸린 복권을 한 장씩 돌려 나중에 추첨할 예정이었다. 어떤 결혼식도 이보다 더 멋질 순 없었다.

사막의 열기로부터 하객들을 보호하기 위해서 밝은 색깔의 아주 커다란 텐트들이 짧게 깎인 잔디밭을 거의 뒤덮다시피 했다. 무도장 위에는 초록색 텐트를, 관현악단 위에는 빨간색 텐트를 쳤다. 파란색 텐트를 덮은 테니스장에는 결혼식 선물들을 갖다놓았다. 그 중에는 돈 산타디오가 신부에게 주는 은색 메르세데스 한 대와 신랑에게 주는 소형 개인 비행기도 한 대 있었다.

교회의 의식은 간단하면서 짧았고 하객들은 관현악단의 연주가 울려 퍼지고 있는 산타디오가의 집으로 돌아왔다. 야생 멧돼지를 쫓는 사냥꾼들의 그림이 그려진 텐트와 열대과일 음료수 그림이 빽빽하게 그려진 텐트 아래 음식을 차려놓은 식탁과 세 개의 바가 준비돼 있었다.

막 부부가 된 두 사람이 맨 처음 나와 모든 이들의 주목을 받으며 춤을 추었다. 그들은 텐트의 그늘 밑에서 춤을 췄는데, 사막의 붉은 태양이 모퉁이 안으로 빠끔히 고개를 디밀고서 둘이 햇빛 속으로 들어올 때면 행복한 두 남녀를 청동 빛으로 빛내주었다. 사랑이 넘치는 그들의 모습에 사람들은 환호성을 지르며 박수갈채를 보냈다. 로즈 마리는 최고로 아름다웠고 지미 산타디오에게서는 싱싱한 젊음이 느껴졌다.

악단이 연주를 멈추자 지미가 하객들 사이에서 피피를 끌어내 이백 명도 넘는 하객들 앞에서 소개를 했다.

"이 분은 오늘 신부를 인도하신 피피 데 레나씨로 클레리쿠지오가를 대표해서 오셨습니다. 이 분은 제가 가장 아끼는 친구입니다. 이 분의 친구는 곧 저의 친구입니다. 그리고 이 분의 적은 곧 저의 적입니다."

그는 잔을 높이 치켜들고서 소리쳤다.

"피피 데 레나를 위해 건배합시다. 그리고 신부와 가장 먼저 춤을 출 자격을 드리겠습니다."

로즈 마리는 피피와 춤을 추면서 작은 소리로 그에게 속삭였다.

"이제 우리가 두 가족을 화해시키는 거야. 그렇지, 피피 오빠?"

"두말할 필요도 없지."

피피는 그녀를 빙글빙글 돌렸다.

이제껏 누구도 결혼식에서 그렇게 명랑한 하객은 보지 못했을 만큼 피피는 단연 두드러졌다. 그는 매 곡마다 앞으로 나와서 춤을 췄고 젊은이들보다 훨씬 발놀림이 경쾌했다. 그는 지미와도 춤을 추었고 그의 형제들인 폰사, 이탈로, 베네딕트, 지노, 루이스와도 춤을 추었다. 아이들과 또 나이 지긋한 부인들과도 춤을 추었다. 또 관현악단 지휘자와는 왈츠를 췄고, 밴드의 연주를 배경으로 시칠리아 사투리로 저속한 노래들도 불렀다. 그는 턱시도에 토마토소스며 칵테일 주스, 포도주를 튀겨가며 엄청나게 먹고 마셨다. 보치 경기장에서는 공을 얼마나 힘차게 던지는지 한 시간 동안 그곳이 결혼식의 주무대가 되었다.

보치 경기가 끝나자 지미 산타디오가 피피를 한 쪽으로 데리고 갔다.

"당신만 믿겠습니다. 우리 두 조직은 앞으로 서로 협력하면 아무 것도 우리 두 사람을 막지 못할 겁니다."

지미는 그 이상 좋을 수 없는 표정으로 이렇게 말했다.

피피는 아주 진지한 태도로 "그럼, 그래야지."라고 대답했다. 그러면서 그는 지미 산타디오가 겉으로 보이는 것처럼 실제로도 그렇게 정직한 걸까하는 의심이 갔다. 지금쯤이면 그는 자기 가족 중에 살인을 저지른 사람이 누군지 분명히 알고 있을 테니까.

그 순간 지미가 얼핏 눈치를 챈 것 같았다.

"피피, 맹세코 전 그 일과는 아무런 상관이 없습니다."

그는 피피의 손을 잡았다.

"우리는 실비오의 죽음에 절대 개입하지 않았습니다. 전혀요. 우리 아버지의 머리에 손을 얹고 맹세합니다."

"자네 말을 믿네."

이렇게 대답하면서 피피도 지미의 손을 꽉 잡았다. 그는 잠시 의심을 했지만 그건 아무래도 상관없었다. 어차피 일은 너무 늦어버렸으니까.

사막의 붉은 햇빛이 약해지면서 어스름하게 땅거미가 지기 시작했고 사유지 전체에 등이 켜졌다. 지금부터 저녁식사가 시작된다는 신호였다. 그러자 폰사, 이탈로, 지노, 베네딕트, 루이스 형제가 신랑과 신부를 위해 건

배를 들자고 제안했다. 그리고 행복한 결혼생활과 지미의 특별한 미덕과 멋진 새 친구 피피를 위해서도 건배를 했다.

연로한 돈 산타디오는 병으로 침대를 떠날 수 없었지만 행복을 기원하는 애정 어린 마음을 다른 사람을 통해 전달해 왔고, 아들에게 비행기를 선물한다는 말에 모두들 환호성을 보냈다. 그런 뒤에 신부가 직접 결혼축하 케이크를 크게 한 조각 잘라서 노인의 침실로 보냈다. 하지만 노인은 이미 잠이 든 뒤여서 간호사가 대신 그것을 받으면서 그가 일어나면 주겠다고 약속했다.

마침내 자정 무렵 축하연은 끝났다. 지미와 로즈 마리는 다음날 유럽으로 신혼여행을 떠나기 때문에 쉬어야 한다며 신혼방으로 들어갔다. 그 말에 하객들은 야유를 보내며 저속한 말들을 외쳐댔다. 모두들 더없이 유쾌했다.

차들이 밀물처럼 집을 빠져나가 사막 속으로 사라졌다. 직원들이 음식 배달 트럭에 짐을 싣고 텐트를 걷고 탁자와 의자들을 모으고 연단을 들어낸 다음 마당을 돌아다니며 쓰레기까지 확실하게 치웠다. 그리고 그들도 떠났다. 그들은 다음날 다시 와서 끝마무리를 하기로 되어 있었다.

산타디오가의 다섯 형제들과 피피가 만나는 자리는 피피의 요청에 따라 하객들이 떠난 다음에 갖기로 했다. 그들은 두 조직이 새롭게 우정을 맺은 것을 축하하는 의미에서 선물을 교환할 예정이었다.

자정에 산타디오가 저택의 커다란 식당에 사람들이 모두 모였다. 피피는 로렉스 시계를 복제품이 아닌 진품으로 가방 가득 가지고 왔다. 일본 춘화를 손으로 직접 그려 넣은 커다란 기모노도 한 벌 있었다.

폰사가 흥분을 해서 소리쳤다.

"지금 당장 지미 형을 여기로 데려오자."

"너무 늦었어."

이탈로가 유쾌하게 대꾸를 했다.
"지미하고 로즈 마리는 세 번째 판에 돌입했다고."
그 말에 다들 웃음을 터뜨렸다.

밖에서는 희고 차가운 사막의 달빛이 산타디오의 집을 밝히고 있었다. 담장에 매달아 놓은 중국식 등들이 하얀 달빛 속에 붉은 원을 그렸다.
트럭 측면에 '음식배달'이라는 금색 테두리를 두른 글자가 쓰인 대형 트럭 한 대가 시끄러운 소리를 내며 산타디오가의 저택 대문 앞에 멈춰 섰다.
두 경비원 한 명이 트럭으로 다가오자 운전사는 잊고 안 가져간 발전기를 가지러 왔다고 말했다.
"이렇게 늦게?"
경비원은 물었다.
두 사람이 얘기를 나누고 있을 때 운전사의 조수가 트럭에서 내려 다른 경비원 쪽으로 다가갔다. 두 경비원은 축하연의 음식과 술로 몸도 마음도 나른한 상태였다.
그 순간 두 가지 일이 거의 동시에 일어났다. 운전사는 상체를 구부리더니 소음기를 단 총을 꺼내 경비원의 얼굴에 정확히 세 발을 쏘았다. 운전사의 조수는 다른 경비원의 목을 꽉 붙든 다음에 날카로운 큰 칼로 목을 단번에 베어버렸다.
두 경비원은 땅바닥에 쓰러졌다. 트럭 뒤의 큰 철제 발판이 재빨리 내려와 그 안에서 클레리쿠지오파 단원 스무 명이 뛰쳐나왔고 그러는 동안 트럭 엔진은 계속해서 윙윙거리며 돌아갔다. 지오르지오와 삐띠에 그리고 빈센트의 지휘 아래 스타킹을 써서 얼굴을 가리고 검은 옷을 입고 소음기를 단 총으로 무장한 단원들이 사방으로 달려갔다. 특수임무를 맡은 조는 전화선을 끊었다. 나머지 조는 그곳을 장악하기 위해 뿔뿔이 흩어졌다. 지오르지오와 뻬띠에와 빈센트는 부하 열 명과 함께 식당으로 뛰어들어갔다.

산타디오 형제들은 포도주 잔을 쥐고 뻬띠에게 막 건배를 하려던 참이었는데 뻬띠가 그들로부터 몇 걸음 뒤로 물러섰다. 말은 한 마디도 없었다. 침입자들은 총을 난사했고 산타디오가의 다섯 형제는 총알 세례를 받으며 갈가리 찢어졌다. 복면을 한 뻬띠에가 아무런 망설임도 없이 그들의 턱에 한 방씩 총을 쏘아서 확인사살을 했다. 바닥에는 깨진 잔 조각들이 흩어져 반짝거렸다.

복면을 하고 있던 지오르지오가 뻬띠에게 복면과 검은색 바지와 스웨터를 건네주었다. 뻬띠는 재빨리 옷을 갈아입고는 벗은 옷은 부하 한 명이 들고 있던 가방 속에 던져 넣었다.

뻬띠는 아직 무장을 하지 않은 상태로 지오르지오와 뻬띠에와 빈센트를 데리고 긴 복도를 지나 돈 산타디오의 침실로 갔다. 뻬띠가 문을 열었다.

돈 산타디오는 잠에서 깨어 결혼 케이크를 먹고 있던 중이었다. 그는 네 사람을 보더니 성호를 긋고 베개로 얼굴을 가렸다. 케이크 접시가 미끄러져 바닥으로 떨어졌다.

간호사는 방 한쪽 구석에서 책을 읽고 있었다. 뻬띠에는 큰 고양이처럼 그녀를 덮치더니 나일론 끈으로 그녀를 의자에다 칭칭 묶었다.

침대로 다가간 사람은 지오르지오였다. 그는 말없이 팔을 뻗어서 돈 산타디오의 얼굴에서 베개를 치웠다. 그는 잠시 머뭇거리나 싶더니 눈에 한 발, 둥그런 대머리 정수리 쪽으로 한 발을 쏘았다.

그들은 다시 모였다. 빈센트가 마침내 뻬띠에게 기다란 은색 밧줄을 건네주었다.

뻬띠는 방에서 나와 긴 복도를 거쳐서 신혼부부의 방이 있는 삼층으로 그들을 데려갔다. 복도 곳곳에는 꽃과 과일 바구니가 놓여 있었다.

피피는 신혼방의 방문을 밀었다. 문은 잠겨 있었다. 뻬띠에가 한 쪽 장갑을 벗더니 가느다란 철사를 꺼냈다. 그는 그걸로 문을 쉽게 열었고 방으로 들어간 뒤에 다시 문을 닫았다.

로즈 마리와 지미는 침대 위에 널브러져 있었다. 두 사람은 방금 전에 마음껏 욕정을 발산하고 난 뒤라 몸이 온통 젖어 있었다. 속이 들여다보이는 로즈 마리의 얇은 잠옷은 허리 위까지 올라가 있었고 끈이 풀려서 가슴이 훤히 드러나 있었다. 그녀는 오른손은 지미의 머리에, 왼손은 그의 배에 올려놓고 있었다. 지미는 완전히 벌거벗은 상태였는데 그들을 보자마자 벌떡 일어나 이불로 몸을 가렸다. 그는 대번에 모든 상황을 알아차렸다.

"바깥으로 나갑시다."

이렇게 말하면서 그는 그들 쪽으로 다가갔다. 로즈 마리는 너무 순식간에 벌어진 일이라 아직도 상황파악을 못하고 있었다. 그녀는 문으로 가는 지미를 붙들었지만 그는 외면했다. 그는 복면을 하고 있던 지오르지오와 뻬띠에와 빈센트에게 둘러싸여 문을 나갔다. 그러자 로즈 마리가 소리를 질렀다.

"피피 오빠, 제발 그러지 마."

세 남자가 자기를 쳐다보자 비로소 그녀는 그들이 오빠들임을 깨달았다.

이때가 피피에게는 가장 힘들었던 순간이었다. 만약 로즈 마리가 이 사실을 누설한다면 클레리쿠지오파는 끝장이었다. 그는 그녀를 죽여야만 했다. 대부는 이 부분에 관해서는 특별히 지시를 내리지 않았었다. 딸을 죽인다면 대부는 그를 용서할 수 있을까? 오빠들은 반대하지 않을까? 그런데 로즈가 어떻게 우리를 알아봤지? 그는 마음을 정했다. 그는 방에서 나와 문을 닫고 지미와 형제들과 함께 복도로 나왔다.

대부는 특별히 다음 부분을 강조했다. 지미 산타디오는 교살을 시켜야 했다. 슬퍼할 지미의 지인들을 위해서 그의 몸에 구멍을 내지 않는 것은 일종의 관용의 표시였다. 사랑하는 사람을 죽이되 피를 흘리지 않도록 배려하는 것은 말하자면 관습이었다.

갑자기 지미 산타디오가 몸을 가리고 있던 이불을 놓더니 팔을 뻗어서 피피의 얼굴에서 복면을 벗겨냈다. 지오르지오와 피피가 그의 양팔을 붙잡았다. 빈센트는 바닥에 쭈그리고 앉아서 지미의 다리를 붙들었다. 그런 다음에 피피는 밧줄을 지미의 목에 걸고 그의 몸을 바닥 쪽으로 숙이게 했다. 지미는 입술을 일그러뜨리고 소리 없는 미소를 지으며 동정하는 듯한 묘한 표정으로 피피의 얼굴을 노려보았다. 당신들은 천벌을 받을 것이라는 듯한 표정이었다.

피피가 뻬띠에와 같이 밧줄을 단단히 잡아당기고 있는 사이에 다른 형제가 동시에 복도 바닥에 주저앉았고, 하얀 이불이 수의처럼 지미의 몸을 받아주었다. 신혼방에서는 로즈 마리가 비명을 지르기 시작했다.

대부는 이야기를 끝냈다. 그는 여송연에 다시 불을 붙인 다음 포도주를 한 모금 마셨다. 지오르지오가 말했다.

"피피가 전체 계획을 짰지. 우린 깨끗하게 일을 처리했고 산타디오파는 소탕됐어. 정말이지 대단했다."

빈센트도 거들었다.

"그것으로 모든 게 해결됐지. 우린 그 이후로 아무런 문제가 없었으니까."

대부는 한숨을 쉬었다.

"그건 내가 내린 결정이었고 결국 잘못된 결정이었다. 하지만 로즈 마리가 미치게 될 줄 어떻게 알았겠니? 우리가 처한 상황은 극히 위험했고 결정타를 가할 수 있는 기회는 그때밖엔 없었다. 당시 난 아직 예순이 안 됐고 그래서 내가 지닌 힘과 지략에 대해 너무 자만했었다는 사실은 꼭 명심해주기 바란다. 그때 난 그 일이 딸에게 비극이 되리란 것은 분명히 알았지만 과부들이 영원히 슬퍼하리라고는 생각하지 않았지. 그리고 그들은 내 아들 실비오를 죽였어. 딸이든 딸이 아니든, 그 일을 어떻게 용서할 수 있겠니? 하지만 난 배운 것도 있었어. 어리석은 자들과는 이성적으로 문제를 해결할 수 없다는 사실을 말이다. 난 초기에 그들을 제거해야 했어. 연인들이 만나기 전에. 그랬으면 아들도 딸도 구할 수 있었을 텐데."

그는 잠시 말을 멈췄다.

"그래, 너도 이제 알게 된 것처럼 단테는 지미 산타디오의 아들이다. 그리고 크로스, 네가 아기였을 때 넌 이 집에서 첫 여름을 맞으며 단테와 한 유모차에 탔었다. 지금까지 난 단테를 위해 아버지의 빈자리를 채워주려고 무진 애를 썼다. 난 딸이 슬픔에서 벗어날 수 있도록 노력했어. 단테는 클레리쿠지오가의 가족으로 받아들여졌고 내 아들들과 함께 나의 후계자가 될 거야."

크로스는 그때의 일을 이해해보려고 했다. 클레리쿠지오가 사람들과 그들이 몸담고 있는 세상에 대해 극도의 혐오감을 느끼며 그는 몸을 떨었다. 아버지 피피는 악마처럼 산타디오가 사람들을 꾀어 죽음으로 이끌었다. 어떻게 아버지가 그런 사람일 수가 있단 말인가? 그런 다음 그는 몸과 마음이 만신창이가 된 채로 긴 세월을 살아온 로즈 마리 아주머니를 생각했다. 그녀는 아버지와 오빠들이 남편을 죽인 사실을 알고 있었다. 자신의 가족들이 자신을 배신했다는 사실을. 심지어 단테가 불쌍하다는 생각까지 들었다. 이제 단테가 살인을 저질렀다는 사실은 분명해졌다. 그러자 그는 대부에게 의구심이 들었다. 틀림없이 대부는 피피가 강도에게 살해됐다는 말을 믿지 않고 있었다. 하지만 왜 그 말을 믿는 척 하는 걸까? 지금 이 상황은 뭘 뜻하는 것일까?

크로스는 지오르지오의 속은 알 수가 없었다. 그는 강도 살인을 믿을까? 빈센트와 뻬띠에는 그 얘기를 확실히 믿는 것 같았다. 하지만 이제 그는 아버지와 대부 그리고 대부의 세 아들 간의 특별한 유대관계에 대해서는 이해가 갔다. 그들은 산타디오파의 살인에 함께 참여했던 동지들이었다. 그리고 아버지는 로즈 마리를 살려주었다.

"로즈 마리 아주머니는 그때 일을 아무한테도 얘길 안 했나요?"

크로스가 물었다.

"그래."

대부는 냉소적인 표정으로 대답했다.

"그 아인 그 이상을 해줬지. 미쳐버렸으니까."

대부의 목소리에서 자랑스러워하는 듯한 기색이 얼핏 느껴졌다.

"난 로즈를 시칠리아에 보냈고 시기를 맞춰서 다시 여기로 데려와 단테를 미국 땅에서 태어나게 했지. 앞으로 단테가 미국 대통령이 되지 말라는 법도 없지. 난 그 녀석한테 퍽 많은 기대를 걸었는데, 클레리쿠지오와 산타디오의 피가 섞인 게 그 녀석한테는 너무 버거웠던 모양이다. 그런데 넌 최대의 실수가 뭐라고 생각하니? 네 아버지 피피는 실수를 했어. 나한테는 로즈 마리를 살려준 일이 너무나 고맙지만 사실 피피는 로즈 마리를 죽였어야 했다."

대부는 한숨을 쉬었다. 그리고 포도주를 한 모금 마시고 나서 크로스를 정면으로 응시하며 덧붙였다.

"명심해라. 지금의 이 세상이 진짜 세상이야. 그리고 지금의 네가 진짜 네 모습이다."

라스베가스로 돌아오는 비행기 안에서 크로스는 풀리지 않는 수수께끼를 곰곰이 생각해보았다. 대부가 왜 산타디오파와의 전쟁에 대한 얘기를 해줬을까? 로즈 마리를 찾아가 다른 얘기를 듣게 될까봐 그 일을 미연에 막으려고 한 걸까? 아니면, 단테가 개입됐으니 아버지의 복수를 갚을 생각은 꿈도 꾸지 말라고 겁을 준 것일까? 대부는 전혀 속을 짐작할 수 없는 사람이었다. 하지만 한 가지는 확실했다. 만약 아버지를 죽인 자가 단테라면 단테는 반드시 그도 죽일 것이다. 그리고 분명히 대부도 그 사실을 알고 있었다.

19

 단테 클레리쿠지오는 새삼스럽게 그 이야기를 들을 필요가 없었다. 어머니 로즈 마리가 그가 두 살이 됐을 무렵부터 자그마한 그의 귀에다 대고 이 이야기를 속삭여주었으니까. 로즈마리는 발작을 일으킬 때마다 남편과 실비오 오빠를 생각하며 비탄에 빠질 때, 그리고 피피와 오빠들에 대한 공포가 덮칠 때마다 항상 그랬다.
 심한 발작을 일으킬 때면 로즈 마리는 아버지가 남편을 죽었다면서 비난을 퍼부어 댔다. 대부는 줄곧 자기는 그 명령을 내리지 않았고 아들들과 피피 역시 살인에 참여하지 않았다고 주장했다. 그러나 딸의 비난을 두 차례나 듣고 나자 그는 딸을 한 달 동안 병원에서 꺼내주지 않았다. 그 이후 그녀는 폭언을 퍼붓고 사납게 날뛰기는 했을망정 아버지를 대놓고 비난하는 일은 더 이상 하지 않았다.
 하지만 단테는 한시도 어머니의 속삭임을 잊은 적이 없었다. 어렸을 때는 할아버지를 사랑하는 마음에서 대부가 결백하다고 믿었다. 하지만 삼촌들 경우에는 자기를 다정하게 대해주었지만 좀 의심스러웠다. 특히 그는 피피에게 복수를 하는 상상을 하곤 했는데, 비록 환상에 불과하긴 했지만 그렇게 하는 게 어머니를 위하는 길이라고 생각했다.

로즈 마리는 정상이었을 때는 홀아비 신세인 대부를 극진하게 돌봐주었다. 세 오빠들에게도 누이로서의 관심을 보여주었다. 하지만 피피는 멀리 했다. 그리고 그때도 그녀는 지극히 다정한 표정을 지었기 때문에 자신의 원한을 설득력 있게 전달하지 못했다. 그녀의 얼굴선, 부드러운 입술 곡선 그리고 촉촉하고 유순한 갈색 눈동자는 그녀의 증오심을 부인했다. 그녀는 아들 단테에게 모든 사랑을 쏟았고 이제는 그 어떤 남자에게도 애정을 느낄 수 없었다. 그녀는 아들을 사랑하는 마음에서 수시로 선물을 했고, 그건 할아버지와 삼촌들도 마찬가지였지만 그들의 애정은 덜 순수했고 죄의식이 섞여 있었다. 로즈 마리는 정상적인 상태에서는 단테에게 절대 그 이야기를 하지 않았다.

하지만 발작을 일으켰을 때는 저주를 퍼부으며 더러운 말들을 쏟아놓았고, 얼굴은 분노에 흉하게 일그러진 가면처럼 변해버렸다. 단테는 항상 혼란스러웠다. 일곱 살이 됐을 때 그는 의구심이 생겼다.

"엄마는 그 사람들이 피피 아저씨하고 삼촌들인지 어떻게 알았어요?"

로즈 마리는 깔깔대고 웃었다. 단테의 눈에는 엄마가 마치 옛날이야기책에 나오는 마녀처럼 보였다.

"자기네들이 영리한 줄 알지만 말이야, 그렇지 않아. 복면을 쓰고 옷이랑 모자로 위장을 하고서 완벽하게 계획을 세웠다고 생각하지. 뭘 빠뜨렸는지 말해줄까? 피피는 댄스화를 신고 있었어. 까만 실로 활모양을 새겨넣은 칠피 구두 말이야. 그리고 네 삼촌들은 항상 자기 자리가 있어. 지오르지오는 맨 앞에 있고 빈센트는 그 뒤에 약간 떨어져서 서 있고 뻬띠에는 항상 오른편에 있다고. 그리고 날 죽이라는 지시를 내릴까 싶어서 피피를 쳐다봤지. 왜냐면 내가 자기들을 알아봤으니까. 오빠들은 멈칫거리면서 뒤로 움찔 물러났어. 하지만 피피가 죽이라고 했으면 정말로 날 죽였을 거야. 내 오빠들이 말이야."

그런 다음 그녀는 목을 놓아 울었고 단테는 겁이 났다. 일곱 살의 어린 나이였음에도 불구하고 그는 엄마를 위로하려고 애를 썼다.

"삐띠에 삼촌은 엄마를 절대 해치지 않았을 거예요. 그리고 만약 그런 짓을 했더라면 할아버지가 삼촌들을 죽였을 거예요."

그는 지오르지오 삼촌이나 빈센트 삼촌에 대해서는 확신이 서지 않았다. 하지만 어린 마음에도 피피 만큼은 절대 용서할 수 없었다.

단테는 열 살 무렵 어머니의 발작을 지켜보는 방법을 터득했고, 그래서 어머니가 자기를 불러서 산타디오파 이야기를 해주려고 하면 할아버지와 삼촌들이 그 이야기를 듣지 못하게 재빨리 그녀를 안전한 침실로 데려갔다.

자라면서 단테는 아주 영리해져서 클레리쿠지오가 식구들의 말이 거짓임을 확실하게 알게 됐다. 그는 할아버지와 삼촌들에게 아주 익살스럽고도 심술궂은 방법으로 자기가 진실을 알고 있다는 사실을 알렸다. 그리고 그는 삼촌들이 자기를 좋아하지 않는다는 사실을 간파했다. 단테는 합법적인 사회에 들어가도록 되어 있었다. 지오르지오의 자리를 물려받거나 재정관련 일을 배울 수도 있었지만 그런 쪽에는 관심을 보이지 않았다. 심지어는 자기는 계집애 같은 그런 일은 관심이 없다면서 삼촌들을 비웃기까지 했다. 그 얘기를 듣는 지오르지오의 표정이 너무 살벌해서 열여섯 살의 단테는 잠시 겁을 먹었다.

지오르지오 삼촌은 "그래, 하지 마라." 라고 대답했다. 그의 목소리에는 슬픔이 묻어 있었고 약간 화가 난 듯도 했다.

단테는 고등학교 삼학년 때 중퇴하고 브롱크스에 있는 삐띠에의 건설회사에 들어갔다. 단테는 열심히 일했고 건설현장에서 힘들고 험한 일을 하면서 근육을 엄청나게 키웠다. 삐띠에는 브롱크스 조직 출신의 단원들 무리에 그를 넣어주었다. 단테가 웬만큼 나이가 차자 대부는 단테를 삐띠에 휘하의 단원으로 임명했다.

대부는 지오르지오를 통해 단테의 성격과 그가 저지른 몇 가지 사고 얘기를 듣고 나서야 비로소 이 결정을 내리게 됐다. 단테는 같은 고등학교를 다니는 예쁜 여학생을 강간하고 동갑내기 친구 하나를 단도로 공격한 일로 고소를 당했다. 단테는 삼촌들에게 할아버지한테는 말하지 말아달라고 빌었고 그들은 그러겠다고 약속을 했지만, 당연히 그 즉시 대부는 보고를 받았다. 이 고소사건들은 단테가 기소되기 전에 많은 돈을 주고 무마가 됐다.

그리고 단테는 십대 때부터 크로스를 심하게 질투하기 시작했다. 크로스는 훤칠한 미남에다 예의바른 청년이었다. 클레리쿠지오가의 여자들은 너나 없이 그를 흠모했고 그와 사귀지 못해서 안달을 했다. 여자 사촌들은 대부의 손자는 본 척도 안하고 크로스한테만 꼬리를 쳤다. 르네상스 풍의 모자를 쓰고 다니면서 못된 농담을 즐기고 작은 키에 엄청난 근육질 몸매를 자랑하는 단테는 어린 소녀들에게는 위협적이었다. 단테는 이 모든 것들을 눈치 채지 못할 만큼 바보가 아니었다.

단테는 시에라의 산장에 갈 때면 총보다는 덫을 놓아서 짐승들을 잡는 일을 좋아했다. 서로 간에 긴밀한 관계를 유지했던 클레리쿠지오가에서는 친척들끼리 사랑하는 일이 왕왕 있었고 단테도 여자 사촌 한 명과 사랑하는 관계가 됐는데, 그의 구애는 지나치게 노골적인 구석이 있었다. 그리고 브롱크스에 거주하는 클레리쿠지오 단원들의 딸들과도 지나칠 정도로 친하게 지냈다. 결국 그를 교육하고 훈계하는 부모 역할을 맡고 있던 지오르지오는 그의 욕구를 가라앉히기 위해서 뉴욕에 있는 한 고급 유곽을 그에게 맡겼다.

하지만 단테는 상상을 초월할 정도로 호기심이 많고 영악해서 대부의 손자들 가운데 유일하게 클레리쿠지오가가 하는 일의 정체를 알아챌 수 있었다. 그래서 결국 그는 훈련을 받고 작전에 투입되는 단원이 되기에 이르렀다.

시간이 흐르면서 단테는 가족들로부터 점점 소원해지는 느낌을 받았다. 대부는 전과 다름없이 그를 사랑했고 그에게 자신의 제국을 물려준다는 점을 확실히 했지만, 이제 그는 손자와 생각을 공유하지 않았고 자신의 통찰과 비밀스런 지혜로운 말들도 들려주지 않았다. 그리고 대부는 전략을 짤 때 단테가 내놓는 제안과 의견을 인정해주지 않았다.

지오르지오, 빈센트, 뻬띠에 삼촌은 그가 어렸을 때처럼 다정하지 않았다. 뻬띠에 삼촌은 친구처럼 스스럼이 없었던 것은 사실이었지만, 이제 그는 뻬띠에 삼촌에게 훈련을 받아야 하는 위치에 놓여 있었다.

단테는 상당히 영리했고 그래서 자기가 산타디오파 학살과 아버지의 죽음에 대해 알고 있다는 사실을 고의적으로 밝힌 것이 잘못일지도 모른다고 생각했다. 심지어는 그는 뻬띠에 삼촌에게 지미 산타디오에 관해 물어보기까지 했는데, 삼촌은 단테의 아버지를 존경했고 그가 죽었을 때 아주 슬퍼했노라고 대답했다. 비록 절대 공개적으로 얘기하지도 않았고 사실이라고 인정하지도 않았지만, 대부와 그의 아들들은 단테가 진실을 안다는 사실을, 로즈 마리가 발작을 할 때 그 비밀들을 털어놓았다는 것을 알고 있었다. 그들은 그 사태를 수습해보려고 단테를 어린 왕자처럼 귀하게 대접해 주었다.

하지만 단테의 성격에 가장 큰 영향을 끼쳤던 부분은 어머니에 대한 연민과 사랑이었다. 그녀는 발작을 할 때면 피피에 대한 증오심으로 단테의 마음에 불을 질렀다. 그녀는 아버지와 오빠들은 용서를 해주었다.

대부는 손자의 마음을 훤히 꿰뚫어볼 수 있었고, 그래서 이런 모든 상황들을 종합해서 최후의 결정을 내렸다. 대부는 단테가 사회의 보호막 안에 은신할 수 있는 아이가 아니라는 판단을 내렸다. 산타디오와 클레리쿠지오의 피가 섞이면서 그는 지극히 잔인한 성향을 갖게 되었다. 따라서 단테는 빈센트와 뻬띠에, 지오르지오 그리고 피피와 합류하는 방법밖에 없었다. 그들은 힘을 합쳐 최후의 전투를 치르게 될 것이다.

그리고 단테는 비록 충동적이기는 했지만 훌륭한 단원임을 증명했다. 그는 지나치게 독립적인 나머지 조직의 규칙을 우습게 알았고 때로는 명령을 따르지 않을 때도 있었다. 있으나마나한 브룰리오네나 훈련이 부족한 단원이 일탈적 행동을 저질러서 신속하게 그들을 처리해야할 때 그의 잔인함은 유용하게 쓰였다. 단테는 대부를 제외하고는 누구도 통제하기가 힘들었지만 이상하게도 대부는 그를 직접 야단치는 일은 삼갔다.

단테는 어머니의 미래가 두려웠다. 그녀의 미래는 대부에게 달려 있었고, 발작이 점점 잦아질 때마다 대부는 점점 더 조급해지는 모습을 보였다. 딸이 큰 탈출구라며 발로 원을 그리고는 그 안에 침을 뱉으면서 다시는 집에 들어가지 않겠노라고 고래고래 소리를 지를 때는 특히 더 그랬다. 그럴 때면 대부는 며칠 동안 그녀를 병원에 보내버렸다.

그래서 단테는 그녀가 발작을 일으킬 때마다 어머니를 달래면서 본래의 착하고 다정한 모습으로 되돌리려고 애를 썼다. 하지만 그는 결국에 가서는 어머니를 보호하지 못하게 될지도 모른다는 극도의 두려움을 느꼈다. 자신이 대부만큼 강력해지지 않는 한에는.

단테가 세상에서 유일하게 무서워한 사람은 늙은 대부였다. 그 감정은 어린 시절에 느꼈던 할아버지에 대한 인상에서 비롯된 것이었다. 그리고 삼촌들이 대부를 사랑하는 것 못지않게 극히 두려워한다는 사실도 알았다. 단테에게는 그런 사실이 참으로 놀라웠다. 대부는 팔십의 노인이었고 기력도 떨어져 집밖에는 거의 나가지 않았으며 키도 줄어들었다. 그런데 왜 그를 두려워하는 걸까?

물론 대부는 식욕이 좋았고 풍채가 사람을 압도했으며, 나이 때문에 이가 약해져서 파스타와 잘게 간 치즈, 끓인 야채와 수프 외에는 다른 음식을 먹지 못한다는 점이 문제라면 문제였다. 고기는 작게 썰어서 토마토소스에 푹 끓여서 먹었다.

하지만 늙은 대부는 머지않아 죽을게 틀림없었고 결과적으로 권력의 이동이 있을 것이다. 만약 피피가 지오르지오의 오른팔이 된다면 어떻게 될까? 만약 피피가 우격다짐으로 권력을 장악한다면? 그리고 그런 일이 생길 경우, 특히 제너두 호텔의 지분으로 막대한 부를 얻는 크로스가 부상하리라는 것은 충분히 예상할 수 있는 일이었다.

그래서 단테는 단순히 피피가 가족들에게 자기를 비난했다는 증오심에서가 아니라 실제적인 이유에서 결심을 굳히게 되었다.

지오르지오는 단테에게도 어느 정도의 권위가 있어야 한다는 생각에서 짐 로지에게 봉급을 지불하는 일을 맡겼고 그러면서 단테는 처음으로 짐 로지를 알게 됐다.

물론 로지가 배신할 경우를 대비해서 단테를 보호하기 위한 예방책들은 세워져 있었다. 계약서를 만들어서 로지가 조직에서 관리하는 경호회사의 고문으로 일하는 것처럼 꾸몄다. 그 계약은 기밀사항이라는 것과 로지에게는 현금으로 봉급을 지불한다는 사항이 특기되었다. 하지만 세금보고서 상으로는 로지에게 나가는 돈은 일반경비로 보고됐고 돈의 수혜자는 다른 사람의 명의를 사용했다.

단테가 로지와 좀더 친밀한 관계를 맺게 된 것은 로지에게 봉급을 지불하는 일을 맡은 지 칠 년이 지나서였다. 그는 로지의 명성을 대단치 않게 여겼고, 그저 노년에 대한 대비책으로 큰 건수를 챙기고 있는 중년의 남자

정도로 평가했을 뿐이었다. 그러나 로지는 사방에 손을 뻗치고 있었다. 마약거래상들을 보호해주었고, 도박사업을 보호해주는 대가로 클레리쿠지오파에서 돈을 받았으며, 심지어는 힘 있는 소매상들에게 그들을 보호해준다는 명목으로 돈을 뜯어내기까지 했다.

단테는 로지에게 좋은 인상을 주기 위해서 최대한 그의 비위를 맞춰주었다. 로지는 단테의 교활하고 짓궂은 농담과 일반적으로 통용되는 도덕적인 원칙들을 무시해버리는 그의 태도에 호감을 느꼈다. 단테는 흑인들에 대해 퍼붓는 로지의 독설을 특히 재미있어했다. 로지는 흑인들이 서구 문명을 파괴하고 있고 그래서 자기는 그들과 전쟁을 치르고 있다고 주장했다. 그렇다고 단테가 흑인에 대한 편견이 있었던 것은 아니었다. 흑인들은 그의 인생에 아무런 피해를 주지 않았고 피해를 주는 일이 벌어진다고 해도 가차없이 제거해버리면 그만이었다.

단테와 로지는 성향이 비슷했다. 두 사람 다 외모에 관심이 많은 멋쟁이였고, 여자를 지배하려는 성적인 취향도 비슷했다. 둘 다 색을 밝히기보다는 자기의 힘을 과시하는 것을 즐기는 쪽이었다. 단테가 서부에 갈 일이 있을 때면 두 사람은 같이 시간을 보내곤 했다. 함께 저녁도 먹고 나이트 클럽들을 돌아다녔다. 단테는 그를 라스베가스와 제너두 호텔로 데려갈 정도로 대담하지는 않았고 그럴 필요도 느끼지 않았다.

단테는 로지에게 자기가 처음에는 여자들한테 비굴할 정도로 비위를 맞춰준다느니, 여자들은 자기 외모만 믿고 오만하게 군다느니 하는 이야기들을 신이 나서 떠들어댔다. 그리고는 억지로 성관계를 할 수밖에 없는 상황으로 여자들을 몰아넣어서 승리를 만끽한다고 자랑했다. 로지는 단테의 속임수를 슬쩍 경멸하면서 자기는 남성적인 매력을 발휘해서 처음부터 여자를 꼼짝 못하게 만든 다음에 실컷 모욕을 준다며 자랑을 하곤 했다.

두 사람 모두 그들의 구애에 반응하지 않는 여자들에게 억지로 성관계를 강요할 생각은 없노라고 단언했다. 아테나 아퀴탠이 자기들을 받아준다면 대단한 걸 얻을 수 있을 거라는 데에 두 사람은 의견의 일치를 보았다. 같이 로스앤젤레스의 클럽들을 배회하면서 여자들을 사귀게 되면 그들은 여자들을 서로 비교했고, 마지막 선까지 갔다가 결정적인 행위는 거절할 수 있다고 생각하는 허영심 많은 여자들을 비웃곤 했다. 여자들이 너무 거세게 항의를 하면 로지는 경찰배지를 보여주면서 매춘으로 체포하겠다고 위협을 했다. 그들 중 많은 여자들이 매춘부였기 때문에 위협은 효과가 있었다.

단테의 주도 하에 두 사람은 주로 저녁에 만났다. 로지는 '깜둥이' 이야기를 하지 않을 때면 매춘부들의 다양한 부류에 관한 이야기를 화제로 삼았다.

로지에 따르면 우선, 한 손에는 돈을 다른 한 손에는 성기를 쥐는 전업 매춘부들이 있었다. 그리고 남자를 유혹해서 좋은 분위기에서 관계를 맺은 다음에 아침에 남자가 방에서 나가려고 하면 집세를 내게 도와달라며 돈을 요구하는 비전업 매춘부들이 있었다.

그 외에 비전업 매춘부들 중에는 동시에 여러 남자를 장기간 사귀면서 휴일 때마다 보석 선물을 받는 부류가 있었다. 또 한편, 계약직 비서, 비행기 승무원, 고급 가게의 점원 같은 여자들이 있었는데, 이런 여자들은 값비싼 저녁식사를 먹고 난 뒤에 커피를 마시자며 자기 아파트로 남자를 초대해서는 손 한 번 만져볼 틈도 주지 않고 남자를 추운 길바닥으로 내쫓아버리기 일쑤였다. 두 사람이 좋아하는 부류는 바로 이런 여자들이었다. 그들과의 성관계는 흥미진진해서 마치 연속극처럼 울음을 꾹 참고 상대를 용서하고 기다려주는 척 하다가 마지막에는 섹스에 이르게 되는데, 그때 맛보는 쾌감은 시시한 사랑 놀음과는 비교가 되지 않았다.

두 사람이 베니스에 있는 르 쉬느와에서 저녁식사를 한 어느 날 저녁, 단테는 로지에게 산책로를 따라 좀 걷자고 했다. 그들은 사람들이 지나다니는 길가 의자에 앉아 롤러 블레이드를 타는 아름다운 여자들과 그들을 쫓아다니면서 호객행위를 하는 다양한 남창들과 무슨 말인지 전혀 이해가 안 가는 격언들을 적어놓은 티셔츠들을 파는 매춘부들을 구경했다. 동냥 그릇을 든 하레 크리슈나 교도들, 수염을 기르고 기타를 든 가수들, 카메라를 맨 가족들, 그리고 그들을 반사하고 있는 태평양의 검은 바다와, 바다 위 모래사장에 드문드문 떨어져서 담요를 덮고 웅크린 채 몰래 이상한 짓들을 하는 남녀들도 구경했다.

로지가 유쾌하게 웃으며 말했다.

"난 말이야, 그럴 듯한 이유를 대고서 여기 있는 사람들을 죄다 체포할 수 있어. 이건 완전히 동물원이지 뭐야."

"롤러스케이트를 탄 저 예쁜 것들도?"

"음부 같은 위험한 무기를 소지한 죄목으로 잡아넣으면 되지."

"여긴 깜둥이는 별로 없군."

로지는 의자 위에 대자로 드러눕더니 남부사투리 흉내를 냈다.

"내가 검은 형제자매들한테 너무 심했던 것 같아. 진보주의자들 말대로, 그게 다 과거에 노예였기 때문에 그런 건데 말이야."

단테는 결정적인 부분이 나오기를 기다렸다. 로지는 거친 펑크족들을 쫓아버릴 심산으로 두 손을 머리 뒤로 깍지를 껴서 윗도리 사이로 권총집이 보이게 했다. 사람들은 그가 산책로에 첫 발을 디뎠을 때부터 경찰이라는 걸 알아봤기 때문에 특별히 거기에 눈길을 주는 사람은 아무도 없었다. 짐 로지는 말을 이었다.

"노예생활은 말이야, 사람의 사기를 꺾어. 노예생활이 너무 편해서 사람이 의존적으로 돼버리거든. 자유는 너무 힘든 거지. 농장에서 노예들은 곧 재산이었으니까 세심하게 건강을 살펴주고 하루 세끼 식사도 꼬박꼬박 챙겨주고 방세도 공짜, 옷도 공짜로 줘가며 노예들을 보살펴줬던 거야. 심지어는 자기 자식들도 책임질 필요가 없었고 말이야. 상상해 보라고. 농장주들은 노예 딸들을 갖고 놀고 그 여자들이 새끼를 낳으면 새끼들한테 평생 일거리를 줬지. 물론 노예들은 일을 했지만 허구헌날 노래나 흥얼거리면서 힘들면 얼마나 힘들었겠어? 내가 장담하건대, 백인 다섯 명이면 깜둥이 새끼들 백 명이 할 일을 할 수 있다고."

단테는 우스웠다. 로지가 지금 진심으로 이런 말을 하는 걸까? 그건 아무래도 좋았지만, 그의 얘기는 순전히 감정적인 표출이었지 이성적인 생각에서 나온 말은 아니었다.

기분 좋은 저녁이었고 그들 앞에 펼쳐진 세상은 편안하고 안전한 기분을 느끼게 해주었다. 이 사람들은 그들에게 전혀 위험하지 않았다.

느닷없이 단테가 말을 꺼냈다.

"너한테 제안하고 싶은 게 있는데 말이야, 진짜 중요한 거야. 먼저 뭐부터 들을래? 보상이야 아니면 얼마나 위험한 일인지에 대해서야?"

로지는 그를 보며 씩 웃었다.

"항상 그렇듯이 보상이 먼저지."

"선금으로 20만 달러를 주지. 일 년 뒤에는 제너두 호텔에서 보안감독을 시켜주겠어. 봉급도 지금 받는 것보다 다섯 배는 많이 주고. 교제비도 주지. 큰 차에 사무실에 중역자리도 하나 주고 여자들도 맘대로 갖고 놀 수 있게 해줄게. 호텔 쇼걸들 신원조회를 담당하게 될 테니까. 지금처럼 추가수당도 주고 말이야. 게다가 먼저 총을 쏠 필요도 없어."

"꽤 괜찮은데? 하지만 누군가는 쏴야할 텐데. 위험한 일인가 보지?"

"나한테는. 내가 쏠 거거든."

"난 왜 안 돼지? 난 경찰배지가 있어서 합법적으로 총을 쏠 수 있는데 말이야."

249

"왜냐면 네가 총을 쏘면 육 개월 안에 죽을 테니까."

"그럼 난 뭘 하지? 새 깃털로 네 엉덩이나 간질일까?"

단테는 계획의 전모를 설명해 주었다. 로지는 대담한 계획이라는 듯이 휘파람을 불었다.

"하필이면 왜 피피지?"

"머지않아 배신자로 돌변할 놈이니까."

로지는 여전히 납득이 안 가는 듯한 표정이었다. 그가 사람을 죽이는 범죄행위에 가담하기는 이번이 처음이었다. 단테는 미끼를 좀더 던져야겠다고 생각했다.

"자살한 보즈 스카넷, 기억하지? 크로스가 죽였는데, 직접 한 건 아니고 리아 밧지라는 남자와 같이 했지."

"어떻게 생긴 남잔데?"

단테가 밧지의 생김새를 말해주자 그는 호텔 현관을 나가는 스카넷을 막아섰을 때 그와 같이 있던 남자가 밧지였다는 사실을 알게 됐다.

"그 밧지란 작자를 어디가면 만날 수 있지?"

단테는 한참을 고민했다. 지금 그는 조직의 신성한 법을 깨뜨리는 엄청난 짓을 벌이고 있었다. 대부의 법을. 하지만 그렇게 함으로써 크로스를 제거할 수 있었고, 크로스는 피피가 죽은 뒤 그에게는 두려운 존재가 될 것이다.

"누가 말해줬는지는 아무한테도 얘기 안 하겠어."

로지는 약속했다. 단테는 잠시 더 생각을 해보더니 말했다.

"밧지는 시에라에 있는 우리 조직의 사냥용 산장에서 살고 있어. 하지만 피피를 제거하기 전까지는 아무 짓도 하지 마."

"물론이지."

그도 다 생각이 있었다.

"그리고 선불로 20만 달러를 주는 건 확실하지?"

"그럼."

"입맛 당기는데. 한 가지 말해두지. 만약 클레리쿠지오파가 내 뒷조사를 할 경우에는 널 강물에 매장해버리겠어."

"걱정하지 말라고. 만약 그런 얘기가 들리면 내가 널 먼저 죽일 거야. 자, 이제 세부적인 계획을 짜는 일만 남았군."

이 모든 것이 그들이 계획한대로 이루어졌다.

피피의 몸에 여섯 발의 총알을 발사하고 피피가 자기를 쳐다보며 "재수 없는 산타디오 새끼."라고 속삭였을 때, 단테는 이제껏 한 번도 경험해본 적이 없는 극도의 희열감을 느꼈다.

20

리아 밧지는 처음으로 그의 우두머리인 크로스의 명령을 고의적으로 어겼다. 그것은 불가피한 사정 때문이었다. 짐 로지는 산장으로 또다시 그를 찾아와서 스카넷의 죽음에 대해 물었다. 리아는 스카넷을 전혀 모른다고 부정했고 당시 우연히 호텔 현관에 있었을 뿐이라고 했다. 로지는 그의 어깨를 툭툭 치더니 손바닥으로 얼굴을 슬쩍 때렸다.

"좋아, 이 이탈리아 새끼야. 조만간 널 처넣을 거야."

리아는 마음 속으로 로지에 대한 사형선고를 내렸다. 상황이 어떻게 전개되든지 간에 그의 앞날이 위태로운 것은 분명했고 따라서 그는 로지를 죽일 수밖에 없었다. 하지만 극히 신중하게 처리해야 할 일이었다. 클레리쿠지오파는 엄격한 규칙이 있었다. 절대 경찰을 해치지 말라는 것이었다.

리아는 로지의 동료로 일하다가 은퇴한 필 샤키를 만나려는 크로스를 차로 데려다줬던 일을 떠올렸다. 그는 샤키가 5만 달러를 준다는 말에 침묵을 지킬 것이라고는 절대 믿지 않았다. 샤키는 로지에게 그 얘기를 했을 테고 자기가 차에서 기다리고 있던 것도 봤을 거라고 확신했다. 만약 그렇다면 크로스와 자신은 극히 위험했다. 경찰들은 마피아들과 마찬가지로 함께 뭉치기 마련이라서 그는 처음부터 크로스의 생각을 믿지 않았다. 그들에게도 그들만의 오메르타가 있었다.

리아는 두 명의 부하를 골라서 그들과 함께 산장에서 필 샤키의 집이 있는 산타 모니카로 갔다. 그는 샤키와 얘길 해보면 그가 크로스와 만났다는 얘기를 로지에게 했는지 아닌지 쉽게 알 수 있을 거라고 확신했다.

샤키의 집 밖에는 아무도 없었고 잔디밭에는 잔디 깎는 기계만 있을뿐 텅 비어 있었다. 하지만 차고 문이 열려진 채로 차가 주차돼 있어서 리아는 문으로 이어지는 시멘트 길을 따라 걸어가 초인종을 눌렀다. 아무 대답이 없었다. 그는 계속 초인종을 울렸다. 시험삼아 손잡이를 돌려봤더니 문이 잠겨 있지 않았다. 이제 선택을 해야 했다. 들어갈 것인가, 아니면 곧장 자리를 뜰 것인가? 그는 넥타이 끝으로 손잡이와 초인종에 묻은 지문을 닦아냈다. 그런 다음 문을 열고 좁은 복도로 들어서며 큰 소리로 샤키를 불렀다. 아무 대답이 없었다.

리아는 집안으로 들어갔다. 침실 두 개는 썰렁하게 비어 있었고 그래서 그는 벽장 안과 침대 아래를 들여다보았다. 거실로 나가 소파 아래도 보고 방석들도 들쳐보았다. 그런 다음 그는 부엌으로 들어갔는데 탁자 위에는 우유병 하나와 먹다만 치즈샌드위치와 가장자리에 노란 마요네즈가 말라붙은 흰 빵이 놓여 있었다.

부엌에 얇은 판석으로 된 갈색 문이 하나 있어서 그 문을 열었더니 계단 두 개만 내려가면 되는 얕은 지하실이 하나 나왔는데 그곳은 창문이 없는 일종의 비밀 장소였다.

리아 밧지는 두 계단을 내려간 다음 낡은 자전거의 뒤쪽을 살펴보았다. 큼지막한 벽장 문도 열어보았다. 그 안에는 경찰제복만 달랑 걸려 있었고 벽장 바닥에는 두툼한 검은 구두 한 켤레와 구두 위에는 경찰모자가 놓여 있었다. 있는 거라고는 그게 전부였다.

리아는 바닥에 놓인 큰 여행가방 쪽으로 가서 가방 뚜껑을 열어 젖혔다. 뚜껑이 놀라울 정도로 가벼웠다. 가방 윗부분에는 단정하게 접은 회색 담요 여러 장이 들어 있었다.

리아는 다시 계단을 올라간 다음 안뜰로 나가 바다를 바라보았다. 모래에 시체를 묻는다는 건 무모한 짓이었다. 그래서 그는 그 생각은 접었다. 어쩌면 누군가가 집에 들러서 샤키를 데려갔을 가능성도 있었다. 하지만 그렇게 되면 누군가에게 들킬 위험이 있었다. 게다가 샤키는 죽이려고 섣불리 덤빌 수 있는 상대가 아니었다. 그래서 리아는 만약 그 남자가 죽었다면 틀림없이 이 집안에 있을 거라는 추리를 했다. 그는 그 즉시 지하실로 되돌아가 트렁크에서 모직 담요들을 모두 치워냈다. 예상했던 대로 처음에는 큼지막한 머리가, 그 다음에는 깡마른 몸뚱이가 나타났다. 샤키의 오른쪽 눈에는 총알구멍이 나 있었고 그 구멍에 핏덩어리가 붉은 동전처럼 엉켜 있었다. 죽은 지 오래 되어 납빛으로 변해버린 얼굴에는 검은 점들이 찍혀 있었다. 노련한 살인자였던 리아는 그것이 의미하는 바를 정확히 알았다. 누군가 아는 사람이 그에게 아주 가까이 접근해서 눈에 총을 쐈으며 그 검은 점들은 바로 화약 자국이었다.

리아는 조심스럽게 담요들을 접어서 시체를 덮은 다음 집을 빠져나왔다. 지문은 전혀 남기지 않았지만 담요 털이 옷에 묻어있을 게 분명했다. 그는 옷을 모조리 버려야 했다. 신발도 마찬가지였다. 그는 부하들에게 공항으로 차를 몰게 했고, 라스베가스 행 비행기를 기다리는 동안 공항에 있는 가게에서 갈아입을 옷과 신발을 샀다. 그런 다음 기내로 들고 들어갈 수 있는 가방을 하나 사서 갈아입을 옷을 넣었다.

라스베가스에 도착해서 그는 제너두 호텔 객실을 하나 빌린 다음에 크로스에게 연락을 했다. 그런 다음 그는 깨끗하게 샤워를 하고 새로 산 옷을 입었다. 그러고 나서 크로스의 전화를 기다렸다.

크로스로부터 전화가 오자 리아는 그가 있는 곳으로 올라가겠노라고 했다. 그는 벗은 옷이 든 가방도 가지고 갔다. 크로스를 보고는 다짜고짜 "자네는 5만 달러를 아끼게 됐네." 라는 말부터 했다.

크로스는 그를 쳐다보며 슬그머니 웃었다. 평소에도 리아는 옷차림이 산뜻했지만, 꽃무늬 셔츠에 푸른색 두꺼운 면바지 그리고 역시 푸른색의 얇은 재킷을 입은 그의 옷차림이 볼만 했다. 마치 별볼일 없는 카지노 사기꾼 같은 모습이었다.

리아는 그에게 샤키 소식을 전해주었다. 그리고 허락 없이 행동한데 대해 사과를 하려고 하자 크로스는 됐다고 했다.

"아저씨는 저 때문에 이 일에 관여하게 됐으니까 당연히 아저씨 자신을 보호해야죠. 그런데 이번 일을 어떻게 해석해야 할까요?"

"간단해. 샤키는 로지를 단테와 연관시킬 수 있는 유일한 사람이야. 절대 다른 해석이 있을 수 없어. 단테가 로지를 시켜서 자기 동료를 죽이게 한 거야."

크로스는 궁금해졌다.

"샤키가 왜 그렇게 멍청했을까요?"

리아는 어깨를 으쓱했다.

"로지한테서도 돈을 받아내고 자네한테서도 어찌됐든 5만 달러를 받으려고 했던 게지. 자네가 돈을 주는 걸로 봐서 샤키는 로지가 엄청난 도박을 벌이고 있다는 걸 알았을 거야. 뭐니뭐니 해도 이십 년간 형사생활을 한 사람이었으니까 그 정도는 다 알 수 있었을 테지. 게다가 오랜 기간 동료로 일했던 로지가 자기를 죽이리라는 건 꿈도 꾸지 못했고 말이야. 그 사람은 단테가 어떤 인간인지 몰랐던 거야."

"지독한 자식들."

"상황이 이런 식으로 돌아가는 걸로 봐서 자네는 신변안전을 철저히 해야 되네. 난 단테가 그 위험성을 감지했다는 사실에 솔직히 놀랐어. 단테로서는 로지를 설득해서 샤키를 죽이도록 했을 테지만 사실 로지는 자기의 오랜 동료를 죽이고 싶진 않았을 거야. 사람들은 누구나 감상적인 구석이 있으니까."

"그러니까 지금 단테가 로지를 조종하고 있는 거군요. 전 로지가 단테보다 더 거칠다고 생각했는데."

"자네가 지금 얘기하고 있는 그 놈들은 서로 판이하게 다른 두 마리 짐승이야. 로지는 가공할 힘을 가진 짐승이고 단테는 미친 짐승이야."

"결론적으로 얘길 해서 단테는 자기가 한 짓에 대해 제가 알고 있다는 사실을 아는 거군요."

"그건 다시 말해서 우리가 아주 신속하게 행동을 해야 한다는 뜻이지."

크로스가 고개를 끄덕였다.

"영성체로 해야 할 겁니다. 두 사람을 흔적을 남기지 말고 죽어야 한단 말이죠."

리아가 큰 소리로 웃었다.

"그런다고 대부가 속을 거라고 생각하나?"

"계획만 제대로 짜면 아무도 우릴 비난하지 못할 겁니다."

리아는 크로스와 삼 일 동안 같이 있으면서 계획을 의논했다. 그 사이 그는 며칠 전에 입었던 옷을 호텔 소각장에서 직접 태워 없앴다. 크로스는 운동 삼아 골프를 쳤고 리아는 골프 카트를 운전하면서 그와 같이 있었다. 리아는 골프가 왜 그렇게 사람들한테 인기인지 이해가 되지 않았다. 그의 눈에 골프는 정신 나간 짓으로밖엔 보이지 않았다.

삼 일째 되는 날 밤, 두 사람은 펜트하우스의 발코니에 앉아 있었다. 크로스는 브랜디와 하바나 여송연을 꺼내왔다. 저 아래의 환락가에는 사람들이 들끓고 있었다.

"두 사람이 아무리 영리하다고 해도, 우리 아버지가 죽은 지 얼마 되지도 않아서 제가 죽으면 대부도 무조건 단테를 감싸고 돌 수만은 없을 겁니다. 우리한테는 아직도 시간 여유가 있다고 봅니다."

리아가 여송연을 빨았다.

"너무 오래 끌면 안 돼. 지금 두 사람은 자네가 샤키와 얘길했다는 사실을 알고 있어."

"우린 두 사람을 동시에 죽여야 돼요. 반드시 영성체로 해야 한다는 것을 명심하세요. 두 사람 시체는 절대 발견되면 안 됩니다."

"자넨 뒷일을 먼저 걱정하는군. 우린 그들을 죽이는 방법부터 먼저 생각해내야 한다고."

크로스가 한숨을 쉬었다.

"아주 어려운 일이 될 겁니다. 로지는 위험하고 신중해요. 단테는 싸우는 법을 알죠. 우린 두 사람을 따로 떼 놓아야 합니다. 로스앤젤레스에서 그게 가능할까요?"

"아니. 거긴 로지의 영역이야. 그곳에서는 절대 그 자를 못 당해. 우린 라스베가스에서 일을 처리해야 돼."

"규칙을 위반하면서 말이죠."

"만약 영성체를 준다면 두 사람이 어디서 죽었는지는 아무도 모르게 될 거야. 게다가 경관을 죽일 거니까 규칙은 이미 깬 거고."

"두 사람을 동시에 라스베가스로 끌어들일 방법이 있습니다."

그는 리아에게 계획을 설명했다.

"미끼가 좀더 필요해. 우리가 원하는 시간에 로지와 단테를 이리로 확실히 오게 만들어야 해."

크로스는 브랜디를 한 잔 더 마셨다.

"좋아요, 이렇게 하면 될 겁니다."

그는 리아에게 자기 계획을 설명했다. 리아는 좋은 생각이라는 듯이 고개를 끄덕였다.

"두 사람의 죽음은 곧 우리의 구원이 되겠죠. 그리고 모두 속을 겁니다."

"대부만 빼고 말이지. 대부야말로 유일하게 두려워해야 할 사람일세."

제8부

∽

영성체

21

천만다행으로 스티브 스텔링스는 메쌀리나의 마지막 촬영을 끝내고 난 뒤에 죽었다. 자칫하면 재촬영을 하느라 수백만 달러를 들이는 사태가 벌어질 뻔한 상황이었다.

마지막으로 촬영한 부분은 실제로는 영화 중간에 들어가는 전투장면이었다. 라스베가스에서 80킬로미터 가량 떨어진 곳에 작은 사막도시를 세웠고, 클라디우스 황제는 그곳을 기지로 삼아서 아내 메쌀리나를 대동하고 페르시아 군대를 쳐부수게 되어 있었다.

그날 밤 스티브 스텔링스는 작은 마을에 있는 호텔방으로 돌아갔다. 그는 밤을 같이 보낼 여자 둘을 데리고 코카인에다 술까지 잔뜩 마셨고, 사람들 엉덩이를 죄다 걷어차 버리고 싶을 만큼 기분이 아주 나쁜 상태였다. 이유는 그가 영화에서 차지하는 비중이 인기배우가 아닌 그저 그런 등장인물들 중 하나로 줄어들었기 때문이었다. 그는 자신이 이류배우로 전락하고 있다는 사실을 깨달았고 그것은 배우가 나이가 들면 어쩔 수 없이 겪어야 하는 필연적인 과정이었다. 또 한 가지 이유는 그가 내심 기대했던 아테나가 촬영기간 내내 그를 멀리했다는 점이었다. 게다가 자기 생각에도 좀 유치하긴 했지만, 초벌 편집한 영화를 미리 보여주는 쫑파티에서 최고 인기배우 대접을 못 받게 됐다는 점도 작용을 했다. 그에게는 제너두 호텔의 유명한 별장이 할당되지 않았다.

스티브 스텔링스는 영화계에 오랜 세월 몸담고 있었기 때문에 권력구조의 생리를 잘 알았다. 최고 인기배우였던 시절에 그는 모든 사람들의 우위에 있었다. 이론적으로는 영화제작의 가부를 결정하는 영화사 대표가 우두머리였다. 영화사에다 소위 '재료'를 대주는 힘 있는 제작자도 역시 중요했는데, 제작자는 배우와 감독과 각본을 하나로 묶어주고, 최종적인 각본이 나오기까지 그 진행과정을 감독하며, 공동 제작자라는 명예만 있고 실제적인 권한은 없는 투자자들을 모아서 제작비를 조달하는 일을 책임졌다. 그 기간 동안에는 제작자가 우두머리였다.

하지만 일단 영화가 촬영을 개시하면 우두머리 자리는 감독에게 돌아갔다. 물론 그가 일급 감독이거나 혹은 성공이 보장된 인기 감독, 즉 영화 개봉 초기에 관객을 확보할 능력이 있고 인기배우들을 끌어올 수 있는 감독이라는 전제에서 그렇다. 감독은 영화 전반에 대해 완전한 주도권을 잡았다. 모든 게 그를 통해서 이루어졌다. 의상이며 음악, 무대장치, 배우들의 연기 방향까지. 또한 감독들은 영화계에서 가장 단합이 잘 이루어지는 부류였다. 빈자리가 생기면 무명 감독들이 속속 그 자리를 채우곤 했다.

하지만 아무리 그들이 위세등등하다고 해도 인기 절정의 배우에게는 고개를 숙일 수밖에 없었다. 한 영화에 두 명의 인기배우를 기용한 감독은 말하자면 두 마리의 야생마를 타야 하는 사람이나 마찬가지였다. 잘못하다가는 십년감수하는 상황이 벌어질 수도 있었다. 스티브 스텔링스는 과거에는 그런 배우였지만 이제는 아니라는 사실을 잘 알았다.

그날의 촬영은 고생스러웠고 그래서 스텔링스에게는 휴식이 필요했다. 그는 샤워를 하고 큼지막한 스테이크를 먹은 다음 꽤 괜찮게 생긴 지방 여배우 둘이 도착하자 여자들에게도 코카인과 샴페인을 대접했다. 한 번 정도는 느슨하게 긴장을 푼다고 해서 나쁠 것도 없었고, 어차피 쇠퇴기에 접어든 이상 사실 이제는 굳이 조심할 필요도 없었다. 그는 상당히 많은 양의 코카인을 흡입했다.

두 여배우는 남녀를 불문하고 전 세계 팬들이 경탄해마지않는 그의 엉덩이에 대한 헌사로 '스티브 스텔링스의 엉덩이에 키스를'이라는 글이 화려하게 새겨진 티셔츠를 입고 있었다. 그들은 잔뜩 주눅이 들어 있었고 그래서 코카인을 흡입한 뒤에야 비로소 티셔츠를 벗고 그와 한 몸이 되어 뒹굴었다. 그러고 나니 그는 약간 기분이 좋아졌다. 그는 코카인을 한 차례 더 들이마셨다. 여자들은 그의 바지와 윗도리를 벗기면서 그를 애무하고 있었다. 몸을 만지작거리는 그들의 손길에 기분이 느긋해지면서 스텔링스는 공상에 빠져들었다.

내일 있을 쫑파티에 가면 나의 전리품들을 모두 보게 되겠지. 그는 아테나 아퀴탠을 정복했다. 그리고 영화 대본을 쓴 클로디아, 그리고 오래 전 아직 자신이 이성애자인지 동성애자인지 확신이 없던 디터 타미와도 재미를 봤었다. 또한 바비 밴츠의 부인, 그리고 이제는 죽어서 목록에 포함시킬 순 없지만 스키디 피어의 부인과도 재미를 봤었다. 파티에서 남편이나 연인과 같이 지극히 평화로운 모습으로 앉아 있는 여자들을 하나씩 헤아려가며 둘러볼 때면 그는 일종의 숭고한 성취감을 느끼곤 했다. 그는 그 여자들 모두의 가장 절친한 친구였다.

갑자기 정신이 산란해졌다. 여자 하나가 그의 엉덩이에 손가락을 찔러 넣고 있었는데 그럴 때면 그는 항상 짜증이 났다. 치질 때문이었다. 그는 침대에서 일어나 코카인을 조금 더 흡입하고 난 뒤에 샴페인을 벌컥벌컥

마셨는데 술이 위장을 자극했던 모양이었다. 그는 구역질이 나면서 방향감각을 상실했다. 자기가 지금 어디에 있는지도 알 수 없었다.

갑자기 견딜 수 없는 피로감이 몰려들었다. 다리에 힘이 빠지고 손에서 잔이 미끄러져 떨어졌다. 그는 뭐가 뭔지 어리둥절할 뿐이었다. 아주 멀리에서 여자 비명소리가 들려서 화가 치밀었고, 마지막으로 머리 속에서 불빛이 번쩍하고 터지는 것을 느꼈다.

그 다음날 발생한 사태는 어리석음과 악의가 어우러져 만들어낸 결과라고 밖에는 할 수 없었다. 스티브 스텔링스가 침대 위에 있던 여자 위로 엎어지면서 여자가 비명을 질렀고, 그가 입을 벌리고 눈을 크게 뜬 채로 완전히 죽은 것처럼 보이자 두 여자는 기겁을 하고 계속해서 비명을 질러댔다. 그 비명소리가 호텔 직원과 호텔의 소박한 카지노에서 도박을 하고 있던 사람들의 귀에까지 들렸다. 사람들은 비명소리를 따라 윗층으로 올라왔다.

스텔링스가 묵고 있던 호텔방 밖에서 일고여덟 명의 사람들이 열린 문 너머로 그가 벌거벗은 채 침대 위에 배를 깔고 엎어져 있는 모습을 쳐다보았다. 눈 깜짝할 새에 근처에서 수백 명은 족히 되는 인파가 몰려들었다. 그들은 그의 몸을 만져보려고 방으로 비집고 들어왔다.

사람들은 처음에는 그저 전 세계 여자들의 마음을 홀린 남자를 존경하는 마음에서 그를 만졌다. 그러다가 몇몇 여자들이 키스를 하더니 어떤 여자들은 죽은 스텔링스의 성기를 만졌고 한 여자는 주머니에서 가위를 꺼내서 숱 많고 윤기 나는 그의 검은 머리카락을 회색 두피가 보일 정도로 한 움큼이나 잘라갔다.

가장 먼저 도착했던 스키피 디어는 그 즉시 경찰에 신고를 하지 않았다. 그는 죽은 스티브 스텔링스에게 여자들이 떼지어 몰려드는 모습을 지켜보았다. 그는 똑똑히 보았다. 마치 노래하는 연기를 할 때처럼 크게 벌리고 있는 스텔링스의 입과 깜짝 놀란 표정의 얼굴을.

디어는 제일 먼저 다가간 여자가 가만히 시체의 눈을 감겨주고 입을 다물어지게 해주고 나서 이마에 살짝 키스를 하는 모습을 보았다. 하지만 그 여자는 잔뜩 들뜬 또 한 무리의 여자들이 몰려오는 바람에 옆으로 밀려났다. 그 순간 디어는 슬며시 적개심이 치밀어 올라오면서 수년 전에 스티브 스텔링스에게 아내를 빼앗겼던 상처가 따끔거리며 아파왔고 그래서 몰려드는 사람들을 그대로 내버려두었다. 스텔링스는 어떤 여자도 자기를 거부할 수 없고 자기는 백이면 백 성공한다며 종종 허세를 부리곤 했었다.

그는 시선을 돌려 스텔링스의 유명한 엉덩이와 죽어서 창백해진 그의 몸을 훑어보면서 시체의 귀 한쪽 끝이 어디론가 사라지고 난 뒤에야 비로소 경찰에 신고를 했다. 그런 뒤에 사고현장을 통제하고 모든 문제를 해결했다. 그건 제작자들이 당연히 해야 할 일이었다. 그리고 그것은 그들의 장기이기도 했다.

스키피 디어는 즉시 시체를 부검하게 한 뒤에 배에 실어서 삼 일 뒤 장례식이 치러질 로스앤젤레스로 보냈다. 부검 결과, 스텔링스는 뇌동맥류가 있었고 머리로 전신의 피가 머리로 몰리는 바람에 뇌혈관이 터진 것으로 판명됐다.

디어는 그와 같이 있었던 두 여자를 찾아내서 코카인 사용으로 고발하지 않을 것이며 그가 앞으로 제작하려고 하는 새 영화에서 작은 배역을 맡게 해주겠노라고 약속했다. 그리고 이 년 동안 일 주일마다 천 달러씩 지급하기로 했다. 하지만 비밀이 새는 것을 막기 조치로서, 만약 두 사람이 스텔링스의 죽음에 대해 한 마디라도 발설을 하는 경우에는 계약은 파기된다는 조항을 달았다.

그런 다음 로스앤젤레스에 있는 바비 밴츠에게 전화를 걸어서 사고소식을 전했다. 또 디터 타미에게도 전화로 소식을 알리면서, 직간접으로 메쌀리나와 관계를 맺었던 모든 사람들에게 연락을 해서 라스베가스에서 열릴 시사회 겸 쫑파티에 빠지지 말고 참석하라는 말을 전하도록 했다. 그런 다음 디어 자신은 그렇게 심하다고 생각하지는 않았지만, 몸을 부들부들 떨면서 수면제 두 알을 먹고 잠자리에 들었다.

22

 스티브 스텔링스의 죽음은 라스베가스에서 열린 시사회 겸 쫑파티에 영향을 주지 않았다. 그것은 스키피 디어의 노련한 수완 덕분이었다. 그리고 영화제작상의 감정적인 측면도 일조를 했다. 스텔링스가 인기배우인 것은 사실이지만 그렇다고 최고 인기배우는 아니었다. 그가 많은 여자들과 육체관계를 가졌고 그보다 더 많은 수백 만의 여자들의 마음에 사랑의 불을 지폈던 것은 사실이었지만 그의 사랑은 상호적인 쾌감 이상은 절대 아니었다. 같이 영화작업을 했던 아테나, 클로디아, 디터 타미 그리고 세 명의 또 다른 인기 여배우들도 낭만적인 사람들이 상상했던 것과는 달리 크게 슬퍼하지 않았다. 모두들 스티브 스텔링스는 시사회가 차질 없이 진행되기를 원하며 자신의 죽음 때문에 쫑파티와 시사회가 취소되지 않기를 간절히 바랄 것이라고 입을 모았다.
 무도회에서 춤이 끝나면 상대에게 공손하게 인사를 하는 것처럼 영화판에서도 영화 한 편을 끝내고 나면 사람들은 대부분 지극히 공손하게 작별

인사를 주고받았다.

스키피 디어는 제너두 호텔에서 파티를 열고 같은 날 초벌 편집 상태의 시사회를 갖기로 한 구상은 순전히 자기 머리에서 나왔다고 주장했다. 그는 아테나가 이삼 일 뒤면 미국을 떠날 것을 알았고 따라서 그녀가 재촬영을 할 필요가 없다는 사실을 눈으로 확인하고 싶었다.

하지만 실제로는 제너두 호텔에서 파티를 열고 시사회를 갖자고 한 사람은 다름 아닌 크로스였다. 그는 마치 부탁하듯이 그 제안을 했다.

"제너두 호텔에 대한 홍보효과가 클 겁니다. 그 대신 저도 당신한테 뭔가를 해드리죠. 모든 영화관계자들과 당신이 초대하는 사람들 모두에게 1박2일 동안 방과 음식과 음료를 무료로 제공하겠습니다. 당신과 밴츠씨에게는 별장을 드리겠습니다. 아테나씨에게도 마찬가집니다. 당신이 원치 않는 사람들, 말하자면 언론사 기자들이 절대 영화의 초벌 편집 필름을 보지 못하도록 보안도 책임지겠습니다. 당신은 몇 년 전부터 별장을 상당히 갖고 싶어하신 걸로 압니다만."

디어는 곰곰이 생각한 뒤 말했다.

"단순히 홍보차원에서?"

크로스는 그를 보며 활짝 웃었다.

"당신이 데려오는 수백 명의 손님들은 주머니에 현찰을 두둑하게 담아오죠. 그 중 상당부분을 카지노에다 쏟아놓을 테고요."

"밴츠는 도박을 안 해. 그런데 나는 아니야. 당신은 내 돈도 가져가겠군."

"당신한테 신용을 담보로 5만 달러까지 꺼내 쓸 수 있게 해드리죠. 돈을 잃는다고 해도 갚으라는 얘긴 하지 않겠습니다."

그 말에 디어의 마음이 동했다.

"좋소. 하지만 이건 내가 생각해낸 걸로 하기로 하지. 만약 그게 싫다면 난 영화사 쪽에 얘길 할 생각이 없어."

"그러시죠. 하지만 당신과 전 지금까지 많은 일을 함께 해왔습니다. 그리고 전 항상 재미를 못 봤죠. 이번 경우는 다릅니다. 이번에는 당신이 끝까지 책임을 져야 합니다."

그는 디어에게 미소를 지으며 말했다.

"이번에는 절대 실망시키지 말란 뜻입니다."

디어는 이유를 알 수 없는 불안감에 몸이 오싹해졌다. 크로스가 위협을 한 것은 아니었다. 겉으로 볼 때 그는 상냥했고 그저 사실만 얘기하는 것처럼 보였다.

"염려하지 말게. 삼 주 후면 촬영이 끝날 거요. 그때로 일정을 잡도록 합시다."

그런 다음 크로스는 아테나가 파티와 시사회에 확실히 참석하도록 다짐을 받아둘 필요가 있었다.

"호텔을 위해서 꼭 필요한 일이기도 하지만 나한테는 당신을 한 번 더 만나볼 수 있는 기회야."

그녀는 그러겠다고 했다. 이제 크로스는 단테와 로지를 파티에 참석하도록 유인해야 했다.

그는 로드스톤 영화사에 관해 할 얘기도 있고 경찰서를 배경으로 벌어지는 로지의 모험담을 영화로 만드는 로지의 계획에 대해서도 의논하고 싶다며 단테를 라스베가스로 초대했다. 로지와 단테가 이제 친한 사이라는 사실은 모르는 사람이 없었다.

"네가 짐 로지한테 내 얘기 좀 넣어줘. 그 사람 영화를 공동제작하고 싶고 예산의 절반은 기꺼이 투자할 의사가 있다고 말이야."

단테는 이 얘기를 듣고 재미있어했다.

"너 정말 영화사업에 본격적으로 뛰어들 작정이구나. 이유가 뭐야?"

"돈벌이가 되니까. 게다가 여자들도 생기고 말이야."

단테가 웃음을 터뜨렸다.

"넌 이미 돈이랑 여자랑 다 가졌어."

"수준 문제지. 수준 있는 여자 말이야."

"그 파티에 나 좀 초대하지 그래? 그리고 별장도 줄 수 있는 거 아냐?"

"로지한테 내 얘길 해 주면 둘 다 들어주지. 로지를 같이 데려와. 또 네가 원한다면 티파니랑 엮어줄 수도 있는데. 너도 그 여자가 나오는 쇼를 본 적이 있을 걸?"

단테에게 있어서 티파니는 풍만한 가슴에 가늘고 긴 얼굴, 도톰한 입술과 큰 입, 큰 키에 다리가 늘씬한 순수한 관능의 화신이나 다름없는 여자였다. 비로소 단테가 적극적으로 나왔다.

"젠장."

단테가 말을 내뱉었다.

"그 여자는 키가 내 두 배는 된다고. 지금 무슨 헛소리야? 좋아, 알았어."

분명히 그럴 테지만 크로스는 모든 조직원들은 절대 라스베가스에서 폭력행위를 할 수 없다는 규칙을 믿고 단테가 대담하게 나오기를 기대했다.

마지막으로 크로스는 지나가는 말처럼 덧붙였다.

"게다가 아테나도 올 거야. 그리고 내가 영화사업을 계속하고 싶은 진짜 이유는 바로 그 여자 때문이지."

바비 밴츠와 맬로 스튜어트 그리고 클로디아는 영화사 비행기를 타고 라스베가스로 왔다. 아테나와 나머지 배우들은 촬영장에서 자신들의 개인 차량을 이용해서 도착했고, 디터 타미도 마찬가지였다. 네바다 주를 대표해서 웨이븐 상원의원이 오기로 되어 있었고, 그의 추천으로 그 자리에 오른 네바다 주지사도 오기로 했다.

단테와 로지에게는 같은 별장 내에 속해 있는 별도의 객실 두 개를 배정하기로 했다. 그 별장의 남은 객실 네 곳에는 리아 밧지와 그의 부하들이 머물 예정이었다.

웨이븐 상원의원과 주지사 그리고 두 사람의 수행원들은 세 번째 별장에 숙박시킬 예정이었다. 크로스는 두 사람을 위해서 쇼걸들을 몇 명 뽑아 비밀스런 저녁식사 자리를 마련했다. 그는 두 사람의 참석이 앞으로 벌어지게 될 경찰 조사를 잠재울 수 있기를 희망했다. 그들은 자신들의 정치적인 영향력을 이용해 언론에 사건이 공개되고 법적인 조사를 받게 되는 불상사를 막아줄 수 있었다.

크로스는 모든 규칙들을 깨고 있었다. 아테나가 별장을 받았고 클로디아와 디터 타미 그리고 몰리 플랜더즈에게도 같은 별장 내의 객실이 배당됐다. 남은 두 개의 객실은 아테나를 보호하기 위해서 리아 밧지의 부하들 네 명이 사용하기로 했다.

별장들 중 네 번째 별장은 밴츠와 스키피 디어 그리고 두 사람의 일행들에게 돌아갔다. 남은 세 채의 별장은 리아의 부하 스무 명이 차지했고 그들이 기존 경호원들을 대체할 할 예정이었다. 하지만 밧지의 부하들은 살인행위 자체에는 전혀 참여시키지 않을 계획이었고 그들은 크로스의 진짜 목적에 대해서도 알지 못했다. 암살자는 리아와 크로스 단 둘이었다.

크로스는 이틀 간 별장의 진주 카지노를 닫았다. 아무리 도박을 잘 한다고 해도 헐리우드의 영화인들 대다수 그 카지노에서 요구하는 내기 금액을 감당할 능력이 없었다. 이미 예약이 되어 있는 초특급 부자 손님들에게는 별장을 수리하는 문제로 인해 숙박이 불가능하다고 알렸다.

두 사람의 계획에 따르면, 크로스는 단테를 죽이고 리아는 로지를 죽이기로 되어 있었다. 만약 대부가 두 사람이 범행을 저질렀다고 판단을 하고 또 실제로 리아가 단테를 처리했을 경우, 대부는 리아의 가족을 모조리 죽여 버릴지도 몰랐다. 대부가 사실을 밝혀낸다고 해도 클로디아한테까지는 복수를 하지 않을 것이다. 어찌됐든 클로디아는 클레리쿠지오의 혈육이었으니까.

또한 리아는 짐 로지에 대한 개인적인 감정이 있었고 정부를 위해 일하는 사람들을 무조건 증오했는데 그렇게 위험한 일을 하면서 약간의 즐거움을 누리지 못할 까닭이 없었다.

진짜 문제는 두 남자를 어떻게 떼어놓을 것인가 하는 것과 시체들을 아무도 모르게 처리하는 방법이었다. 도박사업의 합법화를 위해서 미국에 있는 전 조직원들은 라스베가스에서는 절대 살인을 저질러서는 안 된다는 규칙이 있었다. 대부는 그 규칙을 강력하게 집행했다.

크로스는 단테와 로지가 그것이 함정일지도 모른다고 의심하지 않기를 바랐다. 두 사람은 리아가 샤키의 시체를 발견했고 그들의 의도에 대해 알고 있다는 사실을 몰랐다. 또 한 가지 문제는 크로스에 대한 단테의 공격을 어떻게 하면 막을 수 있는가 하는 것이었다. 그래서 리아는 단테의 진영에 밀정 역할을 할 단원 한 명을 투입시켰다.

몰리 플랜더즈는 파티가 열리는 날 아침 일찍 비행기를 타고 왔다. 그녀와 크로스는 처리해야 될 일이 하나 있었다. 그녀는 캘리포니아 주의 대법원 판사 한 명과 로스앤젤레스 천주교 관구 소속의 고위 성직자 한 명을 데리고 왔다. 그들은 그녀가 준비한 크로스의 유언장에 그가 서명을 할 때 증인으로 입회할 사람들이었다. 크로스는 자기가 살 날이 얼마 남지 않았다고 생각했고 그래서 제너두 호텔의 절반에 해당하는 자신의 재산이 가야할 곳을 신중하게 따져보았다. 그가 가진 주식은 5억 달러 상당의 가치가 있었다. 결코 우습게 볼 액수가 아니었다.

유언장에서 그는 리아의 아내와 자식들에게 일생 동안 안락한 생활을 영위할 수 있는 연금을 남겼다. 나머지는 클로디아와 아테나에게 반반씩 나눠주었고, 아테나에게 돌아가는 유산은 그녀의 딸 베써니를 위해 위탁하는 형식을 취했다. 그 아이 외에는 자신이 돌봐야 할 사람이 아무도 없다는 사실이 그에게는 상당히 충격이었다.

몰리와 판사와 사제가 펜트하우스로 올라왔고, 판사는 그런 젊은 나이에 유언장을 작성할 생각을 하다니 참으로 현명하다며 그를 칭찬했다. 성직자는 죄악의 정도를 가늠하기라도 하는 것처럼 그곳의 사치품들을 말없이 둘러보았다.

두 사람 모두 몰리의 친한 친구들이었고 그녀는 과거에 그들을 위해서 무료로 일을 해준 적이 있었다. 그녀는 크로스의 특별한 요청이 있자 그들에게 도움을 청했다. 그는 클레리쿠지오가 사람들이 절대로 매수나 위협을 할 수 없는 증인들을 원했다.

크로스는 그들에게 마실 것을 대접하고 나서 유언서에 서명을 했다. 그리고 두 남자는 바로 떠났다. 비록 초대는 받았지만 그들은 라스베가스의 도박 지옥에서 열리는 파티에 참석해 자신들의 명예를 훼손시키고 싶어하지 않았다.

방에는 크로스와 몰리 둘만 남았다. 몰리는 그에게 유서 원본을 건네주었다.

"사본은 당신이 확실히 갖고 있겠죠?"

"물론이죠. 처음 유서내용을 들었을 때 솔직히 좀 놀랐어요. 전 당신과 아테나가 그 정도로 가까운 사이인지는 몰랐거든요. 게다가 아테나는 자기 재산도 상당히 많고 말예요."

"아테나는 지금 갖고 있는 것보다 더 많은 돈이 필요할지도 모릅니다."

"딸 때문인가요? 딸에 대해서는 저도 알죠. 아테나 개인 변호사니까. 당신 말대로 베써니한테는 그 돈이 필요할지도 모르죠. 전 당신을 다르게 봤었어요."

"그랬어요? 어떻게 봤었는데요?"

몰리는 조용히 대답했다.

"전 당신이 보즈 스카넷을 죽였다고 생각했죠. 당신을 냉혹한 마피아라고 생각했어요. 제가 살인혐의를 벗겨줬던 가난한 젊은이도 기억해냈고요. 그리고 당신이 그 젊은이를 언급했던 일도 떠올렸죠. 또 그 젊은이가 마약 거래를 하다가 살해됐다는 소문도요."

"그런데 지금 와서 보니 전혀 틀린 생각이었다는 걸 깨달으신 모양이군요."

크로스는 그녀에게 미소를 지었다. 몰리는 냉랭한 표정으로 그를 똑바로 쳐다보았다.

"그리고 전 바비 밴츠가 당신한테 사기를 쳐서 메쌀리나의 이윤을 뺏었을 때 당신이 가만히 당하고만 있어서 굉장히 의외라고 생각했죠."

"얼마 되지도 않는 돈이었으니까."

그는 대부와 데이비드 레드펠로우를 떠올렸다.

"아테나는 모레 프랑스로 떠난다면서요? 그곳에 상당히 오래 머무를 텐데. 당신도 같이 갈 건가요?"

"아니요. 여기서 할 일이 너무 많아서요."

"그렇군요. 파티에서 봅시다. 아마도 영화를 보면 밴츠가 당신한테서 뺏어간 돈 생각이 날지도 모르죠."

"상관없어요."

"디터가 영화 맨 앞부분에 짧은 자막을 넣었어요. 스티브 스텔링스에게 바치는 헌사 말예요. 밴츠가 그걸 보더니 진저리를 치더군요."

"왜요?"

"왜냐면 스티브는 밴츠가 감히 흉내도 못 낼 정도로 많은 여자들을 갖고 놀았거든요. 남자들은 참 한심도 하지."

이렇게 말하고 그녀는 방에서 나갔다.

크로스는 발코니로 나갔다. 밑으로 보이는 라스베가스의 거리는 인파로 북적댔고, 사람들이 환락가 양편에 늘어선 호텔 카지노로 들어가고 있었다. 카지노 출입구마다 더 시저스, 더 샌즈, 더 미라지, 디 얼래든, 더 데저트 인, 더 스타더스트 같은 이름들이 보라색, 빨간색, 초록색, 무지개 빛 네온사인을 번쩍이면서 사막과 산맥이 시작되는 곳까지 길게 이어져 있었다. 강렬한 오후의 햇빛도 네온사인의 빛을 퇴색시키지는 못했다.

메쌀리나 관계자들은 세 시 이전에는 오지 않을 것이다. 만약 일이 실패한다면 이번이 아테나를 만나는 마지막 기회가 될 것이다. 그는 발코니에 놓인 전화기를 들어서 리아 밧지가 묵고 있는 별장으로 전화를 걸었고 그에게 펜트하우스로 올라와서 다시 한 번 더 계획을 점검하자고 했다.

메쌀리나의 촬영은 정오에 모두 끝났다. 디터 타미는 떠오르는 태양이 로마인들의 끔찍한 전투장면을 비추는 장면으로 영화를 끝내고 싶어했다. 그 장면에는 위에서 그 전투광경을 내려다보고 있는 아테나와 스티브 스텔링스의 모습을 함께 담아야 했다. 그녀는 스텔링스 대신 대역을 썼고 얼굴에 그림자 생기게 해서 이목구비를 정확히 알아볼 수 없도록 했다. 카메라 트럭과 촬영장에서 집으로 사용했던 커다란 이동주택 그리고 이동식당과 무대의상 트럭, 기원전 사용했던 무기들을 실은 차량들이 라스베가스로 들어온 시각은 거의 오후 세 시가 되어서였다. 크로스는 과거의 라스베가스 방식으로 이번 행사를 준비했기 때문에 그밖에 많은 차량들이 이곳으로 속속 들어왔다.

그는 직간접으로 메쌀리나 작업에 참여한 모든 사람들에게 방과 음식과 음료를 무료로 제공했다. 로드스톤 영화사는 삼백 명이 넘는 사람들의 목록을 만들어줬다. 그것은 확실히 관대한 대접이었고 사람들로부터 확실하게 호감을 살 수 있는 행동이었다. 이것은 "사람들은 기분이 좋고 뭔가를 축하하고 싶을 때 도박을 한다."고 했던 그론벨트로부터 배운 방법이었다.

메쌀리나의 초벌 편집 필름은 음악과 특수효과가 없는 상태로 오후 열 시에 상영될 예정이었다. 파티는 시사회가 끝난 뒤에 열기로 했다. 예전에 빅 팀을 위해 파티를 열었던 제너두 호텔의 큰 무도회장은 둘로 나뉘어졌다. 한 쪽은 영화를 상영할 곳이었고, 다른 한 쪽은 뷔페 식탁과 관현악단이 차지할 공간을 고려해서 좀더 넓게 잡았다.

오후 네 시가 가까워지자 사람들이 모두 호텔과 별장에 들어왔다. 누구에게도 그것은 절대로 놓칠 수 없는 기회였다. 즉, 헐리우드와 라스베가스라는 두 개의 매혹적인 세계가 하나로 합쳐지면서 모든 것을 무료로 즐길 수 있는 기회였다.

언론은 철저한 보안조치에 극도로 분개했다. 별장과 무도회장은 접근이 통제됐다. 이 매력적인 행사의 주인공들 사진조차 찍을 수 없었다. 영화주인공도, 감독도, 상원의원과 주지사도, 제작자와 영화사 대표도 전혀 그럴수 없었다. 심지어 시사회에도 입장할 수 없었다. 그들은 도박을 하려고 찾아드는 사람들을 매수해서 무도회장으로 들어갈 수 있는 신분증을 몰래 얻어 보려고 카지노 주변을 기웃거렸다. 그 중에는 성공하는 경우도 있었다.

네 명의 영화사 직원과 두 명의 냉소적인 스턴트맨 그리고 음식조달을 맡은 두 명의 여자직원이 하나 당 천 달러를 받고 기자들에게 자신들의 신분증을 팔았다.

단테 클레리쿠지오와 짐 로지는 사치스런 별장에서 호사를 누리고 있었다. 로지는 기가 막힌다는 듯이 머리를 좌우로 흔들었다.

"도둑이 욕실에 있는 금만 훔쳐도 일 년은 족히 살겠어."

"아니, 못 그럴 걸. 그랬다가는 내가 여섯 달 안에 목숨을 끊어놓을 테니까."

두 사람은 로지의 객실 거실에 앉아 있었다. 부엌에 있는 대형 냉장고 안에 샌드위치며 철갑상어 알을 얹은 카나페, 수입 맥주, 최고급 포도주 같은 것들이 가득해서 두 사람은 룸서비스를 부르지 않았다.

"자, 준비는 다 됐고 행동으로 옮기기만 하면 되는군.

"그래, 일을 끝내면 난 할아버지한테 호텔을 달라고 할 거야. 그러면 멋진 인생이 펼쳐지는 거지."

"그 놈이 혼자 여기로 오게 만드는 게 중요해."

"그럴 테니까 걱정일랑 마쇼. 거기다 한술 더 떠서 놈을 사막에다 갖다 버릴 거야."

"이 별장으로 어떻게 데려올 생각인데? 그게 중요하다고."

"지오르지오 삼촌이 비밀리에 비행기를 타고 와서 놈을 만나고 싶어한다고 거짓말을 칠 거야. 그런 다음에 내가 놈을 처리하고 나면 네가 깨끗이 청소를 하는 거지. 넌 범죄현장에서 경찰들이 찾는 게 뭔지 잘 아니까 말이야."

그는 노래하듯이 말을 읊조렸다.

"제일 좋은 방법은 놈을 사막에다 갖다버리는 거야. 아마도 절대로 못 찾아낼 걸. 피피가 죽은 날 밤에 크로스가 지오르지오를 피했었다는 얘기는 너도 알지. 놈은 감히 같은 짓을 되풀이하진 못할 거야."

"하지만 놈이 또다시 피한다면? 난 밤새도록 여기서 시간만 죽이란 얘기군."

"아테나 별장이 바로 옆이라고. 찾아가서 재미나 봐."

"잘못하다가는 문제만 일으킬 텐데."

단테는 싱글거리며 웃었다.

"그 여자도 크로스랑 같이 사막에다 갖다버리면 되지."

"미친 놈."

로지가 말했다. 하지만 그는 단테가 진심으로 하는 얘기임을 깨달았다.

"안 될 게 뭐 있어? 좀 즐기면 안 될 이유라도 있냐? 사막은 엄청 넓어서 두 사람의 시체 정도는 충분히 버리고도 남아."

로지는 아테나의 몸매와 사랑스런 얼굴, 그녀의 목소리와 당당한 태도를 머리 속으로 그려보았다. 아, 꽤 재미있겠는데 하고 그는 생각했다. 그는 이미 살인을 저질렀고 이제 강간까지 저지르게 될지도 몰랐다. 말로우와 피피 그리고 그의 오랜 동료였던 필 샤키. 그는 세 차례 살인을 범했지만 강간은 어째 좀 쑥스러웠다. 평생 동안 강간범들을 체포해왔는데 이제 자기가 그런 얼간이가 되려는 참이었다. 전 세계에 자기 몸을 파는 한 여자 때문에 말이다. 하지만 우스꽝스런 모자를 쓴 이 쥐새끼 같은 놈은 정말이지 무시무시한 놈이었다.

"내가 한번 해보지. 한 잔 하러 오라고 불러서 그 여자가 온다면 그건 자기가 불행을 자초한 거야."

단테는 로지의 자기합리화가 재미있었다.

"사람들은 누구나 다 자기 불행을 자초하지. 우리도 예외가 아니고 말이야."

두 사람은 세부적인 계획을 짰고 그런 뒤에 단테는 자기 객실로 돌아갔다. 그는 별장에 비치된 고급 향수들을 써 볼 요량으로 목욕을 했다. 그는 클레리쿠지오가의 전형적인 말총 같은 검은 머리에 듬뿍 비누거품을 내고서 뜨겁고 향기로운 물 속에 누워 자신의 운명이 어떤 방향으로 전개될지 생각해보았다. 그와 로지가 크로스의 시체를 라스베가스에서 수 킬로미터 떨어진 사막에다 갖다버리고 나면 이번 작전의 가장 힘든 단계가 시작될 것이다. 바로 할아버지한테 자신의 결백을 설득하는 일이었다. 만약 설상가상으로 피피의 죽음까지 고백해야 할 상황이 오더라도 할아버지는 그를 용서해줄 것이다. 예전부터 대부는 그를 특별히 사랑했으니까.

게다가 이제 단테는 조직의 해결사였다. 그는 서부 지역의 브룰리오네 직위와 제너두 호텔의 소유권을 달라고 할 생각이었다. 지오르지오 삼촌은 반대하겠지만 빈센트 삼촌과 뻬띠에 삼촌은 중립을 지킬 것이다. 두 사람은 자기네들의 합법적인 회사를 운영하면서 사는 걸로 만족하니까. 그리고 대부는 조만간 곧 죽을 것이다. 지오르지오 삼촌은 사무실에 앉아서 서류나 만지는 샌님이었다. 이제 싸울 줄 아는 투사가 패권을 쥐는 시대가 도래할 것이다. 그는 합법적인 사회 속으로 들어가고 싶지 않았다. 그는 조직이 누렸던 과거의 영광을 되찾을 것이다. 생과 사를 좌우지할 수 있는 권력을 그는 절대 포기할 수 없었다.

단테는 욕조에서 나와 머리에서 끈적거리는 비누거품을 말끔히 씻어냈다. 사치스런 병에 담긴 화장수를 몸에 바르고, 설명문을 꼼꼼히 읽은 뒤에 부드러운 튜브에 든 젤을 짜서 머리모양을 만들었다. 그런 다음에 그는 가방 안에 든 르네상스 풍의 모자들 중에서 비싼 보석이 여러 개 박힌 동그란 모자를 집었다. 모자 바탕천은 금색과 보라색이었다. 모자만 놓고 볼 때는 우스꽝스러웠는데 머리에 얹어보니 아주 마음에 들었다. 모자를 쓴 모습이 마치 왕자 같았다. 특히 앞쪽에 줄지어 박아놓은 초록색 보석이 멋졌다. 바로 이 모습을 오늘밤 아테나에게, 혹은 잘 안 될 경우에는 티파니에게 보여줄 것이다. 하지만 필요하다면 두 여자는 잠시 미뤄도 상관없었다.

옷단장을 끝내고 나서 단테는 앞으로의 자기 인생을 그려보았다. 이제 궁전 못지않게 화려한 별장에서 살게 되겠지. 제너두 호텔 쇼에서 노래하고 춤추는 여자들을 후궁처럼 거느리면서 예쁜 여자들을 무진장으로 공급

받게 될 것이다. 각 식당을 돌며 세계곳곳의 음식을 먹을 수도 있을 것이고 적에게는 죽음을, 친구에게는 보상을 명령할 것이다. 세상이 허락하는 한에서 그는 로마 황제에 버금가는 존재가 될 것이다. 그의 앞길을 가로막는 단 한 사람이 있다면 그것은 바로 크로스였다.

객실에 혼자 남은 짐 로지 역시 자신이 걸어온 인생의 행로를 되돌아보았다. 경찰로 일하면서 처음 절반 동안은 훌륭한 경찰이었고 사회를 지키는 진정한 기사였다. 그는 모든 종류의 범죄자들과 특히 흑인들에게 강렬한 증오심을 느꼈다. 그러다가 그는 서서히 변했다. 언론에서 경찰들을 잔인하다며 비난하자 그는 분노했다. 자신은 인간쓰레기들로부터 사회를 지켜주고 있는데 바로 그 사회가 자신을 공격했다. 제복에 황금색 휘장을 단 그의 상관들은 사람들에게 거짓말이나 하고 다니는 정치인들과 한편이 됐다. 흑인들을 싫어해서는 안 된다고 하면서 그들이 뱉어놓는 온갖 거짓말들. 흑인들을 싫어하는 게 그렇게 나쁜 것인가? 대부분의 범죄는 흑인들이 저지르고 있는데. 그리고 자신은 싫어하고 싶은 걸 싫어할 권리가 있는 자유로운 미국인이 아닌가? 흑인들은 모든 문명사회들을 갉아먹는 바퀴벌레였다. 일하는 것도 싫다, 공부하는 것도 싫다, 낮이나 밤이나 그저 농구나 하는 놈들이었다. 그들은 무방비 상태의 시민들에게 강도짓이나 일삼고, 누이와 딸을 매춘부로 팔고, 법과 법을 지키는 사람들을 무시하는 인간들이었다. 그의 임무는 가난한 자들의 적의로부터 부자들을 보호해주는 일이었다. 그리고 그 자신도 부자가 되고 싶었다. 그는 부자들이 누리는 옷과 차와 음식과 술 그리고 무엇보다 여자가 갖고 싶었다. 그리고 바로 그런 게 미국식 삶이었다.

그는 처음에는 도박을 보호해주는 대가로 뇌물을 받는 일부터 시작해서 나중에는 마약 판매상들을 보호해주는 일도 하게 됐다. 그는 영웅적인 경관으로서의 자신의 위상과 사람들이 자신의 용기 있는 행동을 인정해준다는 사실에 긍지를 느꼈지만, 금전적인 보상은 없었다. 그는 여전히 싸구려 옷을 입었고 여전히 돈이 아쉬웠다. 가난한 사람들로부터 부자들을 지켜 주는 일을 하지만 정작 자신은 가난했다. 하지만 결정적으로 그가 변하게 된 이유는 공무를 집행하는데 있어서 그가 범죄자보다 낮은 대접을 받는 다는데 있었다. 그의 동료들 중에는 임무 수행 중에 고소를 당하고 감옥에 가는 친구들도 있었다. 아니면 해고를 당하기도 했다. 강간범, 강도, 살인자, 백주대낮에 강도질을 한 놈들의 권리가 경찰들의 권리보다 더 존중을 받았다.

한참 전부터 이미 로지는 자기합리화에 빠져 있었다. 언론과 TV는 법의 수호자들을 비난했다. 똥 같은 미란다 조항과 빌어먹을 시민자유연맹 같으니. 그 재수 없는 변호사 놈들한테 여섯 달 동안 순찰을 시키면 놈들은 자진해서 범죄자의 목을 매달 나무를 키우겠다고 나설 것이다.

어찌됐든 그는 쓰레기 같은 인간들로부터 자백을 받아내서 그들을 사회로부터 격리시킬 목적으로, 속임수를 쓰고 폭력을 행사하고 위협을 했다. 하지만 로지는 완벽하게 자기합리화를 할 정도로 형편없는 경찰은 아니었다. 살인을 저지르는 일까지 합리화를 할 수는 없는 노릇이었다.

몽땅 다 잊어버리자. 난 이제 부자가 되는 거야. 정부와 사람들 면전에서 배지와 용감한 경찰한테 주는 표창장들을 내동댕이쳐 버리겠어. 제너두 호텔의 보안감독이 되어 열 배나 많은 봉급을 받을 테고, 범죄자들의 공격을 받고 로스앤젤레스가 무너지는 모습을 사막 속의 이 낙원에서 즐겁게 구경할 거야. 오늘밤 나는 메쌀리나를 보고 또 파티에도 간다. 그리고 어쩌면 아테나와 재미를 보게 될지도 모른다. 생각이 여기까지 미치자 바짝 긴장이 됐고, 마음껏 욕정을 발산할 거란 생각에 몸까지 뻐근하게 아파왔다. 그는 파티에 가면 스키피에게 자신의 과거 업적을 토대로 로스앤젤레스의 가장 위대한 영웅적인 경찰에 관한 장편 영화를 만들자고 제안을 할 생각이었다. 단테는 그에게 크로스가 투자를 하고 싶어한다는 얘길 해 줬는데 정말로 웃긴 일이 아닐 수 없었다. 내 영화에 투자하겠다는 남자를 왜 죽이지? 이유는 간단했다. 그가 이 일에서 손을 뗀다면 분명히 단테 손에 죽을 테니까. 그리고 로지는 단테 못지않게 강했지만 자신은 단테를 죽일 수 없다는 사실을 알았다. 그는 클레리쿠지오가에 대해 너무나도 잘 알고 있었다.

문득 상냥하고 쾌활하고 협조적이었던 착한 깜둥이 말로우 생각이 났다. 그는 항상 말로우를 좋아했었고 그래서 그를 죽인 일을 생각하면 썩 기분이 좋지 않았다.

시사회와 파티가 시작되려면 아직도 몇 시간을 기다려야 했다. 호텔 건물 내에 있는 카지노로 도박을 하러 갈 수도 있었지만, 도박은 바보들이나 하는 짓이었다. 로지는 도박은 하지 않기로 했다. 오늘밤에는 할 일이 많았다. 먼저 영화를 보고 파티에 참석한 뒤 새벽 세 시에는 단테를 도와서 크로스를 살해하고 사막에 묻어야 했다.

바비 밴츠는 그날 오후 다섯 시에 메살쌀리나의 주역들인 아테나와 디터 타미, 스키피 그리고 예의상 크로스를 자기 별장으로 초대해서 술자리를 마련했다. 크로스는 그날 밤 호텔에서 열리는 행사 때문에 바쁘다는 핑계를 대고 초대를 사양했다.

밴츠는 최근에 얻은 전리품을 데리고 왔는데, 한 신인 발굴 전문가가 오리건의 소도시에서 찾아냈다는 요한나라는 여자였다. 겉모습은 아직 어린 티를 벗지 못한 소녀였다. 그녀는 이 년 동안 주당 5백 달러를 받기로 계약을 했다. 아름답지만 전혀 재능이 없는 그 여자는 순결함이 충분히 매력적일 수 있다는 생각을 들게 만들 정도로 지극히 순수한 분위기를 풍겼다. 하지만 그녀는 바비 밴츠로부터 라스베가스에서 열리는 메쌀리나 시사회에 데려가겠다는 약속을 받아내려고 그와의 잠자리를 거부했을 만큼 나이에 어울리지 않게 영악했다.

밴츠의 객실 바로 옆에 묵고 있던 스키피 디어가 밴츠의 객실로 무작정 쳐들어오는 바람에 요한나와 빨리 일을 치르고 싶었던 밴츠는 애가 탔다. 스키피는 한 인물영화에 대한 얘기를 꺼내면서 정말로 만들어보고 싶은 영화라고 말했다. 영화 기획안에 열광적으로 매달리는 일이야 제작자의 당연한 권리였다.

디어는 밴츠에게 로스앤젤레스 경찰청 소속의 위대한 경찰인 키 크고 잘생긴 짐 로지에 대한 얘기를 하고 있었는데, 그 영화는 그의 자전적인 이야기이기 때문에 짐 로지가 직접 주연을 맡을 가능성도 없지 않았다. 그것은 기상천외한 일도 마음대로 날조해내는 저 위대한 실화들 중의 하나였다.

디어와 밴츠는 본인이 직접 연기하는 로지 이야기는 사기꾼 로지가 날조해낸 환상에 불과하기 때문에 로지는 자기 이야기를 싼값에 팔 수밖에 없을 것이고 동시에 대중에게는 광고효과가 클 것이라는 점에 의견의 일치를 봤다.

스키피 디어는 영화 줄거리를 열심히 설명했다. 있지도 않은 각본을 그보다 더 잘 팔 수 있는 제작자는 아무도 없을 것이다. 너무 흥분한 나머지 그는 밴츠가 보는 앞에서 수화기를 들어서 그 형사를 다섯 시에 있을 칵테일파티에 초대했다. 로지는 친구를 데려갈 수 있겠냐고 물었고, 디어는 분명히 여자친구일 거라고 넘겨짚으면서 물론 좋다고 대답했다. 영화 제작자로서 스키피 디어는 딴 세계에 속한 사람들과 섞이기를 좋아했다. 언제 어떤 기적이 일어날지는 모르는 일이니까.

크로스와 리아 밧지는 펜트하우스에서 두 사람이 그날 밤에 하게 될 일의 세부적인 부분들을 재검토하고 있었다.

"부하들을 제자리에 모두 배치시켰네. 별장 구내는 내 통제하에 있어.

부하들은 나와 자네가 무슨 일을 하려는지 전혀 모르고 있고 또 직접 참여하는 일도 없을 거야. 하지만 단테가 사막에다 자네 무덤을 파려고 조직에서 조직원을 한 명 데려왔다는 정보가 있어. 오늘밤에 정말 조심해야 돼."

"전 오늘 밤 이후가 걱정인데요. 대부와 거래를 해야 하니까. 아저씨는 대부가 그 이야기를 받아들일 거라고 생각해요?"

"별로. 하지만 우리한테는 그게 유일한 희망이지."

크로스는 어깨를 으쓱했다.

"저한테는 선택의 여지가 없어요. 단테는 아버지를 살해했고 그래서 이제는 절 죽일 수밖에 없는 상황이니까요."

그는 잠시 멈췄다가 다시 얘기를 계속했다.

"전 대부가 처음부터 단테 편이 아니었기를 바랄 뿐이에요. 그게 아니라면 우린 아무런 희망이 없죠."

리아가 조심스럽게 말을 꺼냈다.

"모두 포기하고 대부한테 우리 고민을 얘기할 수도 있겠지. 대부가 직접 판단하고 행동하게 말이야."

"그건 안 됩니다. 대부는 손자한테 불리한 결정은 절대 못 내릴 사람이니까요."

"그래, 자네 말이 맞아. 하지만 대부는 약간 너그러워졌어. 헐리우드 놈들이 자넬 속여도 그냥 내버려두던데 젊었을 때라면 절대 안 그랬을 거야. 돈이 문제가 아니라 모욕을 당했다는 것 때문에 말일세."

크로스는 리아의 잔에 브랜디를 더 따라주고 여송연에 불을 붙여주었다. 그는 데이비드 레드펠로우에 대해서는 그에게 얘기하지 않았다.

"객실은 맘에 드세요?"

그는 농담조로 물었다. 리아가 여송연을 빨았다.

"엉뚱하기는. 아주 아름답더군. 그런데 그렇게까지 만들 필요가 있어?

왜 그렇게 사는 거지? 그건 너무 지나치다고. 그건 자네 권력에 해가 될뿐이야. 사람들로부터 질투심을 불러일으키니까. 가난한 사람들한테 그런 식으로 모욕감을 느끼게 만드는 건 현명한 짓이 아니야. 그 사람들이 자넬 죽이고 싶어하질 않겠나? 우리 아버지는 시칠리아에서 부자였지만 절대 화려하게 살지 않았지.”

“아저씨는 미국을 몰라요. 가난한 사람들이 그 별장 안을 들어가 본다면 누구나 기뻐할 겁니다. 왜냐하면 그 사람들은 자기가 언젠가는 바로 그런 장소에서 살 거라는 희망을 품고 있으니까요.”

그때 펜트하우스 전용 전화기가 울렸다. 가슴이 약간 두근거렸다. 아테나였다.

“시사회 전에 만날 수 있을까?”

“당신이 내 방으로 올라온다면. 난 여기를 떠날 수가 없어.”

“친절하기도 하시지.”

아테나가 쌀쌀맞게 말했다.

“그럼 파티가 끝난 뒤에 만나도 되고. 내가 좀 일찍 나올 테니까 당신이 내 별장으로 와.”

“난 정말로 안 돼.”

“난 내일 아침에 로스앤젤레스로 갈 거야. 그리고 모레 프랑스로 떠나. 이제 만날 기회도 없어. 당신이 프랑스로 오지 않는 이상은 말야.”

크로스는 리아를 쳐다보았다. 리아는 고개를 저으며 얼굴을 찌푸렸다.

“지금 이리로 오면 안 될까? 제발.”

크로스는 아테나에게 물었다. 그녀는 크로스를 한참 기다리게 한 뒤 대답했다.

“그래, 한 시간만 기다려줘.”

“경호원과 차를 보낼게. 당신 별장 앞에서 기다리고 있을 거야.”

그는 전화를 끊고 리아에게 말했다.

"아테나를 잘 지켜야 돼요. 단테는 제정신이 아니라서 무슨 짓을 저지를지 모르거든요."

밴츠의 별장에서 열린 칵테일파티는 미인들 덕분에 분위기가 좋았다. 멜로 스튜어트가 데려온 젊은 여배우는 연극무대에서 상당한 호평을 받는 여자였는데, 멜로와 스키피 디어는 짐 로지 이야기에 그녀를 여자 주역으로 쓰기로 계획하고 있었다. 그녀는 이목구비가 뚜렷하고 태도가 당당한 이집트 여성 고유의 강인한 여성미를 지닌 여자였다. 밴츠는 새롭게 발굴해낸 요한나, 즉 아직 성이 결정되지 않은 예의 그 순결한 처녀와 함께였다. 아테나는 그 어느 때보다도 돋보이는 모습으로 클로디아와 디터 타미와 몰리 플랜더즈에게 둘러싸여 있었다. 아테나는 전에 없이 조용했고, 요한나와 연극배우인 리자 롱게이트는 경외심과 질투심이 뒤섞인 듯한 눈길로 그녀를 바라보았다. 두 여자는 자신들이 꿈꾸는 여왕의 자리에 앉아 있는 아테나에게 다가갔다.

클로디아가 바비 밴츠에게 물었다.

"제 오빠는 초대하지 않으셨어요?"

"했지. 그런데 너무 바빠서 못 온대."

"어니스트 유족들한테 지분을 물려줄 수 있게 해줘서 고마워요."

클로디아가 씩 웃었다.

"몰리가 나한테서 강제로 뺏어간 거야."

매리온이 클로디아를 좋아했다는 점이 그 이유 같긴 했지만 어찌됐든 밴츠는 예전부터 클로디아를 좋아했고 그래서 그녀의 농담을 껄끄럽게 여기지 않았다.

"몰리가 내 머리에다 총을 들이대더군."

"하지만 당신이 더 강경하게 나갈 수도 있었던 문제죠. 매리온도 그러라고 했을 거예요."

밴츠는 그녀를 망연히 바라보았다. 느닷없이 눈물이 나오려고 했다. 그는 절대 매리온처럼 되지는 못할 것이다. 그래서 그는 매리온이 그리웠다.

그 사이에 스키피 디어는 요한나를 구석으로 데려가 자기의 새 영화 얘기를 하면서, 마약 판매상한테 심하게 강간을 당하고 살해되는 순진한 소녀 역할을 할 멋진 단역이 필요하다고 했다.

"넌 그 역할에 아주 딱이야. 네가 경험은 별로 없지만 내가 바비한테서 그 영화제작을 승인 받으면 나한테 와서 테스트를 받아봐."

그는 잠시 말을 멈췄다가 다정하면서도 은밀한 태도로 속삭였다.

"넌 이름을 바꿔야 돼. 요한나라는 이름은 앞으로의 네 경력을 생각한다면 너무 구식이야."

그 말 속에는 조만간 인기배우가 될 거라는 막연한 암시가 담겨 있었다. 그는 그녀의 얼굴이 달아오르는 모습을 지켜보았다. 성녀(聖女)가 되기를 열망했던 중세의 소녀들 못지않게 열정적으로 어린 소녀들이 자신들의 아름다움을 믿으며 인기배우가 되기를 열망하는 모습은 보는 사람을 감동시켰다. 어니스트 베일의 냉소적인 미소를 떠올리며 디어는 '웃을 테면 웃으라고, 하지만 그건 정신적인 욕망이었어.' 라는 문구를 생각했다. 두 경우 모두 영광보다는 수난의 길이었지만, 그것은 거래를 하기 위해 꼭 필요한 요소였다.

요한나는 아마도 밴츠에게 얘길 하려는지 그가 있는 쪽으로 서둘러 갔다. 디어는 멜로 스튜어트와 그의 새 여자친구 리자에게 갔다. 스키피가 보기에 그녀는 연극무대에서는 자질이 있는지 몰라도 영화 쪽에서 성공하기는 어렵겠다는 생각이 들었다. 그녀 같은 얼굴은 카메라로 찍어놓으면 참혹할 정도로 망가졌다. 그리고 그녀가 풍기는 지성미 때문에 맡을 수 있는 역할도 많지 않았다. 그러나 멜로는 그녀가 로지의 영화에서 여자 주인공 역을 맡게 될 거라고 못을 박았고, 누구도 멜로의 그런 모습을 보고 그게 거짓말이라고는 생각할 수 없었다. 하지만 주인공이라는 얘기는 새빨간 거짓말이었고 차나 나르는 역할에 불과했다.

디어는 리자의 양 볼에 키스를 했다.

"뉴욕에서 당신을 봤습니다. 연기가 아주 멋지던데요."

그는 잠시 뜸을 들인 뒤에 덧붙였다.

"당신이 제 새 영화에 출연하게 되기를 바랍니다. 멜로는 그 영화가 당신 출세작이 될 거라고 생각하죠."

리자는 그에게 냉랭한 미소를 지으며 말했다.

"대본을 봐야죠."

항상 그랬지만 이번에도 디어는 화가 치밀어 올랐다. 자기 인생의 전환기를 맞이하려고 하는 순간에 여자는 빌어먹을 대본타령을 하고 있었다. 그는 재미있다는 듯이 미소를 짓고 있는 멜로를 보았다.

"당연히 그러셔야죠. 하지만 당신의 재능에 못 미치는 대본은 절대 아닐 테니까 절 믿으십시오."

일과는 달리 사랑에는 전력투구하는 경우가 절대 없는 멜로가 거들었다.

"리자, 확실히 보장하는데 말이야, 당신은 일급 영화의 주인공이 될 거야. 영화대본은 연극대본처럼 신성시되질 않거든. 당신이 원하는 대로 대본을 바꿀 수도 있다고."

리자는 그를 향해 약간 온화해진 미소를 지어 보였다. 그리고 쏘아붙였다.

"당신도 그런 헛소문을 믿는단 말예요? 연극대본도 개작을 해요. 우리가 소도시에서 연극을 시험적으로 올려보는 이유가 다 뭣 때문이겠어요?"

두 사람이 미처 대답을 하기 전에 짐 로지와 단테가 객실로 들어왔다.

디어는 달려가서 두 사람을 맞이했고 파티에 참석한 사람들에게 그들을 소개했다.

로지와 단테는 거의 희극적이기까지 한 조합이었다. 로지는 키가 컸고 라스베가스의 강렬한 칠월의 열기에도 불구하고 셔츠와 넥타이까지 완벽하게 갖춰 입은 정장차림이었다. 그리고 그의 옆에 서 있는 단테는 티셔츠 밖으로 불룩하게 솟아오른 거대한 근육질 몸매에다 검고 굵은 머리 위에 밝은 보석이 박힌 르네상스 풍의 모자를 쓰고 있었고 키가 아주 작았다. 허구의 세계를 만드는데 전문가들이었던 그 방의 사람들은 아무리 이상하게 보인다고 해도 이 두 사람은 허구가 아니라는 것을 잘 알았다. 두 사람의 얼굴은 지나칠 정도로 무표정하고 차가웠다. 그것은 그림자를 이용해서도 비슷하게 흉내 낼 수 없는 얼굴들이었다.

로지는 곧장 아테나한테 다가가 메쌀리나에서의 그녀 모습을 기대하고 있다고 인사치레를 했다. 그는 위협적인 태도를 버리고 거의 아양을 떨고 있었다. 여자들은 백이면 백 나를 매력적으로 생각하는데 아테나라고 별 수 있어? 라는 태도였다.

단테는 마실 것을 들고 소파에 앉았다. 클로디아를 제외하고는 아무도 그에게 가까이 가지 않았다. 두 사람은 어렸을 때 세 번 만났던 것 외에는 이번이 처음이었다. 클로디아는 그의 뺨에 키스를 했다. 어렸을 때 단테는 그녀를 못살게 괴롭혔지만 그녀는 항상 그를 좋게 기억했다.

단테는 팔을 뻗어서 그녀를 안았다.

"꾸지나(Cugina : 이탈이아어로 사촌), 예뻐졌네. 어렸을 때 이만큼 예뻤더라면 내가 널 그렇게 심하게 때리진 않았을 텐데."

클로디아는 그의 머리에서 모자를 확 낚아챘다.

"크로스 오빠가 나한테 오빠 모자 얘길 해줬어. 모잘 쓰면 귀여워 보인다고 말이야."

그녀는 자기 머리에 모자를 썼다.

"교황도 이렇게 귀여운 모자는 안 가지고 있을 거야."

"하지만 그 사람은 모자가 엄청 많지. 세상에, 네가 영화계 거물이 될지 누가 알았겠냐?"

"오빠는 요새 무슨 일을 하는데?"

"고기회사를 운영하고 있지. 호텔에다 납품을 해. 이봐, 저 예쁜 배우한테 날 좀 소개시켜줄 수 있어?"

클로디아는 열심히 비위를 맞추고 있는 짐 로지에게서 아직까지 빠져나오지 못하고 있는 아테나에게로 그를 데려갔다. 아테나는 단테의 모자를 보고 미소를 지었다. 단테는 상대를 안심시키는 익살스런 표정을 지어 보였다.

로지는 아첨을 곁들여가며 얘기를 계속했다.

"틀림없이 영화가 아주 훌륭할 겁니다. 파티가 끝난 뒤에 제가 당신을 별장까지 안전하게 모셔다드리면 어떨까 싶은데 그러면 거기서 같이 한잔 할 수도 있고요."

그는 선량한 경찰의 모습으로 가장하고 있었다.

아테나는 최대한 친절하게 그의 구애를 거절했다. 그녀는 그를 보며 상냥하게 웃었다.

"그러고 싶어요. 하지만 전 파티에 삼십 분만 머물 예정이라서요. 그렇게 하면 로지 씨가 파티를 놓치게 될 거예요. 전 내일 아침 일찍 비행기를 타고 떠나요. 그 후에는 프랑스로 가요. 그래서 할 일이 너무 많죠."

단테는 그녀를 보며 감탄했다. 그의 눈에는 그녀가 로지를 싫어하고 두려워하는 모습이 보였다. 하지만 그녀는 로지로 하여금 자신과 재미를 볼 수 있을 거라고 생각하게 만들었다.

"그럼 로스앤젤레스로 같이 비행기를 타고 가는 건 어때요? 몇 시 비행기죠?"

"친절하신 분이군요. 하지만 작은 전세 비행기라서 빈 자리가 없어요."

안전하게 별장으로 돌아간 그녀는 크로스에게 전화를 걸어서 지금 가겠다고 말했다. 제일 먼저 그녀의 주의를 끈 것은 보안이었다. 경호원들이 제너두 호텔의 펜트하우스로 연결되는 엘리베이터를 지키고 있었다. 엘리베이터는 전용열쇠를 사용해서 열었다. 엘리베이터 천장에는 보안 카메라가 여러 대 달려 있었고, 엘리베이터 문이 열리자 대기실이 나오면서 그곳에는 다섯 명의 남자가 있었다. 엘리베이터 문 앞에 서 있던 남자가 그녀에게 인사를 했다. 여러 대의 TV가 놓인 책상에 또 한 명의 남자가 앉아 있었고, 방 한쪽 구석에서는 남자 둘이 카드를 하고 있었다. 나머지 한 명은 소파에 앉아서 스포츠 일러스트레이티드를 읽고 있었다.

남자들은 그녀가 숱하게 경험한 예의 그 약간 놀란 듯한 표정을 지은 채 그녀의 특출한 미모를 인정하는 듯한 눈길로 정말 아름답다는 듯이 그녀를 바라보았다. 하지만 애당초 그런 모습들은 그녀의 허영심을 자극하지 못했다. 지금 그녀는 그 남자들을 보면서 뭔가 위험한 일이 벌어지고 있다는 생각 밖에는 할 수 없었으니까.

책상에 앉아 있던 남자가 크로스의 방으로 통하는 문을 여는 단추를 눌렀고, 그녀가 들어가자 그녀 뒤에서 문이 닫혔.

그녀가 들어간 곳은 사무실로 사용되는 공간이었다. 크로스가 그녀를 맞이하면서 그녀를 거주 공간으로 데리고 갔다. 그는 그녀의 입술에 살짝 키스를 하더니 그녀를 침실로 이끌었다. 한 마디 말도 없이 두 사람은 옷을 벗고 서로의 벗은 몸을 껴안았다. 그녀의 살을 만지고 빛나는 얼굴을 들여다보는 것만으로도 크로스는 한숨이 절로 나올 정도로 위안이 됐다.

"아무것도 안 하고 그저 당신만 하염없이 쳐다보고 있으면 좋겠다."

거기에 대한 대답으로 그녀는 그를 어루만지면서 그의 얼굴을 끌어당겨 키스를 했고 그런 다음 침대 쪽으로 그를 끌어당겼다. 그녀는 이 남자가 자신을 진정으로 사랑하고 있으며 자기가 요구하는 것이면 그 어떤 것이든 들어줄 사람이고, 그에 대한 보답으로 자신도 이 남자가 원하는 것이라면 무엇이든 해 줄 수 있을 것처럼 느꼈다. 정말 오랜만에 그녀는 몸과 마음으로 반응을 했다. 그녀는 진심으로 그를 사랑했고 그와의 육체관계에 행복감을 느꼈다. 하지만 그가 위험한 사람이며 어떤 면에서는 그녀 자신에게까지도 위험할 수 있다는 생각은 한시도 잊은 적이 없었다.

한 시간 뒤에 두 사람은 옷을 입고 발코니로 나갔다.

라스베가스는 네온불빛 속에 잠겼고 저무는 햇빛이 거리와 화려한 호텔들을 거대한 황금빛 띠로 물들였다. 그 너머로 사막과 산들이 보였다. 이제 곧 두 사람은 이곳에서 헤어질 것이다. 별장의 초록색 깃발들이 공중에서 힘없이 흔들렸다.

아테나가 그의 손을 꽉 쥐었다.

"시사회나 파티에서 볼 수 있을까?"

"미안하지만 못 가. 프랑스에서 보자."

"당신을 만나기가 참 어렵던데. 엘리베이터는 잠겨 있고 거기에다 경호원들까지 지키고 있고 말이야."

"앞으로 이삼 일간만이야. 낯선 사람들이 너무 많아서 말이야."

"당신 사촌 단테를 만났어. 그 형사가 사촌이랑 친한 모양이야. 아주 매력적인 파트너이던 걸. 로지는 내 신변안전이며 일정에 관심이 아주 많았어. 단테도 나한테 그 사람 도움을 받으라고 하고 말이야. 두 사람은 내가 혹시 로스앤젤레스로 돌아가는데 문제가 생길까봐 걱정을 많이 해주던 걸."

크로스가 그녀의 손을 꽉 잡았다.

"아무 문제없이 돌아갈 거야."

"클로디아가 당신과 단테가 친척이라고 알려줬어. 그 사람은 왜 그런 웃긴 모자를 쓰고 다니지?"

"단테는 좋은 녀석이야."

"하지만 클로디아는 당신하고 그 사람이 어린 시절부터 원수였다고 말하던 걸."

"맞아, 하지만 그렇다고 걔가 나쁜 사람이라는 뜻은 아니지."

두 사람 사이에 잠시 침묵이 흘렀고, 아래 보이는 거리들은 저녁식사와 도박할 곳을 찾아 이 호텔 저 호텔로 이동하는 차량들과 보행자들로 빌 디딜 틈이 없을 정도로 북적댔다. 위태롭게 쾌락을 쫓아 헤매는 수많은 사람들이었다.

"그러니까 이번이 우리가 서로 얼굴을 볼 수 있는 마지막 기회구나."

아테나는 마치 자기 말을 부정하기라도 하는 것처럼 그의 손을 세게 쥐었다.

"프랑스로 당신을 만나러 갈 거라니까."

"언제?"

"몰라. 내가 가지 않는다면 죽은 줄로 알아."

"사태가 그렇게 심각해?"

"응."

"그런데 나한테는 전혀 얘기해 줄 수 없는 일이야?"

크로스는 잠시 말이 없었다.

"당신은 안전할 거야. 그리고 나도 안전할 거라고 생각해. 그 이상은 얘기해 줄 수 없어."

"기다릴게."

그녀는 그에게 키스를 하고는 침실에서 나가 객실을 빠져나갔다. 크로스는 그녀의 뒷모습을 지켜보았고 그런 다음 기둥들이 죽 늘어서 있는 호텔 입구로 그녀가 나오는 모습을 보려고 발코니로 나갔다. 경호원들이 탄 차가 그녀를 태우고 별장으로 가는 모습을 그는 지켜보았다. 그런 다음 그는 수화기를 들고 리아 밧지에게 전화를 걸었다. 그리고 밧지에게 아테나에 대한 경호를 더 철저히 하라고 지시했다.

열 시 무렵이 되자 제너두 호텔의 무도회장에 마련된 극장은 사람들로 만원을 이뤘다. 관객들은 메쌀리나의 초벌 편집 필름을 보기 위해 기다리고 있었다. 중앙에는 전화기가 딸린 탁자와 폭신한 안락의자들이 놓인 특별석이 마련됐다. 그곳에는 스티브 스텔링스의 이름이 붙은 빈 의자가 있었고 그 위에 조화가 놓여 있었다. 다른 자리에는 클로디아와 디터 타미, 바비 밴츠와 요한나, 그리고 멜로 스튜어트와 리자가 앉아 있었다. 스키피 디어는 곧장 탁자를 차지했다.

마지막으로 아테나가 도착하자 영화작업에 참여했던 사람들과 스턴트맨들이 환호성을 올렸다. 영화제작에 주도적인 역할을 했던 담당자들과 조연 배우들, 안락의자에 앉아 있던 사람들 모두는 그녀가 중앙에 놓인 안락의자로 가는 동안 박수갈채를 보내며 그녀의 뺨에 키스를 했다. 그러고 나자 스키피 디어가 수화기를 들고 영사기 기사에게 시작하라고 알렸다.

검은 배경에 '스티브 스텔링스에게 바칩니다.' 라는 헌사가 나타나자 관객들은 말없이 그에게 경의를 표하는 박수를 보냈다. 헌사를 삽입하는 문제는 바비 밴츠와 스키피 디어가 반대했지만 디터 타미가 고집을 부렸다. 밴츠의 말을 빌리자면, 왜 그녀가 그랬는지는 하나님만이 아셨다. 하지만 그것은 단지 초벌 편집 필름에 불과했고 게다가 감상적인 측면이 관객들에게 불러일으키는 긍정적인 효과도 없지 않았다.

영화가 시작되었다. 아테나는 뇌쇄적이었고, 그녀를 잘 아는 사람들 사이에서는 아무렇지도 않게 통용되는 농담이었지만, 실제보다 화면에서 훨씬 더 관능적이었다. 클로디아가 쓴 대사는 아테나가 가지고 있는 이런 특성을 멋지게 살려주었다. 충분한 제작비가 투입됐고, 중요한 성애장면들은 품위 있게 처리됐다.

　제작 상의 수많은 어려움들이 있었지만 이제 메쌀리나가 대성공을 거두리라는 것은 의심의 여지가 없었다. 게다가 지금은 음악이나 특수효과도 입히지 않은 상태였다. 디터 타미는 거의 무아지경이었는데 마침내 그녀가 세계적인 대감독으로 거듭나는 순간이었다. 멜로 스튜어트는 아테나의 다음 영화에 얼마를 요구할지 머리를 굴리고 있었고, 표정이 썩 좋아 보이지 않는 밴츠도 같은 문제를 고민하고 있었다. 스키피는 자기가 얼마를 벌게 될지 계산을 하고 있었다. 드디어 그도 개인전용 비행기를 가질 수 있게 됐다.

　클로디아는 어느 누구보다도 감격했다. 자신의 창작 시나리오가 영화로 만들어졌으니까. 그것은 독창적인 시나리오였고 그녀는 명성을 얻게 됐다. 몰리 플랜더즈 덕분에 총수익에 대한 지분도 가졌다. 물론 베니 슬라이가 시나리오에 약간 손을 대긴 했지만 그에게 공을 돌릴 정도는 아니었다.

　모든 사람들이 아테나와 디터 타미 주변으로 떼 지어 몰려들어 축하를 보냈다. 하지만 몰리의 시선은 한 스턴트맨에게 가 있었다. 스턴트맨들은 한마디로 미친놈들이었지만 몸이 단단했고 침대에서 여자를 확실하게 만족시켜줬다.

　스티브 스텔링스에게 바치는 화환이 바닥에 떨어져 사람들 발에 짓밟혔다. 몰리는 아테나가 사람들로부터 빠져나와 화환을 주워서 다시 의자 위에 올려놓는 모습을 보았다. 아테나와 몰리는 서로 눈이 마주치자 어깨를 으쓱해 보였다. 아테나는 마치 영화란 게 다 그런 거지 뭐, 라고 말하는 것처럼 수줍게 미소를 지었다.

　사람들은 무도회장의 반대편 쪽으로 이동했다. 소규모 관현악단이 연주를 하고 있었지만 모두들 뷔페 식탁으로 몰려들었다. 그런 뒤에 무도회가 시작됐다. 몰리는 언짢은 얼굴로 주변을 노려보고 있는 그 스턴트맨에게 다가갔다. 스턴트맨들이 가장 상처를 받는 장소는 바로 이런 파티들이었다. 그들은 자신들의 일이 제대로 대접을 받지 못한다고 느꼈고, 현실 속에서는 계집애 같은 남자들을 죽여 버릴 수도 있는 그들이었지만 영화 속에서는 힘없이 흐느적거리는 남자 배우한테 얻어맞아야할 때 기분이 아주 불쾌했다. 스턴트맨답게 남자의 성기가 벌써 딱딱해진 것을 느끼면서 몰리는 무도회장에서 스턴트맨과 춤을 추었다.

아테나는 한 시간 만에 파티장을 떠났다. 그녀는 우아한 모습으로 모든 사람들로부터 축하를 받았지만 계속해서 우아하게 있어야 한다는 것이 싫었다. 그녀는 소위 '최고의 남성' 들과 춤을 췄고 영화작업에 참여했던 사람들을 포함해서 한 스턴트맨과도 춤을 췄는데, 그 남자의 공격적인 태도에 그녀는 그만 그곳을 떠나기로 마음을 먹었다.

제너두 호텔의 롤스로이스에서 무장한 운전사와 두 명의 경호원이 그녀를 기다리고 있었다. 별장 앞에 도착해서 롤스로이스에서 내리는데 짐 로지가 이웃한 별장에서 나오는 걸보고 그녀는 깜짝 놀랐다. 그가 그녀에게 가까이 다가왔다.

"영화에서 정말 대단하던데요. 그렇게 멋진 몸매는 처음이었습니다. 특히 그 엉덩이 말예요."

운전사와 경호원 두 명이 벌써 차에서 내려 방어할 태세를 갖추고 있었기 때문에 아테나는 특별히 그를 경계하지 않았다. 연극무대에서 배우가 스스로를 지키기 위한 배우수업 중에는 호신술이 포함돼 있었다. 그녀는 경호원들이 어떤 사격방향에서도 흐트러지지 않는 대형으로 서 있는 모습을 보았다. 또 로지가 그들을 약간 경멸하듯이 쳐다보는 모습도 눈에 들어왔다.

"그건 제 엉덩이는 아니지만 어쨌든 고맙습니다."

아테나는 인사를 했다. 그녀는 그를 쳐다보며 살짝 웃었다. 느닷없이 로지가 그녀의 손을 잡았다.

"당신은 제가 만나본 중에 가장 아름다운 여자요. 계집애 같은 저 엉터리 배우 놈들 대신 진짜 남자 맛을 좀 보시죠."

아테나는 손을 뿌리쳤다.

"저 역시 배우고, 우린 엉터리가 아니에요. 잘 자요."

"들어가서 한 잔 마셔도 될까요?"

"미안해요."

아테나는 별장 초인종을 눌렀다. 아테나가 생전 처음 보는 관리인이 문을 열어주었다.

로지도 그녀를 따라 들어가려고 한 걸음 앞으로 다가갔는데 놀랍게도 관리인이 밖으로 걸어 나오더니 그녀를 별장 안으로 재빨리 밀어 넣었다. 경호원 세 명이 로지와 현관문 사이로 들어와 문을 가로막았다.

로지는 그들을 경멸의 눈초리로 노려보았다.

"빌어먹을, 이게 무슨 짓들이야?"

그는 소리를 질렀다. 관리인은 현관문 밖에 그대로 서 있었다.

"아퀴탠씨 경호를 위해서입니다. 여기서 그만 떠나주십시오."

로지는 경찰 신분증을 꺼냈다.

"내가 누군지 똑똑히 봐. 네 놈들을 묵사발이 되게 패준 다음 체포해 버리겠어."

관리인은 신분증을 쳐다보았다.

"당신은 로스앤젤레스 소속이군. 여긴 당신 관할구역이 아니요."

그는 자신의 신분증을 꺼내들었다.

"난 라스베가스 담당이요."

아테나 아퀴탠은 별장 안으로 들어가지 않고 현관문 안쪽에 그대로 서 있었다. 그녀는 새 관리인이 형사라는 사실에 놀랐지만 이제는 그 이유를 알 것도 같았다.

"그만들 하고 끝내세요."

그녀는 문을 닫아버렸다.

두 남자는 윗도리에 그들의 신분증을 다시 집어넣었다.

로지는 한 명 한 명을 뚫어져라 노려보았다.

"네 놈들을 다 기억하고 있을 거야."

로지가 위협했지만 그 말에 반응하는 사람은 아무도 없었다. 로지는 돌아섰다. 그에게는 더 중요한 일이 있었다. 두 시간 후면 단테가 별장으로 크로스를 데려올 것이다.

단테는 모자를 머리에 가볍게 걸친 채 파티를 맘껏 즐겼다. 그는 중대한 작전을 계획하고 준비하는 일이 재미있었다. 음식조달을 담당하고 있는 젊은 직원여자가 그의 주의를 끌었지만, 그 여자는 스턴트맨 중 한 명에게 관심이 쏠려있었기 때문에 그에게는 별로 호감을 보이지 않았다. 그 스턴트맨은 단테를 위협적으로 노려보았다. 내가 오늘밤에 할 일이 있다는 게 저 놈한테는 다행이군, 하고 단테는 생각했다. 그는 시계를 보았고, 그 시간쯤이면 착한 노인네 짐이 아테나를 함정에 끌어들이는 일을 대충 끝냈을 것으로 짐작됐다. 티파니는 약속까지 해 놓고 결국 나타나지 않았다. 단테는 삼십 분 일찍 일을 시작하기로 마음을 먹었다. 그는 전화교환원을 통해 크로스에게 전화를 걸어 말했다.

"지금 당장 널 좀 만나야겠어. 지금 무도회장에 있는데 말이야. 굉장한 파티야."

"그래, 올라와."

"안 돼. 이건 명령이야. 전화상으로도 안 되고 네 방에서도 안 돼. 네가 내려와."

오랫동안 침묵이 흘렀다. 크로스가 말했다.

"내려가지."

단테는 크로스가 무도회장으로 내려오는 것을 지켜볼 수 있는 곳으로 갔다. 그의 주변에는 경호원이 없는 것처럼 보였다. 단테는 모자를 제대로 눌러쓰면서 둘이 어린아이였던 때를 떠올렸다. 크로스는 그가 유일하게 두려워한 소년이었고, 그 두려움 때문에 그는 종종 크로스에게 싸움을 걸었다. 하지만 그는 크로스의 생김새를 좋아했고 질투를 느낄 때가 많았다. 그리고 그의 자신만만한 태도를 시기했다. 그런 태도가 무조건 불쾌하게만 느껴졌다.

단테는 일단 피피를 죽이고 나자 크로스도 살려둬서는 안 된다는 생각이 들었다. 이제 이 일을 끝내고 나면 대부와 대면하는 일이 남아 있었다. 하지만 단테는 할아버지가 자신을 사랑한다는 사실을 조금도 의심하지 않았다. 할아버지는 예나 지금이나 변함 없이 그를 사랑했다. 혹 대부가 이 일을 불쾌하게 여길지도 모르지만, 그의 무시무시한 권력을 이용해 사랑하는 손자를 처벌하는 일은 절대 없을 것이다.

크로스가 그의 앞으로 와서 섰다. 이제 그는 크로스를 로지가 기다리고 있는 별장으로 데려가야 했다. 일은 간단히 끝날 것이다. 그가 크로스에게 총을 쏜 다음에 그와 로지가 시체를 차에 싣고 사막으로 가져가 묻으면 끝이었다. 피피가 노상 잔소리를 했던 것처럼 멋부리지 말고 말이다. 운반을 위해서 차는 이미 별장 뒤에 주차시켜 놓았다.

"그래, 무슨 일인데?"

크로스가 불쑥 물었다. 그의 표정에는 전혀 의심의 기색이 없었고 심지어 경계의 빛도 보이지 않았다.

"모자 괜찮은데."

그는 살짝 웃었다. 단테는 옛날부터 그 미소를 질투했고, 크로스도 단테가 무슨 생각을 하는지 모두 알고 있었다.

단테는 아주 느리게 그리고 아주 낮은 목소리로 연기를 했다. 그는 크로스의 팔을 잡고 호텔에서 천만 달러를 들여서 만든 화려한 큰 차양 쪽으로 그를 데려갔다. 푸른색, 빨간색, 보라색으로 번쩍거리는 차양들 위로 희미하고 차가운 사막의 달빛이 가득 쏟아지고 있었다.

"지오르지오 삼촌이 비행기를 타고 와서 지금 내 별장에 와 있어. 이건 극비야. 그리고 지금 당장 널 보자고 하셔. 그래서 전화로 얘길 할 수가 없었어."

단테는 크로스가 걱정스러워하는 것처럼 보이자 속으로 쾌재를 불렀다. "너한테 아무 말도 하지 말라고 했지만, 웃기지 말라 그래. 삼촌은 짐 로지에 대해서 뭔가 알아낸 것 같더라."

이 말에 크로스는 단테에게 우울하다 못해 거의 불만스러워 보이기까지 한 표정을 지어 보였다. 그러고는 "좋아, 가자."라고 대답했다. 그리고 단테와 함께 호텔 마당을 가로질러 별장 쪽으로 갔다.

별장 구내로 들어가는 대문 입구를 지키고 있던 경비원 네 명이 크로스를 알아보고 들어가라고 손짓을 했다.

단테는 모자를 벗으며 과장된 몸짓으로 문을 열었다.

"너 먼저."

단테는 이렇게 말하며 장난스러운 표정으로 교활하게 웃었다. 크로스는 안으로 걸어 들어갔다.

짐 로지는 아테나의 경호원들로부터 제재를 당하고 자기 별장으로 돌아오면서 매우 화가 났다. 하지만 그의 두뇌 한쪽에서는 그 상황을 분석하고 위험 신호를 보내왔다. 저 경호원들이 도대체 저기서 뭘 하고 있는 거지?

알게 뭐야, 저 여자는 유명한 영화배우고 보즈 스카넷한테 당한 경험이 있어서 잔뜩 겁을 먹은 게지.

그는 열쇠로 별장 문을 열고 들어갔는데 다들 파티에 갔는지 아무도 없는 것 같았다. 크로스를 맞을 준비를 할 시간은 한 시간 이상 남아 있었다. 그는 가방 쪽으로 가서 가방을 열었다. 그 안에는 기름으로 깨끗하게 닦아서 반짝거리는 글록이 들어 있었다. 그는 비밀 주머니가 달린 다른 가방 하나를 더 열었다. 그 안에는 총알이 가득 든 상자가 들어 있었다. 그는 총에 장전을 하고 권총집을 어깨에 건 다음에 총을 권총집 안에 넣었다. 준비는 완전히 끝났다. 그는 별로 불안하지 않았고 이런 상황에 대해 절대 겁을 먹지 않았다. 바로 이런 점 때문에 그는 훌륭한 경찰이 될 수 있었다.

그는 침실에서 나와 부엌으로 갔다. 이 별장은 복도가 많았다. 그는 냉장고에서 수입 맥주 한 병과 카나페 접시를 꺼냈다. 그리고 카나페 하나를 씹었다. 철갑상어 알이 씹혔다. 기막힌 맛에 그는 만족스런 한숨을 작게 내쉬었다. 모름지기 사람은 이렇게 살아야 하는 거야. 이제 그는 죽을 때까지 바로 이런 식으로 살게 될 것이다. 철갑상어 알에 쇼걸에 아마도 언젠가는 아테나까지. 그는 오늘밤 자신의 임무를 성공적으로 완수할 필요가 있었다.

접시와 병을 들고 그는 넓은 거실로 나갔다. 그는 바닥이며 가구에 온통 비닐이 덮여서 방 전체가 마치 유령이 나올 것처럼 하얗게 빛나는 것을 보고 깜짝 놀랐다. 그리고 가는 여송연을 피우며 복숭아빛의 브랜디 잔을 든 한 남자가 비닐이 덮인 소파에 앉아 있었다. 리아 밧지였다.

로지는 이게 도대체 뭐야? 하고 속으로 생각했다. 그는 접시와 병을 커피 탁자 위에 내려놓고 리아에게 말했다.

"널 찾고 있었지."

리아는 여송연을 쭉 빨고 나서 브랜디를 한 모금 마셨다.

"그래, 이제 날 찾았군."

그가 자리에서 일어섰다.

"자, 다시 날 때려 보시지."

로지는 노련했기 때문에 허튼 행동은 하지 않았다. 그는 모든 상황을 종합해봤다. 별장의 다른 객실들이 비어 있는 것이 이상하다는 생각이 번뜩 뇌리를 스치고 지나갔다. 그는 대뜸 윗도리 단추를 풀면서 리아에게 씩 웃어 보였다. 이번에는 한 번으로 끝나지 않을 걸, 하고 그는 생각했다. 단테가 크로스와 이곳으로 오려면 한 시간이 남아 있었고, 기다리는 사이에 그는 일을 처리할 수 있었다. 무장도 했으니 일대일로 리아와 대결하는 것쯤은 아무것도 아니었다.

난데없이 남자들이 거실로 쏟아져 들어왔다. 그들은 부엌과 복도, 비디오와 TV가 놓인 방에서 나왔다. 모두들 짐 로지보다 덩치가 큰 남자들이었다. 그 중에 단 두 남자만 총을 들고 있었다.

로지는 소리를 질렀다.

"내가 경찰이라는 거 알아?"

"다 알지."

리아가 안심하라는 투로 대답을 했다. 그는 로지에게 다가갔다. 동시에 두 남자가 로지의 등에 총을 들이댔다.

리아는 로지의 윗도리 속에 손을 집어넣어서 글록을 꺼냈다. 그는 총을 남자 한 명에게 건네주고 나서 재빨리 로지의 몸을 수색했다.

"이봐, 전에부터 궁금한 게 많았을 텐데. 자, 물어봐."

리아는 말했다. 여전히 로지는 눈썹 하나 까딱하지 않았다. 단테와 크로스가 미리 도착하는 불상사가 생길까봐 그것만 신경이 쓰일 뿐이었다. 수많은 위험 속에서도 죽지 않고 살아 남은 자기 같은 행운의 사나이가 누군가에게 쓰러진다는 것은 그로서는 상상도 할 수 없는 일이었다.

"네가 스카넷을 없앴다는 걸 알아. 널 체포할 거야."

"좀더 빨리 행동했어야지. 조만간이란 없어. 그래, 네가 맞았어. 그러니까 이제 행복하게 죽을 수 있겠군."

아직도 로지는 누군가가 감히 경찰을 살해한다는 건 있을 수 없는 일이라고 생각했다. 물론 마약 판매상들이 서로 총질을 하거나 몇몇 미친 깜둥이들이 그의 경찰 배지를 보고는 그를 쫓아버리려고 총을 쏘거나 혹은 은행 강도들이 도망가면서 총을 쏘는 일은 있어도, 경찰을 죽일 정도로 배짱이 두둑한 악당은 없을 것이다. 그런 짓을 했다가는 세상이 발칵 뒤집힐 테니까.

그는 상황을 장악하기 위해서 팔을 뻗어서 리아를 밀어 제치려고 했다. 하지만 갑자기 총알이 날카롭게 그의 배를 관통하고 지나가면서 다리가 후들거리고 떨려왔다. 그는 조금씩 무너져 내렸다. 육중한 뭔가가 그의 머리를 강타했고 그는 귀가 얼얼해지면서 아무 소리도 들을 수 없었다. 그는 무릎을 꿇고 쓰러졌다. 양탄자가 마치 커다란 방석처럼 느껴졌다. 그는 위를 올려다보았다. 리아 밧지가 손에 명주실로 짠 가는 밧줄을 들고서 자기를 내려다보고 있었다.

리아 밧지는 꼬박 이틀 동안 바느질을 해서 시체 두 구를 넣을 가방을 만들었다. 가방 주둥이에 끈을 끼워서 졸라맬 수 있게 만든 짙은 갈색의 두꺼운 천으로 된 가방이었다. 크기는 큰 시체가 들어갈 수 있을 정도로 넉넉했다. 가방 밖으로 피가 샐 염려는 전혀 없었고, 일단 끈을 졸라매면 군대에서 사용하는 캠프용 배낭처럼 어깨에 둘러맬 수 있었다. 로지는 소파에 놓인 가방 두 개를 미처 보지 못했었다. 이제 남자들이 가방 하나에 그의 시체를 넣었고 리아는 끈을 단단하게 졸라맸다. 그런 다음 소파에 기대서 가방을 똑바로 세워놓았다. 그는 부하들에게 별장을 포위하고 있으라고 지시를 내리면서 자기가 부르기 전까지는 나타나지 말라고 했다. 그들은 그 뒤에 자신들이 무슨 일을 해야 하는지는 잘 알고 있었다.

크로스와 단테는 단테의 별장 쪽으로 천천히 걸어갔다. 낮 동안 사막의 태양이 맹렬하게 토해낸 열기 때문에 밤 공기는 숨이 턱턱 막힐 정도였다. 두 사람 모두 땀을 흘리고 있었다. 단테는 운동복 바지에 앞이 트인 셔츠 그리고 그 위에 단추를 여민 재킷을 걸친 크로스의 차림새를 눈여겨보면서 그가 무기를 가지고 있을지도 모른다고 생각했다.

초록색 깃발이 조금씩 흔들리고 있는 일곱 채의 별장은 사막의 달빛을 받아 더 웅장해 보였다. 창문 위에 달린 주름진 차일이며 금으로 장식한 커다란 흰색 문 그리고 발코니 때문에 별장들은 마치 다른 시대에 지어진 건물처럼 보였다. 단테가 크로스의 팔을 붙잡았다.

"저걸 좀 봐. 정말 아름답지? 내가 듣기로는 네가 영화에 나오는 끝내주게 예쁜 그 여자랑 재미가 좋다고 하던데. 축하해. 그 여자가 지겨워지거든 나한테 알려줘."

"그러지."

크로스가 상냥한 목소리로 대답했다.

"그 여자가 너랑 네 모자가 맘에 드는 모양이더라."

단테는 모자를 벗어들더니 적극적으로 반응했다.

"다들 내 모자를 좋아하지. 정말로 내가 맘에 든대?"

"너한테 매료됐는가봐."

크로스는 무덤덤하게 대꾸했다.

"매료라…"

단테는 읊조리듯 그 말을 반복했다.

"멋진 표현이군."

문득 그는 로지가 아테나를 그들의 별장으로 무사히 유인했을지 궁금해졌다. 그렇게 했다면 금상첨화일 텐데. 크로스의 목소리에서 약간 언짢은 기색을 감지하면서 그는 자기가 크로스의 마음을 혼란스럽게 만들었다는 사실에 만족감을 느꼈다.

두 사람은 별장 문 앞에 이르렀다. 주위에는 경비원이 없는 것 같았다. 단테는 초인종을 누르고 기다리다가 다시 한 번 더 초인종을 눌렀다. 대답이 없자 그는 열쇠를 꺼내 문을 열었다. 두 사람은 로지의 객실로 들어갔다.

단테는 로지가 아테나와 같이 뒹굴고 있는 중일지도 모른다고 생각했다. 작전 중에 한심한 짓을 한다고 생각했지만 자기가 로지였더라도 똑같은 행동을 했을 것이다.

크로스를 데리고 거실로 들어간 단테는 벽과 가구에 투명한 비닐이 덮인 모습을 보고 깜짝 놀랐다. 커다란 갈색 캠프용 가방이 소파에 기대어 똑바로 세워져 있었다. 소파 위에는 똑같은 종류의 빈 가방이 놓여 있었고 사방에 비닐이 덮여 있었다.

"맙소사, 이게 도대체 뭐야?"

단테가 소리를 질렀다. 그는 돌아서서 크로스를 정면으로 바라보았다. 크로스는 아주 작은 권총을 들고 있었다.

"가구에 피가 묻지 않게 하려고 그랬어. 이건 꼭 말해주고 싶은데 말이야, 난 네 모자가 귀엽다고 생각한 적이 한 번도 없었어. 강도가 내 아버지를 죽였다는 말은 절대 안 믿어."

빌어먹을 로지는 대체 어디 있는 거야? 하고 단테는 생각했다. 그는 로지를 소리쳐 부르면서 한편으로는 저런 소구경 총으로는 절대 자기를 막을 수 없을 거라고 생각했다.

"넌 태어나서부터 지금까지 줄곧 산타디오 놈이었어."

단테는 과녁을 좁히려고 몸을 옆으로 튼 뒤에 크로스에게 몸을 날렸다.

그의 전략은 적중해서 총알은 그의 어깨를 맞혔다. 단테가 희열을 느끼면서 자기가 이길 거라고 생각하는 찰나에 다시 총알이 날아와 그의 팔 반쪽을 날려버렸다. 이제 그는 희망이 없다는 사실을 깨달았다. 느닷없이 단테가 전혀 뜻밖의 행동을 했다. 그는 다치지 않은 손으로 바닥의 비닐을 잡아당기기 시작했다. 비닐에는 그의 몸과 팔에서 쏟아져 나오는 피가 흥건하게 고여 있었고, 그는 비틀거리면서 힘들게 크로스로부터 몇 걸음 물러서더니 비닐을 마치 은색 방패처럼 높이 들어올렸다.

크로스는 앞으로 걸어 나왔다. 그리고는 아주 신중하게 비닐을 향해 총을 발사했고 같은 행동을 다시 한 번 더 반복했다. 그것과 동시에 단테의 얼굴은 붉게 변한 비닐조각으로 뒤덮이다시피 했다. 크로스는 다시 총을 발사했고 그러자 단테의 왼쪽 대퇴부가 몸에서 떨어져나간 것처럼 보였다. 단테는 쓰러졌고 하얀색 양탄자 위에는 선홍색 얼룩들이 찍혔다. 크로스는 단테 옆에 무릎을 꿇고 그의 머리를 비닐로 감싼 뒤에 다시 총을 발사했다. 산산조각 난 그의 머리 위에는 아직도 모자가 그대로 붙어 있었다. 모자는 머리에 핀으로 고정되어 있었지만 두개골은 쪼개져서 속이 훤히 드러났다. 모자는 마치 물에 떠 있는 것처럼 보였다.

크로스는 몸을 일으켜서 바지허리에 끼워 놓은 권총집에 총을 집어넣었다. 그와 동시에 리아가 방으로 들어왔다. 두 사람을 서로를 쳐다보았다.

"끝났군. 욕실에서 씻고 호텔로 돌아가게. 그리고 옷도 다 없애. 총은 나한테 주고 청소도 내가 알아서 하지."

"양탄자하고 가구까지 말예요?"

"다 나한테 맡겨. 씻고 파티장에나 가게."

크로스가 떠나자 리아는 대리석 탁자 위에 놓여 있는 여송연 한 대를 피우면서 자기 몸에 핏자국이 묻어 있는지 살폈다. 깨끗했다. 하지만 소파며 바닥은 피범벅이었다. 자, 이제 다 끝났군.

그는 단테의 시체를 비닐로 싸서 부하 두 사람과 함께 빈 가방 속에 집어 넣었다. 그런 뒤에 방에 있던 비닐들을 모두 걷어서 마찬가지로 그 가방에 다 집어넣었다. 그 일이 다 끝나자 그는 가방 끈을 꽉 졸라맸다. 그들은 우선 로지의 시체가 들어 있는 가방을 들고 별장 창고로 운반한 다음 밴 안에다 던져 넣었다. 그들은 단테의 시체가 들어 있는 가방도 똑같이 처리했다.

리아는 일찌감치 밴을 개조해 놓았었다. 차 바닥을 이중으로 만들었는데 그 사이에는 공간이 있었다. 리아와 부하들은 가방 두 개를 그 공간에 쑤셔 넣은 다음 그 위에 길고 좁은 판을 다시 이어 붙여서 차 바닥을 덮었다.

노련한 리아는 모든 것을 빠짐없이 준비했다. 밴에는 휘발유 두 통이 들어 있었다. 그는 그것들을 직접 별장으로 가져가 바닥과 가구에 뿌렸다. 그런 다음 별장에서 빠져나갈 수 있게 오 분 뒤에 불이 붙게끔 도화선을 설치했다. 그리고는 그는 밴에 올라타서 로스앤젤레스를 향해 긴 여행길에 올랐다. 그의 앞쪽과 뒤쪽에는 부하들이 있었다.

이른 아침이 되서야 비로소 그는 차를 도로에 세웠고 그곳에는 요트가 그를 기다리고 있었다. 그는 가방들을 내려서 배에 실었다. 요트는 해안에서 멀어졌다.

먼 바다로 나와 그가 지켜보는 앞에서 시체 두 구를 넣은 철제 통이 바다 속으로 천천히 내려간 시각은 거의 정오가 되어갈 무렵이었다. 그들은 최후의 영성체를 성공적으로 마무리했다.

몰리 플랜더즈는 스턴트맨과 함께 그녀의 별장이 아닌 남자의 호텔 객실로 사라졌는데 그녀가 비록 비세속적인 것들을 좋아하는 경향이 있긴 했지만 헐리우드 고유의 속물근성에 약간 물들어 있기도 했기 때문에 자신이 하류세계의 남자와 재미를 본다는 사실이 알려지는 것을 원치 않았다.

동이 트면서 파티도 조금씩 파장 분위기로 접어들기 시작했고, 기분 나쁜 느낌을 주는 붉은 태양이 떠오르면서 그와 동시에 푸르스름한 가는 연기가 하늘 위로 길게 올라갔다.

크로스는 샤워를 하고 옷을 갈아입은 뒤에 파티장으로 갔다. 그는 메쌀리나의 확실한 성공을 축하하고 있던 클로디아와 바비 밴츠, 스키피 디어, 디터 타미와 합석을 했다. 갑자기 밖에서 외치는 소리가 들렸다. 헐리우드 사람들은 밖으로 뛰쳐나갔고 크로스도 그들을 뒤따라갔다.

라스베가스의 환락가 네온불빛 위로 가느다란 불기둥이 치솟아 오르고 있었다. 불기둥은 버섯모양으로 확 퍼지면서 모래산을 배경으로 짙은 자색과 장밋빛의 거대한 구름을 만들어냈다.

"이런, 세상에."

클로디아가 크로스의 팔을 꽉 붙잡으며 소리를 질렀다.

"오빠 별장에서 나는 거야."

크로스는 아무 말도 하지 않았다. 별장 위의 초록색 깃발이 연기와 불길 속에 사라졌고 시끄럽게 경보음을 울리며 환락가를 가로질러 달려오는 소방차 소리가 들렸다. 그가 흘린 피를 감추기 위해 천 2백만 달러가 타오르고 있었다. 리아 밧지는 노련한 실력자답게 비용을 아끼지 않고 위험요소를 확실하게 없앴다.

23

 짐 로지 형사의 실종사건은 그가 공식적인 휴가 중에 벌어졌기 때문에 제너두 호텔의 화재가 있은 지 닷새가 지나서야 알려졌다. 물론, 단테의 실종은 어떤 정부기관에도 보고되지 않았다.
 경찰은 실종조사를 하는 과정에서 필 샤키의 시체를 찾았다. 짐 로지에게 혐의가 모아졌고 경찰은 그가 조사를 피하려고 도망친 것으로 추정했다.
 로지가 마지막으로 목격된 장소가 제너두 호텔이었기 때문에 로스앤젤레스 소속의 형사들이 크로스를 찾아왔다. 하지만 두 남자 사이에는 어떤 연관관계도 발견되지 않았다. 크로스는 파티가 열리던 날 밤에 그를 잠깐 봤을 뿐이라고 대답했다.
 그러나 크로스가 염려했던 것은 법이 아니었다. 그는 대부로부터 연락이 오기를 기다리고 있었다.
 클레리쿠지오가에서는 틀림없이 단테의 실종 사실을 알고 있었고, 그들은 틀림없이 그가 마지막으로 나타났던 장소가 제너두 호텔임을 알고 있었다. 하지만 그들은 그에게 물어보기 위해 연락을 하지 않았다. 모든 문제가 그렇게 쉽사리 넘어갈 수 있을까? 크로스는 절대 그럴 리 없다고 생각했다.

그는 호텔운영을 계속해 나갔고 화재가 나서 완전히 타버린 별장을 다시 지을 계획을 세우며 바쁘게 지냈다. 과연 리아 밧지가 핏자국들을 확실하게 없앤 것만은 틀림없었다.

하루는 클로디아가 그를 찾아왔다. 그녀는 극도로 흥분해 있었다. 크로스는 자기 방으로 저녁식사를 가져오게 해서 두 사람은 비밀리에 얘기를 나눌 수 있었다.

"오빠는 내가 지금 하는 얘길 절대 못 믿을 거야."

그녀는 말을 꺼냈다.

"오빠 동생이 로드스톤 영화사 대표가 될 거야."

"축하한다."

크로스는 동생을 다정하게 안아주었다.

"항상 내가 말했지만, 넌 클레리쿠지오가 사람들 중 가장 강해."

"내가 아버지 장례식에 갔던 건 오빠를 위해서였어. 사람들한테 그 점을 분명하게 얘길했고."

클로디아가 얼굴을 찌푸리며 말했다. 크로스가 유쾌하게 웃었다.

"그랬지, 네가 그러는 바람에 사람들이 다들 화가 났는데 대부만 화를 안 내시면서 '영화나 만들게 가만 놔둬, 하나님께서 그 아일 돌봐주실 테니.'라고 하시더군."

클로디아가 어깨를 으쓱했다.

"난 그 사람들한테는 관심 없어. 하지만 그동안 일어난 일이 너무 이상해서 오빠한테 꼭 얘길 해야겠어. 우리가 모두 바비의 비행기를 타고 라스베가스를 떠날 때까지는 아무런 문제가 없어 보였어. 그런데 로스앤젤레스에 내리는 순간, 일대 혼란이 일어난 거야. 형사들이 바비를 체포했거든. 죄목이 뭐였을 것 같아?"

"형편없는 영화를 만든 죄."

"아냐. 들어봐, 아주 이상한 일이야. 밴츠가 파티 때 데려왔던 요한나라는 그 여자애 기억하지? 얼굴 기억나? 나 참, 그 여자애가 겨우 열다섯 살이래. 바비가 주 경계선을 넘어서 그 여자애를 데려왔기 때문에 경찰은 바비를 강간 및 백인매춘 혐의로 체포했어."

클로디아의 눈이 흥분으로 동그래졌다.

"하지만 그건 몽땅 다 짜고 한 짓이었어. 요한나의 부모가 그 자리에 같이 와서는 마흔 살도 더 먹은 남자가 자기네 불쌍한 딸을 강간했다고 고래고래 소리를 질러댔거든."

"절대 열다섯 살 같진 않던데. 오히려 노련한 사기꾼처럼 보였어."

"잘못했다가는 세상이 아주 떠들썩해질 뻔했지. 하지만 스키피 디어 그 싹싹한 양반이 책임을 떠맡았어. 그 순간에 밴츠를 구해냈거든. 밴츠가 체포당하는 걸 막았고 그래서 언론에 그 사실이 퍼지는 것도 막아줬어. 그래서 그 일은 완전히 해결되는 것처럼 보였어."

크로스는 소리 없이 웃었다. 확실히 데이비드 레드펠로우의 노련한 기술은 조금도 녹슬지 않았다.

"웃을 일이 아냐."

클로디아는 힐난조로 말했다.

"바비는 불쌍하게도 함정에 빠진 거라고. 그 여자애는 바비가 자기를 라스베가스로 데려와 성관계를 강요했다고 증언했어. 그 여자애 부모들은 어리고 순결한 소녀들이 강간당하는 일이 다시는 없게 만들고 싶다면서 자기네들은 돈에는 관심이 없다고 증언했어. 영화사는 발칵 뒤집혔지. 도라 매리온과 캐빈 매리온은 극도로 화가 나서 영화사를 팔자는 얘길 꺼냈어. 그러자 스키피가 다시 진화에 나섰지. 스키피는 그 여자애 아버지가 쓴 시나리오를 가지고 저예산 영화를 만들기로 했고, 그 영화 주인공으로 그 여자애를 쓰기로 계약을 맺었어. 꽤 많은 돈을 집어주고 말이야. 그런 다음에 스키피는 베니 슬라이한테 거금을 주고 하루 만에 대본을 개작하게 했지. 썩 나쁘지는 않았어, 어쨌든 베니는 천재니까. 우린 모두 준비를 끝냈지. 그런데 로스앤젤레스의 한 지방검사가 밴츠를 고소하겠다고 나선 거야. 그 검사는 로드스톤 영화사가 밀어줘서 그 위치까지 올라갔고 엘리 매리온이 왕처럼 대접해줬던 사람이었어. 스키피는 그 사람한테 오 년간 일 년에 백만 달러를 받는 조건으로 영화사에서 일하지 않겠냐고 제안을 했는데 그 사람은 그 제안을 거절했어. 그 사람은 바비 밴츠를 영화사 대표직에서 해고시키라고 주장했어. 그렇게 하면 협상을 하겠다는 거야. 그 사람이 왜 그렇게 고집을 부렸는지는 아무도 모르지."

"뇌물을 절대 안 받는 공무원인 모양이지. 간혹 그런 사람도 있어."

그는 다시 데이비드 레드펠로우를 떠올렸다. 레드펠로우는 절대 그런 인간은 없다고 하겠지. 크로스는 레드펠로우가 어떤 식으로 일을 처리했는지 상상해보았다. 아마도 레드펠로우는 그 검사한테 "내가 당신한테 당신 의무를 다 하라고 하는 게 당신을 매수하는 거요?"라고 말했을 것이다. 그리고 돈으로 말하자면, 곧바로 최고액수를 제안했을 테고. 2천만 달러쯤 됐을 거라고 크로스는 어림잡아 계산했다. 백억 달러에 영화사를 매입하는 판에 2천만 달러가 뭐가 그렇게 대수로울까? 그리고 검사로서야 전혀 손해 볼 게 없었다. 철저하게 법에 따라 행동하면 되니까. 게다가 그것은 지극히 세련된 수법이었다.

클로디아는 여전히 빠르게 말을 쏟아내고 있었다.

"어쨌든 밴츠는 물러날 수밖에 없었어. 그리고 도라와 케빈은 영화사를 팔면서 만족해 했지. 두 사람은 자기네들이 원하는 영화 다섯 편에 대해서 영화사의 무조건적인 지원을 받기로 계약을 맺었고 거기에 덧붙여 현찰로 10억 달러를 챙겼거든. 그런 뒤에 작은 이탈리아 남자가 영화사에 나타나서는 회의를 소집해서 자기가 새 소유주가 될 거라고 통보를 한 거야. 그리고는 난데없이 날 영화사 대표로 지목했어. 스키피는 닭 쫓던 개 신세가 됐지. 이젠 내가 스키피의 상관이라고. 도대체 이게 말이 되는 상황이야?"

크로스는 재미있다는 듯이 그녀를 바라보며 웃었다. 느닷없이 클로디아가 뒤로 물러서더니 오빠를 쳐다보았다. 그녀의 눈빛이 전에 없이 짙고 예리하게 빛났다. 하지만 말을 하는 동안에도 얼굴에는 여전히 선량한 미소가 어려 있었다.

"그 사람들 짓 같지 않아? 그리고 지금 나도 그 사람들처럼 행동하고 있고 말이야. 하지만 난 아무한테도 나쁜 짓을 할 필요가 없었는데."

크로스는 깜짝 놀랐다.

"왜 그래? 난 네가 좋아하는 줄 알았는데."

클로디아는 미소를 지었다.

"맞아, 좋아. 그냥 내가 바보가 아니란 걸 얘기하고 싶은 거야. 난 오빠를 사랑하기 때문에 꼭 알려주고 싶었어. 내가 진실을 알고 있다는 사실을 말이야."

그녀는 소파로 걸어가서 그의 옆에 앉았다.

"오빨 위해서 아빠 장례식에 갔었다는 건 거짓말이었어. 난 아빠와 오빠가 속해 있는 그 세계에 속하고 싶었기 때문에 갔던 거야. 이제 더는 그 세계를 외면할 수 없었기 때문에 갔던 거라고. 오빠, 하지만 난 그쪽 사람들의 인생관은 아주 혐오해. 대부와 나머지 사람들 모두 말이야."

"그 말은 네가 영화사를 경영할 생각이 없단 뜻이니?"

클로디아가 큰 소리로 웃었다.

"아니, 난 내가 클레리쿠지오가 사람이 아니라고 부정하고 싶은 생각은 전혀 없어. 그리고 난 좋은 영화를 만들고 돈도 많이 벌고 싶어. 영화는 사회의 균형을 잡아주는 훌륭한 장치야. 난 위대한 여성들에 대한 좋은 영화를 만들고 싶어. 클레리쿠지오가의 재능을 악이 아닌 선을 위해 사용한다면 과연 무슨 일이 벌어질지 보자고."

두 사람은 동시에 웃음을 터뜨렸다. 크로스는 동생을 품에 안았다. 그리고 뺨에 키스를 해주었다.

"정말 잘 됐다."

그리고 그 말은 클로디아에게 뿐만 아니라 자기 자신에게 한 말이기도 했다. 대부가 클로디아를 영화사 대표로 앉혔다는 것은 즉 대부가 자신을 단테의 실종사건에 연루시키지 않는다는 뜻이기도 했다. 모든 계획이 완벽하게 들어맞았다.

두 사람은 저녁식사를 마치고도 한참을 얘기를 나눴다. 클로디아가 그만 일어나려고 하자 크로스가 책상에서 칩이 들어 있는 지갑을 꺼냈다.

"내가 한턱 낼 테니까 카지노에서 놀다 가."

그녀는 그의 뺨을 살짝 때리면서 말했다.

"오빠가 윗사람 행세를 하면서 날 어린애처럼 취급하지 않는다면 받아주지. 지난번에는 오빠를 때려눕히고 싶었어."

동생을 품에 안았다. 그는 동생이 아주 가깝게 느껴졌고 그 느낌이 좋았다. 그는 순간 마음이 약해졌다.

"저 말이지, 무슨 일이 생기게 될 경우에 대비해서 너한테 내 재산의 삼분의 일을 남겼어. 그리고 난 아주 부자야. 그러니까 영화사에 기죽지 말고 큰 소리 치면서 일해."

클로디아는 환한 표정으로 대답했다.

"오빠, 걱정해줘서 고맙지만 말이야, 오빠 돈 없이도 난 영화사에 큰 소리 칠 수 있어."

이렇게 말하고 갑자기 그녀는 걱정스러운 듯한 표정을 지었다. 그런데 "무슨 문제 있는 거야? 어디 아파?"

"아니. 네가 알고 있으면 좋을 것 같아서 그냥 얘기한 거야."

"어휴, 다행이네. 이제 내가 들어갔으니까 오빠는 나올 수 있을 거야. 오빠는 클레리쿠지오가에서 벗어날 수 있어. 자유로울 수 있다고."

크로스가 껄껄대며 웃었다.

"난 지금도 자유로워. 난 조만간 여길 떠나서 아테나와 프랑스에서 살 거야."

그 사건이 있은지 열흘 뒤 지오르지오가 제너두 호텔에 나타나자 크로스는 가슴이 철렁 내려앉는 듯한 느낌이 들면서 지금 마음을 잘 다잡지 않으면 자칫 낭패를 볼 수도 있을 거라는 생각이 들었다.

지오르지오는 자기 경호원들을 안으로 데리고 들어오지 않고 호텔 경호원들과 함께 객실 밖에서 기다리게 했다. 하지만 크로스는 자신의 경호원들이 지오르지오에게 절대 복종하리라는 것을 알았기 때문에 헛된 환상은 품지 않았다. 그리고 지오르지오의 겉모습을 보고도 그는 안심하지 않았다. 지오르지오는 살이 빠진 것 같았고 얼굴이 핼쑥했다. 그는 왠지 불안해하는 듯한 모습이었고, 크로스가 그의 이런 모습을 보기는 이번이 처음이었다.

크로스는 좀 지나치다 싶을 만큼 반갑게 그를 맞았다.

"지오르지오 아저씨, 갑자기 이렇게 찾아오시다니 정말 반갑네요. 전화를 해서 별장을 준비시켜 놓죠."

지오르지오는 힘없이 웃었다.

"단테 행방을 알 수가 없다."

그는 잠시 뜸을 들었다.

"여기 제너두 호텔에 나타난 걸 마지막으로 그 아이가 갑자기 사라져버렸어."

"맙소사, 큰일이군요. 하지만 아저씨도 단테를 잘 아시다시피, 걘 제 맘대로 행동하는 경향이 있죠."

이제 지오르지오는 굳이 웃으려고도 하지 않았다.

"걔는 짐 로지와 같이 있었는데 로지도 없어졌어."

"두 사람은 좀 수상한 사이였어요. 전부터 이상하다싶더니만."

"둘은 친한 친구사이였어. 아버지가 썩 마음에 들어 하진 않았는데, 단테는 로지한테 돈 지불하는 책임을 맡고 있었지."

"힘닿는 데까지 도와드리겠습니다. 호텔 직원들한테 모두 확인해 보죠. 하지만 아시겠지만 단테하고 로지는 공식적으로는 호텔에 등록돼 있지 않습니다. 별장에 숙박하는 손님들에 대해서는 다 그렇게 하고 있죠."

"그건 갔다 와서나 해야 될 거다. 아버지가 널 직접 보자고 하신다. 널 데려오라고 전세 비행기까지 내주셨다."

크로스는 한참 동안 대답이 없었다.

"준비하겠습니다. 심각한 일인가요?"

지오르지오는 그의 얼굴을 정면으로 바라보았다.

"그건 나도 몰라."

뉴욕으로 가는 전세 비행기 안에서 지오르지오는 서류가 가득 든 서류가방에서 서류를 꺼내 열심히 들여다보았다. 그것은 불길한 조짐이었지만 크로스는 가만히 있었다. 어떤 경우에도 지오르지오는 그에게 아무 얘기도 하지 않을 테니까.

비행기에서 내리자 여섯 명의 클레리쿠지오 단원들이 탄 세 대의 차들에 창문을 닫은 채 두 사람을 기다리고 있었다. 지오르지오는 그 중 한 대에 타면서 크로스에게는 다른 차를 타라고 손짓을 했다. 또 하나의 불길한 조짐이었다. 동이 틀 무렵, 차들은 코그에 있는 클레리쿠지오가의 집 대문을 통과해 안으로 들어갔다.

현관에는 두 명의 경호원이 지키고 있었다. 다른 경호원들은 마당 이곳저곳에 흩어져 있었지만 여자와 아이들은 한 명도 보이지 않았다.

크로스는 지오르지오에게 물었다.

"다들 어디 갔죠? 디즈니랜드에라도 간 건가요?"

하지만 지오르지오는 농담을 받아주지 않았다.

거실로 들어가면서 제일 먼저 크로스의 눈에 띤 광경은 남자 여덟 명이 둥그렇게 원을 그리고 서 있는 모습이었는데, 그 원 안쪽에서 두 남자가 아주 다정하게 얘기를 하고 있었다. 가슴이 섬뜩했다. 그들은 뻬띠에와 리아 밧지였다. 빈센트가 화가 난 듯한 표정으로 두 사람을 쳐다보고 있었다.

뻬띠에와 리아는 아주 친한 사이처럼 보였다. 리아는 재킷도 넥타이도 없이 헐렁한 운동복 바지에 셔츠만 걸치고 있었다. 평소 리아는 격식을 차려서 옷을 입었다. 따라서 이것은 그가 몸수색을 당했고 무기가 없다는 것을 의미했다. 사실 그는 입맛을 다시는 험악한 고양이들에게 둘러싸인 명랑한 생쥐라고 하면 딱 어울릴 법한 모습이었다. 리아는 크로스를 슬픈 눈으로 쳐다보며 고개를 한 번 까딱해 보였다. 뻬띠에는 그에게 전혀 눈길을 주지 않았다. 하지만 지오르지오가 크로스를 데리고 뒤쪽 밀실로 들어가자 뻬띠에는 하던 얘기를 멈추고 빈센트와 같이 방으로 따라 들어갔다.

그곳에서 대부가 그들을 기다리고 있었다. 큼지막한 안락의자에 앉아서 그는 여송연을 피우고 있었다. 빈센트가 바에서 포도주를 한 잔 따라서 그에게 갖다 주었다. 크로스에게는 아무것도 주지 않았다. 뻬띠에는 문 옆에 그대로 서 있었다. 지오르지오가 대부의 옆에 있는 소파에 앉으며 크로스에게 자기 옆에 와서 앉으라고 손짓을 했다.

늙어서 야윈 대부의 얼굴에는 어떤 감정도 드러나지 않았다. 크로스는 그의 뺨에 키스를 했다. 그를 쳐다보는 대부의 표정이 누그러졌고 슬퍼 보였다.

"그래, 크로스, 영리하게 일을 처리했더구나. 하지만 이제 이유를 설명할 차례다. 난 단테의 할아버지고 내 딸은 그 아이 엄마야. 여기 있는 이 사람들은 단테의 삼촌들이다. 넌 우리들 모두에게 해명할 의무가 있다."

크로스는 마음의 평정을 잃지 않으려고 무진 애를 썼다.

"무슨 말씀을 하시는 건지 모르겠습니다."

지오르지오가 매섭게 추궁했다.

"단테 말이야, 어디 있어?"

"제가 그걸 어떻게 알겠습니까?"

크로스는 마치 전혀 의외라는 듯이 되물었다.

"단테가 저한테 보고를 하는 것도 아니고 말입니다. 어쩌면 멕시코로 여행을 갔는지도 모르죠."

지오르지오는 다시 물었다.

"상황파악이 잘 안 되는 모양인데 말이야. 거짓말 할 생각하지 마. 네가 범인이라고 이미 판명됐어. 어디다 버렸어?"

바에 있던 빈센트는 그의 얼굴을 쳐다보고 있기가 힘들다는 듯이 외면을 해 버렸다. 크로스는 뒤쪽에서 뻬띠에가 소파로 가까이 다가오는 소리를 들을 수 있었다.

"증거가 있습니까? 제가 단테를 죽였다고 누가 그러던가요?"

"내가 그랬다."

대부의 말이었다.

"알아둬라, 내가 널 유죄로 선고했다. 그 선고에 대한 항소는 없다. 내가 널 여기 부른 이유는 네게 용서를 빌 기회를 주기 위해서지만, 먼저 넌 내 손자를 죽인 타당한 이유를 대야 한다."

신중한 어조의 그 목소리를 들으면서 크로스는 모든 게 끝났음을 깨달았다. 그도 리아 밧지도. 하지만 밧지는 이미 알고 있었다. 그의 눈빛에서 그걸 느꼈다.

빈센트는 돌처럼 차가운 얼굴을 약간 누그러뜨리고서 크로스를 쳐다보았다.

"아버지한테 사실대로 말씀드려, 크로스. 너한테는 이번이 마지막 기회야."

대부가 고개를 끄덕였다.

"크로스, 내게 네 아버지는 조카 이상으로 가까웠고 그건 너도 마찬가지다. 네 아버지는 나의 믿음직한 친구였다. 그렇기 때문에 이유를 듣겠다는 거다."

크로스는 마음을 가다듬었다.

"단테는 제 아버지를 살해했습니다. 전 대부께서 저에게 유죄를 선고하셨듯이 단테에게 유죄를 선고했습니다. 그리고 단테가 제 아버지를 살해한 이유는 원한과 야심 때문이었습니다. 단테는 본질적으로 산타디오가 사람이었습니다."

대부는 아무런 반응이 없었다. 크로스는 계속했다.

"어떻게 제가 아버지 원수를 갚지 않을 수가 있었겠습니까? 절 길러주신 아버지를 어떻게 잊을 수가 있겠습니까? 그리고 제 아버지가 그랬듯이 저 역시 클레리쿠지오가를 깊이 존경했기 때문에 대부께서 살인을 명령하셨다고는 의심할 수 없었습니다. 하지만, 대부께서는 단테가 살인을 저질렀다는 사실을 틀림없이 알고 계셨음에도 불구하고 아무런 조치를 하지 않으셨습니다. 그러니 어떻게 제가 대부를 찾아와 잘못을 바로 잡아달라고 부탁할 수가 있었겠습니까?"

"단테가 네 아버질 죽였다는 증거를 대봐."

지오르지오가 말했다.

"그 누구도 아버지를 그렇게 불시에 공격할 수는 없습니다. 또 한편으로, 짐 로지의 경우에는 지나치게 우연의 일치가 많습니다. 이 방에 계신 분들 중에서 우연의 일치를 믿는 사람은 아무도 안 계시겠죠. 모두들 단테가 범인임을 아십니다. 그리고 제게 산타디오파에 관해 말씀해주신 분은 바로 대부셨습니다. 단테는 반드시 절 죽여야 한다고 생각했고, 절 죽인 후에 무슨 계획이 있었는지는 아무도 모릅니다. 다음 차례는 삼촌들이었을 수도 있겠죠."

크로스는 감히 대부까지 언급할 용기는 없었다.

"단테는 대부의 사랑을 믿고 그랬던 겁니다."

그는 대부를 보며 말했다.

대부는 여송연을 옆에 내려놓았다. 그의 얼굴에서는 아무런 표정도 읽어낼 수 없었지만 보일 듯 말 듯 슬픈 기색이 어려 있었다.

입을 연 사람은 삐띠에였다. 그는 단테와 가장 가까웠었다.

"시체를 어디다 버렸지?"

하지만 크로스는 차마 그 얘기까지는 입에 담을 수가 없었다. 그래서 그에게 대답을 하지 못했다. 긴 침묵이 이어졌고 마침내 대부가 고개를 들고 모두를 향해 얘기했다.

"장례식은 젊은 사람들한테는 소용없는 짓이야. 젊은이한테서 기릴만한 게 뭐가 있겠어? 무슨 대단한 존경받을 만한 일을 했다고. 젊은이들은 동정받을 일도, 감사받을 일도 없지. 그리고 내 딸은 이미 미쳤는데 우리가 그 아이를 더 슬프게 만들어서 회복 가능성을 완전히 막아버릴 이유는 없어. 로즈 마리에게는 아들이 도망갔다고 말하고 몇 년 후에나 사실대로 얘길 해 주도록 해."

그러자 이제 방 안에 있던 사람들이 모두 긴장을 푼 것처럼 보였다. 뻬띠에는 앞으로 걸어 나와 크로스 옆에 놓인 소파에 앉았다. 빈센트는 바 뒤로 가서 크로스에 대한 인사의 표시일 수도 있었을 브랜디 잔을 입으로 가져갔다.

"하지만 정당했든 그렇지 않았든 넌 조직에 대해 죄를 범했다. 처벌은 반드시 있어야한다. 너는 돈으로, 리아 밧지는 목숨으로."

크로스는 애원했다.

"리아는 단테한테는 아무 짓도 안 했습니다. 그는 로지한테는 손을 댔습니다만. 제가 리아의 죄 값을 대신 치르겠습니다. 전 제너두 호텔의 절반을 소유했습니다. 저와 밧지가 저지른 죄의 대가로 대부께 소유권 절반을 양도하겠습니다."

대부는 이 말을 곰곰이 생각하는 듯 했다.

"너는 충직하구나."

그는 지오르지오를 한 번 쳐다보고 나서 빈센트와 뻬띠에에게 차례로 고개를 돌렸다.

"너희 셋이 찬성을 하면 나도 찬성하겠다."

그들은 대답이 없었다. 대부는 안타깝다는 듯이 한숨을 내쉬었다.

"네 소유권 중 절반을 양도하는데, 단 넌 우리의 울타리에서 이제 나가야 한다. 밧지는 시칠리아로 돌아가야 하고, 가족들을 데리고 갈지 말지는 그 사람 원하는 대로 한다. 이것이 내가 할 수 있는 최선의 해결책이다. 앞으로 너와 밧지가 말하는 일은 절대 있어서는 안 된다. 그리고 네가 보는 앞에서 내 아들들에게 명령한다. 조카의 죽음에 대해 절대 복수하지 마라. 일 주일의 여유를 줄 테니 그 안에 네 일을 처리하고 필요한 서류에 서명을 해서 지오르지오에게 보내."

그런 다음 대부는 약간 누그러진 목소리로 덧붙였다.

"분명히 말하지만, 난 단테의 계획에 대해서 몰랐다. 이제 마음을 편안히 가지고 내가 네 아버지를 항상 사랑했다는 사실을 기억해주길 바란다."

크로스가 집을 떠나자 대부는 의자에서 일어나며 빈센트에게 말했다.

"침대로 가자."

대부는 이제 다리 힘이 너무 약해져서 계단을 오르려면 빈센트의 도움을 받아야 했다. 마침내 세월은 그의 몸을 서서히 갉아먹기 시작했다.

에필로그

니스, 코그

    라스베가스에서의 마지막 날 크로스는 펜트하우스 발코니에 앉아 햇빛이 강렬하게 내리쬐는 환락가를 내려다보고 있었다. 시저스 팰리스, 더 플라밍고, 더 데저트 인, 더 미라지, 더 샌즈 같은 큰 호텔들이 마치 태양과 겨루기라도 하는 것처럼 네온으로 뒤덮은 차양을 현란하게 비추고 있었다.

    대부는 분명히 그에게 추방을 명령했다. 크로스는 절대로 라스베가스로 돌아올 수 없었다. 이곳에서 살았던 아버지 피피와 이 도시를 자신의 전당으로 만든 그론벨트는 정말로 행복한 이들이었지만, 크로스는 그들처럼 이 도시를 편안하게 느낀 적은 한 번도 없었다. 물론 그도 라스베가스의 쾌락을 즐기기는 했지만 그 쾌락에서는 언제나 차가운 쇳내가 났다.

    별장들의 일곱 개의 초록색 깃발이 사막의 정적 속에 힘없이 축 늘어져 있었고, 타버리고 새까만 뼈대만 남은 건물의 깃대가 마치 단테의 영혼처럼 느껴졌다. 하지만 이제는 이 모든 것들을 두 번 다시 보게 될 일은 없을 것이다.

 그는 제너두 호텔을 사랑했고 아버지와 그론벨트와 클로디아를 사랑했다. 하지만 그는 어떤 의미에서는 그들 모두를 배신했다고도 할 수 있었다. 제너두를 원칙대로 충실하게 경영하지 않았다는 점에서는 그론벨트를 배신했고, 클레리쿠지오가 사람들에게 진실하지 못했었다는 점에서는 아버지를 배신했고, 클로디아는 그가 결백하다고 믿었기 때문에 결과적으로는 동생을 배신했다. 이제 그는 그들로부터 자유로웠다. 그는 새로운 인생을 시작할 것이다.
 아테나에 대한 사랑으로 그가 뭘 할 수 있을까? 그론벨트와 아버지와 또 심지어는 늙은 대부까지도 그에게 사랑을 조심하라고 했다. 세상의 지배자가 되려는 위대한 남자들에게 사랑은 치명적인 결함이었다. 그런데 왜 그는 지금 그들의 충고를 무시하려고 하는 걸까? 어째서 한 여자에게 그의 운명을 내맡기려고 하는 것일까?
 이유는 단 하나, 그녀의 모습과 그녀의 목소리와 그녀의 움직임과 그녀의 행복과 그녀의 슬픔, 이 모든 것이 그를 행복하게 해주기 때문이었다. 그녀와 함께 있으면 세상이 더 없이 즐거웠다. 음식은 달콤했고, 태양의 온기는 그의 뼈 속까지 따뜻하게 데워주었으며, 인생을 성스럽게 만들어주는 그녀의 육체를 갈망하며 그는 행복감을 느꼈다. 그리고 그녀와 함께하는 잠자리에서는 새벽까지 이어지는 악몽들을 절대로 두려워할 필요가 없었다.
 아테나를 못 본지 삼 주일이나 지났는데 오늘 아침에서야 그녀의 목소리를 들었다. 그는 프랑스로 전화를 걸어서 그곳에 곧 갈 거라고 얘기했다. 그녀의 목소리는 그가 살아 있다는 걸 알고 기뻐하는 것처럼 들렸다. 어쩌면 그녀는 그를 사랑하고 있는지도 몰랐다. 그리고 이제 그녀를 만날 시간이 채 하루도 남지 않았다.

크로스는 그녀가 그를 진정으로 사랑하고 그의 사랑에 보답을 해주며 그를 절대 비난하지 않고 천사처럼 그를 지옥에서 구해줄 날이 언젠가 오리라고 굳게 믿었다.

프랑스에서 화장과 옷으로 자신의 아름다움을 가리려고 애쓰는 여자는 아마도 아테나 밖에는 없었을 것이다. 그녀는 추하게 보이려고 한 것은 아니었고 가학적인 성향이 있었던 것도 아니었지만, 자신의 아름다운 외모가 자신의 내면세계를 위협한다는 생각이 들었다. 그녀는 권력을 쥐고 다른 사람들 위에 군림하는 존재가 되고 싶지 않았다. 그녀는 허영심을 혐오했고 그것은 지금도 자신의 정신을 갉아먹고 있었다. 허영심은 그녀가 일생을 바치려고 마음먹은 일에 방해가 됐다.

니스에 있는 자폐아 학교에서 일하는 첫날 그녀는 그 아이들과 비슷하게 보이고 싶었고 그 아이들처럼 걷고 싶었다. 그들과 똑같아지고 싶다는 마음이 간절했다. 그날 그녀는 무표정한 아이들의 고요한 얼굴을 흉내내려고 얼굴근육을 이완시켰고, 운동신경에 문제가 있는 몇몇 아이들처럼 다리를 절뚝거리며 걸었다.

제라르 의사는 이것을 보고 비웃듯이 얘기했다.

"아주 잘 하시네요. 그런데 뭔가 착각을 하고 계시군요."

그런 다음 그는 그녀의 손을 잡고 친절하게 충고를 했다.

"불행한 저 아이들과 자신을 절대 동일시하지 마세요. 당신은 저 아이들의 불행과 맞서 싸워야 합니다."

아테나는 자책감이 들었고 부끄러웠다. 배우로서의 허영심 때문에 또다시 판단을 그르치고 말았다. 하지만 그녀는 아이들을 돌보면서 마음의 평화를 느꼈다. 그녀의 떠듬거리는 불어실력은 아이들에게 문제가 되지 않았는데 어차피 아이들은 그녀의 말뜻을 알아듣지 못했다.

비참한 현실 앞에서도 그녀는 낙담하지 않았다. 때때로 아이들은 파괴

적이었고 사회의 규율을 인정하지 않았다. 그들은 서로 싸웠고 간호사와도 싸웠으며, 벽에다 똥을 칠하고 아무데고 오줌을 눴다. 때로 그들은 바깥 세상에 대해 격렬하게 반발해 사람을 아주 두렵게 만들기도 했다.

아테나가 유일하게 무력감을 느끼는 순간은 밤에 니스의 작은 아파트에서 학교의 연구보고서들을 읽을 때였다. 그것들은 어린이들의 발달 경과에 관한 보고서였는데 끔찍한 내용이었다. 그러면 그녀는 침대로 기어올라가 울었다. 그녀가 출연했던 영화들과는 달리 그 보고서들은 거의 다 불행하게 끝났다.

자기를 보러 온다는 크로스의 전화를 받고 그녀는 커다란 행복감과 희망을 느꼈다. 그가 아직까지 살아 있었고 그러니 이제 자신을 도와주리라. 그러다가 그녀는 순간 걱정이 됐다. 그녀는 제라르 의사에게 상의를 했다.

"선생님은 어떤 방법이 최선이라고 생각하세요?"

"그 분은 베써니한테 큰 도움이 될 수 있습니다. 전 베써니가 그 분과 어떻게 관계를 맺어나갈지 정말로 보고 싶습니다. 그리고 아마도 당신한테도 아주 좋을 겁니다. 엄마가 자식을 위해 꼭 순교를 해야 한다는 법은 없죠."

그녀는 니스 공항으로 크로스를 데리러 가면서 그의 말을 곰곰이 생각해보았다.

공항에 도착한 뒤에 크로스는 비행기에서 공항터미널까지 걸어 나와야 했다. 공기는 향기롭고 쾌적했으며 라스베가스의 이글거리는 유황빛 열기와는 완전히 다른 느낌이었다. 콘크리트로 된 광장의 가장자리를 죽 따라가며 붉은색과 보라색 꽃들이 화려하게 피어 있었다.

아테나는 광장에서 그를 기다리고 있었다. 크로스가 보기에도 그녀의 변장술은 가히 천재적이었다. 그녀는 완전히 자신의 아름다움을 숨기지는 못했지만 다른 모습으로 위장할 수는 있었다. 금색 테의 선글라스를 껴서 그녀의 눈동자는 밝은 초록색에서 회색으로 바뀌었다. 그녀가 입고 있는 옷은 그녀를 좀더 살집이 있는 것처럼 보이게 했다. 모자 테두리가 얼굴 가장자리까지 처진 푸른색 데님으로 만든 전원풍의 모자에 묻혀 그녀의 금발머리는 보이지 않았다. 그는 그녀가 얼마나 아름다운지를 아는 유일한 사람이라는 생각에 짜릿한 소유감을 느꼈다.

크로스가 다가가자 아테나가 안경을 벗어 블라우스의 주머니에 꽂았다. 어쩔 수 없는 그녀의 허영심을 보면서 그는 미소를 지었다.

한 시간이 채 안 돼 두 사람은 나폴레옹이 조세핀과 동침했다는 네그레스꼬 호텔 객실에 도착했다. 적어도 문에 붙여놓은 안내책자에 따르자면 그랬다. 웨이터가 문을 두드리더니 포도주 한 병과 작은 샌드위치가 담긴 우아한 접시를 큰 쟁반에 받쳐들고 들어왔다. 웨이터는 지중해가 내려다보이는 발코니 탁자 위에 쟁반을 내려놓았다.

처음에 두 사람은 약간 어색해했다. 그녀는 주저하는 기색 없이 그러나 마치 그녀가 주도권을 잡고 있다는 듯한 인상을 풍기면서 그의 손을 잡았다. 그는 그녀의 따뜻한 살의 감촉에 격렬한 욕망을 느꼈다. 하지만 그녀는 아직 준비가 안 된 것처럼 보였다.

객실에 비치된 가구는 아름다웠고 제너두의 별장에 있는 것들보다 더 고급스러웠다. 침대에는 검붉은 실크 덮개가 덮여 있었고 같은 색깔로 조화를 맞춘 커튼에는 황금색 백합꽃 무늬가 점점이 박혀 있었다. 탁자와 의자에서는 라스베가스에서는 절대로 존재할 수 없는 우아함이 느껴졌다.

아테나는 크로스를 발코니로 이끌었고 그녀가 그의 뺨에 키스를 하자 크로스도 반사적으로 그녀의 뺨에 키스를 했다. 그리고 나자 그녀는 더는 참을 수 없었는지 포도주 병을 감싸고 있던 젖은 수건을 집어 들더니 얼굴에서 화장을 깨끗이 지워냈다. 그녀의 얼굴은 물방울이 묻어 반짝거렸고 피부가 분홍색으로 환하게 빛을 발했다. 그녀는 그의 어깨에 한 손을 얹으며 그의 입술에 살며시 키스를 했다.

발코니에서는 수백 년 전에 세워져 색깔이 희미하게 바랜 초록색과 파란색의 니스의 석조건물들이 한눈에 들어왔다. 니스의 시민들이 쟝글레 산책로를 천천히 거닐고 있었고, 돌이 많은 해변 가에서는 거의 벗다시피 한 젊은 남녀들이 청록색 바닷물 속으로 텀벙 텀벙 뛰어들었고, 아이들은 자갈투성이 모래 속에 몸을 파묻으며 놀고 있었다. 더 멀리에서는 매 모양의 하얀 요트들이 등을 매단 채 무리 지어 수평선 위를 달리고 있었다.

크로스와 아테나가 포도주를 마시려는데 어디선가 어렴풋이 천둥치는 소리가 들려왔다. 돌 제방의 대포 구멍처럼 생긴 곳에서 나는 소리였는데, 그것은 실은 하수구였고 그 구멍에서 짙은 갈색 하수가 깨끗한 푸른 바다 속으로 세차게 뿜어져 나왔다.

아테나는 고개를 돌렸다.
"여기 얼마나 있을 거야?"
"당신이 허락한다면 오 년 동안 있을 거야."
"말도 안 되는 얘기야."
아테나는 인상을 찌푸렸다.
"여기서 뭘 할 건데?"
"난 부자니까, 어쩌면 작은 호텔을 살 지도 몰라."
"제너두는 어쩌고?"
"사정이 있어서 주식을 팔아야 했어."
그는 잠시 뜸을 들였다.
"우린 돈 걱정은 안 해도 될 거야."
"돈이야 나도 있어. 괜한 미련은 갖지 마. 난 이곳에 오 년 동안 머무를 예정이야. 그런 다음에는 베써니를 집으로 데려갈 거야. 사람들이 무슨 애길 한다고 해도 난 신경 안 써. 난 절대 베써니를 학교에 오 년 이상은 놔두지 않을 거야. 아이를 평생 돌볼 거라고. 그리고 만약 베써니한테 무슨 일이 생기게 되면 내 남은 인생을 베써니 같은 아이들과 함께 할 거야. 그러니까 우린 절대 함께 살 수 없어."

크로스는 그녀의 뜻을 완전히 이해했다. 그는 한참 동안 대답할 말을 생각했다. 그리고 그는 힘차고 단호한 어조로 얘기를 시작했다.

"아테나, 내가 지금 유일하게 확신하는 건 내가 당신과 베써니를 사랑한다는 거야. 내 말을 믿어줘. 쉽진 않겠지. 나도 알아, 하지만 최선을 다해 노력하면 돼. 당신은 베써니를 돕고 싶어 하지만 순교자가 되지는 마. 그러기 위해선 우린 마지막 장애물을 뛰어넘어야 해. 당신을 돕는 일이라면 무슨 일이든 하겠어. 말하자면, 우린 카지노에서 도박을 하는 도박꾼들이랑 비슷해. 확률이 아무리 불리하더라도 이길 가능성은 항상 있으니까."

그녀가 동요하는 듯한 기색을 보이자 그는 계속해서 강하게 밀어붙였다.

"결혼하자."

크로스가 말했다.

"아이들을 낳고 평범한 사람들처럼 살자. 우리가 사는 세상에 뭔가 잘못이 있는 것 같으면 아이들과 같이 힘을 합쳐서 잘못을 바로 잡아보자. 어떤 가족이나 불행은 다 있어. 난 우리가 그걸 이겨낼 수 있다고 생각해. 날 믿어주겠어?"

마침내 아테나가 그를 똑바로 바라보았다.

"당신이 믿어줄 진 모르겠지만 나는 당신을 사랑해. 진심으로."

침실에서 사랑을 나누면서 두 사람은 서로를 진심으로 받아들였다. 아테나는 크로스가 베써니를 구하려는 자신을 분명히 도와주리라고 믿었고, 크로스는 아테나가 진심으로 자신을 사랑한다고 믿었다. 그녀를 그의 쪽으로 몸을 돌리며 나지막이 속삭였다.

"사랑해. 진심이야."

크로스는 고개를 숙여서 그녀에게 키스를 했다. 그녀는 다시 반복했다.

"정말 사랑해."

크로스는 생각했다. 세상의 어떤 남자가 그녀의 말을 믿지 않을 수가 있겠는가?

홀로 침대에 누운 대부는 차가운 이불을 목까지 끌어올렸다. 죽음이 다가오고 있었다. 그는 너무나 예리해서 이미 그것을 간파하고 있었다. 하지만 그의 계획은 완벽하게 성공했다. 아, 젊은이들을 속이기란 얼마나 쉬운 일인지.

지난 오 년 동안 그는 그의 종합적인 계획에 있어서 최고의 위험요소를 단테로 보았다. 단테는 클레리쿠지오가를 사회로 귀속시키는데 고집스럽게 저항했다. 하지만 대부가 직접 할 수 있는 일이 뭘까? 딸의 아들, 즉 자신의 손자를 죽이라고 명령할까? 지오르지오, 빈센트, 그리고 뻬띠에가 그런 명령에 과연 복종할까? 만약 그들이 복종을 한다고 해도 자신을 괴물처럼 생각하지는 않을까? 자신을 사랑하기보다는 두려워하지 않을까? 그리고 로즈 마리는 틀림없이 그 사실을 알게 될 텐데 그러면 과연 딸에게 온전한 정신이 남아 있게 될까?

하지만 피피가 살해됐을 때 주사위는 던져졌다. 대부는 즉시 그 사건의 실체를 꿰뚫어보고 단테와 형사 로지의 관계를 조사한 뒤에 마음을 결정했다.

그는 크로스를 보호하기 위해 빈센트와 뻬띠에를 보내면서 차를 무장한 것을 비롯해 모든 조처를 했다. 그런 다음 크로스에게 경고를 하기 위해서 산타디오파와의 전쟁에 관해 얘기를 해주었다. 세상을 똑바로 세우는 일은 참으로 많은 고통을 동반하는 일이었다. 그리고 그가 죽고 나면 누구에게 이런 끔찍한 결정들을 내리라고 할 것인가? 결국 그는 클레리쿠지오가의 마지막 퇴각을 단행하기로 결심했다.

앞으로도 빈센트와 뻬띠에는 식당사업과 건설업에 계속해서 매진할 것이다. 지오르지오는 월 스트리트의 회사들을 매입하는 일을 추진할 것이다. 철수는 완벽하게 이루어질 것이다. 심지어 브롱크스 조직도 단원들을 새롭게 보충하지 않을 예정이었다. 마침내 클레리쿠지오가는 안전해질 것이며, 미국 전역에 새롭게 부상하고 있는 무법자들과 맞서 싸우게 될 것이다. 그는 딸에게서 행복을 뺏어가고 손자의 죽음을 초래한 자신의 지나간 실수에 대해서는 자책하지 않았다. 결국에는 크로스를 자유롭게 풀어주었으니까.

대부는 큰 꿈을 가슴에 품고 잠이 들었다. 그의 육체는 사라지지만 그는 영원히 살 것이며 클레리쿠지오의 피는 영원히 인류의 일부분을 이룰 것이다. 그리고 대부는 혼자 힘으로 그 혈통을 창조했다. 그것이야말로 그가 이룬 선행이었다.

그러나 인간으로 하여금 죄를 저지르지 않을 수 없게 만드는 이 세상은 참으로 사악했다.

(끝)

옮긴이 하정희
서강대 불문과, 동 대학원 그리고 미국 매릴랜드 대학원을 졸업했다.
역서로는 『패밀리』 『시시포스』 『기억창고』 등이 있다.

마지막 대부 2 The Last Don 2

저　자 / 마리오 푸조
번　역 / 하정희
발행인 / 조유현
발행처 / 늘봄
기　획 / 권경하
디자인 / 박준철
편　집 / 김금발미

등록번호 / 제1-2070 1996년 8월 8일
주　소 / 서울시 종로구 충신동 189-11 동국빌딩 3층
전　화 / (02)743-7784
팩　스 / (02)743-7078

초판발행 / 2005년 1월 25일

89-88151-46-1 03840
89-88151-44-5 03840 (전2권)

*가격은 표지에 있습니다.